JN187934

憂鬱なる
漱石
小林敏明
せりか書房

本書を私の「女漱石」故青山フユ先生に捧ぐ

憂鬱なる漱石　目次

はじめに　思想としてのメランコリー　8

第一章　トライアングル・モデル――『三四郎』

一　物語の展開と要点　22

二　三つの世界　28

三　新時代の青年　34

四　ストレイシープ　39

五　三角関係の原理　48

第二章　転調する内省――『それから』

一　物語の展開と要点　64

二　神経衰弱という言葉　76

三　高等遊民と煩悶青年　87

四　恋愛(ラヴ)と人生(ライフ)　103
五　内省を生むジレンマ　115

第三章　自意識か悟道か――『門』
一　物語の展開と要点　126
二　金銭問題と人間関係　135
三　父母未生以前本来の面目　147
四　老子とワーズワースの自然　158
五　修善寺の大患　170

第四章　内向的人間の成立――『彼岸過迄』
一　物語の展開と要点　182
二　自己本位としての道楽　194
三　観察の諸相　205
四　内向と来歴の関係　215
五　子供の死と猫の死　224

第五章　現実を失う過敏――『行人』
一　物語の展開と要点　238
二　嫂と理想の女性　251
三　家に拘束される女たち　267
四　存在することの恐怖　277
五　漱石は精神病か　288
第六章　告白と負い目――『こころ』
一　物語の展開と要点　306
二　父と子の葛藤　316
三　告白と罪意識　329
四　憂鬱な自殺　340
五　差異化する明治の精神　354
第七章　演出される自己――『道草』
一　物語の展開と要点　364

二　自伝を書くということ　374
三　歪められた養子　385
四　夫婦の漱石的形態　398
五　文明のなかの個人　411
第八章　関係が関係する――『明暗』
一　物語の展開と要点　424
二　自己主張する女たち　437
三　偶然と変化の哲学　452
四　社会主義かニヒリズムか　466
五　戦争の時代　480
参考文献　496
あとがき　502

はじめに　思想としてのメランコリー

ごく限られた人々の傲岸な多幸症（オイフォリー）を斑に残して、地球は一面憂鬱でおおわれている。人類の歴史において憂鬱の感情はむろんいつの時代にも存在した。時代とは無関係に、過剰な黒胆汁が人間を憂鬱に陥れると考えられた時期もあった。だが、今日われわれが遭遇している憂鬱は多分に出口を見失った「近代」という時代の影を引きずっている。というか、おそらくそれを抜きにしては考えられない。

貧富の差を正当化する巨大で匿名の経済システムを前に、抵抗や抗議の声もとりあげられてしまった人々は、そのやり場のない怒りを自らのなかに封殺する。そのシステムを担っていると思い込まされている人々でさえも、代替可能な己れの歯車的存在に気づいてむなしくなる。そうでなければ、誇大妄想で自分を欺きつづけるしかない。合理的な経営や管理なるものが人間を無視して社会の隅々にいきわたり、生きること自体がひたすら矮小でその場かぎりの「成果」を求めて加速させられる。いったい何のために？　憂鬱とは、そうした窒息状態にある人々にとっての最後の、しかも保障も何もない脆弱な孤塁にほかならない。

このような今日ではもはや否定のしようもない息苦しい事実を、この国の「近代」の始まりにおいて早々と予見していた人物がいた。夏目漱石である。しかも、彼はそれを地につかぬ輸入知識の紹介とか応用といったお手盛りの解釈としてではなく、まさに彼個人の心身を賭けた抜き差しならない苦闘をとおして示して見せたのである。彼の作品はすべてこの生々しい苦闘の軌跡である。そしてその苦闘の息遣いは百年の年月を隔てた今日でも依然としてわれわれの耳を悩ましてやまない。有名な『草枕』の言葉を引用しておく。

> 愈(いよいよ)現実世界へ引きずり出された。汽車の見える所を現実世界と云う。汽車程(ほど)二十世紀の文明を代表するものはあるまい。何百と云う人間を同じ箱へ詰めて轟(ごう)と通る。情け容赦はない。詰め込まれた人間は皆同程度の速力で、同一の停車場(ステーション)へとまって、そうして同様に蒸汽の恩沢に浴さねばならぬ。人は汽車へ乗ると云う。余は積み込まれると云う。人は汽車で行くと云う。余は運搬されると云う。汽車程個性を軽蔑したものはない。文明はあらゆる限りの手段をつくして、個性を発達せしめたる後、あらゆる限りの方法によってこの個性を踏み付け様とする。一人前(ひとりまえ)何坪何合かの地面を与えて、この地面のうちでは寝るとも起きるとも勝手にせよと云うのが現今の文明である。同時にこの何坪何合の周囲に鉄柵を設けて、これよりさきへは一歩も出てはならぬぞと威嚇(おど)かすのが現今の文明である。（『草枕』十二）

本書はいわゆる文学批評を目的とするものではない。漱石のテクストを「思想」という磁場において解読してみようという試みの書である。それはさしあたりは、たんに私という著者がこれまで日本近代思想史の研究に携わってきた者であることによる。とはいえ、この「思想」という概念、あらためて考えてみると、じつにわかったようでわからない奇妙な概念ではある。作家の大岡昇平がその漱石論のなかでこういうことを書いている。

> というのは、「思想」は今日英語の thought の訳語として使われてますが、最初はそうではな

かったからです。友人の国文学者に調べてもらったら、明治以前の英和辞典『薩摩辞書』にはないそうです。当時の中国の辞書にもないそうで、とにかく「思想」を何か特定の事柄についての考えの意味に使うのは、一般的ではなかったのです。（略）結局今日いう意味の「思想」の使い方が固定するのは、明治二十年代末から三十年代にかけてで、それも蘇峰や愛山、雪嶺のようなジャーナリストによってではないか、というのが、大体の見当です。（『小説家夏目漱石』「文学と思想」）

ところが、この概念が厄介なのは、これが thought の訳語として生まれたものでありながら、日本ではいつの間にか独自の発展をとげて、これを英語に翻訳するとき、もはや単純に thought という原語にもどすことが不可能になってしまっているからである。それは「主体性」という日本に独特な概念の置かれた事情によく似ている（拙著『〈主体〉のゆくえ』参照）。試しに、「現代思想」「思想問題」「思想性」等々の言葉を英語に翻訳してみたらいい。翻訳者は戸惑いながらそのつどの文脈に合わせてそれぞれ異なった訳語を探すことになるだろう。そういう事情もあって、漱石のテクストを「思想」という磁場において解読するといっても、それは多くの思想史研究がするように、哲学、心理学、社会学等々といった分野の既成理論の助けを借りてテクストの解釈を試みるというようなことだけで済ますわけにはいかない。

そもそも「思想」とは、たんなる哲学や理論でもなければ、ましてやイデオロギーなどに限定されてしまうようなものではない。それは、だれかがある時、ある場所で、ある事情のなかで「思い想ったこと」のすべてであり、それゆえそれはまた「感情」や「気分」といった言葉になりにくい曖昧なものをも含んでいる。つまり、丸山眞男のひそみに倣っていえば、「理論」と「実感」はそれほど截然と区別できるものではないのだ（『日本の思想』参照）。

ここで、あの漱石が『文学論』のなかで述べた有名な公式「F＋f」を想ってみてもいい。漱石によれば、文学の内容というものは、すべからく「F＋f」の形式になるというのだが、「F」とは「焦点的印象又は観念」のことであり、「f」とは「これに附着する情緒」のことである。「印象又は観念」というのは、漱石も読んだヒュームの哲学から学んだと思われる考えで、最初に与えられた印象が薄れたのが観念であるから、両者はもともと同一の存在である。したがって、文学においてこの印象または観念は情緒ないし感情と切り離すことができないというのが公式の趣意だが、これは文学という分野に限られず、漱石にとっての「思想」一般にも当てはまると考えていい。

いずれにせよ、日本近代における「思想」概念の発展に独自の色調を与えているのは、こうした互いに次元の異なる多様な含意（ファクター）の混在である。しかし、考えてみれば、これはごく当たり前のことである。思想というものが、つねにそれを抱くだれかのものであるとするなら、それを表現する言説にその人間の感情が染みつくのをとうてい避けることなどできないからである。こうした自明性を忘れた理論は、どれほど精緻であっても、しょせんは空疎である。ましてや、それが文学などというきわめて人間臭の強い言説である場合には。そのことはとりわけ漱石のような、自分を赤裸々にさらけ出して苦吟しつづけた作家の場合によく当てはまる。たとえば、一八八九年の大晦日に当時学生であった漱石は親友正岡子規に宛ててこう書いている。

総て文章の妙は胸中の思想を飾り気なく平たく造作なく直叙するが妙味と被存候。さればこそ瓶水を倒して頭上よりあびる如き感情も起るなく、胸中に一点の思想なくただ文字のみを弄する輩は勿論いふに足らず、思想あるも徒らに章句の末に拘泥して天真爛漫の見るべきなければ人を感動せしむること覚束なからんかと存候。（中略）小生の考にては文壇に立て赤幟を万世に翻さんと欲せば首として思想を涵養せざるべからず。思想中に熟し腹に満ちたる上は直に筆を揮ってその思ふ所を叙し、沛然驟雨の如く勃然大河の海に瀉ぐの勢なかるべからず。文字の美、章句の法などは次の次のその次に考ふべき事にて Idea itself の価値を増減するほどの事は無之やうに被存候。（一八八九年一二月三一日正岡子規宛）

ここでいわれる「思想」や「Idea」をたんなる西洋から輸入された理論や知識に置き換えて理解しようとすると、漱石の真意をつかまえることはできないだろう。たしかに、漱石という人はそういうものを取り入れることにおいても充分なタレントを備えた人物であった。しかし、彼の「思想」はそれよりもはるかに具体的で生々しく、じっさい人々の感情や気分のなかにまで喰いこんでいくような力を具えている。それは、ほかならぬ彼自身の言葉を借りれば、彼の書き記した言葉が「頭の恐ろしさ」ではなくて「心臓の恐ろしさ」に迫ろうとしていたからである。たとえば翌年の夏には同じ子規に宛てて、こんな手紙が書き送られている。

> この頃は何となく浮世がいやになりどう考へても考へ直してもいやでいやで立ち切れず、去りとて自殺するほどの勇気もなきはやはり人間らしき所が幾分かあるせいならんか。ファウストが自ら毒薬を調合しながら口の辺まで持ち行きて遂に飲み得なんだといふゲーテの作を思ひ出して自ら苦笑ひ被致候。小生は今まで別に気兼苦労して生長したといふ訳でもなく、非常な災難に出合ふて南船北馬の間に日を送りしこともなく、ただ七、八年前より自炊の竈に顔を焦し寄宿舎の米に胃病を起し、あるひは下宿屋の二階にて飲食の決闘を試みたり。それはそれはのん気に月日を送り、この頃はそれにも倦きておのれの家に寝て暮す果報な身分でありながら、定業五十年の旅路をまだ半分も通りこさず既に息竭き候段、貴君の手前はづかしく、われながら情なき奴と思へどこれもmisanthropic病なれば是非もなし。（一八九〇年八月九日正岡子規宛）

この手紙の文言が告げているように、漱石には早くから「misanthropic病」すなわち「人間嫌い」の性癖があった。自殺にも思い至ったという彼のメランコリーには、その性癖が与っている。だが、それをたんなる個人の資質に還元してしまうには、漱石のメランコリーはあまりにも複雑で深い。そこには個人の資質や性癖はもとより、彼を包む家族、社会、時代といった諸環境諸事情が複雑に交錯しているからである。そのことは彼の「定業五十年の旅路」の半分を通り越すと、いよいよ深刻な問題となって彼を悩まし、ときにはその苦悩は狂気と境を接するまでになるだろう。つまり漱石のメランコリーには彼の人生のありとあらゆる「思想」がまつわりついているのであり、裏を返せば、彼の「思想」とは、そのような憂鬱な感情と切り離すことのできない関係にあるものなのだ。

漱石におけるメランコリーの痕跡はいたるところに見出すことができ、ある意味ではその探究が本書のテーマのひとつでもあるといえるのだが、ここではその序論を兼ねて初期の短編「倫敦塔」を引き合いに出しておこう。これはロンドンに来たばかりの「余」が初めて倫敦塔の見物に行き、そこで塔にまつわる過去の残酷な歴史を空想するという趣向で書かれたものであるが、最初に橋を渡って門を潜ったときにダンテの『神曲』「地獄篇」から以下の詩句が引用される。

憂の国に行かんとするものはこの門を潜れ。
永劫の呵責に遭わんとするものはこの門をくぐれ。
迷惑の人と伍せんとするものはこの門をくぐれ。
正義は高き主を動かし、神威は、最上智は、最初愛は、われを作る。
我が前に物なし只無窮ありわれは無窮に忍ぶものなり。
この門を過ぎんとするものは一切の望を捨てよ。(「倫敦塔」)

この一節はダンテがヴィルジリオに導かれて地獄の門を潜るときに詠われるものだが、漱石がこれを引用するのは、このあとの空想に出てくる「地獄」を想わせる残酷なイギリスの王室史を予兆させるためである。あえて命令形の構文で訳してあるのは、誤訳というより、漱石の文学的工夫なのであろう。残酷な歴史の空想は、壁に数々の呻吟の言葉が刻み込まれたボーシャン塔を見るところで頂点に達する。「余」はそこに幽閉され、処刑されていった者たちの怨念や憂いを幻視する。

倫敦塔の歴史はボーシャン塔の歴史であって、ボーシャン塔の歴史は悲酸の歴史である。十四世紀の後半にエドワード三世の建立にかかるこの三層塔の一階室に入るものはその入るの瞬間に於て、百代の遺恨を結晶したる無数の紀念を周囲の壁上に認むるであろう。凡ての怨、凡ての憤、凡ての憂と悲みとはこの怨、この憤、この憂と悲みの極端より生ずる慰藉と共に九十一種の題辞となって今に猶観る者の心を寒からしめている。（同）

気になるのは、この作品の全篇を蔽う暗い色調である。はじめて見る倫敦塔がなぜこんなに怨念のこもった悲劇で描かれなければならなかったのだろう。いうまでもなく、ここにはこれを書いた漱石自身の暗い心理が映しだされている。宿に帰って、自分の不気味な空想のきっかけとなった事実が、主人の説明によって、まったく何でもないことであることがわかって空想から醒めるというプロットは凡庸だが、問題はそのような空想の世界に入ってしまう漱石自身の性格である。これはたんなる漱石の文学趣味とか美学といったものとは別のところにある何ものかである。

ロンドンに来て「御殿場の兎が急に日本橋の真中へ抛り出された様な心持ち」で、しかも「表へ出れば人の波にさらわれるかと思い、家に帰れば汽車が自分の部屋に衝突しはせぬかと疑い、朝夕安き心はなかった」と漱石は書いている。まさに田舎から出てきたお上りさんの心境である。こうした気後れからか、ロンドンでは漱石はあまり他人と付き合うことなく、もっぱら部屋に閉じこもって本ばかり読んでいた。そして本を相手に彼は繰り返し問うた、そもそも文学とは何かと。それが昂じて精神病の疑いまでかけられたこともあった。それには国費留学とはいいながら、充分な奨学資金が得られなかったことにくわえて、彼が生活を切り詰めて少しでも多くの書籍を購入しようとしたことや、イギリス人の差別感情とそれと対をなす日本人漱石の側の被害妄想なども与っていると思われるのだが、それ以上にまた、かつて子規に告白した「misanthropic 病」が、このよそよそしい異国の環境にあって、あらためて頭をもたげてきたと見ることもできる。

もっとも、こういう異郷にあって憂鬱をともなった孤独の感情に襲われるのは、なにも漱石ばかりではない。そのような環境に置かれた人間のだれもが多かれ少なかれ経験することである。それは個人的な気鬱にとどまる場合もあれば、遠く離れてきた祖国を憂う、文字通り憂国の感情にまで拡大することもあるだろう。だが、とりわけ漱石のような当時のエリート知識人には、そのような憂鬱をともなった孤独との戦いは必然であったといっていい。よく似た感情は、たとえば日本滞在中の魯迅にも見ることができる。

『吶喊』の自序のなかで魯迅は「そのころは古典の勉強をして国家試験を受けるのが、正当なコースであり、洋学などやるのは、世間の眼からすると、行き場所のなくなった人間がついに魂を毛唐に売り渡したものと見られ」るような風潮を報告している。しかし「われわれの最初に果すべき任務は、かれらの精神を改造することだ。そして、精神の改造に役立つものといえば、当時の私の考えでは、むろん文芸が第一だった」という。「かれら」とは自国の遅れた国民であり、「われわれ」とは外国（日本）に出てきて「文芸」を志す自分たち先駆的なエリート知識人のことである。ところが、当然のごとくこの気負いはあっさりと挫かれてしまう。

見知らぬ人々の間で叫んでみても、相手に反応がない場合、賛成でもなければ反対でもない場合、あたかも涯しれぬ荒野にたったひとりで立っているようなもので、身のおきどころがない。これは何と悲しいことであろう。そこで私は、自分の感じたものを寂寞と名づけた。（『吶喊』序）

これは近代化を先駆けた当時のアジアの知識人たちのだれもが直面した「寂寞」であり、そのことは漱石においても同じであった。西洋近代を学べば学ぶほど、彼らは滞在先の高慢な国民からも自国の「愚弱な国民」からも孤立し、悲哀を味わうことになった。後に漱石は親しい門下生に向かって、ついこんな愚痴もこぼしている。

近頃は世の中に住んで居るのが夢の中に住んでいる様な気がする。どこを見ても真面目なものが一つもない。悉く幻影と一般タワイないものである。こんな世界に住んで真面目に苦しい思いをして暮らすのは馬鹿気ている。真面目になり得る為には他人があまり滑稽的である。（一九〇六年一〇月二〇日皆川正禧宛書簡）

そういいながら、漱石は「真面目」を最後まで放棄しなかった。それどころか、まさにその孤立こそが漱石や魯迅のような人たちに「真面目」な反省を促したのである。言い換えれば、彼らはまさに近代化を先駆けたために孤立し、それをとおして個の自己反省という近代思想の基本テーマに直面し、それを深めたといっていい。とりわけ漱石においてはこの反省は「内省」というかたちで進行し、それは文字通り彼自身の内面を食い荒らすほどの激しい結果をもたらした。彼の狂気と境を接する観察や考察は、ある意味でその「内省」の極限でもたらされたものである。

しかし、そもそも非ヨーロッパの人間が「近代」を受け入れるというのは、そういうことである。ただたんに既製品としての文物を取り入れることではない。当然のことながら、受け入れる文物にはそれを作った「思想」があり、その「思想」を育んだ人間がいる。受容がその次元にまで及ぶとき、人はそれまで抱いていた自分の側の「思想」、ひいては自分自身をなんとかしなければならない。かくてそこに内的な葛藤が起こり、格闘が起こる。たとえ受け入れる文物が借り物であったとしても、少なくともこの格闘だけは借りものではありえない。

自分はまた自分の作物を新しい新しいと吹聴することも好まない。今の世にむやみに新しがっているものは三越呉服店とヤンキーとそれから文壇における一部の作家と評家だろうと自分はとうから考えている。

自分はすべて文壇に濫用される空疎な流行語を藉りて自分の作物の商標としたくない。ただ自分らしいものが書きたいだけである。手腕が足りなくて自分以下のものができたり、衒気があって自分以上を装うようなものができたりして、読者に済まない結果を齎すのを恐れるだけである。(『彼岸過迄』緒言)

おそらく、漱石がいつまでもわれわれを引きつけてやまないのは、この気概である。憂鬱な孤独に苛まれれば苛まれるほど現実味を増してくるその言説のなかに、われわれが自分自身や時代を克服するための何ものかを求めつづけているからである。その意味で百年を経ても漱石は依然としてわれわれの同時代人である。そもそも半減期二万四千年といわれるプルトニウムなどという化け物を作り出して、その処理も分からず途方に暮れている憂鬱きわまるわれわれの時代にとって、百年などまだまだ始まったばかりではないか。

本書は漱石が一九〇八年に発表した『三四郎』から始めて、一九一六年に亡くなる前まで書いていた『明暗』までの八つの小説を読解の対象とする。対象をあえてこれらの作品に限定したのは、それらを文字通り一、連の作品として扱えると考えたからである。短編や随筆類はもちろんのことだが、『吾輩は猫である』『坊ちゃん』『草枕』『野分』『虞美人草』『坑夫』といった作品群は、それぞれに異なった執筆事情をもち、「一連の」として扱うことはできないように、私には思われた。そういう意味で悩んだのが『三四郎』である。世間一般には『三四郎』『それから』『門』を三部作として扱う観方が流布しているが、本文を読んでもらえばわかるように、私はこの通説をあまり信じていない。『三四郎』と『それから』の間には看過することのできない質的な転換があると思われるからである。したがって『三四郎』を扱った第一章は、いわば序論のようなものであり、第二章から実質的に「一連」の本論が始まると考えていただければよい。

また本書は専門の国文学研究者に向けて書かれたものではなく、一度は漱石を読んだことのある、あるいはこれから読んでみようと思っているごく一般の読者に向けて書かれたものである。だから、特別な意味をもつものでないかぎり、専門の研究書や研究雑誌などに発表された論文などを表だって参照することはなかった。むろん、それらをまったく無視したということではない。ただ、読者の便宜を考えて、できるだけポピュラーで入手しやすい市販の単行本類を選んで参照したことを断っておく。

同じく読者の便宜を図って、各章の最初に「物語の展開と要点」という、専門の研究者などにはあらずもがなの節を設けた。あらすじや見どころ、場合によってはその小説の成立事情などに簡単に触れたものである。一冊の著書としてはやや体裁を欠くが、読者がまだその作品を読んでいなかったり、ちょうど私自身がそうであるように、ずっと昔に読んで記憶がはっきりしなかったりするような場合を考慮してのことである。さしずめ本論へ入る前のウォーミングアップのための節である。

記述の仕方に関していっておけば、自分のこれまでやってきた仕事の関係上、ときどき哲学や精神病理学など外からの観点を入れることもあるとはいえ、一知半解の流行思想や文学理論を取って付けたような解釈だけは避け、あくまで漱石自身の言葉で語らせようと努力したつもりである。それが漱石自身の貫いた態度に敬意を払うことになると信じてのことである。

第一章　トライアングル・モデル――『三四郎』

物語の展開と要点

この小説は主人公の三四郎が熊本の高等学校を卒業して東京の大学で学ぶために上京する列車のなかのシーンから始まる。故郷を離れるにしたがって心細くなる三四郎は相席となったひとりの女と知り合い、ひょんなことから乗り継ぎのために降りた名古屋の安宿で彼女と一泊をともにすることになる。そして女の側からのあからさまな誘惑を前にしながら、気後れと不安から、何の手出しもできないまま一晩を過ごす。翌朝駅で別方向に乗り換える女と別れるときに「あなたは余っ程度胸のない方ですね」といわれた三四郎は恐縮してしまうのであった。

つづいて知り合いになったのが、水蜜桃の好きな妙に飄然とした男である。日本には富士山以外に自慢できるものなどないと嘯(うそぶ)き、三四郎が日本もこれから発展していくだろうといえば、あっさり「亡びるね」と答えるような男である。三四郎は「日露戦争以後こんな人間に出逢うとは思いも寄らなかった」と当惑するとともに、この男と会話をしているうちに自分が「真実に熊本を出た様な心持がした」のであった。

後にこの男が広田先生であることがわかり、物語はこの人物をとりまく人間関係のなかで展開していくのだが、じつはこの車中での当惑をもたらした二人の人物との遭遇は本編全体の内容を予示するものとして描かれている。というのも、上京して間もなく三四郎の心を揺さぶることになるのが、大きくいって、広田先生に代表される学問の世界と美禰子(ね)という美しい異性の存在によって触発される恋愛の世界だからである。前者には広田先生のほかに、そこに出入りする研究者の野々宮や、広田宅に書生として寄寓していて、全体の話の狂言回し（トリックスター）のような役割を与えられることになる三四郎の学友与次郎が属している。後者の世界には野々宮の妹よし子が加わる。広田や野々宮の友人で、美禰子の肖像画を描くことになる画家原口はさしずめその二つの世界の媒介者といったところだろうか。

本編の物語は、三四郎が郷里と縁故のある先輩野々宮を研究室に訪ねたおりに、大学構内の池のほとりで偶然美禰子を目撃するところから始まる。その最初の印象的な遭遇場面の描写である。

　不図（ふと）眼を上げると、左手の岡の上に女が二人立っている。女のすぐ下が池で、池の向う側が高い崖の木立で、その後が派手な赤煉瓦のゴシック風の建築である。そうして落ちかかった日が、凡ての向うから横に光を透してくる。女はこの夕日に向いて立っていた。（二）

『草枕』などに発揮された漱石の視覚を重視する描写の特徴がここにも見られるが、その描写は漱石の好んだラファエル前派や印象派の絵画をも想わせる。ついでにいっておくなら、そもそも漱石という人は抜群の視覚記憶能力をもっており、それが彼固有の美学を特徴づけているように思われる。だから、彼が絵の鑑賞だけでなく、自ら絵を描くことを趣味としたのも不思議ではない。ちなみに、この池の場面は『草枕』で画工がスケッチのために訪れた鏡が池でヒロイン那美の姿を目撃する次のような場面とよく似ている。画工がやはり視線を水面から次第に上方に移していったところである。

ようやく登り詰めて、余の双眼が今危巌（きがん）の頂きに達したるとき、余は蛇に睨まれた蟇（ひき）の如く、はたりと画筆を取り落とした。

緑りの枝を通す夕日を脊に、暮れんとする晩春の蒼黒く巌頭を彩どる中に、楚然（そぜん）として織り出されたる女の顔は、――花下（かか）に余を驚かし、まぼろしに余を驚ろかし、振袖に余を驚かし、風呂場に余を驚かしたる女の顔である。

余が視線は、蒼白き女の顔の真中にぐさと釘付けにされたぎり動かない。女もしなやかなる体躯を伸（の）せるだけ伸して、高い巌の上に一指も動かさずに立っている。この一刹那！

余は覚えず飛び上った。女はひらりと身をひねる。帯の間に椿の花の如く赤いものが、ちらついたと思ったら、既に向うへ飛び下りた。夕日は樹梢（じゅしょう）を掠（かす）めて、幽かに松の幹を染むる。熊笹は愈（いよいよ）青い。

又驚かされた。（『草枕』十）

表現の濃淡に差はあるが、イメージされた光景は夕日を含めてほぼ同じである。「表層批評」という独特な視点から漱石論を著した蓮實重彦の言葉を借りれば、さしずめ「縦の構図」の美学といったところである（『夏目漱石論』第九章「縦の構図」）。いずれにせよ、このような鮮やかな印象をともなった遭遇以来、募る好奇心とともに三四郎は一方的に美禰子に想いを寄せていくことになるのだが、まもなく教室で声をかけられて親しくなった与次郎を介して知った広田先生が車中で知り合いになった、あの水蜜桃の男であることがわかるとともに、彼が野々宮や美禰子とも交流関係にあることを知り、その関係から当の美禰子とも近づきの機会を得て、三四郎の好奇心はますます膨らんでいく。美禰子が画家原口の絵のモデルになったりするのも、やはり『草枕』にあった漱石の絵画趣味の延長と見ていいだろう。

この三四郎と美禰子の関係を主線としながら、副線には学生たちによる広田先生招聘の運動とその挫折のエピソードが織り込まれる。退屈な大学の授業を不満に思っている学生たちは高等学校で人気のある広田先生を大学に招聘すべく、学生の集まりを組織して大学当局に圧力をかけたり、与次郎が匿名で文芸雑誌に「偉大なる暗闇」と題した広田賛美の文章を書いたりするのだが、その動きが広田先生の策略と誤解され、おまけに三四郎に匿名文章を書いた濡れ衣までかかってしまう。その結果ポストの人選はライバルとなった人物のほうに決まってしまうのだが、広田先生当人の態度は淡々として変わることがない。

確かめることはできないが、イギリスから帰って朝日新聞に転職するまでの数年間、漱石は一高英語嘱託と東大英文科講師を兼任しているので、そのときにこれに似た話があったのかもしれない(友人の狩野亨吉から京都大学へ誘われた話はあるが、これは辞退している)。しかし、漱石の化身ともいうべき広田先生自身の抱える問題はいずれもこの作品においてはまだ暗示程度にとどまり、本格的なテーマとしては扱われない。

中盤のクライマックスは何といっても、皆で団子坂の菊人形展に出かけて三四郎と美禰子がたまたま二人だけになってしまい、そのとき彼女の口から「迷い子(ストレイシープ)」という謎めいた言葉が発せられる有名な場面であろう。もちろん、これは表面的には二人が皆からはぐれてしまったことをいっているのだが、美禰子の言葉にはそれ以上の響きがあった。だから三四郎はこう思う。

迷える子(ストレイシープ)という言葉は解った様でもある。又解らないようでもある。解る解らないはこの言葉の意味よりも、寧ろこの言葉を使った女の意味である。（五）

『三四郎』といえば、必ず言及されるこの意味深長な言葉については後に詳しく検討することにしよう。ともかく、こうして三四郎の心はますます美禰子に魅かれていくのだが、肝心の美禰子の気持ちは三四郎にはいっこうに見当がつかない。ときに示す思わせぶりな態度ははたして自分に気があるのか、それともたんに自分をからかっているだけなのか、異性に対して初心(うぶ)で田舎者の三四郎にはまったく判じがたい。だから三四郎は最後まで自分の気持ちをうち明けることもできず、半信半疑の状態で毎日を送ることになる。それに彼は一時は美禰子が野々宮と一緒になるのではないかと思って嫉妬をおぼえたりすることもあった。こうした三四郎の揺れ動く心を見て取った与次郎の策略で、図らずも美禰子から借金をするかたちになった三四郎は、その返済を口実に接近を試みるのだが、結局は、美禰子が三四郎の知らない彼女の兄の友人に嫁ぐことを決心し、三四郎の片想いはあえなく挫折してしまう。

帰省していた三四郎が東京に帰ると、美禰子の結婚披露宴はすでに済んだ後だった。代わりに原口の描いた彼女の肖像画が展示される絵画展を皆で訪れたとき、三四郎は与次郎とこんな会話をして終わる。

「どうだ森の女は」

「森の女と云う題が悪い」

「じゃ、何とすれば好いんだ」

三四郎は何とも答えなかった。ただ口の中で迷羊（ストレイシープ）、迷羊（ストレイシープ）と繰返した。（十三）

深読みをしたければ、この最後の場面と広田先生が語る夢の話を結びつけて考えることもできよう。先生は訪れた三四郎に、昔大臣の葬儀があったときに行列のなかに見た美しい少女と、たった今昼寝の夢のなかで再会したことを話して聞かせる。

「……僕がその女に、あなたは少しも変わらないというと、その女は僕に大変年を御取りなすったと云う。次に僕が、あなたはどうして、そう変わらずにいるのかと聞くと、この顔の年、この服装（なり）の月、この髪の日が一番好きだから、こうしていると云う。それは何時の事かと聞くと、二十年前、あなたに御目にかかった時だという。それなら僕はなぜこう年を取ったんだろうと、自分で不思議がると、女が、あなたは、その時よりも、もっと美しい方へ方へと御移りなさりたがるからだと教えてくれた。その時僕が女に、あなたは画（え）だと云うと、女が僕に、あなたは詩だと云った」（十一）

この広田先生の夢のエピソードを三四郎の体験に敷衍してみれば、「森の女」に描かれた美禰子像が、あの池の端で仰ぎ見た彼女のイメージと重なっているのはいうまでもないであろう。美禰子の美しい記憶はそのまま三四郎の頭のなかに不変のイメージとして固定されるが、三四郎自身はこれから厳しい変動の世界に生きていかざるをえないことが予示されてもいるのだ。

このように、『三四郎』は漱石の作品のなかでも珍しく物語構成のはっきりした作品である。いま指摘したようなことにとどまらず、冒頭の車中の場面の暗示性といい、二度にわたる「ストレイシープ」という言葉の象徴的な演出の仕方といい、この作品は非常によく練られたコンセプトをもとにして書かれているからである。だが、この作品のコンセプトということをいえば、それはストーリーの展開だけに限られているわけではない。

三つの世界

すでに示唆しておいたように、この作品においては三四郎を中心に三つの世界が交錯している。まず、それらを、その象徴的な含意をも含めて、ひとつずつ明らかにしておこう。

第一は、それまで三四郎が生まれ育ってきた田舎の環境世界である。これは作品中では郷里から定期的に送られてくる母親からの手紙として表現される。また美禰子の対照像のようにしてときどき名前のあがる色黒で気のいい「三輪田のお光さん」もこの世界に属している。あの夜汽車の女もここに入れていいだろう。母親の手紙では隣人や親戚とおぼしい人々のほほえましい日常茶飯事が報告されるのだが、三四郎はこれに郷愁をそそられる一方で、その旧態依然たる平穏さに辟易もしている。彼にとっては、いわば愛憎半ばするアンビヴァレンツの世界である。作品中の表現を借りれば、以下のようになる。

> 凡てが平穏である代わりにすべてが寝坊気(ねぼけ)ている。尤(もっと)も帰るに世話はいらない。戻ろうとすれば、すぐに戻れる。ただいざとならない以上は戻る気がしない。云わば立退場(たちのきば)の様なものである。(四)

母親とのエモーショナルな関係を軸に成り立つこの世界は、「寝坊気て」いながらも、それだからこそいつでも回帰できる懐かしく平穏な「立退場」として三四郎を支える心理的保証である。

第二は、三四郎が新たに足を踏み入れることになった大学ひいては学問やインテリの世界である。しかも設定が帝国大学となっていることから、三四郎は地方出のエリート学生ということになる。作品の表現によれば、この世界は苔の生えた煉瓦造りの建物のなかにうず高く積み重ねられた書籍に象徴される世界であり、これに属する人々は服装は汚く、生計も貧乏だが、安らかで落ち着いている。

> 電車に取り巻かれながら、太平の空気を、通天に呼吸して憚(はばか)らない。このなかに入るものは、現世を知らないから不幸で、火宅を逃れるから幸いである。(同)

この世界に広田先生や野々宮が入るのはいうまでもないが、ここで注意を要するのは、この第二の世界は必ずしも制度としての大学とイコールではないということである。広田先生は深い学識を誇りながらも高等学校の教師に甘んじているし、研究者として外国でも名の知られた野々宮も待遇は助手ほどの扱いであり、ふたりともそうした境遇に不満ひとつ漏らさない。くわえてこの世界の一員と目される学友の与次郎も、形骸化した大学の講義を退屈で無意味なものとみなし、そうした形骸化に反抗して大学を活性化すべく広田先生の帝大招聘を画策したり、独自の文筆活動に精を出したりという意味で、やはり既成の制度枠に収まらない、いわばアウトサイダー的な知識人である。

別の言いようをすれば、三四郎を惹きつけるこの第二の世界とは、たんなる学問の世界一般ではなくて、むしろ逆に「太平の空気を、通天に呼吸」し、「現世を知らない」ような、いわば「高等遊民」の世界にほかならない。だから、ここでは立身出世というような現世的関心は軽蔑され、もっぱら功利を離れて知が知そのものとして関心の対象となる。だれも顧みることもない一七世紀の女流作家ベーンの『オルーノウコウ』とかブラウン医師の『壺葬論』などを人知れず読んだり、ギリシアの劇場の入場料のことまで知っていたりする広田先生はその象徴だが、いうまでもなく、ここには漱石本人の自己投影があり、それはまた漱石の全作品に一貫するテーマ系のひとつでもある。

ついでにいっておくなら、この広田先生のモデルとして当時一高で教鞭をとっていた岩本禎の名前がよく挙げられるが、当然ここには漱石自身も入っていることを忘れるわけにはいかない。これ以外では、当時夏目家に頻繁に出入りしていた学生の小宮豊隆と鈴木三重吉が、それぞれ三四郎と与次郎の人物像作りに使われている。じじつ、当の小宮自身が最初にこの作品を手にしたとき、まるで自分と鈴木のことが書かれているようだという感想を日記のなかに書き記している（「明治四十一年の日記から」）。また野々宮にも『猫』で水島寒月のモデルとなった寺田寅彦の影を見て取ることができる。野々宮の「光圧の測定」の話は寺田からの受け売りだからである。ただし、肝心の美禰子に関しては身近に該当者は見当たらず、ほぼ漱石の想像力の産物とみていいだろう。

以上二つの世界が、どちらかというと静的な作品の背景ないし条件であるとするならば、第三の世界は作品の表立ったストーリーを実際に動かしていく世界である。これは美禰子という美しい女性に象徴され、彼女に対する三四郎の片想いが中心になるという意味で、さしあたり恋愛の世界と表現しておくことができるが、むろんこの世界に託された意味はそれだけにとどまっていない。

　第三の世界は燦として春の如く盪(うご)いている。電燈がある。銀匙がある。歓声がある。笑語がある。泡立つ三鞭(シャンパン)の盃がある。そうして凡ての上の冠として美しい女性がある。三四郎はその女性の一人に口を利いた。（四）

三四郎が衝撃を受けるようにして美禰子に一目ぼれしたのは、彼女の容貌の美しさが原因であることにちがいはないのだが、その「美しさ」には「電燈」「銀匙」「三鞭」の連想があるのである。これらは、一言でいえば、モダンな西洋文化の象徴である。さらに限定するなら、「歓声」「笑語」といった言葉と相まって、華やかな文化的社交の世界を象徴している。それは美禰子が名刺を使う女性であることにも表れている（この些細な事実に注目してジェンダー論の観点から美禰子を論じたものに小森陽一『漱石論』第二章4「個人と活字」がある)。

広田先生、野々宮、美禰子、よし子と連れ立って菊人形展を見物に出かけるとき、三四郎は自分を含めた一行をこう解釈する。

曾(かつ)て考えた三個の世界のうちで、第二第三の世界は正にこの一団の影で代表されている。影の半分は薄黒い。半分は花野の如く明かである。そうして三四郎の頭のなかではこの両方が渾然として調和されている。のみならず、自分も何時の間にか、自然とこの経緯(よこたて)のなかに織り込まれている。ただそのうちの何処かに落ち付かない所がある。それが不安である。(五)

片方の世界はせわしなく活動する世間を離れた禁欲の世界であるがゆえに「薄黒い」。野々宮の地下の研究室はまさにその代表である。じじつ野々宮の浮世離れについてはこういわれていた。

野々宮君は頗る質素な服装(なり)をして、外で逢えば電燈会社の技手位な格である。それで穴倉の底を根拠地として欣然とたゆまずに研究を専念に遣っているから偉い。然し望遠鏡のなかの度盛りがいくら動いたって現実世界と交渉のないのは明かである。野々宮君は生涯現実世界と接触する気がないのかも知れない。(二)

もう一方は華やかな文化的社交の世界であるがゆえに「花野の如く明かである」。そしてこの「明るさ」には西洋モダンが加わる。美禰子が英語を学んでいて、たびたび会話のなかに英語の単語を交えるのも、そのひとつの現われにほかならないが、それ以上に重要と思われるのは、与次郎が美禰子をイプセンの作品に出てくるような人物と評したことである。

イプセンの人物といえば、『人形の家』のノラが有名だが、当時草創期にあった新劇運動をとおして日本でも知られることになったこの主人公（ヒロイン）は、旧い家制度からの自己解放を遂げる「新しい女」の象徴でもあった。ちなみに、このことに関して一言コメントしておくと、松井須磨子がノラを演じて評判をとった『人形の家』の日本初公演は一九一一年、『三四郎』公刊からわずか三年後のことだが、それに先立つ一九〇九年に『ヨーン・ガブリエル・ボルクマン』が自由劇場の旗揚げに上演され、一躍イプセン・ブームを巻き起こしている（これについては平石典子『煩悶青年と女学生の文学誌』に詳しい）。小説の後半にも新劇運動の先駆となった文芸協会主催による演劇の話が取り入れられているが、これなどはまさにその頃の新しいトレンドを反映させたものといっていい。

だが、ようやく知の世界に足を踏み入れたばかりの三四郎はまだこの「新しさ」に充分についていくことができない。前の引用にいわれる「落ち付かない」がゆえの「不安」である。言い換えれば、故郷という「立退場」をのぞけば、彼にはまだ真に所属する場所が見つかっていないのである。そこからまた彼の「迷い」も出てくる。じつは、この迷いはすでに三四郎が池のほとりで美禰子にはじめて出会ったときの予感めいた言葉によって予示されていた。看護婦を連れた美禰子が立ち去った後の場面である。

三四郎は茫然(ぼんやり)していた。やがて、小さな声で「矛盾だ」と云った。大学の空気とあの女が矛盾なのだか、あの色彩とあの眼付が矛盾なのだか、あの女を見て、汽車の女を思い出したのが矛盾なのだか、それとも未来に対する自分の方針が二途(ふたみち)に矛盾しているのか、又は非常に嬉しいものに対して恐を抱く所が矛盾しているのか、この田舎出の青年には、凡て解らなかった。ただ何だか矛盾であった。(二)

この意味不明の「矛盾」は、やがてこの作品の枠を越えて、漱石のなかで肥大化していき、次第にその不気味な姿を露わにしていくことになるだろう。それが漱石一生の課題であるといわんばかりに。

新時代の青年

いずれの世界にも確固とした足場をもたないことからくる三四郎の不安には、さらに時代精神のバイアスがかかる。この時代精神はまず講義の合間に与次郎が語る気概に満ちた次のような言葉を通して示される。

今の思想界の中心に居て、その動揺のはげしい有様を目撃しながら、考えのあるものが知らん顔をしていられるものか。実際今日の文権は全く吾々青年の手にあるんだから、一言でも半句でも進んで云えるだけ云わなけりゃ損じゃないか。文壇は急転直下の勢で目覚しい革命を受けている。凡てが悉く揺(うご)いて、新気運に向かって行くんだから、取り残されちゃ大変だ。進んで

自分からこの気運を拵え上げなくちゃ、生きてる甲斐はない。(六)

いまや死語となってしまった「文権」などという言葉が新気運のなかで活気を帯びていた時代である。いや、そもそも「青年」という言葉自体がすでに新しい概念であったのだ(木村直恵『〈青年〉の誕生』参照)。では、その新気運に突き動かされる青年とは、どんな青年だったのだろうか。広田先生の招聘を画策する与次郎らが呼びかけた学生の懇親会で盛んに吹聴される「新時代の青年」という言葉にその内容が表わされている(ちなみに、ここでも食事にはナイフとフォークというモダンな食器が使われている)。ひとりの学生はこう訴える。

政治の自由を説いたのは昔の事である。言論の自由を説いたのも過去の事である。自由とは単にこれ等の表面にあらわれ易い事実の為めに専有され〔る〕べき言葉ではない。吾等新時代の青年は偉大なる心の自由を説かねばならぬ時運に際会したと信ずる。

吾々は旧き日本の圧迫に堪え得ぬ青年である。同時に新しき西洋の圧迫にも堪え得ぬ青年であるという事を、世間に発表せねばいられぬ状況の下に生きている。新しき西洋の圧迫は社会の上に於ても文芸の上に於ても、我等新時代の青年に取っては旧き日本の圧迫と同じく、苦痛である。(六)

明治は自由民権運動から議会の開設、憲法発布にいたる過程で「自由」を求めての熾烈な運動を経験した。これを担ったのが「壮士」である。しかし強いていえば、それはあくまで制度という外面をめぐっての運動であった。これに対し、いまや「心の自由」、つまり内面の自由こそが求められているという認識は、この時代のリベラルな若い学生やインテリたち、すなわち「壮士」に代わる「青年」たちにとっては共通のものだったと思われる。言い換えれば、内面化の時代の到来といっていい。そしてそれはやがて大正の精神的気運へと流れ込んでいくだろう。

また以前にあった鹿鳴館に象徴される極端な欧化政策とそれに反発する国粋主義との間の泥仕合のような角逐に対しても、新しい世代は明確な距離をとり、自己卑下の欧米拝跪でもなければ、また時代錯誤の復古主義でもない第三の道を求めていた。そしてそのベースにおかれた理念が、「心の自由」であり、「個人」であった。だから、さきの学生はこうも述べる。

> 社会は烈しく揺(うご)きつつある。社会の産物たる文芸もまた揺きつつある。揺く勢に乗じて、我々の理想通りに文芸を導くためには、零砕なる個人を団結して、自己の運命を充実し発展し膨張しなくてはならぬ。(同)

この発言は広田先生招聘をもくろむ学生によるたんなる戦略上のアジテーションにとどまってはいない。実際にも、このような気運がひとつの時代精神として胎動していたのである。だからこそこの発言は、与次郎の言葉に感心しながらも、それを全面的には信用しきっていなかった三四郎にも大いなる感銘を与え、「昨夕から急に新時代の青年という自覚が強くなった」と思わせるまでになったのである。

　この時代精神の到来は前世代に属する広田先生の側からも確かめることができる。訪ねてきた三四郎を前に先生はこう述べる。

> 近頃の青年は我々時代の青年と違って自我の意識が強過ぎて不可ない。吾々の書生をしている頃には、する事為す事一として他を離れた事はなかった。凡てが、君とか、親とか、国とか、社会とか、みんな他本位であった。それを一口にいうと教育を受けるものが悉く偽善家であった。その偽善が社会の変化で、とうとう張り通せなくなった結果、漸々自己本位を思想行為の上に輸入すると、今度は我意識が非常に発展し過ぎてしまった。昔しの偽善家に対して、今は露悪家ばかりの状態にある。（七）

　先生はこの「露悪家」のなかには与次郎も三四郎も、そして美禰子やよし子も入るというのだが、この場合の「露悪」とは、今日いわれる「露悪趣味」のそれとはやや意味を異にする。これはむしろ、表面的な「他本位」の偽善を振り払って、悪いところも含めて正直に自己の内面をさらけ出すような態度や生き方を意味し、「自我意識」「自己本位」「利己主義」とも親和的な言葉としてつかわれている。告白を売り物にした当時の自然主義文学の隆盛がこうした言葉の流行と重なっているのはいうまでもない。『三四郎』公刊の前年にはすでに、女学生への想いを赤裸々に綴ってスキャンダルとなった花袋の『蒲団』が、さらにその前年には、主人公が被差別部落の出自を告白する藤村の『破戒』が出ているが、後者は漱石をして「明治の小説として後世に伝うべき名篇」(一九〇六年四月三日森田米松宛書簡)とまでいわしめている。あまり知られていないが、藤村の自伝的作品『春』の東京朝日新聞連載決定も編集責任者漱石の判断であった。

というわけで、この「露悪」は、ことさら奇を衒って汚点や欠点を吹聴することというより、どちらかというと、さきの学生の演説にいう「心の自由」を求める「個人」に重きを置く考えのほうに親和的な言葉である。だから広田先生も旧世代の立場からこれをむやみに非難排斥するのではなく、「天醜爛漫」と評するのだ。ただし、普通一般に使われる表現「天真爛漫」ではなく、「天醜爛漫」である。この言葉は、屈託なく自分の持って生まれた醜い面も表にさらす、というほどの意味を込めた漱石の造語だろうが、このネガティヴなニュアンスをはらんだ「天醜」という表現への意図的なずらしが示しているように、世代を異にし、若い当事者たちから距離をとって眺めている先生には、その弊害も見過ごすことはできない。「自我の意識が強過ぎる」という観察がそれである。そうすると、どうなるのか。

> ところがこの爛漫が度を越すと、露悪家同志が御互に不便を感じて来る。その不便が段々高じて極端に達した時利他主義が又復活する。それが又形式に流れて腐敗すると又利己主義に帰参する。つまり際限はない。我々はそう云う風にして暮らして行くものと思えば差支ない。そうして行くうちに進歩する。(同)

これは高等遊民広田先生の、ひいては当時の漱石自身の時代認識にほかならない。だから、先生にひとまとめに「露悪家」とみなされた三四郎、与次郎、美禰子、よし子もまたこの世代特有の問題に突き当たらざるをえなくなるのである。天醜爛漫ないし天真爛漫に自己にこだわること、それはけっしてまちがいではない。だが、その過剰は「御互に不便を感じ」るような状況をもたらすというのだ。

ストレイシープ

こうしてみてくると、作品中の謎めいたキーワード「迷える子（ストレイシープ）」の意味が次第にはっきりしてくる。まず、この言葉を発した当人の美禰子にとっての意味を考えてみる。この作品において重要な役割を与えられ、たびたび登場してくるにもかかわらず、彼女についての情報はけっして多くない。あくまで三四郎の目に映るかぎりでの美禰子しか語られないからである。シナリオライターとしての漱石は意図して「不可解な女」を演出しているようにも見える。

はっきりしていることは、彼女が広田先生を中心とする人物たちと親しく付き合ってきながら、最後には突然のようにして兄の友人と結婚して、皆の前から姿を消してしまうという事実である。しかも、その相手はもともとよし子の縁談候補者だった人物である。われわれ読者はこの事実を遡らせることによって彼女の「迷い」を忖度する以外にない。

物語の最初のほうで暗示されるように、美禰子にとっての当初の縁談候補者は野々宮であり、また周囲も漠然とそれを認めていた。だが、このわき目も振らずひたすら研究に没頭する「穴倉」生活者は広田先生同様、世事に疎く、人付き合いもけっして上手とはいえない。だから、学者としては尊敬できても、はたして恋人として、また人生の伴侶としてふさわしい人物なのだろうかという迷いが美禰子のなかにはつねにあったことだろう。金銭的打算などという現実問題もあったかもしれない。三四郎の登場は、彼女がそんな迷いの状況にあったと思われる時期である。

作品のなかには迷う美禰子がそれとなく野々宮を試す場面がある。それは借金をしに行った三四郎を美禰子が展覧会に誘ったときのことである。二人で絵を観ていると、そこに偶然原口と野々宮が連れ立ってやってくる。挨拶代わりに野々宮が三四郎に向かってこういう。

(野々宮は)「妙な連れと来ましたね」と云った。三四郎が何か答えようとするうちに、美禰子が、「似合うでしょう」と云った。野々宮さんは何とも云わなかった。くるりと後ろを向いた。(八)

美禰子のことを「妙な連れ」といったのは、野々宮にとって二人の組み合わせが予期せぬことだったからである。そして美禰子の「似合うでしょう」は明らかに彼女の野々宮に対するあてつけであり、挑発である。だからそれを感じ取った野々宮も無言で向きを変えてしまったのだ。しかし、この挑発はもう少し複雑に仕組まれていた。この会話が交わされる直前、声をかけられて二人に気づいた美禰子は突然少し離れて絵を観ていた三四郎のところに戻るや、彼に耳打ちのそぶりをするのである。言葉もはっきりせず、三四郎には何のことかわからない。だが、これも美禰子の野々宮に対する意図的なあてつけを装う行為であったことが事後的に明らかになる。原口と野々宮が出て行ったあと、三四郎はさきの不可解な行動を美禰子に問いただす。すると、べつに用があったわけではないと断りながら、美禰子はこういうのである。


「野々宮さん。ね、ね」

「野々宮さん……」

「解ったでしょう」

美禰子の意味は、大濤(おおなみ)の崩れる如く一度に三四郎の胸を浸した。

「野々宮さんを愚弄したのですか」

「何で?」

女の語気は全く無邪気である。三四郎は忽然として、後を云う勇気がなくなった。(同)

美禰子の「天真爛漫」さがよく出ている会話である。しかし、三四郎のほうはというと、野々宮を愚弄し、自分がその愚弄のダシに使われたと感じ、気分を害してしまう。だが、この場面の記述はさらに複雑になっていて、会場を出て二人が大きな杉の木の下で雨宿りをしていると、美禰子は仏頂面をした三四郎にこう話しかける。


「悪くって?　先刻(さっき)のこと」

「可(い)いです」

「だって」と云いながら、寄って来た。「私、何故だか、ああ為たかったんですもの。野々宮さんに失礼する積りじゃないんですけれども」

女は瞳を定めて、三四郎を見た。三四郎はその瞳の中に言葉よりも深き訴えを認めた。

……必竟あなたの為にした事じゃありませんかと、二重瞼の奥で訴えている。（同）

洒脱な科白まわしによって表現されたこの一連の会話は何を語っているのだろう。美禰子は三四郎をたんにダシに使ったわけではない。彼女は「迷って」いたのである。それを「天真爛漫」に態度に表わしたにすぎない。「何故だか、ああ為たかったんですもの」という屈託のない科白はそれをよく表現している。密かにプレゼントを買ってくれたりはするものの、結婚ということに関してはなかなか明確な意思表示をしない野々宮との関係に自信をなくしていたときに三四郎が現われ、おそらく美禰子は新たに三四郎にも関心を向けた。たとえば、あの菊人形展で二人が「迷子」になったことはその後も良き想い出として美禰子の心に残った。だからこそ彼女はその時のことをわざわざ絵葉書にまで描いて三四郎に送ったりもしたのだった。ところが、その三四郎もまた彼女にとってははっきりしない男である。じじつ、三四郎はこの想いのこもった絵葉書に返事をしていない。というか、返事をする勇気をもたなかった。だから、彼女の不満と迷いはそれとなく三四郎にも向けられることになる。三四郎が彼女に金を借りに行ったとき、その理由を述べるくだりがある。

「どうして御失くしになったの」と聞いた。

「馬券を買ったのです」

女は「まあ」と云った。まあと云った割に顔は驚いていない。却って笑っている。すこし経って、「悪い方ね」と附け加えた。三四郎は答えずにいた。

「馬券で中るのは、人の心を中るよりむずかしいじゃありませんか。あなたは索引の附いている人の心さえ中てみようとなさらない呑気な方だのに」(同)

じつは馬券を買って金を失ったのは与次郎なのだが、三四郎がそれを伏せて話し始めたので、このような行きちがいの会話が生じてしまっている。しかし、それよりも大事で意味深長なのが、美禰子が三四郎を評した「索引の附いている人の心さえ中てみようとなさらない呑気な方」という言葉である。「索引が附いている」とは、二人の関係に即していうなら、彼女のほうからすでに自分の気持ちを示すようなメッセージが出ているということであり、あなたにはそれがわかっていないという彼女の柔らかな抗議なのだ。作品冒頭のあの列車の女のエピソードがここに重なってくる。

一時期の美禰子は明らかに、こうした行きちがいによって迷っていた。広田先生の言葉を借りれば、まさに「御互に不便を感じ」るような状態のなかにいたのである。ところが、あれほどまでに美禰子に魅了されながら、三四郎はついに最後までこの彼女の「迷い」に気づかない。彼もまた彼なりに「御互に不便を感じ」るような状態に陥っていたからである。こうした「迷い」の末に美禰子は結局野々宮も三四郎も捨てて、突然のようにして兄の友人との結婚を決断したのである。それまで一緒に暮してきた兄の結婚が決まって、自分が同居の小姑を余儀なくされるという焦りの気持ちなどもあったのかもしれない。目立たないながらも、漱石という作家はこうした心理の行きちがいやズレを描くことにおいて卓越した感性をもっている。

しかも、美禰子の決断の相手がよし子の当初の縁談相手だったというところに、まさにイプセンの人物にも比せられた「新しい女」美禰子の面目躍如があったというべきだが、しかし、モダンで自由な彼女とて、迷った挙句の自分の決断に疚しさを感じなかったわけではない。彼女がモデルとなって絵を描かれているとき、原口の鋭い芸術的観察眼は平生を繕おうとする美禰子の表情のなかにいつもとはちがう何かを感じ取っているし、何よりも教会の前で三四郎が美禰子に借りた金を返し、それが二人の最後の別れとなるとき、美禰子は「われは我が愆（とが）を知る。我が罪は常に我が前にあり」という旧約聖書（詩編）はダビデの言葉をつぶやいてもいるからである。それと同時にわれわれはあらためて「ストレイシープ」という言葉の出自にも思い当たることになる。

早くから弟子の小宮豊隆が指摘しているように（『漱石の芸術』）、じつは、こうした美禰子像にはひとつのモデルがあった。それは実在の人物ではなく、ドイツの劇作家ヘルマン・ズーデルマンの小説『アンダイイング・パスト（原題“Es war”）』の女主人公フェリシタスである。『三四郎』執筆中に漱石はこの作品についての感想談話を『早稲田文学』に寄せており、そのなかでこう述べている。

> そうしてこの女が非常にサットルなデリケートな性質でね、私はこの女を評して「無意識な（アンコンシャス）偽善家（ヒポクリット）」――偽善家と訳しては悪いが――といった事がある。その巧言令色が、努めてするの

ではなく、殆ど無意識に天性の発露のままで男を擒にする所、勿論善とか悪とかの道徳的観念も、ないで遣っているかと思われるようなものですが、こんな性質をあれほどに書いたものは他に何かありますかね、――恐らくないと思っている。（小宮豊隆『夏目漱石』下五三『三四郎』による）

念のために一言コメントしておけば、「サットル」とは subtle のことで、「いわく言いがたい」とか「微妙な」の意味の言葉である。そしていま執筆中の『三四郎』のなかで、その「サットル」な性質をもった「無意識なる偽善者」を書いてみるつもりだと発言しているのだが、これが美禰子のことを指しているのはだれの目にも明らかだろう。つまり美禰子の迷いは根本的にこの「無意識の天性」すなわち「天醜爛漫」から発しているのである。彼女の巧まざる小悪魔性もそれに起因する。

これに対し、三四郎の迷いはどういうところにあったのだろうか。まず、冒頭の列車の女とのエピソードが示すように、三四郎にはもともと母親が手紙で心配をしてくるほど気の弱いところがあった（「御前は子供の時から度胸がなくって不可ない。…平生から治薬に度胸の据る薬を東京の医者に拵えて貰って飲んでみろ」）。そこに加えて上京以来いやでも自分が田舎者であることを意識させられ、それが気後れの原因となっている。

自分は今活動の中心に立っている。けれども自分はただ自分の左右前後に起る活動を見なければならない地位に置き易えられたと云うまでで、学生としての生活は以前と変る訳はない。世界はかように動揺する。自分はこの動揺を見ている。けれどもそれに加わる事は出来ない。自分の世界と、現実の世界は一つ平面に並んでおりながら、どこも接触していない。そうして現実の世界は、かように動揺して、自分を置き去りにして行ってしまう。甚だ不安である。（二）

このような三四郎にとっては自分以外のすべての人間が不可解な驚きの対象である。とりわけ異性の美禰子の心を読み取るのはもっとも難しい。まさに広田先生のいう「偽善を偽善そのままで先方に通用させ様とする露悪家」のようにも思えてしまう。だから、彼は最後まで彼女に翻弄または愚弄されていると感じる。それが三四郎の「迷い」の中心にほかならない。とはいえ、そういう三四郎にも一度だけ決断をするときがあった。借金を返そうと原口の仕事場に美禰子を訪ねた帰りに、こういう場面がある。


二人は又無言で五六間来た。三四郎は突然口を開いた。

「本当は金を返しに行ったのじゃありません」

美禰子はしばらく返事をしなかった。やがて、静かに云った。

「御金は私も要りません。持っていらっしゃい」

三四郎は堪えられなくなった。急に、

「ただ、あなたに会いたいから行ったのです」と云って、横に女の顔を覗き込んだ。（十）

だが、せっかくの決断もすでに遅すぎた。作者は無情にもこの直後に美禰子の新しい婚約者と出会う場面を用意しているからである。このように決断がつかないまま迷いつづける三四郎の性格は早々と美禰子に見透かされていたようである。例の絵葉書に二頭の迷える羊が描かれていたのは、美禰子が自分だけでなく、あなたもまた迷っている人ですねというメッセージを伝えたかったからだろう。

しかも、美禰子とちがって、三四郎にはさきにも見たように、三つの世界のどれにも確固とした足場をもてないことからくる構造的ともいうべき「迷い」がはたらいている。自分を魅了する知の世界も自由な恋愛を可能にするモダンな文化的社交の世界も、彼にはまだ馴染んだものではない。すべてが「まだ」の状態に宙吊りされている。不可解なのは美禰子だけではなく、彼をとりまく環境のすべてなのだ。広田先生の言葉でいえば、彼は新しい時代精神に魅せられながらも、まだ「露悪家」にはなりきっていない。本当は「強過ぎる自我意識」なるものもまだ育っていない。そこに三四郎と美禰子との決定的な差異があり、だからこそ彼は一方的に自分のほうが彼女に愚弄されていると感じつづけるのである。

この三四郎の場合のように、漱石は恋愛をただたんに恋愛として描いてはいない。そこには近代という新しい時代に遭遇した精神がどのような状態に置かれることになるかという思想上の問題がつねに重ねられるからである。言い換えれば、漱石にとって恋愛とは、近代が凝縮して立ち現われてくる関係の磁場であり、その範例である。そしてこの基本姿勢は以後の作品においても貫かれることになるだろう。

三角関係の原理

漱石の恋愛の取り扱いに関しては、ひとつの際立った特徴がある。それは多くの批評家たちによってたびたび指摘されてきた三角関係である。具体的にいえば、男の主人公が別の男とひとりの女性を奪い合うという構図である。後半の作品群はほとんどこの関係を前提にしているといっていい。この『三四郎』という作品でも、やはりその原型を見出すことができる。美禰子に一目ぼれした三四郎は早々に野々宮が彼女の相手ではないかと疑うのだが、それはほぼ作品最後の新しい男の登場までつづく。たとえば、三四郎が広田先生の家を訪ねたときの気持ちは、こう説明されている。

訪問理由の第三は大分矛盾している。自分は美禰子に苦しんでいる。美禰子の傍に野々宮さんを置くと猶(なお)苦しんで来る。その野々宮さんに尤(もっと)も近いものはこの先生である。だから先生の所へ来ると、野々宮さんと美禰子との関係が自ら明瞭になってくるだろうと思う。これが明瞭になりさえすれば、自分の態度も判然極める事が出来る。(七)

隠微で公然化してはいないものの、これは明らかに三角関係の心理である。要するに三四郎は野々宮に対する嫉妬を自覚しているのだ。あるときから美禰子もこの三四郎の嫉妬を感じ取っていた。だから、あの絵画展でのような不意の行為に出たのである。この三角関係の心理状態は美禰子の結婚相手が登場すると、いっそうはっきりしてくる。借金の返済を口実に原口のアトリエを訪れた帰りに、三四郎が「あなたに会いたいから行った」という遅すぎた決断を告白したことはさきに述べたが、その直後に二人は予期せぬかたちで、美禰子を迎えにきた紳士然とした立派な男に出会う、その場面。


「今まで待っていたけれども、余り遅いから迎えに来た」と美禰子の真前に立った。見下して笑っている。

「そう、難有う」と美禰子も笑って、男の顔を見返したが、その眼はすぐ三四郎の方へ向けた。

「何誰」と男が聞いた。

「大学の小川さん」と美禰子が答えた。

男は軽く帽子を取って、向うから挨拶をした。

「早く行こう。兄さんも待っている」

好い具合に三四郎は追分へ曲がるべき横町の角に立っていた。金はとうとう返さずに分れた。
（十）

間接的で抑制の利いた筆致であるにもかかわらず、三四郎に感情移入する読者には、男の余裕ある態度との対比で、逆に嫉妬の混じった敗北者の忸怩たる思いが感じ取れるような記述になっている。このように、漱石の作品においてはひとりの女性をめぐって二人の男性が競合するという三角関係がしばしば取り上げられるのだが、そもそも漱石はこのようなモチーフをどこから得てきたのだろうか。

この問題へのアプローチのひとつは、直接漱石の若いころの実体験にその起源を探る方向である。この方向の研究で際立っているのは、江藤淳の唱える嫂(あによめ)説と小坂晋の唱える大塚楠緒子説の二つである。前者の江藤説については後の『行人』の章で詳しく論じることになるが、要点だけをいっておけば、漱石の兄直矩の妻で早逝してしまった嫂と漱石とのあいだに肉体関係を含む恋愛感情があったことを推測する説であり(『漱石とその時代』)、後者の小坂説というのは、若いころ漱石と友人小屋保治が歌人で作家の大塚楠緒子の婿候補として競合し、結果的に小屋が大塚家に婿養子に入ることになった体験が後々まで漱石の小説に影響を与えたとする説であるが(『漱石の愛と文学』)、とりわけどんな事柄でも楠緒子に結びつけてしまう小坂の偏執(パラノイア)ぶりは徹底している。ともに読者の好奇心をくすぐる面白い推理を展開しているのだが、そうはいっても、そのような個人的事情が全作品を貫くような重要な主題としての三角関係を決定づけたとは断言しきれないだろうし、なによりもそのような体験への還元は漱石の抱えていた問題を私的レベル、ひどい場合にはゴシップ記事のレベルに矮小化してしまうことにもなりかねない。

次に考えられるのは、漱石が先行の有名作品を意識していたかもしれないということである。まず考えられる対象は言文一致の先駆的作品とされる二葉亭四迷の『浮雲』である。この作品のプロットは、融通が利かない性格のため免官になってしまった主人公の青年と如才のない俗物のライバルがひとりの美しい女性をめぐって競合するところにあり、また『三四郎』同様、要所のシーンで団子坂の菊人形展が取り入れられている。同じく団子坂の菊人形展が出てくる鴎外の『青年』なども、そういう観点から見ると、主人公と未亡人と画家の関係をやはり一種の三角関係とみなせなくはない。また外国の小説でいえば、さきにも触れたヘルマン・ズーデルマン『Es war』にも同じモチーフがはたらいている。こうしたことがたんなる偶然なのか、それとも意図的なものだったのか、あるいは当時流行のテーマだったのか、そういうファクターも考慮に入れる必要があるだろう。

唯一はっきりしているのは、漱石が意識して小説を書き始めたときの短編のなかにすでにこのテーマの痕跡が見出されるという事実である。まず、ひとりの女を囲む二人の男という構図に関しては「一夜」という短編がある。これは「八畳の座敷に髯のある人と、髯のない人と、涼しき眼の女が会して」謎めいた掛け合い問答をしながら一夜を過ごすという珍しい趣向の作品であり、文章も華美な古文調で書かれている。艶麗な女との思わせぶりなやり取りもあるとはいえ、男どうしの恋愛感情の葛藤というようなものは出てこず、私にはむしろ句会から着想を得た座興という印象のほうが強い。しかし、漱石はこの作品の最後に「彼らの一夜を描いたのは、彼らの生涯を描いたのである」とわざわざ一言を添えているのである。この言葉もまた謎というべきだが、それにしても興味深いのは「生涯」の凝縮として二人の男とひとりの女という構図が選ばれているということである。その後の漱石の作品の展開を知る者には、このことがたんなる偶然の一致とは思われない。参考のために付け加えておくなら、小坂晋はこの短編が大塚楠緒子の長詩「ひと夜」に応えたものであり、三人の登場人物はそれぞれ漱石、大塚保治、大塚楠緒子に対応するという解釈を提出している（『漱石の愛と文学』第二章「いつまで草」）。

しかし、それよりも興味深いのは、ちょうどそのころに書き残したノートのなかに、小説のコンセプトと思われる次のようなメモ書きがあることである。

五　甲、乙ノ女ヲ愛ス。丙ノ子又之ヲ愛ス。／甲、乙ニ女ヲクレト談ズ。／丙其子ノ為ニ乙ニ談ズ。乙ハ丙ノ目下ナリ。唯々之ヲ諾ス／甲実ヲ探リテ丙ノ策ナルヲ疑フ／乙モ丙モ語ラズ秘密ハ二人ノ間ニ葬ラル

八　AトBト親友。Aある女ヲ恋ふ。B之を知る而も亦此女ヲ愛ス。Bノ temptation〔誘惑〕及ビ heroism〔英雄的行為〕。Bある地位ヲ得ントスAモ之ヲ希望ス（親ノ vanity〔虚栄心〕ヲ満足スル為メ。新婚ノ費用多キ為め）Aノ temptation 及ビ heroism。Bハ女ヲAニ與ヘ。Aハ地位ヲBニ與フ　（一九〇四、五年頃の断片）

これは二つの別々の話なのか、それともひとつの話のなかのことなのかは不明だが、少なくとも漱石が恋愛関係に関して、しばしばひとりの女をめぐって二人の男が競合するというパターンを考えていたことを示している。

この印象は同じころに書かれたもうひとつの短編「薤露行」によってさらに強まる。これはアーサー王伝説の翻案で、やはり古文調の文体で書かれているが、ここで漱石が作品の中心に据えたのが、アーサーの王妃ギニヴィアとアーサーに仕える円卓の騎士のなかでもとりわけ誉れ高いランスロットとの不倫の恋と、それに絡ませたエレーンの悲劇である。いうまでもなく、ここでもギニヴィアというひとりの女性をめぐるランスロットとアーサーという二人の男の三角関係が問題となる

わけだが、ここでは恋愛感情が強く前面に押し出され、二人の男どうしの競合、間におかれた女の複雑な心理の動きが赤裸々なまでに描き出されている。ついでに挙げておけば、遺作『明暗』のためだろうか、ずっと後の一九一六年の断片にもこんなメモ書きが残されている。

二人して一人の女を思ふ。一人は消極、sad, noble, shy, religious. 一人は active, social. 後者遂に女を得。前者女を得られて急に淋しさを強く感ずる。居たたまれなくなる。life の meaning を疑ふ。遂に女を口説く。女（実は其人をひそかに愛してゐる事を発見して戦慄しながら）時期後れたるを諭す。男聴かず。生活の本当の意義を論ず。女は姦通か。自殺か。男を排斥するかの三方法を有つ。女自殺すると仮定す。男惘然として自殺せんとして能はず。僧になる。又還俗す。或所で彼女の夫と会す。（一九一六年断片）

以上のような事情を念頭に置きながら、漱石において以後執拗に繰り返されることになるこの三角関係のもつ意味について著者なりにやや理論的な側面から考えてみたことを少々述べておきたい。まず、その手がかりを漱石自身の言葉に探ってみる。

作者が作中の人物を主観的に書くということは、良否は俄かに言いにくいことだがまずくやると、出来上って見てどうも厭味なものになってしまう事があるように考えます。僕は大抵第三者の地位に立って、客観的に人物を観察する気で書きますが、この方が書きよくもあり、万一出来損なっても厭味がないだけ良いようにも思われます。(「文学談」)

一般に小説を書く場合、この漱石の言葉にもあるように、告白小説がやるような、作者がもっぱら主人公と同一化して、その視点からのみ書く主観的な方法と、それをまったく排除しないとしても、むしろ登場人物たちを外から観察しながら書くのを基調とする客観的な方法がある。このほかに考えられるのは、たとえば二人の登場人物の視点をそれぞれ交互に交錯させながら書くやり方もあるだろうし、二人に限らず主要登場人物の視点をすべて、いわばポリフォニックに活かすやり方もあるだろう。

いずれにせよ、こういう技法上の観方から『三四郎』を振り返ってみると、この小説はほとんど三四郎の視点を中心にして書かれているので、いわゆる主観的な方法ということになるのだが、よく読むと、この三四郎の主観は「作者」の視点によって不断に相対化されていることに気がつく。つまり漱石は一見告白的主観的な小説を書く場合でも、引用が証言しているとおり、あくまで作者の外からの眼を離さないのである。ここに漱石が当時隆盛の自然主義文学と袂を分かつ点もあるのだが、しかしそのことよりもわれわれのそもそもの問題は、なぜ三者関係が問題になるかということであった。

さきの引用につづいて、漱石は作者としては舞台を眺める観客のようなものだとも述べているが、観客には劇の動きや流れの全体が見えていなければならない。だからそうした視点にとってなによりも重要なのは、それぞれの登場人物の個々の言葉や動作ではなくて、むしろそれらが交錯する動的な関係である。この関係がうまくとらえられないと、たとえ個々の台詞や動作がよくても「出来損ない」ということになってしまう。私は、漱石の三者関係というのは、こうした小説の技法上の問題とも深くかかわっているのではないかと思う。

一者の独白だけではドラマの動きを生み出すことは難しい。これが二人になると、当然その分ダイナミズムが生じるが、それはいまだ二つの主観の互換ともいうべきものであって、まだ十分な「客観」とはいえない。野球の比喩を使うなら、二人だけでキャッチボールをしていても、まだゲームにはならないということである。「客観」、より正確には、関係を表現する「社会／社交」が成り立つためには、最低三者が必要になる。このことは社会学者たちにとっては、ある意味で自明の事実である（たとえば、ジンメル『社会学』のなかの三者結合の理論など）。たしか作家の中上健次もインタヴューか対談かで、小説を書くとき、三人にすると言葉ひいては物語が動き始めるというようなことをいっていたように記憶するが、三者関係というのは基本的に「社会・社交」の模型をなすといっていい。

次に、三者においてはじめて競合や葛藤、その反対の和解や妥協が生じる。さらには掟や倫理のようなものも生まれてくる。つまり、小説に即していえば、その分ドラマ性が増すということである。とりわけこれに愛情という問題が絡んでくると、そこに二者対一者の分離が起こる。大げさに表現するなら、「承認をめぐる闘争」（ヘーゲル）が生じる。このダイナミズムを心理学的に解明しようとしたのが、あの父＝母＝子のトリアーデの分析で知られるフロイトの精神分析であることはよく知られていよう。フロイトのエディプス・コンプレックスとは、まさにひとりの女（母）の愛情をめぐる二人の男（父と息子）の争いにほかならない。そしてフロイトはこの三角関係理論をギリシア悲劇をヒントにして立てたのであった。

こうした葛藤のなかに置かれた三者関係の効果はそれだけにとどまらない。同じく精神分析派のラカンや文化哲学者のジラールが明らかにしたように、この三者の葛藤においてはじめて「欲望」が生まれる。幼児は別の子が自分の持ち物に関心を示すときにはじめて、その持ち物に対する欲望を自覚する、という心理的光景は日常的にもありふれている。『三四郎』に即していえば、野々宮や第三の男が登場することによって三四郎の美禰子に対する欲望も高まるというメカニズムがなければ、この小説はおそらく「出来損な」ってしまったことであろう。漱石の作品群を念頭に、柄谷行人もこういっている。

さらにいえば、男の「愛」は、もう一人の男がいるからこそ燃えたったのである。すなわち、三角関係はけっして特殊なものではなく、あらゆる「愛」——あるいはあらゆる「欲望」は三角関係においてある。むしろ、「関係」そのものが三角関係として生ずるのだといってもよい。

（『漱石論集成』「文学について」）

もうひとつ重要なことは、二者から排除された一者は、たんに嫉妬や欲望の増大を経験するだけでなく、その孤立した状況にあって、いやおうなく内面化を経験せざるをえなくなるということである。二者から排除された孤独な一者は他者を失う。すると、それまで外部の他者に向かっていた愛情、欲望、敵意等々が自己自身に向けられ、そこに反省や内省、場合によっては自己非難や自己処罰といったものが生み出される。さきにも触れた二葉亭四迷の『浮雲』が、やはり三角関係のなかでひとり内にこもって悩む人物を主人公にしていることは、たんなる偶然とは思えない。それはロシア文学の翻案などといった話とは別のことであろう。こういった諸々のことは多くのドラマ作家たちには自明のことかもしれない。現に、どんな安っぽい恋愛ドラマにも多かれ少なかれこのような効果をもたらす三角関係が取り入れられているからである。

内面化といえば、『猫』のなかでも寒月、東風、独仙らを前にして苦沙弥先生が「ぼくの解釈によると当世人の探偵的傾向は全く個人の自覚心の強過ぎるのが原因になっている」として、その自覚心とは「自己と他人の間に截然たる利害の鴻溝があるということを知り過ぎているということだ」と怪気炎を上げる場面があるが（十）、ここでいわれる「自覚心」なるものも、内面化にともなって必然的に生じてくる内省に合流するものと理解していい。

もっとも、後の作品に比べれば、三四郎の内省はそれほど深いものではない。それはせいぜいのところ田舎出の青年が都会の文化生活に突き当たって悩むという程度の、いわば青春の一齣に見られるエピソードのような内省でしかない。だからこそこの作品は『坊ちゃん』と並んで広くポピュラーに読まれるのだが、しかし、後の深い内省といえども、もとはといえば、往々にしてこうしたナイーヴな青年心理を出発点にしているのだ。

ただ、この作品のポピュラリティに関しては、私にはいささか問題が残る。『三四郎』が一種の青春小説として多くの読者を獲得したというのは、そのとおりであろう。だが、これを読んだ若い読者たちが三四郎という主人公にどこまで感情移入できるかということになると、私にはいささか疑わしいのである。なぜなら、主人公の優柔不断もさることながら、何よりこの「田舎出の青年」はもうひとつ板についていないからである。言い換えれば、知的に加工された作りものの臭いがするからである。ついでにいっておくなら、この知的加工という印象は聖書の言葉を引用して自らの「愆」を口にする「クリスチャン美禰子」にもいえる。姦通を犯し、その女の夫を殺させたあのダビデ王の言葉は、表面上の意味が一致するだけで、美禰子の「愆」にはふさわしくない。むろん、小説である以上、多かれ少なかれ加工やフィクションが不可避なのは自明のことだが、問題はその加工の素材に何を使ったかということである。

　漱石は自分のところに出入りする学生の話や熊本五高での体験をもとにして主人公像を練った。すでに指摘したように、おもにそのモデルとして使われたのは小宮豊隆であり、じじつ小宮の母親からの手紙が使われたりもしている。たしかに漱石はこの作品のための材料を豊富にもっていた。しかし、漱石自身の体験はといえば、それは学生ではなくて教師としての体験である。いうまでもなく、三四郎は漱石自身を託した主人公ではない。この作品において現実の漱石に近いのは三四郎ではなく、広田先生である。そしていわずもがなのことを付け加えておけば、漱石自身は米が目前の稲田から採れることも知らなかった（子規『墨汁一滴』）東京は江戸の生まれであり、およそ田舎出などではありえなかった。中心を少し離れるだけですぐ田畑に出る時代の東京であったにもかかわらず、である。もっとも、漱石には「日本人という田舎者」を苦々しく体験させられたロンドン留学があり、その体験をもとにして同様の境遇にある心理を類推したかもしれないというような解釈の自由までを否定する必要もないが。

いずれにせよ、こういう事情をもつ作品の「田舎出の青年」に、たとえば本物の田舎出の青年たちが心から共感を寄せたり感情移入をすることはまずないだろう。この作品に関していえば、ポピュラリティとシンパシーは必ずしも一致していないように思われる。だからといって、むろんこのよく練られた作品の文学的価値が落ちるということをいいたいわけでもない。この疑念については、また次章で新たな文脈のなかで取り上げることにしたい。

三者関係に関連して、もうひとつ『三四郎』のなかに面白い趣向がある。それは金銭のやり取りである（記述を混乱させないために、いまは述べないが、漱石の作品をとおして金銭のやり取りというのは隠れた共通テーマである）。作品の後半で借金のやり取りが話の展開に巧みに取り入れられているが、この貸し借り関係はこうなっていた。

ことの起こりは与次郎が広田先生から預かった金を競馬ですってしまったことである。与次郎はその分を三四郎から借りて補填するのだが、今度は自分の家賃の支払いに困った三四郎が与次郎の奇策で、美禰子に借金をするという仕組みになっている。与次郎が三四郎か美禰子に金を返せば、この三角のサイクルは閉じるのだが、それがないので、結局は三四郎の田舎の母親からの仕送りがこれを閉じさせることになる。

この話自体はそれほど大したことではないが、漱石は物語を展開させるために、与次郎と三四郎という二者間の貸借関係のなかにあえて第三者の美禰子を巻きこんだのである。まさに三人にすると物語が展開するということが実証されているような趣向といえよう。借金問題の張本人はドラマの展開を支配する狂言回し(トリックスター)与次郎だが、三人の間をつなぐ金はその与次郎のトリックスター性を見事に表現している。同じくこの金銭関係に注目した蓮實重彦は「自分が貸した金銭を借金として美禰子から借りうけるという奇妙な媒介者」に仕立てあげられてしまった三四郎のほうを強調しているが(『夏目漱石』第三章「報告者漱石」)、いずれにせよ金銭の貸し借りがそれだけの問題に終わっていないことは確かである。小説家としての漱石はこうした趣向に対して多分に自覚的で計算高かったと私は想像する。そこで、こうした漱石の三者関係を自覚的に利用する趣向を、ここでは「トライアングル・モデル」と名づけておこう。

　最後に、この章を閉じるにあたって、三角関係と並んでもうひとつ後の作品にとって大きな意味をもってくるようになるテーマを指摘しておきたい。それはこの作品においてはあまり目立たないかたちで挿入されている次のような場面である。すでに触れたように、与次郎の広田先生招聘の画策が失敗に終わり、美禰子の婚約の話を耳にした三四郎が広田先生を訪ねたとき、先生は突然自分がかつて出会った少女の夢の話をして聞かせるのだが、そのときにまるで三四郎に対する暗示か訓示のように、結婚ができない事情の例として、こんなことを語っている。

> 「例えば」と云って、先生は黙った。烟がしきりに出る。「例えば、ここに一人の男がいる。父は早く死んで、母一人を頼に育ったとする。その母が又病気に罹って、愈(いよいよ)息を引き取るという、間際に、自分が死んだら誰某(だれそれがし)の世話になれという。子供が会った事もない、知りもしない人を指名する。理由(わけ)を聞くと、母が何とも答えない。強いて聞くと実は誰某が御前の本当

の御父（おとっさん）だと微かな声で云った。――まあ話だが、そういう母を持った子がいるとする。すると、その子が結婚に信仰を置かなくなるのは無論だろう」（十一）

例えばの話としてあるし、この作品にとっては特別な意味をもたないように語られているとはいえ、この言葉は非常に意味深長である。これは、この部分を読むだけでも、広田先生の実際の身の上話ではないかと疑わせるほどリアルな描写になっているからである。かりに先生によるいくらかの意図的な脚色（隠蔽）がなされているとしても、作者漱石の代弁者のような広田先生が結婚の困難についてこのような考えをもっていること自体がすでに問題なのだ。なぜなら後の『彼岸過迄』や『道草』などに代表されるように、ここに「例え話」としてさりげなく挿入された養子問題こそ、ほかならぬ漱石自身の一生を左右するほどの大きな意味をもったテーマだったからである。むろん、これは後の作品を知る読者にのみできる解釈ではある。しかし、この作品が発表された時点でも、この「さりげなくも不自然」な挿入を何かの予兆と読んだ読者がいなかったとはかぎらない。少なくともそのなかに作家としての漱石自身がいたことはまちがいないだろう。しかし、このテーマについては後の章でゆっくりと検討することにしよう。

第二章　転調する内省——『それから』

物語の展開と要点

この作品には執筆以前に書かれた詳しい構想メモが存在しているが（『漱石全集』十三）、それに照らし合わせてみると、実際に出来上がったものがほぼその構想どおりに書かれていることがわかる。つまり、漱石はこの作品を、メモ書きのない最終部を除いて、緻密な計算の上に立って書いたのである。

この作品の主人公長井代助は実業家の父と兄をもつ裕福な家庭の子息である。実家から独立してひとりの書生と賄い（まかな）の老女を置いて一戸を構えているものの、その生活はすべて実家からの経済的支援のうえに成り立っている。大学を卒業したあとも、もっぱら読書や芸術鑑賞にのみ精を注ぎ、ただ生活していくためにだけ働くことを厭い、三〇歳になる今も、かたくなに職に就くことを拒みつづけている。いわゆる典型的な「高等遊民」の身分である。また、自分とはまったく肌合いのちがう父親を苦手とし、内心では軽蔑さえしているのだが、それでも生活費を依存していることから、けっして表立った反抗や対立の素振りを見せることはない。実家はそんな彼の身を固めさせようと、あれこれと縁談をもちこむのだが、これまで代助はそれらをことごとく躱（かわ）してきた。

だが、新たに進められている縁談相手は父親の恩人筋に当たる女性で、しかも経済的にも安定した地方の大地主の娘である。代助は父親によって計られた政略結婚の臭いをかぎ取って、またしてものらりくらりと逃れようとするのだが、さすがに今回の縁談まで破談にしてしまえば、父親の怒りを買って生活費打ち切りといった事態さえ招きかねない状況に立たされている。

そういう事情を抱えて日々を送っている代助のもとに、ある日旧友平岡からの手紙が舞いこむ。平岡は学生時代のごく親しい友人の一人で、今から三年前に結婚し、職を得て関西に赴任していたのだが、会社での不祥事の詰め腹を切らされ、失職して再び東京へ戻ってくることになった。久しぶりに会った友人の人格はすっかり変わり、その荒んだ生活ぶりに代助は心を痛める。

しかし、代助の本当の心配は平岡よりもその妻の三千代に向けられたものであった。というのも、三年前代助は平岡と三千代の結婚を積極的にとりもったのだが、じつはそれは平岡に対する善意の友情から、自分の三千代に対する気持ちを無理やり抑えておこなったものだったからである。当時すでに三千代のほうにも代助に対する思いが芽生えていたのだが、彼女もまたそれを抑えて平岡に嫁いだのだった。

日々の生活に追われ、おまけに心臓に難を抱える三千代の境遇を耳にするにつれ、いったん沈静していた代助の三千代への気持ちが日々に昂じていく。ちなみに、この過程で代助は三千代のために金を工面するのだが、実際にはそれは彼が実家の嫂から借用するもので、前作『三四郎』と同様、ここでも金銭の流通が物語の展開に一役買っている。こういう三千代との関係の深まりと並行して、実家がお膳立てをする縁談話も進行し、代助はその板挟みになって苦吟するのだが、作品は代助がその長い苦吟を経て、ついに三千代を平岡から取り戻そうと決心するまでを克明につづったものである。その意味で、これは漱石が三角関係問題をもっとも鮮明なかたちでテーマ化した作品であるといえる。また、この主人公の苦吟は、前の『三四郎』のなかで広田先生が述べた、偽善を駆使する現代の「露悪家」たちの陥る困難を具体的に展開して見せたものと解釈することもできて、漱石の思想を考えていくうえで大変重要な意味をもっている。

物語は、人生への「アンニュイ（倦怠）」をかこちながら高踏派のプライドをもって生きていた代助が、あらためて三千代への愛を自覚して以来、次第にそのプライドを捨てて直情の人間へと変貌していく後半に向かって緊張感が高まるように構成されているが、そこに至る途中での白眉のシーンは、代助を訪ねた三千代が、雨を避けようと息せき切ってやってきて喉の渇きを覚え、代助が台所へ行って水を持ってくる間に、テーブルの上に置いてあった空のコップで鈴蘭の活けてある鉢の水を飲んでしまうシーンであろう。この鈴蘭は知人からの貰い物で、その日たまたま代助が活けて、さきほどまでその香りに包まれてうたた寝をしていたものだった。訪れた三千代のほうも昔代助が好きだったという白百合を持参していて、それが鈴蘭と一緒に活けられるのだが、この二つの白い花を使って二人の愛の再燃を間接的に表現してみせる漱石の繊細な美的演出はさすがである。そのセンスは『三四郎』の「迷い子（ストレイシープ）」の場面に匹敵する。蓮實重彦はこのシーンに視覚だけでなく、二人を近づける効果をもつ臭覚が巧みに使われていることを指摘し、こういっている。

> 目をつむることで視覚から消滅してしまう花が、なお、香りとして存在を刺激し続けるという現象に彼〔代助〕は自覚的なのだ。しかも香りは、響きが大気を震わせて消えてしまってから後も、なお空間にとどまって濃密な刺激を維持しうる。だからこそ「自然の児」になろうと決意した代助は、訪れる三千代を待ちながら、大量に買い入れた白百合の花を部屋中に活けるのだ。（『夏目漱石論』第四章「近さの誘惑」）

だが、この優雅な美的シーンには軽い戦慄を覚えた読者も少なくないはずである。一般には、鈴蘭は（コンパラトキシンという）有毒成分を含んでいるといわれるからである。この成分は不整脈や嘔吐を引き起こし、致死量を超えれば心不全をも結果するとされるものだが、われわれ読者はすでに三千代が心臓を病んでいることを知っている。つまりこの花には死の表象が避けられないのである。このシーンに先立って、代助がうたた寝から覚めたとき、じっとして動かない自分の体を「まるで死人のそれの様であった」と感じたこと、それにつづいて喉に落ちた蟻を指で抑えると、「その時蟻はもう死んでいた」と書き添えられていることなどからも、鈴蘭からの死の連想は文脈的にも不自然ではない。

漱石が鈴蘭に有毒成分があることを知っていたのかどうかはわからない。たんに知らなかっただけのことかもしれない。あるいはまた有毒成分を含まないような鈴蘭の種類があるのかもしれない。しかし、それがどうであれ、私を含む一定の読者たちが、この美的に演出されたシーンに死の影を感じ取ってしまうという事実だけは確かであろう。

さらにいうなら、ここであのよく知られた『夢十夜』の第一話の女が臨終の言葉を実現すべく、百年後に白百合となって再臨したことを想起する読者もいることだろう。つまり鈴蘭のみならず、三千代の持参した白百合にもまた美とともに死のイメージがつきまとうのである。そういえば、「薤露行」でランスロットがギネヴィアとの別れに際して彼女の手に接吻をしたときも「暁の露しげき百合の花弁をひたふるに吸える心地」を抱いたのだった。このように、漱石には白い花と死のイメージを借りて女性美を演出するという隠されたメランコリーの美学がある。ちなみに、新聞連載の時点では「鈴蘭」のかわりに、構想メモ書きにあった「リリー、オフ、ゼ、ヴレー（谷間の百合）」という鈴蘭の別名表記がそのまま使われており、それだけ漱石が「百合」という言葉にこだわっていたことがわかる（なお、百合の描かれ方を通して漱石文学におけるキリスト教的なものを探ろうとしたものに、大岡昇平『小説家夏目漱石』「ユリの美学」がある）。

この関連で、もう一言添えておくと、この作品には冒頭から心臓が止まることに対する代助の異常な不安、父や祖父の昔語りに出てくる殺戮の話、ロシアの作家アンドレーフの「七刑人」で次々に死んでいく刑人の場面などが言及されており、思った以上に死のイメージが色濃い。また鈴蘭のシーンより後の話になるが、三千代に告白をした何日か後に、将来の生活を心配する代助が、訪ねてきた三千代にその不安を打ち明けると、彼女は「若もの事があれば、死ぬ積りで覚悟を極めているんですもの」「漂泊でも好いわ。死ねと仰しゃれば死ぬわ」「だって何時殺されたって好いんですもの」「どうせ間違えば死ぬ積りなんですから」と過剰なまでに死を口にしている。

こうした美的演出を経て、第一のクライマックスがやってくる。それは父親の計った縁談が本格的に進んで、いよいよ進退窮まって決断を迫られた代助が、義父と義弟の仲をとりもちながら何とか縁談を進めようとする嫂に向かって自分には好きな女性がいることを告白した後、三千代本人の気持ちを確かめるべく、彼女を家に呼んで本心を打ち明けるところである。

代助は二人の記憶に共有されている百合の花を活けて、三千代を待ちうける。そして篠突く雨のなかをやってきた彼女と一時その共有された記憶を語り合うと、長いためらいの後ついに「僕の存在には貴方が必要だ。どうしても必要だ。僕はそれだけの事を貴方に話したい為にわざわざ貴方を呼んだのです」と宣言する。三千代は「余りだわ」といって、泣き伏すが、むろんそれは喜びと苦しみの入り混じった涙であった。代助がもう一歩踏み込んだ言葉を投げかけようとすると、次のような場面がくる。

三千代はやはり俯つ向いていた。代助は思い切った判断を、自分の質問の上に与えようとして、既にその言葉が口まで出掛った時、三千代は不意に顔を上げた。その顔には今見た不安も苦痛も殆んど消えていた。涙さえ大抵は乾いた。顔の色は固より蒼かったが、唇は確として、動く気色はなかった。その間から、低く重い言葉が、繋がらない様に、一字ずつ出た。

「仕様がない。覚悟を極めましょう」

代助は背中から水を被った様に顫えた。社会から逐い放たるべき二人の魂は、ただ二人対い合って、互を穴の明く程眺めていた。そうして、凡てに逆って、互を一所に持ち来した力を互と怖れ戦いた。

しばらくすると、三千代は急に物に襲われた様に、手を顔に当てて泣き出した。代助は三千代の泣く様を見るに忍びなかった。肘を突いて額を五指の裏に隠した。二人はこの態度を崩さずに、恋愛の彫刻の如く、凝としていた。(十四)

三千代が帰り、雨も上がった月夜の晩、ひとりになった代助は庭に出て、座敷に活けてあった百合を取ってきて、それを自分の周囲にまき散らし、月光に映えるその白い花々を眺めながら、しばらくそのなかに屈みつづけるのだった。

もうひとつのクライマックスは、三千代の気持ちを確かめた代助が、勘当覚悟で父に縁談を断った後にくる平岡との対決場面である。その直前から三千代が病気で床に臥せっていることを知った代助はすでに気が気でない状態になっている。それでも争いを好まない代助は「三千代さんの君に詫まる事と、僕の君に話したい事とは、恐らく大いなる関係があるだろう。或は同じ事かもしれない。僕はどうしても、それを君に話さなければならない。話す義務があると思うから話すんだから、今日までの友誼に免じて、快く僕に僕の義務を果させてくれ給え」と、冷静と余裕を装って告白を始めるのであった。そしてこれまでの経緯を告白した後、ついに「三千代さんをくれないか」という。平岡はその場でこの申し出を受け入れるのだが、それには条件が付けられた。その条件とは、二人の絶交に加えて、三千代が快復して、そちらに渡すまではけっして彼女に会わないでくれというものだった。裏切りの償いとしてそれを受け入れた代助が、しかしもし三千代の身に万が一のことが生じたときだけは一度は会わせてほしいと願い出ると、平岡は「それはまあその時の場合にしよう」と言葉を濁してしまう。

「じゃ、時々病人の様子を聞きに遣っても可いかね」

「それは困るよ。君と僕とは何にも関係がないんだから。僕はこれから先、君と交渉があれば、三千代を引き渡す時だけだと思ってるんだから」

代助は電流に感じた如く椅子の上で飛び上がった。

「あっ。解った。三千代さんの死骸だけを僕に見せる積りなんだ。それは苛い。それは残酷だ」

代助は洋卓の縁を回って、平岡に近づいた。右の手で平岡の背広の肩を抑えて、前後に揺りながら、

「苛い、苛い」と云った。

平岡は代助の眼のうちに狂える恐ろしい光を見出した。肩を揺られながら、立ち上がった。

「そんな事があるものか」と云って代助の手を抑えた。二人は魔に憑かれた様な顔をして互を見た。（十六）

それまで一貫して理性の人を演じてきた代助が、はじめて妄想めいた理不尽な言葉とともに自分の感情を露わにする場面である。言い換えれば、それは高等遊民の余裕とプライドが一挙に瓦解する瞬間である。この瞬間の代助は一歩狂気の世界に足を踏み入れている。じじつ、この告白につづく日々は、約束を守って狂ったように三千代の家の周りを徘徊する代助であった。その姿にはもはやかつての有閑人の面影はない。そして最後は書生の門野に「僕は一寸職業を探して来る」といいおいて街の巷に飛び出していくのだが、電車のなかで「ああ動く。世の中が動く」と口走る代助の眼に映った光景が次のように描写される。

忽ち赤い郵便筒が眼に付いた。するとその赤い色が忽ち代助の頭の中に飛び込んで、くる

くると回転し始めた。傘屋の看板に、赤い蝙蝠傘を四つ重ねて高く釣るしてあった。傘の色が、又代助の頭に飛び込んで、くるくると渦を捲いた。四つ角に、大きい真赤な風船玉を売ってるものがあった。電車が急に角を曲がるとき、風船玉は追懸て来て、代助の頭に飛び付いた。小包郵便を載せた赤い車がはっと電車と摺れ違うとき、又代助の頭の中に吸い込まれた。烟草屋の暖簾が赤かった。売り出しの旗も赤かった。電柱が赤かった。赤ペンキの看板がそれから、それへと続いた。仕舞には世の中が真赤になった。そうして、代助の頭を中心としてくるりくるりと焰の息を吹いて回転した。代助は自分の頭が焼け尽きるまで電車に乗って行こうと決心した。（十七）

漱石がこの氾濫する赤の表象を通して何を表現しようとしているかは明らかであろう。だが、代助の燃え上がるような情念は鮮明だとしても、このような小説を読んだときの普通の読者にとって気になる、三千代の病気がその後どうなったかはわからない。二人が再びいつ会うことができたのかもわからない。代助に職が見つかったかもわからない。すべてが不明のままこの作品は終わっている。つまり、この作品は恋愛小説であって、恋愛小説ではないのである。だからそこに込められた意味があらためて探られなければならない。

ちなみに、余談をひとつ付け加えておくなら、この作品が朝日新聞に連載されている間、その印刷原稿を校正していたのが石川啄木である。その縁もあって啄木はこの作品が書かれた翌年に吐血をして入院した漱石の見舞いに行っており、逆に漱石はその四年後の啄木の葬儀に参列している。

現実にも、当時の作家たちにとって死はさほど遠いものではなかったのである。

ところで、この作品にはもうひとつ、漱石の全作品を通して読解を進めていくうえでの問題がある。この作品はこれまで『三四郎』『それから』『門』とつづく、いわゆる初期三部作の一冊として読まれることが多かった。言い換えれば、『三四郎』で提起された問題が『それから』を経由して、最後に『門』において終結を見るという三点セットの神話である。なぜそのような読まれ方が流布したかというと、その原因の一半は漱石自身にある。『それから』が朝日新聞に連載されるにあたって、漱石はこういう新聞予告を書いているからである。

> 色々な意味に於てそれからである。「三四郎」には大学生の事を描(かい)たが、此小説にはそれから先の事を書いたからそれからである。「三四郎」の主人公はあの通り単純であるが、此主人公はそれから後の男であるから此点に於ても、それからである。此主人公は最後に、妙な運命に陥る。それからさき何うなるかは書いてない。此意味に於ても亦それからである。

これを読むかぎり、『それから』の中継的位置は紛れもないように聞こえる。そこから三部作神話も生まれてきているのだが、時系列に沿って虚心に漱石の作品を読んでみると、漱石自身の言葉を裏切って、この「三部作」はそれほどスムーズに流れているとは思えないのである。漱石の全著作を丹念に読んだ秋山豊も「ある見方に立てば、『それから』という作品によって、漱石の作品が、前半と後半に分けられるように思う」（『漱石という生き方』35章）という印象を述べている。この疑念は何より『三四郎』と『それから』の間にある決定的な問題意識の質的相違からくる。

私は前章で、『三四郎』には漱石自身が書かれていないという印象を述べておいた。言い換えれば、漱石は三四郎という主人公にそれほど思い入れをしていない。これに対して『それから』の代助には漱石自身の息遣いが痛いほどに感じ取れる。だから、同じように高等遊民や三角関係めいた恋愛が扱われていても、後論が示すように、その切実感や心理描写において両者の間には格段の差が生じているのである。端的にいえば、『三四郎』は青春小説として読めても、『それから』はけっしてそのようなものとしては読むことができない。青春小説であれば、一般読者の期待に応えて物語の顛末がもう少し明らかにされたであろう。だが、さきにも述べたように、この作品はまさにそのような終局を拒否している。つまり、漱石はこの作品を前作とはまったくちがう動機において書いたのだ。その動機とは何か。『それから』発表に三年ほど先立つ一九〇六年に、漱石は弟子の鈴木三重吉宛の手紙にこう書いていた。

> 僕は一面に於て俳諧的文学に出入りすると同時に一面に於て死ぬか生きるか、命のやりとりをする様な維新の志士の如き烈しい精神で文学をやってみたい。それでないと何だか難をすてゝ易につき劇を厭うて閑に走る所謂腰抜文学者の様な気がしてならん。（一九〇六年一〇月二六日鈴木三重吉宛書簡）

これは『草枕』を発表した直後の言葉だが、よく知られた「文学論序」（一九〇七年）や短文「文芸は男子一生の事業とするに足らざる乎」（一九〇八年）などからもうかがえるように、文学は男子一生の仕事に値するかという坪内逍遥や二葉亭四迷を悩ました問いは、漱石にとっても一大問題であった（ちなみに、漱石の「文芸は男子一生の事業とするに足らざる乎」は四迷がいったとされる「文学は男子一生の事業に非ず」を受けたものであろう）。評判をとった『猫』や『草枕』がはたして「死ぬか生きるか、命のやりとりをする様な維新の志士の如き烈しい精神で」書いた小説だったのか、漱石はそう自問する。そしてその厳しい自己への問い詰めが『三四郎』にも向けられたと推測してもおかしくない。「命のやりとりをする」からには、たとえそれが小説という仮構の世界であっても、そこに自分を賭けなければ嘘になる。『三四郎』と『それから』の間に横たわる埋めがたい溝はこの決意の差異によっていると私は思う。あの代助と三千代の「覚悟」は作家漱石の「覚悟」でもあったのだ。

漱石の思想変遷における画期ということで、翌年一九一〇年の『門』執筆中に起こった修善寺の大吐血をあげる論者たちもいる。これは小宮豊隆や寺田寅彦など、おもに漱石山房に集まった弟子たちによって広められた説だが、江藤淳が一蹴して見せたように（『決定版夏目漱石』「倫理と超倫理」）、一連の作品を丁寧に読むかぎり、この「神話」も素直にそのまま受け入れられるものではない。むろん、生死の間を彷徨った大吐血が漱石のなかに深刻な何ごとかを残さなかったことはありえない。しかし、それ以前に書かれた『それから』のなかに見出される「断絶」は、すでに漱石文学の本質にかかわる重要な転換を告げているのだ。

神経衰弱という言葉

私は、自分を賭けて書くということを転換のメルクマールとして強調した。しかし、これは必ずしも私小説を書くというようなことを意味しない。たしかに、漱石の作品には漱石自身を思わせる登場人物がたびたび出てくる。初期の作品でいえば、『猫』の苦沙味先生や『三四郎』の広田先生などがその例である。だが、漱石はそういう人物にのみ自分を託して書くというやり方はしていない。それをいうなら、むしろさまざまな登場人物たちに自分を分けて表現しているといったほうがよい。それは猫であってもよかったし、女性であってもよかった。

自分を賭けて書くとか、自分のことを書くとは、どのようなかたちであれ、借り物の知識ではなく、ほかならぬ自分自身の体験や考えを小説のなかに表現することである。だから問題は、漱石の場合その体験がどのような体験であり、また彼自身がそれをどのようにとらえ、消化／昇華していったかということになる。そうした意味で非常に重要な意味をもっているのが、漱石の「神経衰弱」体験である。

漱石がイギリス留学中に精神的危機に陥り、一時は下宿に閉じこもったままひどい自閉症状をきたしていたことはよく知られた事実である。このことについての他者の証言は少なくないが、漱石自身も留学中の日記にこう記していた。

近頃非常に不愉快なり。くだらぬ事が気にかかる。神経病かと怪まる。しかし一方では非常に

ズーズーしき処がある。妙だ。（一九〇一年七月一日）

この精神の変調は帰国後も容易におさまらず、一九〇三年の初めに帰国すると、その年東大精神科の呉秀三のところで診断を受けている。ちなみに呉は日本人最初の専門の精神科医としてクレペリンの精神医学体系を導入したり、巣鴨病院（松沢病院）を創設したりした人物で、あの夢野久作『ドグラマグラ』の主人公のモデルにもなった人物であるが、呉はこの診断面接に先立つ二年前のドイツ留学中、ロンドンに漱石を訪ねてもいる。以下は漱石が親友菅虎雄に呉への仲介を依頼した手紙の全文である。

今朝は寝込へ御来駕褥中にて大失敬申上候。偖小生熊本の方愈辞職と事きまり候に就ては医師の診断書入用との事に有之候へども、知人中に医者の知己無之、大兄より呉秀三君に小生が神経衰弱なる旨の診断書を書て呉る様依頼して被下間鋪候や。小生は一度倫敦にて面会致候事あれど、君程懇意ならず鳥渡（ちょっと）ぢかにたのみにくし。何分よろしく願上候。（一九〇三年三月九日菅虎雄宛書簡、句読点は小林による）

五高辞職願のための診断書とはいえ、すでに本人によって「神経衰弱」という言葉が自覚的に使われている。もうひとつ、今度はその「神経衰弱」の一番の犠牲者となった妻鏡子にこのときの具体的な「病状」を語らせてみよう。同じ年熊本五高を辞し、東大の講師に就いたばかりのころである。

このころまではまずまずどうにかよかったのですが、六月の梅雨期ごろからぐんぐん頭が悪くなって、七月に入ってはますます悪くなる一方です。夜中に何が癪にさわるのか、むやみと癇癪をおこして、枕と言わず何といわず、手当たりしだいのものをほうり出します。子供が泣いたといっては怒り出しますし、時には何が何やらさっぱりわけがわからないのに、自分一人怒り出しては当たり散らしております。どうにも手がつけられません。(『漱石の思い出』一九「別居」)

そして、この手のつけようもなくなった漱石の攻撃衝動(アグレッション)は、ついに妻と子供を実家に追いやるまでにエスカレートしてしまう。こうした精神的危機のピークは十年後の『行人』執筆中にもう一度やってくるのだが、それについてはまたあらためて触れることにして、決定的なのは、漱石がこうした危機をたんなる回避されるべきネガティヴな病としてやり過ごすのではなく、むしろそれを自覚し、そこから積極的に自らの思考を発展させ、さらにそれを作品のなかに表現しようとしつづけたということである。「文学論序」において漱石は、イギリスでの発病騒ぎ以来の出来事を振り返って、次のように書いている。

英国人は余を目して神経衰弱といへり。ある日本人は書を本国に致して余を狂気なりといへる由。賢明なる人々の言ふ所には偽りなかるべし。ただ不敏にして、これらの人々に対して感謝の意を表する能はざるを遺憾とするのみ。
帰朝後の余も依然として神経衰弱にして兼狂人のよしなり。親戚のものすら、これを是認するに似たり。親戚のものすら、これを是認する以上は本人たる余の弁解を費やす余地なきを知る。ただ神経衰弱にして狂人なるがため、『猫』を草し『漾虚集』を出し、また『鶉籠』を公けにするを得たりと思へば、余はこの神経衰弱と狂気とに対して深く感謝の意を表するの至当なるを信ず。
余が身辺の状況にして変化せざる限りは、余の神経衰弱と狂気とは命のあらんほど永続すべし。永続する以上は幾多の『猫』と、幾多の『漾虚集』と、幾多の『鶉籠』を出版するの希望を有するがために、余は長しへにこの神経衰弱と狂気の余を見棄てざるを祈念す。（「文学論序」）

非常に興味深い記述というべきである。この言葉を受けて江藤淳は、とくに発病の場となったイギリスを舞台にして書かれた『漾虚集』に着目し、そのなかに感取された「神経衰弱と狂気」を次のような言葉で表現している。

「倫敦塔」といい、「幻影の盾」といい、「薤露行」といい、「カーライル博物館」といい、それらの作品に描かれた世界はいずれも夜の暗黒に満されている。どのような真昼の情景が描かれても、その読者にあたえる効果は名状し難く暗く不吉なものでしかない。過去の亡霊と好んで会話を交わしている漱石の周囲には屍臭がただよっている。そして屍臭にひたされた夜の闇から、醜怪な生の要素のような、湿潤な牢獄の壁に生ずる青く冷たいかびのような人物が浮び出ては消えて行く。英国史上の、あるいは伝説的な名前をあたえられているこれ等の人物は実は漱石の内部に潜んで、彼の生命と感受性をおびやかしている醜悪な生の元素に他ならない。(『決定版夏目漱石』I、五「漱石の深淵」)

ここにいわれる「醜悪な生の元素」こそ漱石のいう「神経衰弱と狂気」にほかならない。いかにも江藤らしい鋭敏で的確な読み取りだが、それ以上に大事なことは、漱石がこの「生命と感受性をおびやかしている醜悪な生の元素」としての狂気に自ら気づいていたこと、言い換えれば、彼には自分が病気であるという自覚、すなわち見当識があったということである。しかも、その自覚は、さきの引用が語るように、狂気だからこそあのような作品を書くことができたという、一種の自負にまで高められているのだ。そしてこの自負が、前にあげた「死ぬか生きるか、命のやりとりをする様な維新の志士の如き烈しい精神で文学をやってみたい」という気概と共鳴しあっているのはいうまでもない。はたして漱石はこの「自負」を弟子たちに向かって、次のように宣言している。

今の世に神経衰弱に罹らぬ奴は金持ちの魯鈍ものか、無教育の無良心の徒か左らずば、二十世紀の軽薄に満足するひょうろく玉に候。

もし死ぬならば神経衰弱で死んだら名誉だろうと思う。時があったら神経衰弱論を草して天下の犬どもに犬である事を自覚させてやりたいと思う。(一九〇六年六月七日鈴木三重吉宛書簡)

今一つ感じた事がある。純文学の学生は大抵神経衰弱に罹って居る。是は二十世紀の潮流が自然学生を駆ってここに至らしめたるか又は神経衰弱ならざれば純文学が専門に出来ぬのか。未だ研究せず。諸君既に神経衰弱なれば試験官たる拙者の如きは大神経衰弱者ならざるべからず而も当人自身は現に神経衰弱を以て自任しつつあり。神経衰弱なるかな。神経衰弱会を組織して大に文運を鼓吹せんとす白楊先生以て如何となす。（一九〇六年六月二三日森田米松宛書簡）

自分が「神経衰弱」であるとするならば、それはほかならぬ時代のほうこそが狂っているのだといわんばかりの開き直りの認識、これが漱石を一介の物書きにとどまらせることなく、さらに近代という巨大な時代のうねりを一身に受けとめ、それを真剣かつ内在的に批判する思想家にまで引き上げた原動力である。こうした認識は大半の「二十世紀の軽薄に満足するひょうろく玉」たちにはまったく理解できないのだが、そのことは百年後の二十一世紀の今日においても同じだろう。ところで、当時「神経病」とか「脳病」などとならんで、精神医学のみならず、さまざまな分野でインフレ気味に使われたこの「神経衰弱」という言葉、いったいどのような出自をもち、またどのような意味で使われていたのだろうか。『精神医学事典』の記事を紹介しておく。

　１８８０年に、アメリカの医師ベアード G.M.Beard が最初に記述した症候群。主な症状は疲労感、頭痛・頭重、不眠、肩こり、耳鳴り、めまい、手指や眼瞼の振戦、知覚過敏、注意力散漫、記憶力減退、被刺激性亢進、腱反射亢進などさまざまであるが、その本態は刺激性衰弱（irritable weakness）とされる。（略）ベアードが神経衰弱の概念を提唱して以来、わが国でもこの用語は流行し、一般市民の間でも、あらゆる精神障害を代表する言葉として長く使用されてきた。（『増補版精神医学事典』）

この記事が述べるように、「神経衰弱」という言葉は当時の人々の間では、特定の病気というより、むしろ広く精神障害一般を表わす言葉として使われていたのだが、そのことは漱石においても同じであった。つまり、漱石のいう「神経衰弱」には今日の「統合失調症（分裂病）」「躁鬱病」「鬱病」から「神経症」「心気症」、さらにはたんなる「頭痛」や「肩こり」まで、すべての症状の意味が込められていたのである。むろん、今日このような杜撰な概念が医学の専門用語としてほとんど用を足さないのはいうまでもない。そこで精神医学に関心のある読者ならば、では漱石は今日の診断基準にしたがえば、どのように診断されるのだろうかという興味が湧くところだろうが、まだ漱石の作品すべてを検討していない今はそれについて論ずることはできない。とりあえずは、漱石が何らかの精神障害を経験していたという事実の確認だけで十分である。

このことをことさら問題にするのは、われわれが本章で対象にしている作品『それから』に、こうした意味での「神経衰弱」が随所に顔を出し、それが作品の性格を大きく左右していると思われるからである。こういうことは前作『三四郎』には見られなかったことであり、そこに私が「断絶」をいう理由のひとつもある。では、『それから』のどこが、そのような「神経衰弱」の表現となっているのだろうかというと、じつは、この作品は冒頭のっけからそうなのである。

> 誰か慌ただしく門前を馳けて行く足音がした時、代助の頭の中には、大きな俎下駄が空から、ぶら下がっていた。けれども、その俎下駄は、足音の遠退くに従って、すうと頭から抜け出して消えてしまった。そうして眼が覚めた。
>
> 枕元を見ると、八重の椿が一輪畳の上に落ちている。代助は昨夕床の中で慥かにこの花の落ちる音を聞いた。彼の耳には、それが護謨毬を天井裏から投げ付けた程に響いた。夜が更けて、四隣が静かな所為かとも思ったが、念のため、右の手を心臓の上に載せて、肋のはずれに正しく中る血の音を確かめながら眠に就いた。（一）

半睡状態で俎下駄が中空にぶら下がった夢を見るというのも珍しいが、気になるのは、やや異常なまでに過敏になった聴覚である。しかも、その過敏になった聴覚が心臓の鼓動を対象にするとき、そこには心気症の気味さえうかがわれる。はたして、それにつづくところでは、代助は胸に手を当てて聞く心臓の鼓動を「自分を死に誘う警鐘の様なもの」とみなし、「この警鐘を聞くことなしに生きていられたら、——血を盛る袋が、時を盛る袋の用を兼ねなかったなら、如何に自分は気楽だろう」などと考えてしまう。これが心気症とみなされるのは、しばらく後に代助のこうした日頃の素振りが書生門野によって「先生、今朝は心臓の具合はどうですか」などと冷やかされることからも明らかである。

聴覚異常にならんで視覚の異常も見過ごせない。実家を訪ねた際に欄間の周囲に張った模様画を見ていると、「その色が壁の上に塗り付けてあるのでなくって、自分の眼玉の中から飛び出して、壁の上へ行って、べたべた喰っ付く様に見えて来た。仕舞には眼球から色を出す具合一つで、向うにある人物樹木が、此方の思い通りに変化出来るようになった」(三)とある。こうした知覚の変調がどこか幻覚めいて聞こえるのは、次のような例でもそうである。

> 午過になってから、代助は自分が落ち付いていないと云う事を、漸く自覚し出した。腹のなかに小さな皺が無数に出来て、その皺が絶えず、相互の位地と、形状とを変えて、一面に揺いている様な気持ちがする。代助は時々こういう情調の支配を受ける事がある。(六)

これは比喩表現というより、文字通りそういう幻覚まがいの身体感覚があったということであろう。こうした苦痛をともなう知覚や情調の異常は本人にも自覚されていて、「代助には人の感じ得ない事を感じる神経がある。それが為時々苦しい思もする」(七)とか、「代助は時々尋常な外界から法外に痛烈な刺激を受ける。それが劇しくなると、晴天から来る日光の反射にさえ堪え難くなることがあった」(十)といわれたりするのだが、不必要な気がかりが高じてくると、苦痛であることがわかっていながら、無意味に何度も入眠する瞬間をとらえてみようと試みたりするなどは(五)、まるで反復強迫の症状である。フロイトは反復強迫に「死の欲動」を読み取ったが、この作品にもつねに死が影を落としている。前節に述べたような美と死のイメージの結合はおそらくそのことと無関係ではない。もうひとつ、私にとってもっとも印象的だった記述を引用しておこう。

まだ不思議な事がある。この間、ある書物を読んだら、ウエバーと云う生理学者は自分の心臓の鼓動を、増したり、減したり、随意に変化さしたと書いてあったので、平生から鼓動を試験する癖のある代助は、ためしに遣って見たくなって、一日に二三回位怖々ながら試しているうちに、どうやら、ウエバーと同じ様になりそうなので、急に驚いて已めにした。

湯のなかに、静かに浸かっていた代助は、何の気なしに右の手を左の胸の上へ持って行ったが、どんどんと云う命の音を二三度聞くや否や、忽ちウエバーを思い出して、すぐ流しへ下りた。そうして、其所に胡坐をかいたまま、茫然と、自分の足を見詰めていた。するとその足がへんになり始めた。どうも自分の胴から生えているんでなくて、自分とは全く無関係のものが、其所に無作法に横わっている様に思われて来た。そうなると、今までは気が付かなかったが、実に見るに堪えない程醜くいものである。毛が不揃に延びて、青い筋が所々に蔓って、如何にも不思議な動物である。（七）

まったくの個人的な感想にすぎないが、私はこの箇所を読んでいて、なぜかつげ義春の漫画『ねじ式』を連想してしまった。具体的に、どこがどう似ているかということではなくて、この記述に表われている自己の身体に対する底知れぬ疎外感のようなもの、とでもいっておくことしかできないのだが。ちなみに、詩人の飯島耕一がやはりこの箇所に目をつけて鈴木志郎康を連想しているのは、かつての志郎康ファンだった私には妙に得心がいって面白い（『漱石の〈明〉、漱石の〈暗〉』『それから』の代助と鈴木志郎康の初期の詩」)。

いずれにせよ、漱石を読み進めていく場合のポイントとしてもう一度強調しておきたいのは、こうした苦痛をともなう「神経衰弱」が漱石に自覚されていたこと、そしてその自覚が、何よりあの「神経衰弱会を組織して大に文運を鼓吹せんとす」という気概に満ちた言葉に見られるように、意識的に漱石の文学表現のみならず思想内容にまで高められていったということである。その射程がもっとも遠くにまで及んだ一例が、性急な開化すなわち近代化にあえぐ日本人について述べた、次のような講演の言葉である。

すでに開化と云うものがいかに進歩しても、案外その開化の賜として吾々の受くる安心の度は微弱なもので、競争その他からいらいらしなければならない心配を勘定に入れると、吾人の幸福は野蛮時代とそう変りはなさそうである事は前御話しした通りである上に、今言った現代日本が置かれたる特殊の状況に因って吾々の開化が機械的に変化を余儀なくされるためにただ上皮を滑って行き、また滑るまいと思って踏張るために神経衰弱になるとすれば、どうも日本人は気の毒と言わんか憐れと言わんか、誠に言語道断の窮状に陥ったものであります。(『現代日本の開化』)

漱石にいわせるならば、西洋が百年かかってようやく到達したものを、わずか十年で獲得しようとすれば、およそ空虚な結果しかもたらさないか、本当にそんなことをすれば由々しき結果を招いてしまうのは、だれの眼にも明らかだ。維新以降の日本もそれと同じで、かりにわずか四十年か五十年かで西洋の成果を必死に受け入れてきたのだとすると、現代の日本人たちが「神経衰弱に罹って、気息奄々として今や路傍に呻吟しつつある」のも当然ではないかというわけで、神経衰弱とは非西洋が西洋に出会ったときに必然的に罹る病だという客観視された認識が、ここにはある。だから、この病から解放されようと思えば、時代との格闘を避けることはできない。とはいえ、この格闘は簡単ではない。なぜなら、それはたんに外からやってくる西洋近代を相手にするだけでなく、『それから』の代助が結局は旧世代を代表しながら依然としてその権威を失っていない父親との対決を避けられなかったように、否応なく自分たちの内なる過去（前近代）との対決をも要求してくるからである。つまり、明治の敏感な神経衰弱者たちは、いわば前門の虎後門の狼の状況下で、初めから孤独な戦いを強いられていたのだ。おそらく、この時代的緊張感を抜きにして漱石を読むことはできない。

高等遊民と煩悶青年

『それから』というと、必ず言及されるのが「高等遊民」という概念である。作品の初めに賄いの婆さんと書生の会話が出てくる。

「先生は一体何を為（す）る気なんだろうね。小母（おば）さん」

「あの位になっていらっしゃれば、何でも出来ますよ。心配するがものはない」

「心配はせんがね。何か為たら好さそうなもんだと思うんだが」

「まあ奥様でも御貰いになってから、緩っくり、御役でも御探しなさる御積りなんでしょうよ」

「いい積りだなあ。僕も、あんな風に一日本を読んだり、音楽を聞きに行ったりして暮らしていたいな」(一)

これがごく普通の人々の眼に映った高等遊民の姿である。が、そもそも高等遊民とは何だろうか。この言葉はだいたい二〇世紀の初頭ごろから人々の口に上がり始めた言葉で、最高学府を卒業したものの、就職ができないで(または、しないで)、知識をもてあましながらそのまま無為に生活を送るような(若い)インテリたちのことを意味した。さしずめ当時のメインストリーム「立身出世」の風潮を逆なでするようなタイプといっていいかもしれない。総じて文科の学生に多く、なかでも文学士はその典型だった。町田祐一の詳細な研究によれば、当時こうした青年たちが毎年二万人ほど発生し、日露戦争ころから深刻な社会問題になったという(『近代日本と「高等遊民」』第一部第一章「明治末期における「高等遊民」問題の成立」)。またおりしも勃発した日露戦争との絡みで、反戦を煽る危険思想の持主という嫌疑もかけられたりして、彼らの置かれた状況は、けっしてさきの会話にいわれるほど気楽なものではなかった。やがて「国家の損失」とか「危険思想」といった批判的な風潮に抗して、文壇では山路愛山、木下尚江、内田魯庵などが擁護論を展開したりするようになるのだが(愛山・尚江・魯庵「所謂高等遊民問題」、魯庵「文明国には必ず智識ある高等遊民あり」)、こうした擁護論に漱石の初期の作品群が少なからぬ影響を与えたことは、まずまちがいないだろう。

漱石が高等遊民を取り上げたのは『それから』に始まることではない。ある意味では『猫』のなかの苦沙味先生をはじめとする、あの人を食った登場人物たちがそうだといえるし、『草枕』の主人公もまたその類の人間とみなすことができるからである。あのあまりにも有名な冒頭の文章「智に働けば角が立つ。情に掉させば流される。意地を通せば窮屈だ。とかくに人の世は住みにくい」は、まさに高等遊民の心情と一致する。しかし、『それから』に先立って高等遊民をテーマにしたもので、もっとも重要な作品といえば、やはり『野分』を措いてほかにないだろう。他の作品に比べてあまり目立たないこの作品は、しかし漱石の思想を知るうえでも重要な作品なので、『それから』における高等遊民を検討する前に、まずこの作品について触れておきたい。

この作品の主人公は、意地と矜持から勤めていた学校をことごとく辞めて、いまや筆一本で生きていくことを決意しながらも、現実には経済的な不如意を余儀なくされて日々を送っている白井道也という硬骨漢である。これに大学を卒業したものの、まだ職の見つかっていない高柳周作と中野輝一の二人の青年が配される。この二人は親友関係にあるが、その生活ぶりは貧富の両極をなし、とくに貧しいほうの高柳は結核をも患っている。物語は、自分が高等学校の生徒であったころ先生時代の道也に悪戯をしたことがその辞職の原因となっているらしいと知って以来、良心の呵責を感じる高柳が次第に道也の人物に惹かれ、最後はかつての罪滅ぼしに、療養のために中野からもらった有り金をはたいて、借金の返済に困っていた道也から買い手のつかない原稿を自分が書い取るという話である。

広い意味では、この三人はいずれも高等遊民の範疇に入る人物であるが、いうまでもなく当時の漱石の想いがもっとも多く込められているのは道也先生である。彼は売れない雑誌で煩悶青年たちに向かって世事へのこだわりから解脱することを説いてみたり、値上げ反対運動で逮捕された人の家族を支援するための演説会で、金銭とは異質な学問の世界の尊さを滔々と訴えたりするような人物であるが、その基本的な信念は次のようなところにあった。

世は名門を謳歌する、世は富豪を謳歌する、世は博士、学士までをも謳歌する。然し公正な人格に逢うて、位地を無にし、金銭を無にし、もしくはその学力、才芸を無にして、人格その物を尊敬する事を解しておらん。人間の根本義たる人格に批判の標準を置かずして、その上皮たる附属物を以て凡てを律しようとする。この附属物と、公正なる人格と戦うとき世間は必ず、この附属物に雷同して他の人格を蹂躙せんと試みる。天下一人の公正なる人格を失うとき、天下一段の光明を失う。公正なる人格は百の華族、百の紳商、百の博士を以てするも償い難き程貴きものである。われはこの人格を維持せんが為に生れたるの外、人世に於て何等の意義をも認め得ぬ。寒に衣し、餓に食するはこの人格を維持するの一便法に過ぎぬ。筆を呵し硯を磨するのもまたこの人格を他の面上に貫徹するの方策に過ぎぬ。(三)

金銭と虚飾の支配する俗世間への嫌悪が明らかである。そしてここにはまた、あの「金持ちの魯鈍ものか、無教育の無良心の徒か左らずば、二十世紀の軽薄に満足するひょうろく玉」を向こうに回して、「神経衰弱会を組織して大に文運を鼓吹」してやろうとか、「世界総体を相手にしてハリツケにでもなってハリツケの上から下を見てこの馬鹿野郎と心のうちで軽蔑して死んで見たい」（一九〇六年七月三日高浜虚子宛書簡）といった当時の漱石の意気軒昂たる決意も見ることができる。いずれにせよ、ここに表現された高等遊民像はずいぶんと勇ましい。その姿には一時代前の民権運動の闘士の趣さえある。

　こうした道也の高等遊民ぶりと『それから』の代助を比較してみると、どうなるだろうか。代助は「所謂処世上の経験程愚なものはない」という心情をもち、「麺麭（ぱん）を離れ水を離れた贅沢な経験をしなくっちゃ人間の甲斐はない」と考えるような男で、世俗の仕事を忌避する意味で道也の態度に通じるところがある。その社会観もまた似ているところがあって、たとえば平岡になぜ働かないのかと問い詰められると、こう答えている。

　何故働かないって、そりゃ僕が悪いんじゃない。つまり世の中が悪いのだ。もっと、大袈裟に云うと、日本対西洋の関係が駄目だから働かないのだ。（中略）日本は西洋から借金でもしなければ、到底立ち行かない国だ。それでいて、一等国を以て任じている。そうして、無理にも一等国の仲間入りをしようとする。だから、あらゆる方面に向かって、奥行きを削って、一等国だけの間口を張っちまった。なまじい張れるから、なお悲惨なものだ。牛と競争をする蛙と同じ事で、もう君、腹が裂けるよ。その影響はみんな我々個人の上に反射しているから見給え。こう西洋の圧迫を受けている国民は、頭に余裕がないから、碌な仕事は出来ない。悉く切り詰めた教育で、そうして目の廻る程こき使われるから、揃って神経衰弱になっちまう。（六）

今日の日本人は自分のことと目先のことしか考えなくなっており、心身ともに疲労困憊している。こういう状況のなかで、ただ生活のためにのみ労力を費やすなどというのは馬鹿げている。誠実に働く以上は、麺麭を離れた生活以上の働きでなければならない、というのが代助の言い分である。むろん、このような言い分は、それこそ日々の死活に追われて生きている平岡にはまったく理解されない。裕福な実家からもらう金で何不自由なく生活できる人間だからこそ、そんなわがままをいうるにすぎないからである。この条件は『野分』の道也とは決定的にちがう点であるが、相違ということでもっと大事なのは、両者の態度である。さきにも見たように、道也には理不尽な世の中を啓蒙してやろうという積極的な意気込みがある。

道也は人格に於て流俗より高いと自信している。流俗より高ければ高い程、低いものの手を引いて、高い方へ導いてやるのが責任である。高いと知りながらも低きに就くのは、自から多年の教育を受けながら、この教育の結果がもたらした財宝を床下に埋むる様なものである。(一)

これに対して代助のほうには、こうした意気軒昂な啓蒙心はまったく見られない。むしろ、その態度は悲観的諦念的である。さきの批判的な社会観を述べたところでも、日本人はいまや心身の疲労困憊に陥っているのみならず、道徳の退廃にも直面しているとして、こういう。

> 日本国中何所を見渡したって、輝いてる断面は一寸四方も無いじゃないか。悉く暗黒だ。その間に立って僕一人が、何と云ったって、何を為たって、仕様がないさ。僕は元来怠けものだ。（六）

じじつ、代助の心情表現に関しては「ニル・アドミラリ（無関心無感動）」とか「アンニュイ（倦怠）」といった言葉が使われるのだが、とくに後者は作品を通してかなり頻繁に使われている。それには、漱石が「アンニュイ」について次のような考えをもっていたことが与っていよう。

> コムトは倦怠（アンニュイ）を以て社会の進歩を促がす原因と見た位である。倦怠の極已（やむ）を得ずして仕事を見付け出すよりも、内に抑えがたき或るものが蟠（わだか）まって、凝（じっ）と持ち応えられない活力を、自然の勢から生命の波動として描出し来（きた）る方が実際実の入った生き法（かた）と云わなければなるまい。（『思い出す事など』二十七）

この『野分』から『それから』への転換は何を語っているのだろう。漱石自身が数年の間にそのように変わったということなのだろうか。それともまた、そこには別の意味があるのだろうか。漱石が日本の現状認識においてより悲観的になっていったというのは事実だろう。だが、注意しなければならないのは、『それから』という小説のテーマが、たんに主人公の高等遊民ぶりではなく、むしろそれが崩れていくプロセスにあるということだ。三千代への想いが募るにつれて代助の精神的余裕が失われていき、最後はあのもっとも忌避していた仕事を探しに飛び出していくというプロットが端的にそれを語っている。つまり、『野分』ではポジティヴな高等遊民がそのままテーマになっているのに対し、『それから』では、それの崩壊がテーマになっているのだ。では高等遊民が崩壊したら、どうなるのだろうか。そこで浮上してくるのが「煩悶」ないし「煩悶青年」というテーマである。

もともと『野分』の高等遊民は煩悶からの脱却を目していた。解脱を説く道也の論文も「現代青年の煩悶」を特集テーマにした雑誌の巻頭論文として載ったものである。煩悶青年たちに対する当時の漱石のスタンスは、苦悩する高柳青年を前に著者（漱石）が差し挟む次のような考えに反映されている。

　痰に血の交らぬのを慰安とするものは、血の交る時には只生きているのを慰安とせねばならぬ。生きているだけを慰安とする運命に近づくかもしれぬ高柳君は、生きているだけを厭う人である。人は多くの場合に於てこの矛盾を冒す。彼等は幸福を生きるのを目的とする。幸福に生きんが為めには、幸福を享受すべき生そのものの必要を認めぬ訳には行かぬ。単なる生命は彼らの目的にあらずとするも、幸福を享け得る必須条件として、あらゆる苦痛のもとに維持せねばならぬ。彼等がこの矛盾を冒して塵界に流転するとき死なんとして死ぬ能わず、しかも日毎に死に引き入れらるる事を自覚する。負債を償うの目的を以て月々に負債を新たにしつつあると変りはない。これを悲酸なる煩悶と云う。（『野分』八）

自分の不幸な現実を嘆く者は、何らかの幸福を求めているはずである。だが、その求める幸福を享受するには生きていることが前提となるにもかかわらず、その前提たる生を放棄するのは根本的な矛盾だという批判である。『それから』なら、もっと辛辣に、こう述べることになるだろう。

（けれども、）代助は泣いて人を動かそうとする程、低級趣味のものではないと自信している。凡そ何が気障（きざ）だって、思わせ振りの、涙や、煩悶や、真面目や、熱誠ほど気障なものはないと自覚している。（六）

このように、漱石は世代のちがいもあって、いわゆる「煩悶青年」たちには批判的だった。だが、それはただちに「煩悶」そのものを否定することにはならない。『それから』におけるように、高等遊民の存在が崩れることになれば、「煩悶青年」の場合とはちがっても、否応なく煩悶との対決が避けられないからである。じじつ、その後の漱石の作品はいずれも、そういってよければ、「煩悶する人間」たちばかりを扱っている。そこで、あらためて当時流行の「煩悶青年」について見ておくことにしよう。

かつて漱石の近くに煩悶青年の代名詞ともいうべき人物がいた。一九〇三年華厳の滝で投身自殺をした藤村操である。当時藤村は一高の学生で、年はまだ満の一六才、洋行帰りの漱石の授業にも出ていた。授業中漱石に注意されたエピソードも残っている（このエピソードを過大評価する説もあるが、私にはいまひとつピンとこない）。彼の自殺はその遺書「巌頭之感」とともに一躍有名になり、その後華厳の滝は多くの模倣者のために自殺の名所ともなった。

悠々たる哉天壌、遼々たる哉古今、
五尺の小躯を以て此大をはからむとす、
ホレーショの哲学竟に何等のオーソリチィーを価するものぞ、
万有の真相は唯だ一言にして悉す、曰く「不可解」。
我この恨を懐いて煩悶、終に死を決するに至る。
既に巌頭に立つに及んで、胸中何等の不安あるなし。
始めて知る、大なる悲観は大なる楽観に一致するを。

「ホレーショ」は「ハムレット」の間違いではないかという意地悪な詮索好きの説もあるが、それはともかく、この格調高い遺言は当時『万朝報』社主の黒岩涙香をして「我国に哲学者なし、この少年に於て始めて哲学者を見る」(「少年哲学者を弔す」)といわしめ、多くの同類の青年たちの心を揺さぶった。これに対する教師漱石の心境は複雑なものであったと想像されるが、少なくともそれは、たんなる一生徒の軽挙として片付けてしまうような無関心ではなかったことが、次のような『草枕』の記述からもわかる。

昔し巖頭の吟を遺して、五十丈の飛瀑を直下して急湍に赴いた青年がある。余の視る所にては、彼の青年は美の一字の為に、捨つべからざる命を捨てたるものと思う。死その物は洵に壮烈である、只その死を促がすの動機に至っては解し難い。されども死その物の壮烈をだに体し得ざるものが、如何にして藤村子の所作を嗤い得べき。(『草枕』十二)

これは画家である主人公が「趣味の何物たるをも心得ぬ下司下郎の、わが卑しき心根に比較して他を賤しむに至っては許し難い」と憤ることとの類例としてあげられたものなのだが、比喩の主客を反転させれば、この挿入文は、当時黒岩の感動とは反対に藤村の自殺を嘲笑するような論調が多々あって、漱石がそれに反駁したものと解釈することができる。つまり、漱石は、動機は理解できないとしながらも、ある意味で煩悶青年を擁護しているのである。これはたんに藤村が教え子だったから、というような話ではない。神経衰弱のところでも見たように、今のような社会が続くかぎり、敏感な人間たちが神経をすり減らし、煩悶するのは当然だという認識があるからである。だから、その死を軽々しく嘲笑してすますような態度は漱石には許しがたいことだった。『草枕』という作品の性格上、ここでは美とか趣味が問題にされているが、その背後にそのような辛辣な時代認識がはたらいているのは、まずまちがいない。

じじつ、この「煩悶青年」問題はさまざまなところで論じられ、話題にされた。たとえば、藤村の自殺の二年後から足掛け二年にわたって『読売新聞』に連載された小栗風葉の長編小説『青春』は、まさに当時話題の煩悶青年を正面から扱ったもので、幅広く読まれることとなった作品である。旧い婚姻関係と自己の純粋な恋愛感情との間で苦悩するこの作品の主人公もまたご多聞に漏れず、神経衰弱を病むような青年であった。この小説は、尾崎紅葉の『金色夜叉』や泉鏡花の『婦系図』のような、いかにも派手なドラマを好む硯友社系の作品らしく、苦悩の果てに結ばれた恋人の堕胎で罪を問われた主人公が監獄に入れられ、出獄後正式の結婚に向けて動き出すものの、結局は両者納得のうえで別れることになって、主人公は帰郷し、恋人のほうも満州に行くことを決意するというメロドラマ調の筋立てになっており、このいささか通俗化された煩悶青年の悲劇が当時それなりに人々の心を動かしたのは、充分に想像できる。

こうした煩悶青年に対する共感や同調とは反対に、批判する側もそれなりに活発だった。批判派のなかでもっともよく知られているのは、日本ナショナリストの草分けともいうべき徳富蘇峰であろう。蘇峰は自分の主宰する『国民新聞』を通して、今日の青年たちを批判する。維新やそれ以前の青年たちはつねに国家のために身を捧げてきた。しかるに、今日の青年たちは「熱個人、冷国家」となり、「国家生死存亡の大事を、余所に見て、何等の杞憂を覚えざる、無頓着の輩に至りては、殆んど済度の途に窮せざるを得ず」(「青年の風気」)という体たらくである。彼らの大事にする個人なるものも、国家あってのことであり、また恋愛がそれほど大事だというのなら、国家に対してこそ恋愛すべきである、といった論調である。時期から見て、この主張には明らかに日露戦争が影を落としている。同じ論文で、悪いのは非戦論より無戦論だとされるのも、その影響である。蘇峰はその後の著作『大正の青年と帝国の前途』でも当時の青年たちを「模範青年」「成功青年」「煩悶青年」「耽溺青年」「無色青年」に分類し、とくに耽溺青年が最悪だと述べたりもしている。むろん「個人主義」の主唱者漱石には、このような主張は受け入れがたかった。彼にとっては、物欲に振り回される経済中心の世俗社会に劣らず、国家もまた信用することのできない俗物の集まりでしかなかったからである。

漱石が自分の身の回りで経験した「煩悶青年」問題は藤村操の自殺のほかに、もうひとつあった。それが『それから』のなかでも触れられている煤煙事件である。これは、一九〇八年の三月に漱石門下の文学士で漱石宅に出入りしていた森田草平が女学校を出たばかりの若い女性平塚明（はる）（後に『青鞜』を興すことになる平塚らいてう）と駆け落ちをし、那須塩原で心中未遂のところを保護されたという事件である。当時森田には妻子があり、平塚が良家の才女ということもあって、一大スキャンダルになったのだが、騒動を避けようとした漱石は事件直後しばらく森田を自宅に引き取っている。そのときの夏目家の状況については妻鏡子の『漱石の思い出』にも詳しい証言がある。漱石はさらに、自分が『朝日新聞』の文芸欄を担当していたこともあって、森田に事件を小説にすることを勧め、その結果書かれたのが『煤煙』という小説である。これは一九〇九年の前半、ちょうど『それから』の連載が始まる前の半年間ほどにわたって連載されたが、後年平塚のほうも、これに反論するかのように、『峠』という未完小説や自伝『元始、女性は太陽であった』などで事件の詳細を書くことになる（この事件の後日談としては当事者森田草平『漱石先生と私』を、また事件の詳細およびその反響については佐々木英昭の『「新しい女」の到来』を参照）。

この小説は評判を呼んだわりに、今の私などが読むと、なんとなく二人の動機の不自然さや仰々しさなどが目立ち、とても出来の良い小説とは思えないが、斡旋仲介をした漱石自身も先輩作家として不満だったのだろう、『それから』のなかに、まるで書評のような文章を挿入している。これは漱石の小説作品としては例外的な措置である。以下が書生門野に勧められて『煤煙』を読んだ代助の感想である。

ダヌンチオの主人公は、みんな金に不自由のない男だから、贅沢の結果ああ云う悪戯をしても無理とは思えないが、『煤烟』の主人公に至っては、そんな余地のない程に貧しい人である。それを彼所(あすこ)まで押して行くには、全く情愛の力でなくっちゃ出来る筈のものでない。ところが、要吉という人物にも、朋子(ともこ)という女にも、誠の愛で、已むなく社会の外に押し流されて行く様子が見えない。彼等を動かす内面の力は何であろうと考えると、代助は不審である。（六）

ダヌンチオの名前が出てくるのは、『煤煙』でたびたび言及されているからだが（実際にも森田は『煤煙』執筆にあたってダヌンチオの作品『死の勝利』を参考にしている）、『それから』を解釈していくうえで重要なのは「要吉という人物にも、朋子という女にも、誠の愛で、已むなく社会の外に押し流されて行く様子が見えない」という批判である。こういう観点から逆に『それから』の展開を読んでみれば、漱石は代助と三千代との関係のなかに、まさに「誠の愛で、已むなく社会の外に押し流されて行く様子」を描こうとしたということができるだろう。それは弟子に対して、自分だったらこう書くんだが、という間接的な教示にもなっているように思われるが、おそらくそれほど的の外れた推測でもないと思う。ちなみに、漱石は『煤煙』連載中これについて直接森田に手紙を書いたり、作品の前半が分冊単行本として出版されたときに序文を寄せたりしているが、そこでも忌憚のない批判が書かれていることを付け加えておく。

しかし、私がいまこの事件を取り上げたのは、『それから』のプロットに影響したかもしれないということを述べたいためだけではない。森田草平と平塚らいてうという多分に個性的な二人によって引き起こされた事件とはいえ、漱石にはこれが当時の「煩悶青年」のひとつのあり方と映ったであろうと想像されるからである（蘇峰ならこれを「惑溺青年」とみなしたかもしれない）。保守的な女学校に飽き足らず、文学や禅を志したあげくに自殺を考えた平塚と、彼女の性格を最後まで掴みきれないにもかかわらず、計画を当然のことのようにして受け入れてしまう森田の態度に嘘がなかったとすれば、それはまさに当時の多くの煩悶青年たちの感性を代表するものでもあったといっていい。「恋のため人のために死するにあらず。自己を貫かんがためなり。自己のシステムを全うせんがためなり」という気負った朋子（平塚）の遺書の言葉は、どこかであの藤村操の「巌頭之感」と響きあっている。この気負いは、対する森田の側にも共有されていて、手紙で自分の決心を彼女に伝える主人公に「私は詩人である、芸術の徒である、美の崇拝者である。君を殺す、君を滅する瞬間に於て、我恋人は何んなに美しく我眼に映ずるか」（『煤煙』二十七）などという、いささか歯の浮くような言葉を吐かせている。繰り返していっておくなら、森田への辛辣な言葉が示しているように、漱石は当時の煩悶青年たちの短絡や軽挙には批判的だった。しかしまた他方で、それを真摯に受け止めるべき課題とも考えていた。彼にとって煩悶そのものは多かれ少なかれ、逃れることのできない近代の宿命だったからである。

ここで、あらためて煩悶青年と高等遊民の関係について考えてみることにしたい。高等遊民とは、世俗ないし市民社会から距離を取って、超然と自分の世界に生きることであった。これに対し、煩悶青年は世俗の理不尽に不満を抱きながら、それをさらに自らが存在することの不合理という観念にまでエスカレートさせ、場合によっては自己破壊にまで突き進んでしまうようなあり方だった。両者に共通しているのは時代や社会に対する根本的な不信である。その結果として当事者たちは現実社会から孤立し、またそれに対して不適合となる。この孤立や不適合は必然的にそのまま個人主義につながる。それはもっとも広い意味でのニヒリズムといっていい。

一方、両者の相違はというと、高等遊民が達観や超越の態度を貫くことによって、あくまで自らの世界を守ろうとするのに対して、煩悶青年は自らの世界に生きようとすればするほど、自己破壊に陥ってしまう。前者はどちらかというと楽観主義的であり、後者は悲観主義的である。あるいはこれを積極的ニヒリズムと消極的ニヒリズムといってもいいかもしれない。要するに、両者は根を同じくしながら、発現の形態を異にする双生児である。一見正反対のように見えながら、両者は根のところで互いに親和的な関係にあるのだ。漱石の交流関係に即していうなら、彼は高等遊民に憧れる青年たちだけではなく、煩悶青年型の青年たちも惹きつけたのである。

私はさきに、『それから』のテーマは高等遊民が崩れていくプロセスにあるということを述べておいた。そしてその関連において煩悶青年のことを振り返ってみた。それは、皮肉な言い方をするなら、『それから』という作品を高等遊民が煩悶青年に転落する物語としても読めると考えたからにほかならない。もう少し具体的に述べてみよう。最後に三千代と一緒になることを期待して、仕事を探しに街に飛び出していく代助のその後を想像してみればいい。彼は職を得て、あっさりと普通の社会人になりうるだろうか。それはありえない。あれだけ俗世を忌み嫌った人間が己の信念を曲げて職に就けば、たとえ恋愛のほうは成就できたとしても、当然そこには内心の葛藤やジレンマが予想されるからである。代助の高等遊民の質が高ければ高いほど、その葛藤も激しくなるはずである。つまり、彼は遅かれ早かれ「煩悶」に直面せざるをえないのだ。それはもはや「煩悶青年」の煩悶と同じではないかもしれない。しかし、それがどれほど成熟したものであったとしても、自己を苦しめる煩悶であることにちがいはないだろう。漱石の朝日新聞でのポストを斡旋した、いわば庇護者であった池辺三山が朝日から身を引いてしまった後、『それから』が公刊されて三年後の次のような手紙の文面は、高等遊民にまつわる漱石のその後の「煩悶」を暗示していて興味深い。

小説をやめて高等遊民として存在する工夫色々勘考中に候へども名案もなく苦しがり居候
（一九一二年二月笹川臨風宛書簡）

恋愛（ラヴ）と人生（ライフ）

代助を煩悶へと追いやり、あげくは彼に高等遊民の特権をかなぐり放棄させることになったもの、いうまでもなくそれは代助の三千代への想い、すなわち恋愛感情である。そこで、しばらく恋愛というものが当時の人々にとってどのような意味をもっていたかについて考えてみることにしよう。

まず、そもそもこの「恋愛」という日本語自体、当時としてはかなりモダンな概念であった。類似の概念「色恋」はすでにそれ以前から存在していた。しかし、両者は同じ性欲という生物学的欲動をベースにしているとはいえ、そこに込められた文化的ニュアンスはけっして同じものではない。柳父章は端的にこういっている。

「恋愛」とは何か。「恋愛」とは、男と女がたがいに愛しあうことである、とか、その他いろいろの定義、説明があるであろうが、私はここで、「恋愛」とは舶来の観念である、ということを語りたい。そういう側面から「恋愛」について考えてみる必要があると思うのである。
なぜか。「恋愛」もまた、「美」や「近代」などと同じように翻訳語だからである。この翻訳語「恋愛」によって、私たちはかつて、一世紀ほど前に、「恋愛」というものを知った。つまり、それまでの日本には、「恋愛」というものはなかったのである。（『翻訳語成立事情』5「恋愛」）

柳父は『女学雑誌』の主宰岩本善治の文章を参照しながら、「恋愛」が「love」の翻訳語であることを示し、それがおもに知識人やプロテスタント系のクリスチャンによって広められていったことを指摘している。では、その翻訳語としての「恋愛」はどのような意味をもち、それ以前の「色恋」その他の概念とどのようにちがうのだろうか。それを証言しているのが、漱石よりわずか一歳年下でありながら、早くから文壇で名を馳せていた北村透谷の次のような言葉である。

恋愛の性は元(もと)と白昼の如くなり得る者にあらず。若し恋愛の性をして白昼の如くならしめば、古来大作名篇なる者、得難かるべし。（略）故に恋愛が人を盲目にし、人を癡愚にし、人を燥狂にし、人を迷乱さすればこそ、古今の名作あるなれ、而して古今の名作は爰を以て造化自然の神〔神髄〕に貫くを得て、名作たるを得る所以なり。然るに彼の粋なる者は幾分か是の理に背きて、白昼の如くなるを旨とするに似たり。盲目ならざるを尊ぶに似たり。（略）乃ち迷へる内に迷はぬを重んじ、不徳界に君子たる可きことを以て粋道の極意とはするならし。之れ即ち恋愛の本性と相背反する第一点なり。（略）次に粋道と恋愛と相撞着すべき点は、粋の雙愛的ならざる事なり。（「粋を論じて「伽羅枕」に及ぶ」）

この引用には若干の注釈が必要であろう。まず、この文章は透谷が尾崎紅葉の遊郭を舞台にした小説『伽羅枕』を論評したもので、引用文に頻出する「粋」は、遊郭を通しての男女のあり方、すなわちわれわれの文脈では「色恋」と同列に置かれる概念である。むろん、厳密には「粋」と「色恋」は同じものではない。しかし、「恋愛」という新概念に対立する旧概念を代表する点で、ここでは同一の次元にあるものとしておこう。

興味深いのは、透谷がここで挙げている二つの相違点から浮かび上がってくる恋愛観である。相違点のひとつは、恋愛が制御のきかない奔放な自然としてとらえられ、粋のほうが作為と自制の上に成り立つものととらえられていること、もうひとつは、恋愛が相愛的であるのに対して、粋は一方的な関係であるとみなされていることである。透谷はこれらの相違点を指摘することによって、間接的に紅葉の文学が旧世代に属するものであり、時代はいまや新しい恋愛に向かっていることを間接的に訴えようとしているのだろうが、相愛を原則とし、ときには当事者を破局にまで向かわせる恋愛を「自然」とみなすのは、たしかに思想的にもモダンな発想であった。だから、その透谷がもうひとつの論文「厭世詩家と女性」のなかで「恋愛は人世の秘鑰なり、恋愛ありて後人世あり、恋愛を抽き去りたらむには人生何の色味かあらむ」という名言を吐いたとき、まるで「大砲を撃ち込まれたような」衝撃を受けた木下尚江や「電気にでも触れるような」戦慄を覚えた島崎藤村のように、当時少なからぬ青年インテリたちが、この言葉に感動を覚えたのである。ちなみに、「秘鑰」とは秘密を解く鍵のことである。

ついでに、この有名な論文の骨子を簡単になぞっておくと、次のようなことになるだろうか。論文の意図するところは、もっとも世の中のことがわかっているはずの詩人（文学者）が、なぜ恋愛になると罪業を作ってしまうのか、という疑問に対する解答である。まず、もともと「想世界」の人間である詩人は「実世界」と戦わなければならないが、そうなると圧倒的に強い実世界を前にしてつねに敗北を余儀なくされる。この「敗将」の立てこもる「牙城」こそが恋愛にほかならない。恋愛は厭世的となった詩人の「呻吟する胸奥に忍び入」り、「彼をして多少の希望」を起こさせる。というのも、恋愛とは一度我を犠牲にさせたうえで、真の「己れ」を写し出す「明鏡」であり、この恋愛のなかで詩人は相愛というかたちで人と人との結びつきとしての「社界の真相」を学び、再び「社界の一分子」となって復帰することができるからである。とはいえ、この恋愛が婚姻という形態に落ちつくと、詩人は再び実世界に束縛されると感じるようになり、そこに失望が生じて諍いも起こることになる。要するに、こうしたメカニズムのなかに詩人が恋愛において罪業を作ってしまう原因がある、といいたいのだろう。センセーショナルな書き出しに比べて、結論は拍子抜けするほど月並みである。

ここで大事なコメントを差し挟まなければならない。この論文はさきの紅葉論の恋愛観とは矛盾しているということである。さきの論文では、恋愛の本質は「人を盲目にし、人を癡愚にし、人を躁狂にし、人を迷乱さす」ような「自然」にあるからこそ古今の名作も生まれえたといわれていた。若い読者たちを熱狂させたのは、そういうラディカルな恋愛観である。ところが、もうひとつの論文の後半では、恋愛は再び社会に順応していくための温床になると述べられているのだ。「自然」と「社会」(「制度」)はもともと対立し合うというのが近代の発想である。ホッブスにおいても、ルソーにおいても、(「契約」を通して)「自然」を制御したところに「社会」が成り立つというのが建前であった。つまり、自然としての恋愛をそのままストレートに社会形成と結びつけると、論理的に無理が生じるのだ。だから、その後この有名な「厭世詩家と女性」という論文は、しばしば最初の言葉「恋愛は人世の秘鑰なり」の部分ばかりが引用されて、後半のほうは無視されたり、批判されたりすることになるのだが、ある意味ではそれも当然のことだったかもしれない。

しかし私個人は、透谷の冒したこの論理矛盾にこそ近代の重要な問題があったと思う。試しに「近代的自我」と呼ばれるものを考えてみればいい。この概念が近代の成熟に伴って、自立した個人とかデモクラシーの基本単位として承認され、確固としたものになっていけばいくほど、その裏面でそれから外れる非合理や感情、さらには無意識のようなものもまた大きく浮上してきたのではないだろうか。端的にいうと、合理主義の合わせ鏡のようにして立ち上がってくるロマン主義である。つまり合理ばかりが近代なのではなくて、合理と反合理のセットこそが近代なのだ。透谷が日本のロマン主義の草分けとされるのも、彼が情熱やインスピレーションといった合理では割り切れないもの、恋愛でいえば、統御のきかない「自然」としての恋愛を唱えたからであり、後の世代に影響を与えたのも、こちらの側面であった。

透谷の恋愛論に関して、もうひとつ指摘しておかなければならないことがある。それは、恋愛がつねに「生」の問題に直結して考えられていることである。さきの「厭世詩家と女性」からの引用「恋愛は人世の秘鑰(ひやく)なり、恋愛ありて後人世あり、恋愛を抽(ぬ)き去りたらむには人生何の色味かあらむ」に「人世」と「人生」という二つの類似の概念が区別されて使われている。表記の相違からすれば、前者は「世の中」、後者はひとりの人間の「生涯」という意味の相違を引き出すことができるが、おそらく透谷はここで「life」という英語に含まれたすべての意味を含めて考えている。透谷といえば、必ずといっていいほど引き合いに出される「人生に相渉るとは何の謂ぞ」とか「内部生命論」といった論文をはじめ、透谷にあっては、つねに「人世」「人生」「生命」「生涯」「一生」といった概念をすべて含む「ライフ」が考えられているのだ。これはヨーロッパでいえば、ロマン主義に根をもつショーペンハウアーやニーチェなどに見られた「生の哲学」の流行とほぼ軌を一にしているといっていい。

そして、この透谷流「生の哲学(ライフ)」の中心に「恋愛」が置かれたこと、このことが新しさを希求していた当時の青年たちの心をとらえたのである。言い換えれば、とりあえず婚姻とは切り離された恋愛それ自体が人生のみならず、広く人間のライフ全体にかかわる重大事として受けとめられたのである。そういう目で見ると、島崎藤村の『若菜集』や森鴎外の『舞姫』がほぼ時を同じくして評判を呼んだのも偶然ではない。そしてそのブームはそのまま次の世代へと引き継がれていったのである。今日では想像しがたいことになってしまったが、やがてデカンショ節で知られているように、恋愛をも哲学の対象としたショーペンハウアーの厭世哲学が当時の日本の学生たちに熱狂的に迎え入れられたのも、そういう時代的潮流があったからである。思えば、あの「万有の真相は不可解」と書き残した藤村操の自殺も、直接恋愛が前面に出てこないとはいえ、彼なりの「生の哲学」がもたらした結果だということができる。

こうした「生の哲学」と結びついた自然としての恋愛のロマン化とは、結局のところ既成の社会や制度に対する不満ないし反抗である。それは現実を回避する分だけ一見無害に見えるが、突きつめられれば、それは一挙にラディカルな行動にまで転化する。この傾向はあらゆる種類のロマン主義に当てはまる。透谷の自由民権運動、大恋愛、文学活動、自殺という波乱に満ちた短い生涯はまさにその典型であったといっていい。

以上のような透谷の恋愛観や当時の風潮を前提にして、あらためて『それから』の恋愛を振り返ってみよう。まず、全編の主題である高等遊民代助の転落は、透谷の言葉でいえば、想世界からの転落とみなすことができる。そしてこの転落のポイントは、三角関係を解消するために、代助が最後に親友の平岡から三千代を奪い取ることを決意することにあるわけだが、期せずして透谷もまた石坂ミナをその許婚者から奪って結婚したという経験の持主であったことには何か偶然以上の意味があるように思われてならない（蛇足ながらついでに指摘しておくと、これに類する三角関係はその後もたびたび生じている。たとえば伊藤野枝を挟んだ辻潤と大杉栄、あるいは谷崎千代子をめぐる谷崎潤一郎と佐藤春夫の関係や長谷川泰子を間にした中原中也と小林秀雄といったように)。

次に、この恋愛によって代助が自分のそれまでの高等遊民としての人生観やプライドを崩され、果てはこれまでの財政的支援を失って、生活苦を覚悟しなければならなくなることや、代助のプロポーズを受け入れた三千代が死を覚悟するといったことから、ここに描かれる二人の恋愛が、透谷におけるのと同じように、「生(ライフ)」問題と抜き差しならない関係に置かれていることも見やすいだろう。高等遊民が高等遊民であるうちは、彼らは恋愛に陥ることはない、というか、陥る必要がない。神経衰弱に悩む煩悶青年となったとき、はじめて彼らは恋愛に陥り、生に直面するのだ。

しかし、それ以上に興味深いことは、漱石が代助の恋愛感情に関して「自然」という言葉を要所要所で使っているという事実である。具体的に見てみよう。三千代に会いたくて矢も盾もたまらなくなった代助が三千代を訪ねたときの一齣である。

しばらく黙然として三千代の顔を見ているうちに、女の頬から血の色が次第に退ぞいて行って、普通よりは眼に付く程蒼白くなった。その時代助は三千代と差向いで、より長く坐っている事の危険に、始めて気が付いた。自然の情合から流れる相互の言葉が、無意識のうちに彼等を駆って、準縄(じゅんじょう)の埒(らち)を踏み超えさせるのは、今二三分の裡(うち)にあった。(十三)

やはり透谷においてと同じように、「自然の情合」すなわち二人の恋愛感情が「無意識」ととらえられ、しかも、それを放置すれば、「準縄(規則・規範)」を破ってしまう危険性があると見られている。むろん、ここでの「自然」という言葉は必ずしも特別な用語として扱う必要はない。だが、代助の気持ちがエスカレートしていくにつれて、この「自然」という言葉もまたその意味をエスカレートさせていく。次は、平岡に会って立ち入った話をしようとして果たせなかった代助が呻吟する場面である。

　此所で彼は一のジレンマに達した。彼は自分と三千代との関係を、直線的に自然の命ずる通り発展させるか、又は全然その反対に出でて、何も知らぬ昔に返るか。何方(どっち)かにしなければ生活の意義を失ったものと等しいと考えた。(略)

　彼は三千代と自分の関係を、天意によって、――彼はそれを天意としか考え得られなかった。――醗酵させる事の社会的危険を承知していた。天意には叶うが、人の掟に背く恋は、その恋の主の死によって、始めて社会から認められるのが常であった。彼は万一の悲劇を二人の間に描いて、覚えず慄然とした。(同)

「天意」という言葉とともに「自然」が特別な言葉として浮上してきていることがわかる。というよりも、ここでの「天意」は本来の意味を失って、「自然」の代名詞の働きをしているといったほうがいい。そして、その「天意＝自然」が明確に「人の掟」すなわち社会と対置されているのである。漱石のこうした恋愛観にはまずシェークスピア劇が与っていると見ていい。ついでに述べておくなら、ここに記述されたような思想は、あの生きることに淡白な『煤煙』の登場人物たちにはない。どちらが恋愛と死の考察において深く迫りえているかはいうまでもない。
そして、いよいよ三千代に自分の決意を告白する日、前にも述べたように、代助はわざわざ自分で花屋に出かけて白百合を買い求め、それを部屋に飾って三千代の来るのを待つのだが、そのときに彼が胸のなかでいうのが、はたして「今日始めて自然の昔に帰るんだ」という言葉であった。「自然」という言葉の決定的な使い方はまだある。それは平岡との最終的な対決の場面に出てくる。平岡に事情のすべてを告白すると、平岡は、自分は法律や社会の制裁には興味がない、当事者だけのうちで自分の名誉を回復してもらう手段があるのか、君にそれができるのか、と代助に迫る。そのときの代助の言葉に次のような科白が出てくる。

矛盾かも知れない。然しそれは世間の掟と定めてある夫婦関係と、自然の事実として成り上がった夫婦関係とが一致しなかったと云う矛盾なのだから仕方がない。僕は世間の掟として、三千代さんの夫たる君に詫まる。然し僕の行為その物に対しては矛盾も何も犯していない積りだ。（十六）

これは窮地に立たされた代助が発する最後の居直りの科白だが、ここに出てくる「自然の事実」という言葉は重い。なぜなら、それはそれ以上理屈も倫理も届かない次元、つまりあらゆるコンヴェンションの彼岸を言い表わしているからである。どんな世間的理由によっても自分を擁護することなどできないことを知っている主人公は、いわばその彼岸に最後の拠りどころを求めたのだ、まさに透谷のいう「牙城」のように。そしてそれは三千代が死の覚悟をしたことと等価である。この場面で代助がはじめて狂気じみた言動に及んだのも故のないことではなかったのである。

こうした漱石における「自然」概念がはらんでいる特別の意味については、すでに早くに柄谷行人が指摘している。さきの『それから』からの引用も含めて、彼はこういっている。

人間の「自然」は社会の掟（規範）と背立すること、人間はこの「自然」を抑圧し無視して生きているがそれによって自らを荒廃させてしまうほかないこと、代助がいっているのはこういうことだ。注意すべきなのは、漱石が「自然」ということばをきわめて多義的にもちいていることであり、逆にいえば今日のわれわれならさまざまなことばでいいあらわすものを「自然」というただ一つのことばに封じこめていることである。（『漱石論集成』「意識と自然」）

柄谷はさらにここから進んで、漱石のいう「自然」のなかに「肉体的空間においてむき出しにされた裸形の関係」を見て、それがつねに人間の生を脅かしつづけるということが他の作品においても重要なテーマとなっていることを指摘してみせるのだが、この問題へのさらに立ち入った論議は後の章にゆだねることにして、さしあたりいえることは、こうした言説に照らし合わせてみれば、『それから』に表現された恋愛が、もはやたんなる恋愛にとどまっていないのは明らかである。前に漱石の恋愛小説は恋愛小説であって恋愛小説ではないと述べた理由がここにある。

最後に、忘れてはならないことがある。これまでのことは、すべて代助の側から見られたものである。だが、「恋愛」が「相愛的」であるとするなら、三千代の側はどうなっているのだろう。そして何より三千代はこれまで述べてきたような新しい「恋愛」を解しうるような人間だったのだろうか。そうでなければ、この小説は根本のところで破綻することになってしまう。前にも述べたとおり、小説の成り立ち上、三千代についての情報は乏しい。だが、そのわずかな情報のなかに、われわれは三千代の素性について次のような貴重な記述を見出すことができる。

この菅沼は東京近県のもので、学生になった二年目の春、修業の為と号して、国から妹を連れて来ると同時に、今までの下宿を引き払って、二人して家を持った。その時妹は国の高等女学校を卒業したばかりで、年は慥か十八とか云う話であったが、派手な半襟を掛けて、肩上をしていた。そうして程なくある女学校へ通い始めた。（七）

菅沼というのは代助の親友で、まもなく流行病（はやりやまい）に罹って早逝してしまうのだが、見落としてならないのは、この妹すなわち三千代が上京して女学校に入ったという事実である。この節の初めにも触れたように、翻訳語としての「恋愛」概念の普及に関して柳父章は岩本善治の主宰する『女学雑誌』を例証として引き合いに出し、知識人やプロテスタント系のクリスチャンが重要な役割を果たしたことを指摘していた。この事実をもう少し敷衍するなら、「恋愛」というモダンな概念が普及するにあたっては女学生および女学校がその大きな担い手になっていたということである。おそらくミッション系の女学校はその象徴のような存在だったのだろう。

三千代の通った女学校がミッション系であったのかどうかははっきりしない。しかし、その可能性を否定する材料もない。ただ、作家漱石の「恋愛」に関するイマジネーションを刺激したという意味では、教会に通う女学生というのはひとつの典型的な表象だった。そのことは『三四郎』のヒロイン美禰子を見ても明らかだ。また、間接的な事実をあげておけば、煤煙事件の平塚らいてうも、また漱石が心を動かしたと噂される歌人の大塚楠緒子も、みな女学校出の才女たちである。つまり、『それから』の「恋愛」は、このような「新しい女」たちの存在によっても支えられていたのである。

さらにいうなら、この作品にかぎらず、この時期に起こる「恋愛ブーム」は総じて「煩悶青年」と「女学生」の組み合わせをパターンとしていた（これについては平石典子の力作『煩悶青年と女学生の文学誌』を参照）。『煤煙』はもちろん、旧習と自立のジレンマに悩んで死んでいく女子苦学生をヒロインにした小杉天外の悲劇『魔風恋風』や、純愛に賭けた女学生の苦悩を織り込んだ小栗風葉の『青春』がほぼ時を同じくして当たりを取ったのも、当時流行のテーマを典型的なかたちで表現してみせたからにほかならない。さらに遡ってみるなら、前章で触れた四迷の『浮雲』も、免官された煩悶青年が学問を身につけて『女学雑誌』を読むような女性をめぐって俗物のライバルと競合する物語であった。いずれにせよ、控え目な女性として描かれた三千代像の背後に、そのような時代の風潮が影を落としているのは否定できない。

内省を生むジレンマ

この章を締めくくるにあたり、漱石の「思想」を追究する本書にとって重要な問題を取り上げておきたい。私は前に『三四郎』と『それから』の間には問題意識の質的相違があり、その切実感や心理分析の深さにおいて両者の間には格段の差が生じていると述べておいた。さらに、それは後者においてはじめて「命のやりとりをする」ほどの真剣さで「自分のこと」が取り扱われるようになったからだとも述べておいた。この「自分のこと」を取り扱うということで考えてみたいのは、ある意味で『それから』という作品を性格づけている「内省」という問題である。

やや理屈っぽくなるが、まず内省とは何かについて少々私見を述べておく。内省とは、一言でいってしまえば、自分の考えや言動を振り返ることだが、それはまた文字通りその思考を内に向かって深めていくことでもある。だからそれは「内観（イントロスペクション）」とも呼ばれる。このような内省のモデルとしてよく知られたものに、有名なデカルトの「省察（メディタシオン）」がある。この省察は「懐疑」から始まっているが、デカルト自身は、その懐疑がなぜ、どこから始まるのかについては述べていない。だから、それはあくまで哲学者の恣意的な方法という印象を与える。

いったい、人はどのようなときに疑いをもつようになるのだろう。ありていにいえば、それまで本当だと思っていたことの信憑性が崩れるときである。では、さらに一歩進んで、その信憑性が崩れるのは、どういうときだろうか。それは、真理だと思われていたものに反証または別の可能性が出てきた場合である。これを抽象的に表現するなら、ある定立に対して、その反定立が出てくる場合である。両者を比べてどちらかの真理性が明確であれば、問題は生じない。反定立を退けるか、定立を反定立に置き換えればすむからだ。しかし、両者が頭のなかで互いの真理性を主張して譲らない場合、当事者は両者の間で迷いつづけ、決定不能ないし決断不能の状態に陥る。論理的には、これは二律背反（アンチノミー）と呼ばれるが、一般的にはジレンマのことである。文脈によっては、それはパラドックスとも、ダブルバインド、コンフリクトなどと呼ばれることもある。私の考えでは、われわれの抱く「疑い」は、普通このジレンマのなかで生まれる。

だが、懐疑は即「内省」とはならない。あれかこれかを頭のなかで思いめぐらす行為が「内」に向かってこそ、「内省」は成立するからだ。では、思考が内に向かうとはどういうことか。それはほかでもない「自分のこと」、すなわち自分自身に直接関わることおよび自分自身の言動について思いめぐらすことであり、そこにさっきいったジレンマが重なるのである。だから、たんなる自分の過去の想起や未来の予期は内省の材料とはなっても、まだ、あれこれと思いをめぐらす内省にはならない。たんに想い出に耽ったり、将来を夢見たりすることは内省とはいえないからである。自分の考えや言動に他の可能性があって、それが正しいのか、まちがっているのか、あるいはどれを取るべきかという迷いのなかで、さまざまに思いをめぐらすとき、リアルで切実な内省が生まれる。言い換えれば、自分のなかに矛盾や差異がなければ、ひとは内省など必要としない。内省はたんなる推理や推論ともちがうのである。

また、矛盾やジレンマを抱える内省においては、確信とともに自分のアイデンティティが揺さぶられる。かつてベイトソンは、親の相矛盾する言動（ダブルバインド）のなかで育った子どもには統合失調症を発症する可能性があることを指摘した。精神病理学的には、これが実際に統合失調症の原因となるかは怪しいが、少なくともそのような状況に置かれれば、子どものアイデンティティが不安定なものになり、その子が悩まざるをえないことだけは確かである。統合失調症ばかりではない。鬱病に関しても矛盾は深刻な問題となる。鬱病の典型的な症状は、自分が取り返しのつかないことをしてしまったというところから来る罪業意識だといわれる。一度してしまったことは取り消すことができない。時間は逆流しないからである。だから、普通にはそれは諦めるか、それが忘れ去られるまで待つ以外にない。ところが鬱病患者は何とかそれを取り返そうと躍起になる。つまり彼（女）は本来取り返し不可能なものを取り返そうというパラドックスに陥り、原理的に解決不可能な問題を前に悩みつづけるのである。これはメランコリー研究の第一人者テレンバッハの『メランコリー』の基本テーゼのひとつである（これについては後の章で詳しく論じる）。

こういう目で見たとき、『それから』の代助はさまざまなジレンマやダブルバインドに取り囲まれていることに気づく。高等遊民であろうとする彼にとって、まず問題になるのが職業である。彼はこう主張していた。

なぜ働かないって、そりゃ僕が悪いんじゃない。つまり世の中が悪いのだ。もっと、大袈裟に云うと、日本対西洋の関係が駄目だから働かないのだ。（略）こう西洋の圧迫を受けている国民は、頭に余裕がないから、碌な仕事は出来ない。悉く切り詰めた教育で、そうして目の廻る程こき使われるから、揃って神経衰弱になっちまう。話をして見給え大抵は馬鹿だから。（略）そりゃ今だって、日本の社会が精神的、徳義的、身体的に、大体の上に於て健全なら、僕は依然として有為多望なのさ。そうなれば遣る事はいくらでもあるからね。そうして僕の怠惰性に打ち勝つだけの刺激もまたいくらでも出来てくるだろうと思う。然しこれじゃ駄目だ。今の様

なら僕は寧ろ自分だけになっている。（六）

こう考える代助にとって基本的に職に就くことは無意味であり、また恥辱でさえある。だが、この高等遊民としてのプライドも生活費が実家から入るからこそ可能だということを代助は知っている。知っていながら、そのように考えるということ、それは裏から見れば、実家からの支援がなければ、このプライドを保つことができないという不安に脅かされているということにほかならない。そしてじじつ全編を通しての不安をともなった代助の内省のなかにはこの矛盾が顔を出してくる。

さらに、その実家における肉親関係もまた根本的なジレンマとなっている。もっとも象徴的なのは彼と父親との関係である。代助は旧時代を体現する実業家の父親を内心では軽蔑している。しかし、彼はそれをけっして露わにしない。むろん、その父親から生活費をもらっているという引け目があるからだが、心理的にも、どうせわかり合えないという諦めから、いつも父親との無益な対立を避けたいと考えているからである。精神分析の言い方を借りるなら、「父殺し」を遂行できない彼は心理的にも自立を遂げていないのである。だから、父親との葛藤がつねに彼の内面に付きまとう。

親爺（おやじ）から説法されるたんびに、代助は返答に窮するから好加減（いいかげん）な事を云う習慣になっている。代助に云わせると、親爺の考えは、万事中途半端に、或物を独り勝手に断定してから出立（しゅったつ）するんだから、毫（ごう）も根本的の意義を有していない。しかのみならず、今利他本位でやってるかと思うと、何時の間にか利己本位に変っている。言葉だけは滾々（こんこん）として、勿体らしく出るが、要するに端倪すべからざる空談である。それを基礎から打ち崩して懸かるのは大変な難事業だし、又畢竟出来ない相談だから、始めよりなるべく触らない様にしている。ところが親爺の方では代助を以て無論自己の太陽系に属すべきものと心得ているので、自己は飽までも代助の軌道を支配する権利があると信じて押して来る。そこで代助も已を得ず親爺という老太陽の周囲を、行儀よく廻転する様に見せている。(三)

この「行儀のよい」惑星を演じつづけるかぎり、代助は自分か父親かというジレンマを逃れることはできない。具体的には、それは縁談に関する意思決定の問題として現われてきたのであった。父の意向に従うか、それともあくまで自分の三千代への身持ちを貫くか、というように。兄や嫂は人の好い中間者のようにふるまっているが、最終的には父親の代理以上のものではない。こうした代助をとりまくジレンマを社会や時代の観点から述べたものが、次の言葉である。

代助は人類の一人として、互を腹の中で侮辱する事なしには、互に接触を敢てし得ぬ、現代の社会を、二十世紀の堕落と呼んでいた。そうして、これを、近来急に膨脹した生活慾の高圧力が道義慾の崩壊を促がしたものと解釈していた。又これをこれ等新旧両慾の衝突と見傚していた。最後に、この生活慾の目醒しい発展を、欧洲から押し寄せた海嘯と心得ていた。(九)

ここには孤立した個と個の関係、新旧時代の対立、そして押し寄せてくる西洋に対する反発といった葛藤が暗示されている。そして孤立した個人については、こうもいわれる。

平岡はとうとう自分と離れてしまった。逢うたんびに、遠くにいて応対する様な気がする。実を云うと、平岡ばかりではない。誰に逢ってもそんな気がする。現代の社会は孤立した人間の集合体に過なかった。大地は自然に続いているけれども、その上に家を建てたら、忽ち切れ切れになってしまった。家の中にいる人間もまた切れ切れになってしまった。文明は我等をして孤立せしむるものだと、代助は解釈した。（八）

西洋近代がもたらしたもの、それは進んだ産業や優れた文物や制度ばかりではない。その裏で人間の孤立が生じたと代助（漱石）は見ている。この孤立した個人が「膨脹する生活慾」に追いかけられて生きることになれば、そのこと自体がすでに衝突や軋轢になることを漱石は見ぬいている。言い換えれば、個が個であろうとすれば、ジレンマや葛藤を逃れることはできないのだ。個による内省がジレンマから生まれてくるのは、そのこと自体から帰結する必然である。

しかし、この作品においてはこれらのテーマにもまして決定的なジレンマとなるのは、いうまでもなく三千代との関係ひいては平岡を巻きこんだ三角関係である。とりわけそれは不義ないし不倫という問題と直結している。他人の妻を奪えば、まずそこには婚姻という制度と個人的な欲望との間の葛藤が生じる。前にも触れた「世間の掟」と「自然の事実」のジレンマである。「自然の児（じ）になろうか、又意志の人になろうか」（十四）という迷いも同じである。この場合の「意志」とは、三千代との愛を貫く意志のことではなくて、そのような自分の衝動を抑えて社会的理性を貫くという意味である。

しかも代助と平岡はかつての親友どうし、その妻を奪えば、当然親友への裏切り行為となり、そこにやはり友情を優先させるか、恋愛感情を優先させるかのジレンマが生じる。おまけにかつて三千代と平岡との結婚をとりもったのは、ほかならぬ代助本人である。してみれば、代助は過去に自分が行ったことと現在自分がこれからやろうとしていることとの間にも食いちがいを経験していることになる。昨日の自分は今日の自分ではないのだ。これはアイデンティティ・クライシスの問題でもある。このように、親友の妻を奪うということには、それぞれアスペクトを異にするいくつかのジレンマが交錯し、その分代助に複雑な内省を強いることになる。最後の、平岡が三千代を譲り渡すまでは罪滅ぼしとして彼女に会わないことを約束しながら、やはり彼女に会いたくて矢も盾もたまらなくなるのも、同意した約束と自然な感情との間のジレンマにほかならない。

こうして、代助は大小さまざまなジレンマや矛盾のなかに立たされるのだが、まさにそこから彼固有の内省が生じてもいるのだ。そのプロセスが具体的にもっともよくわかる箇所を引用してみよう。平岡と立ち入った話をしようとして会いに行ったにもかかわらず、結局決定的なことを口にできないまま帰ってきてしまった翌日、代助はひとり書斎に閉じこもって昨夜のことを想い出しながら、あれこれと考える。

二時間も一所に話しているうちに、自分が平岡に対して、比較的真面目であったのは、三千代を弁護した時だけであった。けれどもその真面目は、単に動機の真面目で、口にした言葉はやはり好加減な出任せに過ぎなかった。厳酷に云えば、嘘ばかりと云っても可かった。自分で真面目だと信じていた動機でさえ、必竟は自分の未来を救う手段である。平岡から見れば、固より真摯なものとは云えなかった。まして、その他の談話に至ると、始めから、平岡を現在の立場から、自分の望む所へ落し込もうと、たくらんで掛った、打算的のものであった。従って平岡をどうする事も出来なかった。（十三）

これにつづいて代助は、もしあのとき三千代のことを正面から打ち明けたらどうなったかとか、自分が安全な方針を取ったのは自分の本心と矛盾していたとか、果ては「人間は熱誠を以て当って然るべき程に、高尚な、真摯な、純粋な、動機や行為を常住に有するものではない」（十三）というようなところまで自分の思いを発展させていくのだが、まさにこの代助の一連の想い悩みのなかに「内省」というものの具体的な構造がよく表わされている。

まず、この内省は前日の出来事の想起から始まっている。ついで、そのときの自分の言動が現在の自分の考えや平岡の立場に依拠して批判的に振り返られる。そして、「もしあのとき…だったら」という仮定に立って、そこから予想される事態が想像的に推測される。最後に反省は、「人間は…ものではない」というように、人間一般についての認識にまで広がっているわけだが、こうした想起、反省、自己批判、仮定に基づく推測、認識の一般化といった思考のプロセスこそ、われわれが普段一言で「内省」と呼んでいることの内容であり、実際にはそれはジレンマや矛盾のうえに成り立っていることがわかる。そして、この内省の苦吟が『それから』という作品を性格づけ、またこの作品をそれ以前の作品から際立たせてもいるのだ。

同じころ、ロンドン滞在中の漱石に手紙を書いたことがある西田幾多郎も自分の哲学の出発点ともいうべき『善の研究』に、こう書き記している。

すべて意識現象はその直接経験の状態においてはただ一つの活動であるが、これを知識の対象として反省することに由ってその内容が種々に分析せられ差別せられるのである。もしその発展の過程よりいえば、先ず全体が一活動として衝動的に現われたものが矛盾衝突に由ってその内容が反省せられ分別せられたのである。(四－四)

むろん西田が考えた純哲学的な反省と、代助という小説上の人物を通して間接的に語られる漱石の反省とは次元の異なる別々のものであり、これらを同列に論じることはできない。だが、漱石と西田という日本近代を代表する二人の知識人が、矛盾のうえに成り立つ反省という同一のテーマをほぼ同時代的にそれぞれの分野で突きつめようとしていた事実は知っておいていい。そしてじつ、漱石の小説も西田の哲学もこれ以降ますますそのようなジレンマをともなった内省的思索の度合いを深めていくのである。

第三章　自意識か悟道か――『門』

物語の展開と要点

漱石は書名に関してはずいぶんと無頓着だったようだ。『虞美人草』というタイトルは縁日でたまたま見かけた鉢植えから取ったものだというし、前作の『それから』などというのもずいぶん投げやりに聞える。だが、この『門』はもっと大胆である。そもそもこのタイトルは漱石自身が付けたものではない。当時漱石の新しい連載小説の予告を出すために題名を欲しがっていた朝日新聞が漱石にそれを催促したのだが、面倒に思った彼はそれを当時文芸欄の下働きをしていた森田草平に委ねてしまう。内容も知らなければ、まだ書かれてもいない小説の題名を決めるなどという前代未聞の宿題をもらった森田は仲間の小宮豊隆に相談にいくが、もとより両者に名案があるわけがない。

不得已（やむをえず）豊隆は、机の上の『ツァラツストラ』を取り上げ、おみくじでもひくやうに、それをぱつとあけて見る事にした。さうして出て来たのが、門という言葉である。小説の名前は、『門』といふ事に一決した。草平はそれを社へ通告し、社では翌日の新聞に、その通り予告した。（小宮豊隆『漱石の芸術』『門』）

ほぼ同様の証言が共犯の森田のほうにもある（『夏目漱石』一）。当事者たちの証言だからまちがいはないだろうが、それにしてもずいぶんと思い切った措置である。落語にお題拝借といって、客席から題だけもらった噺家が即興で川柳や小話を作るというのがあるが、漱石のやったことは、大胆にもそれと同じである。いかにも寄席好きの漱石らしい趣向といえなくもないかもしれないが、しかし、そのようなやり方でうまく落ちが付けられるものだろうかと周りは気をもんだようである。まず、その書き出しを見てみよう。

宗助は先刻から縁側へ坐蒲団を持ち出して日当たりの好さそうな所へ気楽に胡坐をかいてみたが、やがて手に持っている雑誌を放り出すと共に、ごろりと横になった。秋日和と名のつく程の上天気なので、往来を行く人の下駄の響が、静かな町だけに、朗らかに聞えて来る。肘枕をして軒から上を見上ると、綺麗な空が一面に蒼く澄んでいる。その空が自分の寝ている縁側の窮屈な寸法に較べてみると、非常に広大である。たまの日曜にこうして緩くり空を見るだけでも大分違うなと思いながら、眉を寄せて、ぎらぎらする日を少時見詰めていたが、眩しくなったので、今度はぐるりと寝返りをして障子の方を向いた。障子の中では細君が裁縫をしている。（一）

まるで題名騒動などなかったように、作品の冒頭はこのような長閑とした光景に始まり、全編を通しても宗助とお米という夫婦の日常が淡々と描かれる。しかもこの夫婦には子供がないうえに、親戚や友人との付き合いもないので、その生活ぶりも自ずと静謐でささやかなものとして描かれる。彼らの住まう崖下で日当たりの悪い家はその象徴である。

夫婦は毎夜同じ火鉢の両側に向き合って、食後一時間位話をした。話の題目は彼等の生活状態に相応した程度のものであった。けれども米屋の払（はらい）を、この三十日（みそか）にはどうしたものだろうという、苦しい世帯話は、未だ嘗て（かつて）一度も彼等の口には上ら（のぼら）なかった。と云って、小説や文学の批評は勿論の事、男と女の間を陽炎（かげろう）の様に飛び廻る、花やかな言葉の遣り取りは殆んど聞かれなかった。彼等はそれ程の年輩でもないのに、もう其所を通り抜けて、日毎に地味になって行く人の様にも見えた。又は最初から、色彩の薄い極めて通俗の人間が、習慣的に夫婦の関係を結ぶために寄り合った様にも見えた。（四）

しかし、このような何の変哲もない平凡でつつましやかな生活を送る彼らにも、ひとつ喫緊の現実問題があった。それは宗助の弟で大学に通う小六（ころく）の処遇である。父親が死んで、ゆえあってその遺産管理を叔父に任せた折に、小六の学資もそこから出してもらう約束になっていたにもかかわらず、その叔父が亡くなると、残された叔母の家ではこれ以上小六の面倒を見る余裕がないという。宗助は実の兄としての責任から何とかしてやらなければならないとは思うものの、底の破れた靴を我慢して履きつづけなければならないほどの薄給に喘いでいる自分ひとりの力ではどうすることもできない。かといって優柔不断な彼はなかなか叔母の家に談判をしに行こうともしないので、小六の焦りや不満も昂じてくる。

窮余の策としてとりあえず小六を狭い自宅に住まわせ、互いに窮屈な思いをしながらの同居生活が始まる。そんな折に泥棒騒動が機縁となって、上隣に住む大家の坂井との行き来が始まる。宗助が手放した父親形見の屏風が姑息な道具屋を介して坂井の家に買い取られるという偶然も両者の関係をいっそう近づけたのだった。そういう親しい付き合いが始まったころ、宗助は坂井の家で自分の心胆を寒からしめるまったく思いがけない話を耳にすることになる。蒙古に行っている坂井の弟が近々友だちの安井という男を連れてやってくるというのである。

じつはこの安井という人物こそ、宗助とお米が世間の目を憚ってひっそりと暮らさざるをえなくなっている原因だった。宗助と安井はかつて京都でお互い親しい学生同士の付き合いをしていた。そのころ安井が自分の妹だと偽って同居を始めたのがお米なのだが、その後互いに魅かれるようになった宗助とお米は、ついに安井を裏切って、二人で駆け落ちをした仲だったのである。親友から女性を奪うという筋立てからも、この小説が前作『それから』の「それから」を意図的に追ったものとみなすことができるのはいうまでもない。人づてに、身を持ち崩した安井がその後満蒙に渡ったことを知っていた宗助は、坂井のところにやってくる安井が同一人物であると確信するや、不安で居ても立ってもいられなくなる。宗助とお米の二人静の世界の背景には、そのような後ろめたい過去があったのである。言い換えれば、彼らの二人だけの幸福な関係は共犯意識の上に成り立っているのである。だから、外からは一見何の変哲もない二人静の生活は、やがて次のように表現しなおされることになる。

彼等が毎日同じ判を同じ胸に押して、長の月日を倦まず渡って来たのは、彼等が始から一般の社会に興味を失っていたためではなかった。社会の方で彼等を二人ぎりに切り詰めて、その二人に冷かな背を向けた結果に外ならなかった。外に向かって生長する余地を見出し得なかった二人は、内に向かって深く延び始めたのである。彼等の生活は広さを失うと同時に、深さを増して来た。彼等は六年の間世間に散漫な交渉を求めなかった代りに、同じ六年の歳月を挙げて、互の胸を掘り出した。彼等の命は、いつの間にか互の底にまで喰い入った。二人は世間から見れば依然として二人であった。けれども互から云えば、道義上切り離す事の出来ない一つの有機体になった。（十四）

ところが、安井の来訪を耳にした宗助は、いまや「一つの有機体」にまでなっているはずのお米にそのことを知らせることもなく、突然のように休暇を取って参禅のために鎌倉に発ってしまうのである。ここであらかじめ与えられていたタイトルの『門』にようやく落ちが付くことになる。いうまでもなく参禅した寺の門と悟道入門のメタファーとしてである。宗助ひいては漱石の参禅体験がどういう意味をもっていたかについては後の節でゆっくり検討することになるが、この突然のストーリー展開に関しては作品構成上の破綻を指摘する批評家たちの声もある。

しかし、この作品でもっとも興味深いのは、突拍子もない題名の付け方や作品の構成よりも、宗助とお米の心理および性格の描写、より正確にいうならば、その推移である。冒頭の引用でもわかるように、最初宗助は一見何ごとにもとらわれないで淡々と生活する人物のように描かれる。その淡々としたあり方は怠惰とか優柔不断との区別さえつかない。だが、それは重苦しい過去を抑圧したうえでの冷静さであり、その抑圧された名前を耳にするや、たちまち動揺してしまうような脆い平穏であった。じつはこの作品を通じて安井は最後まで姿を現わさない。それだけにいっそう安井の影が亡霊のようにして宗助を悩ます。つまり宗助は一方的にひとりで悩んでいるのである。その境遇はさながら妄想患者の置かれたそれに似ている。突然の参禅への決断がそうした苦悩からの逃避と関係しているのはいうまでもない。もっとも、このような展開に次のような異論を差し挟む可能性はある。

　宗助がもし単純に、友人の妻を奪ったことのために、社会の指弾を不断に恐れていなければならぬほど極端な小心者であるならば、始めからそのような大胆なことをしなかったであろう。友人の妻を奪うような強烈な実行力を持っている宗助が、後になってくよくよとその事に拘泥し、自分を全く社会から放逐されたものと感じるように一変するのはおかしい。
　私がこのようなことを云うのは、宗助の強迫観念は恐らく友人の妻を奪ったことにあるのではあるまい、もっと根深いところに――つまり宗助のこころそのものに内在しているのであろう、と云いたいからである。（吉田六郎『作家以前の漱石』八）

説得力のある異論である。そしてこのことはこの作品に限られず、むしろ漱石の全作品を通していえることでもあるように思われる。そういう意味で安井に対する後ろめたさ（罪意識）と参禅を単純に直結してしまうことには慎重であらねばならないのだが、あとの章でも徐々に明らかになるように、どのようなかたちをとろうと、漱石作品の主人公たちにおいて罪意識という問題はけっして軽いものではない。

何ものかへの怖れを抱きつづけているという点ではお米も同じである。彼女のトラウマになっているのは度重なる流産、早産、死産という出産の不幸である。彼女は臍帯纏絡（へその緒が胎児の体に巻き付いてしまうこと）によって三度目の胎児を失ったとき、次のような自責の念に駆られたのであった。

自分が手を下した覚がないにせよ、考え様によっては、自分と生を与えたものの生を奪うために、暗闇と明海の途中に待ち受けて、これを絞殺したと同じ事であったからである。こう解釈した時、御米は恐ろしい罪を犯した悪人と己を見傚さない訳に行かなかった。（十三）

だから彼女の前では隣家の子供の話さえもタブーとなる。彼女は宗助のように禅寺に向かうことはないが、代わりに易者を訪ねて将来自分に子供ができるかどうかを占ってもらっている。そこで「貴方には子供は出来ません」という宣告を受けたお米は「何故でしょう」と聞き返す。

その時御米は易者が返事をする前に、又考えるだろうと思った。ところが彼はまともに御米の眼の間を見つめたまま、すぐ

「貴方は人に対して済まない事をした覚がある。その罪が祟っているから、子供は決して育たない」と云い切った。御米はこの一言に心臓を射抜かれる思があった。（同）

こうして安井を捨てて不倫に走ったことへの罪意識と度重なる出産の失敗とが占いという非合理な手段によって結びつけられ、宗助もお米も内心に共通の宿命のような心傷（トラウマ）を抱えもつ人物であることが巧みに表現される。

繊細で意味深長な心理描写は他にも多々あるが、私にとって興味深いひとつは、小説の冒頭近くで交わされる一見無害なこんな会話である。


「御米、近来の近の字はどう書いたっけね」と尋ねた。細君は別に呆（あき）れた様子もなく、若い女に特有なけたたましい笑声も立てず、

「近江のおうの字じゃなくって」と答えた。

「その近江のおうの字がわからないんだ」

（中略）

「どうも字と云うものは不思議だよ」と始めて細君の顔を見た。

「何故」

「何故って、幾何容易（いくらやさし）い字でも、こりゃ変だと思って疑ぐり出すと分らなくなる。この間も今日（こんにち）の今の字で大変迷った。紙の上へちゃんと書いて見て、じっと眺めていると、何だか違った様な気がする。仕舞には見れば見る程今らしくなくなってくる。」（一）

私を含め、似たような体験をした読者も少なくないと思うが、これは病理学的には軽い離人症の症状である。離人症というのは、あるものを見たり、おこなったりしても、それに実感が伴わないような現象で、たとえば自分が今目の前にリンゴを見ていると頭のなかではわかっていながら、それがリンゴであるという実感が得られないとか、またそれを見ている自分のほうも自分ではないような気がしてしまうというような、一種の疎外感ないし疎隔感である。これは総じてストレスが強かったり、疲労しているときなどにときどき生じる現象で、初めて見る光景を以前に見たことがあるように思えてしまう既視感（デジャヴュ）などとならんで、健常者にもときどき見られる心理現象である。

私にとってこれが興味深いというのは、意識してかしないでか、漱石がごく平穏な光景のなかにこのような何気ないシーンを取り入れていることである。この記述自体はごくありふれた日常の一齣にすぎない。だが、話の進行とともに主人公たちの心理状態が平穏から不穏へと移っていくプロセスにこそこの作品の眼目があるとすると、われわれは作品を読み進めている間に、この何気ない会話のなかに仕込まれていた不穏の予兆が次第に増幅していくのを見ることになるのである。漱石がそこまでの計算をしてこのようなシーンを挿入したのかどうかはわからない。しかし、それがどうであれ、結果としてこうした何気ない記述が漱石の作家としての天分を端的に証明しているように思われる。

もうひとつ印象深いのは、やはり一見何ごともないように描かれる最後のシーンである。怖れていた安井は再び満蒙に帰っていったというし、弟の小六も坂井の親切で、そこの書生として住み込むことになった。お米の早打肩（狭心症）も、とりあえず大事には至らずにすんだ。まさに宗助の「頭を掠(かす)めんとした雨雲は、辛うじて、頭に触れずに過ぎた」のであった。そうしたことを経て、二人はこんな会話を交わす。


御米は障子の硝子(ガラス)に映る麗(うらら)かな日影をすかして見て、

「本当に難有(ありがた)いわね。漸くの事春になって」と云って、晴れ晴れしい眉を張った。宗助は縁に出て長く延びた爪を剪(き)りながら、

「うん、然し又じき冬になるよ」と答えて、下を向いたまま鋏を動かしていた。(二十三)

再び冒頭のシーンと同じような二人静の世界が帰ってきたことを告げるこの最後の会話は、これで物語が一段落したことを告げるものの、しかしこの作品で取り上げられた問題がけっして片づいたわけではないことをさりげなく訴えてもいる。じじつ、漱石はその後もここに現われた問題をさらに、ときには執拗なまでに追究することになるであろう。

金銭問題と人間関係

すでに、前の章でも折に触れて簡単に指摘しておいたことだが、商売や企業をテーマにした大衆小説のようなジャンルならともかく、複雑な人間関係のもつれを取り上げたり、苦悩する人間の内面に食い入ろうとするような小説の分野で、漱石ほど金銭問題を書いている作家は他にいないのではないだろうか。しかも、それはたいていの場合、具体的な金額を挙げてのやや執拗なまでの記述

にさえなっている。ごく最近漱石の相続などに関する大量の書類が発見されて話題となっているが（二〇一六年五月一八日「朝日新聞」）、この問題は漱石文学にとっても重要な意味をもっていると私は思う。秋山豊などもあとで取り上げる『道草』に関連して、漱石の金に対するこだわりを指摘しているが（『漱石という生き方』28章）、このこだわりは『道草』にかぎらず、他の作品においてもかなり目立つのである。ここでは『門』という作品に限定して、そのこだわりぶりを追ってみることにしよう。

この作品における金銭問題といえば、いうまでもなく、亡くなった父親の財産処理の問題である。父親が亡くなったとき、宗助はお米とのスキャンダルのために、自分が中心になって遺産の処理をすることはできず、そのためそれを叔父の佐伯の手に委ねたのであった。遺産の中心は土地と家屋で、これが売れるまでは当座必要な金を佐伯が一時工面して、あとで清算という約束になった。そしてそのとき弟の小六も佐伯の家に引き取って世話をしてもらうことになった。

遺産としてはさらに骨董品があったが、これも佐伯を介して売却してもらい、手元に二千円ほどが入ったのだが、その半分は小六の学資として佐伯に預けたのであった。だから一番の問題は残る土地家屋である。半年後に佐伯からこれが売れたという通知を受けたものの、それがいくらで売れたのかは知らされない。しかし、宗助は自分のほうの気後れもあって、長い間叔父にそれを問いただしたりすることはしなかった。

ところが、その叔父が急死して佐伯の家が財政的に逼迫し、小六の面倒を見ることができなくなったといってきたとき、次のことが明らかになる。問題の屋敷が売れたとき、当座の立て替えを差し引いて四千数百円が残ったので、叔父はその金を元に、小六名義で別の家を買って小六の将来に備えようとしたのだが、不運なことに、保険をかける前にその家が火事で焼けてしまったというのである。つまり当てにしていた遺産の残りはあっけなく消失してしまったということである。くわえて、叔父を失った佐伯の家では一人息子安之助の始めた事業や結婚準備やらで金を必要とし、とても小六の面倒をみることができなくなっていた。

　こういう切実な事態を抱えて、宗助はいつかこの問題に決着を付けなければならないとは思いながら、なかなか佐伯の家に出向くことができないでいる、というのが作品前半を支配する筋立てなのだが、ここで注意しておいていいのは、佐伯の家が宗助に対して抱えている借り（遺産の残り）と不祥事を引き起こした宗助が親戚縁者に対して抱く借りの意識（後ろめたさ）が妙な均衡をなしているということである。元来金銭と心理（倫理）は互いに別の次元の事柄であるにもかかわらず、現実にはそれらが同次元に置かれてバランスを取っているのである。これはどういうことなのだろうか。

　あらためて先の事態に目を向けなおしてみよう。ここで一番の問題となっているのは、たんなる直接的な金銭売買ではない。売買を叔父という第三者に委託したことから発生した問題である。委託を可能にしたのは親戚関係にもとづいた信用(クレディット)である。小六の面倒をみることができなくなったという事実は、なによりもその信用に綻びができたということであり、だから宗助の側に文字通り不信の念が生まれてきたのである。つまり金銭、しかも信用の絡んだ金銭関係というのは、たんなる経済関係というだけにとどまらず、多分に人と人との心理関係を内包させているのである。綻びが生じなければ、それは気づかれない。だが、ひとたび破綻が生じると、その関係を支えていた信用という心理関係が表面化し、一方は不信や怒りの感情を、他方は疚しさや罪意識を感じるようになる。後の章で詳しく取り上げることになるが、さしずめ借金 Schulden と罪 Schuld の同根源性を指摘したニーチェの道徳哲学の例を見るかのようである。社会学者のジンメルもこういっている。

要するに貨幣は、人間と人間との関係の、彼らの相互依存関係の、一方の欲望の満足をつねに相互に他方に依存させる相対性の、表現と手段である。(『貨幣の哲学』)

漱石が実際生活においてもさまざまな金銭上の苦労を体験したことは事実である。しかし、だから彼が作品のなかに金銭問題を頻繁に書きこんだとするのは皮相な解釈である。彼が書こうとしたのは、なにより金銭や貨幣に反映された人間関係であり、またそこに現われてくる心理や欲望なのだ。ここで再び第一章でフォーカスを当てた三者関係においては、われわれは基本的に貨幣を必要としない。お互いの欲望を直接満たし合うことができるからだ。象徴的には宗助とお米の夫婦関係がそうである。逆にいえば、貨幣が介在してくる関係というのは、その姿が直接見える見えないに関わりなく、すでに第三者が加わった関係、すなわちそれ独自の運動原理をもった一種の「社会」なのである。宗助夫妻のようにわずかな金額としか関わらなければ、その「社会／社交」も小さい。それに対して裕福な坂井のような人物は、それに応じて「社会／社交」も大きくなる。宗助の家がつねにひっそりとし、坂井の家がつねににぎやかに描かれるのも当然である。

　さらに、貨幣は欲望を反映するだけではない、自己を増殖さえする。大仰にマルクスの『資本論』を引き合いに出したりするまでもなく、貨幣はそれ自体が自己増殖の可能性をはらんだ存在である。リンゴという商品は、せいぜいのところそれを食べたいという欲求を満たすぐらいの可能性しかもたないが、貨幣という奇妙な「商品」は何にでも使うことができ、どんな欲望にも対応できる。この万能の性格を利用して、貨幣はさらに「投資」という行為に使われ、そこに自己増殖の可能性が生まれる。むろんそれは一種の賭けだから、いつも成功するとはかぎらず、失敗して破綻をもたらすこともある。『門』のなかで、佐伯が屋敷を売った金で小六の将来のために（おそらく投資のつもりで）別の家を買ったものの、火事でそれをすべて失ってしまったことがその例である。

　興味深いのは、漱石がこの小説のなかで投資によって貨幣が自己増殖した成功例をも書いているということである。宗助は父の形見としてかろうじて残った酒井抱一の屏風を佐伯の家から持って帰るが、家が狭くて置き場に困っているところを、お米の進言もあって近くの道具屋に売ることになる。相手の足元を見る道具屋は最初六円の引き取り価格をいうのだが、宗助のほうで返事をしぶっていると、次には一五円を提案してくる。それでも躊躇していると、ついには知らない人間を連れてきて三五円の値を付け、そこで宗助の側も手を打ったのであった。だが、やがてこの屏風が隣の坂井に買われていったことを知った宗助は、やがてそこを訪ねた折に、坂井が道具屋から八十円で買ったことを知る。宗助がそれまでの経緯を話すと、坂井は憤慨して、そんなことなら初めから宗助から直接譲ってもらえばよかったといい、道具屋の強欲を激しく罵るのだった。

問題はこの関係である。宗助と坂井の中間に立った道具屋は差し引き四五円の利ザヤを得ている。これは宗助が手放したときの値段より高い。しかし、このほとんど詐欺まがいの行為が罰せられることはない。なぜなら、宗助と道具屋、道具屋と坂井の間に交わされた取引はいずれも双方合意のもとに成立しているからである。道具屋は何も生産していない、たんに仲介しただけにすぎない。にもかかわらず、ここに少なからぬ利益ないし富が生じている。言い換えれば、道具屋はまず自分の持ち金三五円を投資して屏風を買い、その屏風を次の買い手坂井に売ることによって四五円の利益、すなわち剰余価値を得たのである。彼は売買される物品の使用価値にはまったく興味がない。じじつ彼は初め、画家の酒井抱一がだれであるかも知らなかった。彼にとっては扱う物品がいくらで手に入れられ、次にいくらで売れるかという交換価格の差額だけが関心の対象なのだ。要するに、彼は自分の資金を流通させることによって、それを増殖させたのである。単純素朴だが、典型的な商業資本の成功例である。こういうマジックを「正当」に可能にするのが貨幣という特殊な商品であり、それの流通によって成り立つ資本主義というシステムである。新たに発見された相続資料によれば、漱石の遺した財産の大半は銀行株だったということだが、このあたり、リアリスト漱石の本音の資本主義観がうかがえて興味深い。

とはいえ、漱石があらゆる人間の欲望を表現し、しかもこのような自己増殖を可能にする貨幣、およびそれを基本原理として成り立つ社会に対して根本的な疑問を抱いていたことは確かである。彼は明治以降の近代化のなかで資本主義が急速に発展していくことを危惧していた。言い換えれば、もしその発展に伴って貨幣が万能となり、それが人間社会を全面的に支配するようになったら、世の中はどうなるのかという危惧である。

『門』の二年前に出た『永日小品』のなかに「金」という短編がある。あるとき「自分」が「空谷子」を訪ねると、ふだん壮大な宇宙論などを講ずる空谷子がいま金（貨幣）について考えているという。そして「もう少し人類が発達すると、金の融通に制限を附ける様になるのは分り切っている」とし、その方策として「例えば金を五色に分けて、赤い金、青い金、白い金など」とすることを提案する。語り手の「自分」がこの突飛なアイデアが出てくる理由を問うと、空谷子はこう答える。

> 金はある部分から見ると、労力の記号だろう。ところがその労力が決して同種類のものじゃないから、同じ金で代表さして、彼是相通ずると、大変な間違になる。例えば僕がここで一万噸の石炭を掘ったとするぜ。その労力は器械的の労力に過ぎないんだから、これを金に代えたにしたところが、その金は同種類の器械的の労力と交換する資格があるだけじゃないか。然るに一度この器械的の労力が金に変形するや否や、急に大自在の神通力を得て、道徳的の労力とどんどん引き換えになる。そうして、勝手次第に精神界が攪乱されてしまう。不都合極まる魔物じゃないか。だから色分にして、少しその分を知らしめなくっちゃ不可んよ。（『永日小品』「金」）

この突飛なアイデアの持主空谷子は、漱石の一高時代の畏友で早逝した米山保三郎（『猫』のなかで「天然居士」として描かれている人物）を連想させるが、そのモデルがだれであったにせよ、ここに述べられたアイデアは、貨幣万能主義が生み出す弊害、とりわけ「精神界の攪乱」ないしモラルの崩壊という事態への危惧に発している。貨幣万能の原理にすっかり馴らされてしまっている後の時代のわれわれとても、ときにはこの弊害に気づくことがあるが、明治維新からの急激な近代化（資本主義化）を経験した漱石にはそれが鮮明なかたちで見えたのである。

たまたま『門』には出てこないが、漱石は自分の作品のなかのいろいろな登場人物に「岩崎」に対する悪口や呪詛の言葉を吐かせている。いうまでもなく、この場合の「岩崎」とは三菱の創業者岩崎のことで、漱石はたびたびこの固有名を財閥の代名詞のように使っているのだが、その背景にはつねにいま述べたような貨幣中心社会への根本的な批判があることを知っておいていいだろう。

金銭問題に関連して、もうひとつ触れておきたいことがある。それは金銭に体現された人間の性格の問題である。折しも『門』が書かれる二年前の一九〇八年に、精神分析家のフロイトが、こういうことを書いている。

> 精神分析的な努力によって助けたくなるような人たちと付き合っていると、ある特定の性格が際立って集中しているタイプの人々にじつによく出会うのだが、そういう人たちの幼児期では、ある特定の身体機能とそれに関わる器官の反応の仕方がわれわれの注意を引く。（「性格と肛門愛」拙訳）

ここでいわれる「精神分析的な努力によって助けたくなるような人たち」とは、フロイトの場合、広い意味での神経症（ノイローゼ）に親和的な人たちのことなのだが、そのような人たちに際立つ性格として挙げられているのが、次のような性格である。

> ここで私が取り上げようと思っている人々は、決まって次のような三つの性格が一体となっている点で目立っている。すなわち、そういう人々は、とりわけて几帳面（オルデントリッヒ）で、倹約的（シュパールザーム）で、しかも強情（アイゲンジンニッヒ）だということである。（同）

とりわけて几帳面ということとは、良くいえば、実直で真面目ということだが、悪くいえば、融通の利かない堅物ということになるし、質素な倹約家は度が過ぎればたんなる吝嗇家になる。また強情と訳したドイツ語の「アイゲンジンニッヒ」には我儘や頑固の意味もある。独自の性欲論を打ち立てたフロイトは、この三つの性格には共通に肛門（アナール）期の特徴が跡を残していると解釈するのだが、その解釈の当否はともかくとして、興味深いのは、豊かな臨床経験をもつフロイトが、金銭を対象にする倹約を明確な性格特徴として際立たせ、それがたびたび几帳面や強情とセットになって現われてくることを指摘していることである。そういう目で見ると、たしかに金銭にこだわった漱石においても、それに重なるようにして几帳面と強情が併存していたといえそうである。この性格がもっとも顕著に表われているのが、有名な博士号辞退の一件であろう。

『門』とそれにつづく修善寺の大患の翌年一九一一年、文部省から漱石に博士号を授与するということで、その証書となる学位記とともに専門学務局のほうに出向くようにという通知がくる。それに対する漱石の返事の一部が以下の文面である。

学位授与と申すと二、三日前の新聞で承知した通り博士会で小生を博士に推薦されたについて、右博士の称号を小生に授与になる事かと存じます。然るところ小生は今日までただの夏目なにがしとして世を渡って参りましたし、これから先もやはりただの夏目なにがしで暮したい希望を持っております。従って私は博士の学位を頂きたくないのであります。(一九一一年二月二一日福原鐐二郎宛書簡)

こういう理由から漱石は学位記を返却し、博士号の取り消しを願い出るのだが、権力を笠に着る文部省側は一度発行してしまったものは取り消しができないとし、再び学位記が送られてくる。これに憤慨した漱石は再び次のような抗議の手紙を書いている。こちらは全文を紹介しておこう。

拝啓　学位辞退の儀はすでに発令後の申し出にかかるゆえ、小生の希望どおり取り計らいかねる旨の御返書を領し再応のお答えをいたします。

小生は学位授与の御通知に接したるゆえに、辞退の儀を申し出たのであります。それより以前に辞退する必要もなく、また辞退する能力もないものとお考えにならんことを希望いたします。学位令の解釈上、学位は辞退し得べしとの判断を下すべき余地あるにもかかわらず、毫も小生の意志を眼中に置くことなく、一図に辞退し得ずと定められたる文部大臣に対し、小生は不快の念を抱くものなることをここに言明いたします。

文部大臣が文部大臣の意見として小生を学位あるものとお認めになるのは已むを得ぬこととするも、小生は学位令の解釈上、小生の意思に逆らって、お受けする義務を有せざることをここに言明いたします。

最後に小生は目下我が邦における学問文芸の両界に通ずる趨勢に鑑みて、現今の博士制度（は）功少なくして弊多きことを信ずる一人なることをここに言明いたします。

右大臣にお伝えを願います。学位記は再応お手もとまでご返付いたします。　敬具

（一九一一年四月一三日福原鐐二郎宛書簡）

この詳しい経緯や背景については、江藤淳の調査研究（『漱石とその時代』第四部）や「文芸委員会」「文展」問題ともからめた小森陽一の論議（『世紀末の予言者・夏目漱石』第四章「国家による知の統制」）があるので、そちらを参考にしてもらいたいが、この手紙を読むだけでも充分に漱石の強情な性格がわかるだろう。自分がいったんこうと思ったら、たとえ相手がお上といえども、一歩も引かないという気概こそ、まさにドイツ語の「アイゲンジンニッヒ」の本来の意味にほかならない。

漱石の強情が微笑ましいかたちで出てきた例として、京都のお茶屋の女将磯田多佳に宛てた晩年の手紙がある。

御多佳さん、『硝子戸の中』が届かないでおこっていたそうだが、本はちゃんと小包で送ったのですよ。さっき本屋へ問合せたら本屋の帳面にも磯田たかという名前が載っているといって来たのです。私はあの時三、四十冊の本を取寄せてそれに一々署名してそれを本屋からみんなに送らせたのだから間違はありません。もしそれが届いていないとするなら天罰に違ない。御前は僕を北野の天神様へ連れて行くといってその日断りなしに宇治へ遊びに行ってしまったじゃないか。ああいう無責任な事をすると決していいむくいは来ないものと思って御出で。本がこないといっておこるより僕の方がおこっていると思うのが順序ですよ。(一九一五年五月三日磯田多佳宛書簡)

磯田からは折り返し言い訳の手紙が来たのであろう。しかし、それに対する返事もなかなか強情である。

あなたをうそつきといった事についてはどうも取消す気になりません。あなたがあやまってくれたのは嬉しいが、そんな約束をした覚がないというに至ってはどうも空とぼけてごま化しているようで心持が好くありません。(中略)私はいやがらせにこんな事を書くのではありません。愚痴でもありません。ただ一度つき合い出したあなた——美しい好い所を持っているあなたに対して冷淡になりたくないからこんな事をいつまでもいうのです。(一九一五年五月一六日磯田多佳宛書簡)

文豪とか大家などといって扱われていても、まるで子供のように、このような些細な事柄に本気で傷つき、憤慨するのが漱石なのである。これをたんなる「頭の病気」などに還元して済ませているような解釈があったとしたら、およそ怠慢のそしりを免れないだろう。漱石の「思想」はこうした感情や心理、さらには性格などと切っても切れない関係にあるのだから。

父母未生以前本来の面目

無頓着な題名の付け方といい、展開の唐突さといい、この作品に対してはさまざまな観点からの批評や批判があるが、少なくとも宗助の参禅場面をこの作品の大きなヤマ場とみなすことについては、だれにも異論はないだろう。では、そもそも宗助はどのような動機から参禅などを思い立ったのだろうか。参禅を決断する直前、宗助が安井との遭遇を怖れて街中を徘徊していて考えたことが述べられている。

彼は黒い夜の中を歩るきながら、ただどうかしてこの心から逃れ出たいと思った。その心は如何にも弱くて落付かなくって、不安で不定で、度胸がなさ過ぎて希知（けち）に見えた。彼は胸を抑えつける一種の圧迫の下に、如何にせば、今の自分を救う事が出来るかという実際の方法のみを考えて、その圧迫の原因になった自分の罪や過失は全くこの結果から切り放してしまった。その時の彼は他（ひと）の事を考える余裕を失って、悉（ことごと）く自己本位になっていた。今までは忍耐で世を渡って来た。これからは積極的に人世観を作り易えなければならなかった。そうしてその人世観は口で述べるもの、頭で聞くものでは駄目であった。心の実質が太くなるものでなくては駄目であった。（十七）

つまり、「自己本位」の救済の道を求めていた宗助は「心の実質が太くなる」ための「実際の方法」として参禅を選んだということである。小説のなかでは、それよりずっと前の時点で、歯医者に行った宗助が待ち時間に雑誌をめくっていて、たまたま「風碧落を吹いて浮雲尽き、月東山に上って玉一団」（出典は『禅林句集』）という言葉に出合い、感心する場面があるが（五）、このあたりではすでに漱石は「門」というタイトルの落ちとしてはっきり参禅のことを考えていたのだろう。

同僚の伝手（つて）で紹介状を書いてもらった宗助が訪ねたのは鎌倉（円覚寺）の一窓庵の釈宜道（ぎどう）という修行僧であった。さらに彼に連れられて老師のところにいくと、老師からは「父母未生以前本来の面目」とは何かについて考え、答えを持ってくるようにいわれる。いわゆる臨済禅特有の公案である。この公案と格闘しながら宗助は十日間にわたって宜道の庵で座禅に打ち込む。

ある晩宜道に誘われて、老師に相見することになるが、「甚だ覚束ない薄手の」解答しか用意できなかった宗助に、「もっと、ぎろりとした所を持って来なければ駄目だ」「その位な事は少し学問をしたものなら誰でも云える」という老師の厳しい言葉が下される。つまり一喝されたわけである。その後も宜道と起居を共にしながらいろいろな教示を受けるのだが、十日間という短い修行の成果は次のような心境だった。

自分は門を開けて貰いに来た。けれども門番は扉の向側にいて、敲いても遂に顔さえ出してくれなかった。ただ、

「敲いても駄目だ。独りで開けて入れ」と云う声が聞えただけであった。彼はどうしたらこの門の閂を開ける事が出来るかを考えた。そうしてその手段と方法を明らかに頭の中で拵えた。けれどもそれを実地に開ける力は、少しも養成する事が出来なかった。（二十一）

宗助が公案を透過できなかったのは、彼が「頭の中の拵えもの」を払拭できなかったからである。彼は平生自分の「分別」を頼りに生きてきた。しかし、まさにその分別知が仇となって透過を妨げたのである。少なくともそういう自覚が宗助の修行の成果といえば成果であった。だから、その半悟りのような状態が次のように表現されることになる。

彼は門を通る人ではなかった。又門を通らないで済む人でもなかった。要するに、彼は門の下に立ち竦んで、日の暮れるのを待つべき不幸な人であった。（二十一）

よく知られていることだが、この一連の場面の記述には、かつての漱石自身の参禅体験がほぼそのまま使われている。漱石が鎌倉で参禅したのは一八九四年の暮れから翌年正月明けにかけてのことで、このとき漱石はまだ高等師範学校に嘱託の身分を得たばかりで結婚もしていない。修行のた

めの訪問先は円覚寺の塔頭(たっちゅう)のひとつ帰源院の釈宗活だった。その間宗活の師にあたる釈宗演から公案を授けられている（なお、この帰源院はその一年ほど前には島崎藤村が訪ねており、それがのちの自伝的小説『春』に使われている）。

老師となった釈宗演は、幕末から明治を代表する高僧今北洪川の後継者として円覚寺管長になるとともに、福沢諭吉から学んだ英語力を利用して禅の海外普及に努めた特異な人物である。ついでに今北洪川の弟子関係で興味深いことを挙げておけば、そのなかに漱石に禅を仲介した親友の菅虎雄や若き漱石が畏友として一目を置いた米山保三郎がいただけでなく、高等学校時代の西田幾多郎やその親友鈴木貞太郎（後の大拙）を禅に導いた、彼らの恩師北条時敬がいたという事実である。

ちなみに、北条から手ほどきを受けた西田はその後東大選科在学中の一八九二年に建長寺、円覚寺などに参禅した後、一八九六年からは金沢洗心庵の雪門老師や京都の妙心寺などで本格的に参禅修行し、一九〇三年京都の大徳寺孤蓬庵の廣州老師のもとで無字の公案を透過している。また同じく東大選科生の大拙もほぼ同時期に洪川のもとに参禅して二年後には早々と宗演のもとで見性を果し（「大拙」はこのときに授かった居士号）、その後の活動の一歩を築いている。確かな文献がないので個人的な推定にとどまるが、もうひとつ興味深い事実を付け加えておけば、若き漱石を感化したという天然居士米山保三郎も西田、大拙とほぼ同年で、しかも金沢の出身だから、四高で北条に数学を習い、その関係で禅に入った可能性が高い（西田はわずかに「明治二十四、五年頃の東京文科大学選科」という回想文のなかで一学年上の米山と漱石に言及している）。つまり、早逝してしまった米山はともかくとしても、漱石、西田、大拙といった明治を代表する知識人たちが今北洪川の人脈を介して間接的につながっており、しかも彼らは同じころ鎌倉でニアミスもしていたのである。

ここでもうひとつ、今度は個人的な推定ではなく、それ以上の空想を述べておく。洪川の法諱は「宗温」といい、後継者たちはこれを受けて「宗演」「宗活」と称したのだが、そうなると気になるのが、作品の主人公名「宗助」である。もしこの名前に何らかの暗示が込められていたとするなら、タイトル名のこととはかかわりなく、漱石は宗助という主人公名を決定したときから、すでにこの作品のなかで自分の参禅体験を素材にするつもりであったのかもしれない。もっとも、このようなことは今までだれ一人述べたことはないと思うので、あくまで私の勝手な想像にすぎないのだが。

しかし、そのような個人的空想はともかくとして、われわれにとっての一番の興味は、漱石が宗演から与えられた「父母未生以前本来の面目」という公案とその後どのように格闘していったかである。実際漱石は『猫』や初期の短編「趣味の遺伝」などいろいろな作品のなかでこの公案に言及しており、たんに参禅時だけのことに終わらせていない。

この公案は六祖慧能の言葉「本来面目」に由来するといわれ、門外漢の私の知るところでも、『葛藤集』第百七十六則「香厳撃竹」や『正法眼蔵』九などにも出てくる有名な公案である。発せられた問いは、父母が生まれる以前の自己というものを考えてみよ、というのであるから、普通の考えではこれはパラドックスになる。とはいえ、「如何なるか是れ祖師西来意（達磨大師はなぜインドからやってきたのか）」という問いに対して「庭前柏樹子（庭の柏の樹）」と答えるようなのが禅問答なので、何が正しい答えになるのかは、われわれにはとうていわからない。このときの漱石もそうだった。しかし、漱石はこの自分に与えられた公案についてその後もいろいろ考えていたふしがある。

まず、実際におこなわれた宗演との問答に関しては「超脱生死」と題して漢文調で書かれたノートが残されている。このなかで漱石は二人の対話をこう再現している。

十年前円覚ニ上リ宗演禅師ニ謁ス禅師余ヲシテ父母未省(ママ)以前ヲ見セシム．次日入室見解ヲ呈シテ曰ク物ヲ離レテ心ナク心ヲ離レテ物ナシ他ニ云フベキコトアルヲ見ズト禅師冷然トシテ曰クソハ理ノ上ニ於テ云フコトナリ．理ヲ以テ推ス天下ノ学者皆カク云ヒ得ン更ニ茲(こ)ノ電光底ノ物ヲ拈出シ来レト（新全集二十一）

言葉遣いはちがっているものの、内容は『門』に書かれた対話とほぼ一致している。ただし、このノートのなかで漱石は「幻象〔＝現象〕以外ノコトハ智ヲ用フル学問ノ上ニ於テ説クベキニアラズ」と述べて、強いてこれをやると「不当ノ想像」か「hallucination〔幻覚〕」に陥るだけだから、それを好まぬ自分としては、結局禅は断念するほかないと書き記すのだが、しかしこの公案はそれほど簡単に漱石の脳裏を離れることはなかった。

たとえば、一九〇七年の秋ごろと推定されている『禅門法語集』への書きこみである。そのなかの鈴木正三『麓草分』の部分の余白に書きこまれたメモにこうある。

一切ヲ放下(ほうげ)ストハ preservation of self〔自己の保存〕ナル根本義ヲ滅スルノ謂ナリ。心ハ self ニアラズ。故ニ self ハ preserve スル必要ナシト観ズルナリ。心ハ不死不生ナリ。故ニ self ハ

preserve スルニ及バズトイフコトナリ。Self ヲ preserve スルニ及バザル故ニ凡（すべて）ノ苦悶ガ消滅スルナリ。self ヲ preserve スルニ及バザル如クコレヲ destroy〔破壊〕スル必要モナキ故縁ニ従ツテ生存スルナリ。（小宮豊隆『夏目漱石』下『門』より）

興味深いのは、こう述べておいて、さらにこれに自分なりの哲学的解釈を加えているところである。

七情ノ去来ハ去来ニ任セテ顧ミザルナリ。心ノ本体ニ関係ナキ故ニ可モ不可モナキナリ。心ノ用ハ現象世界ニヨツテアラハル。ソノアラハレ方ガ電光モ石火モ及バヌホドニ早キナリ。心ノ体ト用トノ移リ際ノ働ヲ機トイフナリ。「オイ」ト呼バレテ「ハイ」ト返事ヲスル間ニ体ト用ガ現前スルナリ。ソレガ不可思議ニ早イナリ。ダカラ考ヘテイルヤウデハ分ラヌナリ。ソレガ考ヘズニ相応ズルコトガ出来レバ以心伝心ニナル訳ナリ。（同）

漱石の解釈によれば、われわれが普段抱く「七情」すなわち喜怒哀楽愛悪欲の「用」はあくまで「現象」にすぎず、その奥に「心の本体」があるとされる。漱石は「体」と「用」をそのように考える。この見方はさきの「超脱生死」にも見られたが、あえていうなら、ショーペンハウアーの意志と表象の関係を思わせる記述である。「心の本体」はたんなる「self（自己）」ではない。公案の課題「父母未生以前本来の面目」なるものがあるとしたら、それは「現象世界」にかかわる「自己」を超えたところにある、いわば自己ならぬ自己、あるいは大いなる自己としてあるのだろう。

おそらく漱石はそう考えた。

これにほぼ直結する考察が、同じ年に出た高浜虚子『鶏頭』の序文として起草された短文のなかに見られる。漱石は虚子の小説は「余裕のある小説」とでもいうべきものに分類でき、そこにはある種の「禅味」が感じられるとして、その関連で自分がかつて鎌倉の宗演に参して「父母未生以前本来の面目」とは何かと問われて「がんと参った」ことに言及しているのだが、それにつづいて次のような考えを述べている。

着衣喫飯の主人公たる我は何物ぞと考え考えて煎じ詰めてくると、仕舞には、自分と世界との障壁がなくなって天地が一枚で出来た様な虚霊皎潔（きょれいこうけつ）な心持になる。それでも構わず元来吾輩は何だと考えて行くと、もう絶体絶命にっちもさっちも行かなくなる、其所を無理にぐいぐい考えると突然と爆発して自分が判然と分る。分るとこうなる。自分は元来生れたのでもなかった。又死ぬものでもなかった。増しもせぬ、減りもせぬ何んだか訳の分らないものだ。

しばらく彼等の云う事を事実として見ると、所謂生死の現象は夢の様なものである。生きて居たとて夢である。死んだとて夢である。生死とも夢である以上は生死界中に起る問題は如何に重要な問題でも如何に痛切な問題でも夢の様な問題で、夢の様な問題以上には登らぬ訳である。従って生死界中にあって最も意味の深い、最も第一義なる問題は、悉く其光輝を失ってくる。殺されても怖くなくなる。金を貰っても難有くなくなる。辱しめられても恥とは思わなくなる。と云うものは凡て是等の現象界の奥に自己の本体はあって、此流俗と浮沈するのは徹底に浮沈するのではない。しばらく冗談半分に浮沈して居るのである。いくら猛烈に怒っても、いくらひいひい泣いても、怒りが行き留りではない、涙が突き当りではない。奥にちゃんと立ち退き場がある。いざとなれば此立退場へいつでも帰られる。しかも此立退場は不増である。不滅である。いくら天下様の御威光でも手のつけ様のない安全な立退場である。（高浜虚子著『鶏頭』序）

これが、あの公案に対する漱石のぎりぎりの理解だった。自分というものの壁をぶち抜くと、そこに不生不死、不増不滅の虚霊皎潔な心持が開けてくるという禅者の言葉が本当だとするなら、われわれの住む現象世界は夢と変わらないことになる。そしてその奥には何ものにも左右されることのない「立退場」のようなものがある。これはさきの現象と本体の関係のヴァリエーションである。その意味でこれは中国古典に発する「酔生夢死」や「胡蝶の夢」とはやや趣を異にする。ちなみに、夢と禅に関しては「無字の公案」を前にして鬼気迫る格闘をする『夢十夜』の第二夜があることを指摘しておこう。

いずれにせよ、ここに述べられている説明は、言葉としてだけならば、ある程度われわれにも理解可能である。しかし、というか、だからこそ逆に、その理解は「分別」の枠を超えることができないのである。しかも漱石は、後の講演『私の個人主義』でもいっているように、一度獲得した「自己本位」の立場を最後まで放棄することはなかった。言い換えれば、自分というものの壁を破ったりすることはしなかったのである。漱石のぶち当たった「門」とはこのことである。そしてそこに宗助が「門の前に立ち竦」まざるをえなかった理由がある。

ここで私は再び西田を引き合いに出してみたくなる。よく西田の哲学は禅の影響を受けているといわれる。はなはだしい解釈は「善の研究」とは「禅の研究」にほかならないといわんばかりだ。西田哲学に禅の影響があったことを否定する理由はない。しかし、それは仏典にこういわれていることが西田のここにあるとか、この発想法が禅のこれこれと一致しているというようなつまらない話ではない。そういうことなら西田自身がきっぱり撥ねつけている。

背後に禅的なるものと云はれるのは全くさうでありますが　私は固より禅を知るものではないが元来人は禅といふものを全く誤解して居るので　禅といふものは真に現実把握を生命とするものではないかとおもひます　私はこんなこと不可能ではあるが何とかして哲学と結合したいこれが私の三十代からの念願で御座います　併し君だからよいが普通無識の徒が私を禅などと云ふ場合　私は極力反対いたします　そんな人は禅も知らず　私の哲学も分らず　XとYとが同じいと云つて居るにすぎぬ　私の哲学を誤り禅を誤るものとおもひますから（一九四三年二月一九日西谷啓治宛書簡）

このような禅に対するスタンスは漱石も同じだったと思う。彼らは真剣に禅に取り組んだがゆえに、そこから得たものを軽々しく「禅の影響」などとは呼ばない。野狐禅の欺瞞を知っているからである。そして何よりも重要なことは、彼らが当時では第一級のヨーロッパ的知性の持主として、あくまでその立場から「分らぬ」ことを、たとえ一歩でも何とか「分る」ように努力しつづけたということである。

『門』の言葉を使って表現しなおしておけば、彼らは「門を通る人ではなかった。又門を通らないで済む人でもなかった」。門を通る人ではなかったとは、仏道に入っていく人間ではなかったということである。しかし、彼らはたとえ一時の体験とはいえ、そこで得たものを無視することもしなかった。不立文字の世界に理性の言語がどこまで迫りうるのか、彼らはともにそんな挑戦課題を抱えて自分たちの思索を進めていったのである（拙著『西田幾多郎の憂鬱』一二「形なきものの形を書く」参照）。「門の下に立ち竦む」とは、その苦闘のような思索が遅々として進んでくれないことの誠実な告白である。

彼らはいわば「門の前」で仕事をしつづけた人だった。それはある意味では、悟道の挫折であった。しかし、その挫折こそが彼らの思索を本物たらしめ、それにオリジナルな光彩を与えたのである。そう思ってみると、漱石文学における執拗な心理描写と西田哲学における繰り返しの多い論理はどこか似ている。漱石は自分に与えられた公案「父母未生以前」に最後までこだわった。しかし、それはあくまで「父母未生以前」ならぬ「父母既生以後」の世界からのアプローチであった。そういう意味では、晩年の「則天去私」を過大に評価し、簡単に漱石を悟達の人物に祀り上げたりするような解釈は、私にはあまり感心できない。ひとつ皮肉を付け加えておくと、やがて漱石の面倒を見た釈宗活のもとで、あの平塚らいてうが同じ公案「父母未生以前本来の面目」を透過することになるのだが、そのことによって彼女の「思想」が透過を果たさなかった漱石のそれより深まったのかどうか。

漱石はときに僧侶を茶化したりしている。だが、晩年の二人の若い僧侶たちとの付き合いが示しているように、彼は真摯なものに対しては率直に敬意を表することを忘れることはなかった。

坊さん方の奇特な心掛は感心なものです。どうぞ今の決定の志を翻えさずに御奮励を祈ります。私は私相応に自分の分にあるだけの方針と心掛で道を修めるつもりです。（中略）
富沢さんが薪折（ママ）をしているという事をいって来ましたからちょっと一句御覧に入れます。

まきを割るかはた祖を割るか秋の空

というのです。禅坊さんは禅臭いのを嫌いましょう。日常坐ったり提唱を聴いたりして禅という字が鼻についているでしょう。しかし素人はまたとかく実力もないのに禅とか何とか振り廻して見たくなるものです。どうも悪い癖ですね。呵々。（一九一六年一一月一〇日鬼村元成宛書簡）

漱石は禅に対して死ぬまでこのようなスタンスを貫いたのである。

老子とワーズワースの自然

前節でわれわれは、漱石が「門を通る人ではなかった」けれども、また「門を通らないで済む人でもなかった」ことを見た。つまり禅に対する付かず離れずのスタンスとでもいったらよいだろうか。これをさらに一般化して言い換えるなら、理性的言語とそれを超越したものとの間での格闘である。そういってよければ、あっさり「迷い」といってもいい。ここでは、こうした漱石の嗜好ないし思想傾向が比較的早い時期から、たんに禅体験に限られず、さまざまな分野においても見られることを跡づけてみたい。

まず、最初に取り上げるのは、大学在学中の一八九二年に東洋哲学の論文として提出された「老子の哲学」である。この論文は「第一篇　総論」「第二篇　老子の修身」「第三篇　老子の治民」「第四篇　老子の道」と、いわば老子思想の全体を概括しながら、それに自分なりの批判を加えたものであるが、基本的には、総論でいわれる、相対を脱却した絶対の立場をどう考えるかというのが主眼となっている。

漱石によれば、老子の絶対の無というのは虚無真空の意味ではなくて、無名の宇宙の根源すなわち「玄」のことにほかならないが、それは同時に天地の始め、万物の母であるから、そこからありとあらゆる有名で相対的なものが生じてくる。その意味で本質的に絶対と相対は切り離して考えることはできない。無名か有名かは、いわば玄をその根源に据えて静的に見るか、それともそれを動的な分化発展の相において見るかのちがいにすぎない。

こういう立場から老子は学問を無用とし、仁義を含むあらゆる行為を否定し、もっぱら嬰児のごとくであれと訴えるのだが、しかしこうした無為自然の立場はどのようにして得られるのかというと、それも一種の世界観である以上、あくまで有為の側から自覚をもって「悟入」した結果であるはずだと漱石は考える。興味深いのは、この文脈で漱石がワーズワースの詩を二度も引き合いに出して老子を理解しようとしていることである。

漱石の批判がもっとも厳しくなるのは、老子の治民論すなわち政治論である。天下は退いて受けるべし、ただ道を守って超然とあるべし、ただ悶々の政をなして醇々の民を養うべし、法令を去るべし。このような老子のアナーキーな政治論に対し、漱石は「科学の発達せる今日より見れば論ずるに足る者寡なし」として、次のような批判を加える。まず、老子の考えは基本的に進化の法則に反しており、いまさら太古の時代に帰ることなどできない。かりにできたとしても、それが老子のいうような理想の境界になるかは保証のかぎりではない。なぜなら、太古といえども空間時間に拘束されて生活せざるをえない以上、当然その分相対の世界の影響を被らざるをえないからである。結局老子の立場は「相対世界に無限を引き入れ無限の尺度を以て相対の長短を度る」ようなものであり、もともと不可能なことだ。こういうかたちで治民をおこなえば、仁義の本もわからない民をいたずらに「仁義の関所」を通り越させるだけとなり、およそどんな世にあっても通用することではない。

しかし、こういった、どちらかといえば合理主義的なスタンスから論じられていく論文のなかで、もっとも興味深いのは最後の「老子の道」と題された総括部である。ここは原文を参照しながら少し丁寧に見ておこう。老子の哲学は宇宙の根源をなす「道＝玄」の一元論である。それが分化発展して世界ができるがゆえに万物は道が変化したものということになる。したがってこの道は五官によっては知ることができないが、つねに万物のなかに潜んでいるとしたうえで、漱石は次のような解釈を述べている。

余輩は前段の議論より二個の命題を得たり。（一）万物の実体は道なり。（二）道は五官にて知る可らず。此を前提として結論を作れば「万物の実体は五官にて知る可からず」と云ふ命題を得。然らば吾人が通常見たり聞いたり触れたりする物は実体にあらずして、仮偽なりと云はざる可らず。尤も老子はここ迄は明瞭に論ぜざれども、道は万物を填充（即ち万物を組織）し、而して無形無聲なりと云ふ前提ある以上は、勢ひ此議論を含蓄せざるを得ず。故に老子の学は唯道論にて、洋人の之を訳して Taoism と云へるは真に其当を得たりと云ふべし。此唯道論は当今の哲学にて、形而下の点は何処迄行くも分折すべき性質を具する故、世界の実体は見るべからざる metaphysical points より成ると云ふ議論とよく似通ひて甚だ面白し。（『漱石全集』十二、句読点は小林による、以下同じ）

認識不可能な実体と現象の世界の区別はカントの認識論や、さきにも挙げたショーペンハウアーの意志論を連想させる。そのほかにここで漱石が参照している西洋哲学が具体的にだれの哲学を指しているのか、明確に同定することはできないが、少なくともここでは比較の対象としてスピノザの汎神論やライプニッツのモナドロジーのようなものも考えられているように思われる。次のコメントも面白い。

道は他力を藉らず、自ら変化し、自ら differentiate する者なるや明かなり。（略）道が一度び動けば、相対となることを明言せるが如し。而して其変化分離する過程は如何にと云ふに、第四十二章にあるが如く、道生一、一生二、二生三、三生万物とあり。此一、二、三の数字は何を指すやら抽象的にて合点行かねど、「ピサゴラス」の数論に似て面白し。「ピサゴラス」の意見に因れば、無限の空間が一度び一に感触するときは二となりて線を生じ、此空間二に感触するときは三となりて面を生じ、空間最後に三に感触するときは四となりて立体を生ず。然るに老子は其一、二、三の何たるを言はず、従つて其如何なる物たるやを知るに苦しむなり。(同)

ここでも老子そのままではなくて、それをピタゴラスの数学で理解しようとしているが、つづいての個所も漱石の西洋哲学についての思いがけない知識がうかがえて興味深い。

道が自ら発達分離して而も其変化を知覚せざることとなり。天道無親常與善人と云ひ、天網恢々疎而不失と云へば、何か道に意思あつて公平の所置をなすが如くに思はるれど、其公平なる所反つて其無意識なる所にて、一己の blind will を以て自然天然と流行し、其際に自ら一定の規律あり。無法の法、理外の理に叶ふ故に道法自然と云ひ、無為而無不為と云ふ。是老子の哲学が「ヘーゲル」と異なる所にして、両者共一元論者なれども、一は道に意識なしとなし、一は Absolute Idea が発達して最上の位地に到るときは遂に絶対的に意識を有するとす(両者の差是のみと云ふにあらず。「ヘーゲル」の論抔(など)は善くも知らざれども、気の付いたこと丈を比較するなり)。(同)

無為自然に基づく老子の道が無意識的で、あくまで理性の弁証法的運動を通して到達されるヘーゲルの絶対理念（絶対精神）が意識的だというのは、ある意味でそのとおりであろう。だが、問題はそういう比較にあるのではない。見られるように、以上に挙げた三つの引用はいずれも、あくまで西洋思想の概念装置に照らし合わせて老子の哲学を理解しようとしたものだが、まさにそのスタンスの取り方こそが問題なのである。それは相対から絶対への、または合理から非合理へのアプローチといってよいが、そういう姿勢からすれば、最初に無為自然という絶対を立てる老子の言説は逆転していることになる。これに対して漱石にとっての絶対とは、あくまで相対を通してのみ到達される目標ないし理想であるがゆえに、それを初めからアプリオリに措定してしまうことはできない。いうまでもないことだと思うが、漱石は老子の絶対をたんなるナンセンスとして退けているのではない。そうではなく、あくまでアプローチの方向が問題なのだ。禅への関心が示しているように、超越に引かれる嗜好自体は生涯を通じて消えていない。もしそういうものがあるとしたら、われわれは現実の生からそれにどのように近づくことができるのかと、漱石は問うているのである。

漱石の超越嗜好を示すもうひとつの例として取り上げてみたいのは、同じころ学生として自ら編集委員を務めた『哲学雑誌』に投稿した論文「英国詩人の天地山川に対する観念」である。題名からも明らかなように、こちらは西洋の言説が題材となっている。論文の主旨は一八世紀末から一九世紀の初めにかけてイギリスの詩壇に輩出した詩人たち、具体的にはゴールドスミス、クーパー、トムソン、バーンズ、ワーズワース（引用のときに限り原文どおり「ウオーヅウオース」と表記）などの詩を紹介しながら、そのなかで自然、とりわけ山川としての自然の扱いがどのように変遷していったかを論じたものである。私自身も、ちょうど時を同じくして隆盛を見たドイツ・ロマンティクのなかで、いかにして自然、とりわけアルプスを中心とする山岳風景がテーマとして立ち上がってきたかを研究した経緯もあり（拙著『風景の無意識』参照）、この論文はとくに興味深い。じじつ、漱石は山川を詠出する自然主義は「ローマンチシズム」と並行して登場してきたことを指摘している。論文の運びは最後のまとめに説明されている。

以上の談話を約言すれば、（一）「ホープ」時代の詩人は、直接に自然を味はず。古文字を弄して其詩想を養ひし事。及び「トムソン」の自然主義は、単に客観的にして、間々殺風景の元素を含む事。（二）「ゴールドスミス」「クーパー」は、自然の為に自然を愛せしにあらざる事。（三）「バーンス」は情より、「ウオーヅウオース」は智より、共に自然を活動力に見立てたる事。及び自然主義は此活物法に至つて、其極に達する事等なり。（全集十二）

こうした概要をもつ論文のなかでわれわれが注目すべきは、当然「極に達する」と評された最後の二人バーンズとワーズワースである。

まずバーンズから始めよう。漱石によれば、バーンズの特徴はその四民平等、四海兄弟主義の「情」にあるが、その真骨頂は何といっても、その情がそのまま自然に向けても発揮されるところにある。自然に対する情といっても、動物のような生き物に対する情もあれば、山川のようなものに対する情もあるが、とりわけバーンズに顕著なのは後者である。動物に対する情はけっして珍しいものではないし、すでにバーンズ以前にも見られた。それに対して、バーンズのように本来非情の草木や山川に対して、まるで人間に向けてのように情を示すのは画期的なことだという。とくにそのことは、バーンズが「対話法(アポストロフヒー)」を多用して自然に呼び掛けるようにして詠っているところに表れている。たしかに、これまでも山川に対して「汝」とか「君」という言葉で呼び掛けている例はあったが、たいていの場合は修辞上の方便にすぎないのに対して、バーンズの場合は「終始同輩に対するの（汝）」であり、「憐愛の極、遂に天地山川を己れと対等視するに至」っており、まさにそこにバーンズの自然主義の本領があるという。

このように、バーンズに対する漱石の評価は非常に高いのだが、われわれの文脈で興味を引くのは、何といっても最後に取り上げられるワーズワースのほうである。漱石はワーズワースの自然主義の特徴は、「詩体の平易にして散文に近き事」「詩中の人物大概は下賤の匹夫なる事」「自然に対する観念他の詩人と異なる事」の三点にまとめられるが、大事なのは最後の点である。漱石は、自然と接するときにバーンズが情を中心に据えたとするなら、ワーズワースは知を重んじたとしたうえで、こういう。

「バーンス」の如く、山川を遇して己と対等なるに至れば、自然主義も其にて頂上なるが如くに思はるれど、「ウオーヅウオース」は竿頭(かんとう)更に一歩を進めて、万化と冥合し自他皆一気より来る者と信じたり。是即ち平素の冥思遐捜(めいしかそう)より来りたる者にて、寂然として天地を観察せるの結果に外ならず。（同）

「冥思遐捜」とは文字通りには「目を閉じて遠くに想いを馳せる」ほどの意味で、多分仏教用語か何かだろうが、ここで見逃してはならないのは、その瞑想を通して人間と自然とが一体となった宇宙が想い描かれ、しかもそれが「一気より来る者」と考えられている点である。このイメージはさきに見た老子の道ないし玄のイメージに近い。つづく漱石の言葉によれば、ワーズワースが自然を愛するのは、人間と自然の根底に「一種命名すべからざる高尚純潔の霊気」が潜んでいることを感じ取っているからだとされるのだが、この発想は老子の解釈においていわれた、万象のなかに道が宿っているとする「唯道論」の考えとほぼ重なる。ちなみに、漱石がその参照として原文で引用しているのは、ワーズワースの散文詩「ティタン寺より数マイル上流にて詠める詩」の次の一節である。

------------------ And I have felt
A presence that disturbs me with the joy
Of elevated thoughts; a sense sublime
Of something far more deeply interfused,
Whose dwelling is the light of setting suns,
And the round ocean and the living air,
And the blue sky, and in the mind of man;
A motion and a spirit, that impels

All thinking things, all objects of all thought,
And rolls through all things.
われ高められし思想の喜びもて
わが心を動かす一つの存在を感得せり。
そは落日の光の中と、円き大洋と、生ける大気と、
はた蒼き空と人間の心とを住家として、
遥かに深く浸透せる或るものの崇高なる感じなり。
また、凡ての思考するもの及び、
あらゆる思考の対象を動かし、
万物の中を流るる運動と霊とを感得せり。（田部重治訳）

漱石がワーズワースの自然観のなかに老子を読み込んでいるのは、次の引用からもっとはっきりする。

自然の為に自然を愛する者は、是非共之を活動せしめざるべからず。之を活動せしむるに二方あり。一は「バーンス」の如く外界の死物を個々別々に活動せしめ、一は凡百の死物と活物を貫くに無形の霊気を以てす。後者は玄の玄なるもの、万化と冥合し宇宙を包含して余りあり。「ウオーヅウオース」の自然主義是なり。（全集十二）

ひとつ用語についてコメントを加えておけば、ここに出てくる「活動」「活物」「霊気」といった言葉はいずれも「spirit」とか「spiritualization」の翻訳語として使われているということである。これは東洋の概念でいえば「精神」というよりも、むしろ「気」に当たり、前の引用に出てくる「一気」もこれと関連しているが、見られるように、こちらでは「玄の玄」という『老子』からの言い回しがそのまま出てきているのである。また、ワーズワースからは別の詩「虹」を挙げながら、そこに「赤子の心」を見ているが、このことも老子の「嬰児」を連想させて面白い。

バーンズとの比較を通して明らかになるワーズワースの特徴のもうひとつは、消極に対する積極である。バーンズを読むと、その不遇な身の上に発する沈鬱や悲惨を感じさせられるのに対し、ワーズワースを読むと、「高遠の中、自ら和気の藹然(あいぜん)たる者」があるという。

> 其主義とするところは、"Plain living and high thinking〔質素な生活と高尚な思索〕"にありて、固より俗界を眼下に見降だしたれば、彼の虚栄を闘はす輩を観て、気に障るの何のと云ふ事なし。加之富めるといふにあらねども、衣食に事欠く程の貧乏にてもなく、山林に逍遥して自由に自然を楽しむ位の資産を有せし故に、其外界に対する観念も従つて和風麗日に接するが如き心地のせらるるなり。(同)

これもまた老子的世界を想わせる記述であるが、ついでに、ここでのバーンズとワーズワースの比較に仮託した次のような小宮豊隆の的確な漱石評があることを付け加えておく。

ただ漱石の場合、仮令漱石の中に、バーンズ的なものとウォーヅウォース的なものと、両様の心が動いていたとしても、結局はバーンズ的になってしまわなければならないほど、漱石は世の中に対して、鬱勃たる不平を押えることができなかったかも知れない。しかも漱石は、自分が自分のこの不平を乗り越すのでなければ、到底自分には「和風麗日」の、平和な、幸福な世界の現われる期はないということを、承知しているのである。(『夏目漱石』上二二)

いずれにせよ、以上紹介した老子論とイギリス詩論を並べて読んでみるとわかるように、漱石には早くから普遍的な、そういってよければ、漠然とした超越嗜好があったということである。その素材は東洋でもよかったし、西洋でもよかった。そしてその自分の嗜好の正体を知るべく、老子を西洋哲学で理解してみたり、逆にワーズワースの詩に老子のイメージを重ねてみたりしたのであった。だから、「門を通る人ではなかった」漱石の禅への関心も、仏道そのものへの関心というより、むしろ、そのような普遍的な超越嗜好のひとつと見たほうがいい。

こうした普遍的な超越嗜好が文字通り趣味となって現われたのが、漱石の南画や漢詩である。漢詩については吉川幸次郎による校注なども出ているので、よく知られていると思うが、友人で自ら絵の手ほどきを受けた画家の津田青楓と息子の夏目純一によって戦後出版された『夏目漱石遺墨集』などを見ると、「画家」漱石の才能をうかがい知ることができる。数多い草木画に混じって、とくに目を引くのは、「山上有山図」「閑来放鶴図」「秋景山水図」「孤客入石門図」「一路万松図」等々といった山水画である。絵の良し悪しはともかくとして、興味深いのは、漱石が禅とも親和的な関係にある南画という風景画に強い関心をもち、自分でもそれを実際に描いてみたという事実である。これは結構重いのではないだろうか。

修善寺の大患

『門』を書き上げるとすぐ、漱石は持病の胃潰瘍が悪化して東京市内の長与胃腸病院で入院治療を受けるが、それが一段落すると、ひきつづいて転地療養のため伊豆の修善寺に行く。ところが、ここで転地療養どころか胃潰瘍がさらに悪化して大量の吐血をするなど、一時は危篤状態にまで陥ってしまった。

これはいわゆる「修善寺の大患」としてよく知られており、これについては本人の日記をはじめ、病床に駆けつけて付き添った妻鏡子の『漱石の思い出』、当時漱石が社員として籍を置いていた朝日新聞から特使として送られてきた坂元雪鳥の『修善寺日記』(一般にはなかなか入手しにくいものだが、八月二四日の大吐血の当日に医師、鏡子とともに現場で看護を手伝いながら漱石の口から出た一字一句を書き残そうとした貴重な資料である。ちなみに雪鳥は五高時代の漱石の教え子でもある)、さらにそれらに基づいて事実関係を復元した小宮豊隆『夏目漱石』や江藤淳『漱石とその時代』などの一級資料や文献があるので、事実関係の詳細はそれらに任せるとして、あくまで漱石の「思想」を追う本書としては、漱石自身がこの大患をどのように受けとめたのか、またそれを思想的にどう消化していったのかについて検討を加えてみたい。中心となるテクストは修善寺から東京に戻るや病床から『朝日新聞』に連載を始めたエッセイ集『思い出す事など』である。

エッセイの説き起こしは、折しも漱石が修善寺で生死の間を彷徨っていたころ亡くなった人たちについてである。自分の病気をさしおいて最期まで漱石の治療のための配慮を怠らなかった長与病院院長、療養中に読もうとたまたま修善寺まで持ってきていた本の著者ウィリアム・ジェイムズ、親友大塚保治の妻で、漱石が理想の女性のひとりとみなしていたとされる作家歌人の大塚楠緒子といった物故者たちとは対照的に、自分のほうは九死に一生を得たという「天幸」に胸打たれる漱石の心境をじつに巧みに表現したのが以下の文章である。

院長の死が一基の墓標で永く確められたとき、辛抱強く骨の上に絡み付いていてくれた余の命の根は、辛うじて冷たい骨の周囲に、血の通う新しい細胞を営み初めた。院長の墓の前に供えられる花が、幾度か枯れ、幾度か代って、萩、桔梗、女郎花から白菊と黄菊に秋を進んできた一カ月余の後、余は又その一カ月余の間に盛返し得る程の血潮を皮下に盛得て、再び院長の建てたこの胃腸病院に帰って来た。（『思い出す事など』二）

漱石がこの体験を通して直面することになったのは、いうまでもなく、初めて現実に自分を襲った死という問題である。とはいえ、その体験は当人には意外なものであった。大吐血のあと三十分ほどの間意識を失ってきわめて危機的な状況にあったことを後に妻の鏡子から聞かされたとき、漱石の記憶ではその三十分がまったくの空隙となっていたからである。言い換えれば、その三十分の間漱石は「死んで」いたのである。

　ただ胸苦しくなって枕の上の頭を右に傾むけようとした次の瞬間に、赤い血を金盥の底に認めたただけである。その間に入りこんだ三十分の死は、時間から云っても、空間から云っても経験の記憶として全く余に取って存在しなかったと一般である。妻の説明を聞いた時余は死とはそれ程はかないものかと思った。そうして余の頭の上にしかく卒然と閃いた生死二面の対照の、如何にも急劇でかつ没交渉なのに深く感じた。（十五）

この体験はたんなる病気の体験ではない。一旦死んであの世から還って来たという体験である。少なくとも漱石の意識においてはそうであった。そして、そんな大きな体験があまりにあっけないことに漱石は愕然とする。だから「俄然として死し、俄然として吾に還るものは、否、吾に還ったのだと、人から云い聞かさるるものは、ただ寒くなるばかりである」として、次のような漢詩を書き留めた。

縹緲玄黄外　縹緲（ひょうびょう）たる玄黄（げんこう）の外
死生交謝時　死生　交（こも）ごも謝する時
寄託冥然去　寄託　冥然として去り

我心何所之　我が心　何んの之く所ぞ
帰来覓命根　帰来　命根を覓む
杳窅竟難知　杳窅　竟に知り難し
孤愁空遶夢　孤愁　空しく夢を遶り
宛動蕭瑟悲　宛として蕭瑟の悲しみを動かす
江山秋已老　江山　秋已に老い
粥薬髩将衰　粥薬　髩将に衰えんとす
廓寥天尚在　廓寥　天尚お在り
高樹独余枝　高樹　独り枝を余す
晩懐如此澹　晩懐　此くの如く澹に
風露入詩遅　風露　詩に入ること遅し
（書き下しは吉川幸次郎『漱石詩注』による）

縹緲とした玄黄（天地）の外に出て、生死が入れかわり、そこから還ってきたけれども、自分には生命の根源はついにわかることはなかった。秋も深まり養生の身の自分はただ孤愁に浸りながら、こうして淡々と詩を作っている、というような意味だろうか。
このときの体験から学んだ死のあっけなさ、裏を返せば、生のはかなさという感覚は、たまたま持参していたジェイムズの著書『多元的宇宙』などにも触発されて、壮大な宇宙や天体のなかの卑小な生命というものにまで拡大する。

進んで無機有機を通じ、動植両界を貫き、それ等を万里一条の鉄の如くに隙間なく発展して来た進化の歴史と見傚すとき、そうして吾等人類がこの大歴史中の単なる一頁を埋むべき材料に過ぎぬ事を自覚するとき、百尺竿頭（ひゃくせきかんとう）に上り詰めたと自任する人間の自惚（うぬぼれ）は又急に脱落しなければならない。（七）

進化論を知り、星雲説を想像する現代の吾等は辛きジスイリュージョンを嘗（な）めている。（同）人間の生死も人間を本位とする吾等から云えば大事件に相違ないが、しばらく立場を易（か）えて、自己が自然になり済ました気分で観察したら、ただ至当の成行で、そこに喜びそこに悲しむ理屈は毫（ごう）も存在していないだろう。（同）

宇宙に想いを馳せ、ごく覚めた心でこう考えたとき、「余は甚だ心細くなった。又甚だつまらなくなった」というのだが、しかしこの体験が漱石にもたらしたものはそれだけではなかった。たとえば、半死のときの心理状態を回顧しながら、漱石はこういっている。

魂が身体を抜けると云っては既に語弊がある。霊が細かい神経の末端にまで行きわたって、泥で出来た肉体の内部を、軽く清くすると共に、官能の実覚から杳（はる）かに遠からしめた状態であった。（二十）

「泥で出来た肉体」などと、いささか聖書由来の作りもの表現が混じっているが、語られた内容そのものは臨死体験者の証言に似ている。魂が肉体から浮遊気味になって「窈窕として地の臭を帯びぬ一種特別のもの」に包まれ、それが「恍惚として幽かな趣を生活面の全部に軽くかつ深く印す」ような感覚だというのだから。さらに漱石は自分が体験したこの特殊な感覚を、ドストエフスキーが自ら体験し、さまざまな作品のなかに取り入れた癲癇の心理状態、すなわち「自己と外界との円満に調和した境地で、丁度天体の端から、無限の空間に足を滑らして落ちるような心持」と比較しているのだが、これを癲癇そのものが物語の前面に出されている『白痴』のなかに探してみるならば、たとえば主人公ムイシュキン公爵の次のような思いと重なるだろうか。

さまざまなもの思いのうちに、彼はまたこういうことも思って見た、彼の癲癇に近い精神状態には一つの段階がある（ただし、それは意識のさめているときに発作がおこった場合のことである）。それは発作の来るほとんどすぐ前で、憂愁と精神的暗黒と圧迫を破って、ふいに脳髄がぱっと焔でも上げるように活動し、ありとあらゆる生の力が一時にものすごい勢いで緊張する。生の直覚や自己意識はほとんど十倍の力を増してくる。が、それはほんの一転瞬の間で、たちまち稲妻のごとくに過ぎてしまうのだ。そのあいだ、知恵と情緒は異常な光をもって照らし出され、あらゆる憤激、あらゆる疑惑、あらゆる不安は、諧調にみちた歓喜と希望のあふれる神聖な平穏境に、忽然と溶けこんでしまうかのように思われる。（『白痴』（二）五）

医学的には、このような症状は癲癇のなかでも側頭葉癲癇といわれるタイプに見られるということで、それ以上のことはとても門外漢の私などの手に負える話ではないが、ドストエフスキーの癲癇を論じた精神病理学者の木村敏はその特殊な症状を解釈して、こう述べている。

> 癲癇の発作においては、環界との相即関係を保障している時間の連続性が唐突に中断され、短時間ののちに再び回復される。これは主体にとっては一つの重大な転機(クリーゼ)であり、存続の危機(クリーゼ)である。しかし、発作が終了したのちに患者は稀ならず気分の一新、さらには一種の高揚感を体験する。発作という「死と再生」のドラマにおいて、「大死一番乾坤新なり」という禅的な境地が現成したのだといってよい。このクリーゼにおいては、時間の中に永遠が稲妻のように侵入してくる。永遠は彼岸的なものとしてでなく、現世的生の真只中で生きられるものとして姿を現す。癲癇発作は、生の只中での死の顕現である。もちろんこの死は、個別的生命の終焉としての個別的な死ではない。それは、いかなる個別的生もそこから生まれそこへ向って死んで行く、個別の生死を超えた一つの次元である。それは発作患者自身にとっては意識の瞬時的な解体を通じて身をもって到達する永遠の次元であるけれども、日常性の側からそれを眺める者にとっては怖るべき死の原理のときならぬ出現を意味することになるだろう。(『時間と自己』第二部3「祝祭の精神病理」)

癲癇発作のなかに、このような「死と再生のドラマ」を読み取ることができるとするなら、漱石がドストエフスキーとのあいだに認めたもうひとつの共通点にも整合性があるといえる。それは文字通り「死からの帰還」という体験である。漱石はドストエフスキーが一度銃殺刑を宣告されて、その執行直前に刑が取りやめとなり、シベリア送りになった事実に注目する。もっと焦点を絞っていえば、一旦死を覚悟した次の瞬間にそこから解放されるという体験である。『白痴』という作品はムイシュキン公爵が人から聞いた話として、このときの恐怖体験のことも伝えている（（一）五）。それは病気の危篤状態から脱した漱石の体験とは「詩と散文」（漱石）ほどの違いがあるとはいえ、やはり瞬時において「死と再生のドラマ」を体験したという点で同じであると、漱石は考えたのである。

とはいえ、どんなときにも合理的な考えを貫こうとする漱石は「死後の生」というようなものを認めたりはしない。そういう安易な神秘化は彼のもっとも嫌うところであったからである。興味深いことに、そのかわりここで漱石の頭をよぎったのが、かつての参禅体験である。

円覚曾参棒喝禅　円覚　曾つて参ず棒喝の禅

瞎児何処触機縁　瞎児（かつじ）　何処か　機縁に触れん

青山不拒庸人骨　青山　拒まず庸人の骨

回首九原月在天　首（こうべ）を九原より回（めぐ）らせば　月　天に在り（『思い出す事など』八）

「瞎児」とは盲人、「庸人」とは凡人、そして「九原」とは墓場ないしあの世のことを意味する。自分はかつて円覚寺に参禅したことがあったが、そのときは悟りのきっかけさえ得られなかった。ただ、こうして床から緑の山を眺めていると、自然は自分のような凡庸な人間でも、死ねばその遺骨を受け入れてくれることに気づく。だが、今の自分はそんな死の直前まで行って還ってきたのだなあと感慨に耽りながら空にかかった月を眺めている。正確な解釈に自信はないが、大意はそんなところか。この心境はどことなく前に述べた超越嗜好につながっている。じじつ、漱石はこの病によって「寛裕（くつろぎ）」と「長閑（のどか）」という陳腐な幸福を味わったと述べているのだが、そのなかから生まれた俳句と漢詩については、さらにこう述べる。

病中に得た句と詩は、退屈を紛らすため、閑に強いられた仕事ではない。実生活の圧迫を逃れたわが心が、本来の自由に跳ね返って、むっちりとした余裕を得た時、油然（ゆうぜん）と漲（みな）ぎり浮かんだ天来の彩紋である。（五）

こうした心境だから、東京から送ってもらった『列仙伝』の仙人の挿絵を眺めながら、無意味のなかに価値を見出す喜びを味わったりもするのだが、何といってもその一連の幸福感を象徴するのは南画である。病床の慰みに南画集を買ってもいいかと妻に問う漱石は幼かったころを回想する。子供のときよく家の蔵に入りこんで懸物を見ていたが、なかでも好きだったのは彩色をほどこした南画であったという。それ以来自分は南画に描かれるような風景に憧れを抱いていたが、年齢とともに実際的な人間となり、次第にこういう趣味から離れてきたとはいえ、「南画に似た心持は時々夢を襲った」のだった。病床においてこの南画的気分が具体的なファンタジーの姿を取って現われてきたのが、次のような記述である。

　山を分けて谷一面の百合を飽くまで眺めようと心に極めた翌日から床の上に仆れた。想像はその時限りなく咲き続く白い花を碁石の様に点々と見た。それを小暗く包もうとする緑の奥には、重い香が沈んで、風に揺られる折々を待つ程に、葉は息苦しく重なり合った。――この間宿の客が山から取って来て瓶に挿した一輪の白さと大きさと香から推して、余は有るまじき広々とした画を頭の中に描いた。（三十）

　ここでもわれわれは漱石作品をたびたび飾る白百合の美学に遭遇することになるが、『それから』でもそうであったように、漱石の場合この花にはつねに死の匂いが付いてまわる。

　このような一時の長閑な幸福感はさらに漱石に素直な他人への感謝という気持ちをもたらした。「はじめに」のところでも述べておいたように、漱石には早くから「misanthropic（人間嫌い）」の性癖があった。だから彼は長い間、人間はつねに世の中を敵に回して「自己と世間との間に、互殺の平和を見出そうと力め」るものだと信じて生きてきたのだが、今度の病気で人々が自分のためにいろいろと尽くしてくれたことを知り、「世の人は皆自分より親切なものだと思った。住み悪いとのみ観じた世界に忽ち暖かな風が吹いた」（同十九）というような気持を抱いたのだった。

四十を越した男、自然に淘汰せられんとした男、さしたる過去を持たぬ男に、忙しい世が、これ程の手間と時間と親切を掛けてくれようとは夢にも待設けなかった余は、病に生き還ると共に、心に生き還った。余は病に謝した。又余のためにこれ程の手間と時間と親切とを惜まざる人々に謝した。そうして願わくは善良な人間になりたいと考えた。そうしてこの幸福な考えをわれに打壊す者を、永久の敵とすべく心に誓った。（十九）

漱石の心のなかにはつねに時代への、あるいは世間への怒りが渦巻いていた。しかも、この後の展開を見ればわかるように、それは年齢とともに和らいでいくどころか、むしろ彼の内面に喰いこんでますますエスカレートしていき、気分的にも重々しいメランコリーが支配的になっていく。そのことを思うと、この病中の一時的な「幸福感」は、漱石にとってまさに僥倖のような瞬間だったといっていいだろう。それは漱石の人生のなかでも「本当に嬉しかった、本当に難有かった、本当に尊かった」（二十三）と率直に思えたじつに希少な経験だった。漱石自身は気づいていないが、あの『門』の宗助が参禅に求めたものが、それにつづく大患によって、まったく予期せぬかたちで一時的に達せられたのである。皮肉といえば皮肉だが、そのような一時的な皮肉を通してしか漱石のメランコリーは休まるところを知らなかったのである。

第四章　内向的人間の成立——『彼岸過迄』

物語の展開と要点

前作の『それから』や『門』において、われわれは漱石のタイトルの付け方がいかにぞんざいであったかを見たが、それはこの作品においても同じである。

> 『彼岸過迄』というのは元日から始めて、彼岸過ぎまで書く予定だから単にそう名づけたまでにすぎない実は空しい標題(みだし)である。(『彼岸過迄』緒言)

要するに、この題名は新聞への連載予定期間をそのまま使っただけにすぎない。自ら「実は空しい」と形容するゆえんである。だが、題名の無造作とは裏腹に、この作品は本書で取り上げる他の作品とは明確に異なった構成上の特徴をもっている。いまの引用につづく言葉はこうなっている。

> かねてから自分は個々の短編を重ねた末に、その個々の短編が相合(あいがっ)して一長編を構成するように仕組んだら、新聞小説として存外面白く読まれはしないだろうかという意見を持していた。(同)

つまり、この作品はそれぞれにモティーフや登場人物の異なる短編をよせ合わせて、その全体がひとつの作品となるような、いわゆるオムニバスの形式に仕立てあげられているのである。実際にも、後に漱石の作品が再編集されたとき、このなかの一章をなす「雨の降る日」や「須永の話」などが、それだけで単独に出版されたこともある（こういうアイデアの起源としては短編や随筆を織り交ぜた『永日小品』が考えられるが、しかしこれは「一長編」にはなっていない）。

そうはいっても、各章はまったく無関係なものが勝手に並べられているわけではない。形式上は田川敬太郎という就職活動中の学士がすべての作品に何らかのかたちでかかわり、個々の短編を束ねるかたちになっているからである。言い換えれば、漱石がよく使う狂言回しの役目が、この形式上の主人公敬太郎に与えられるのである。ついでにいっておくなら、漱石は敬太郎のほかに、最初の話で登場してくる森本の所持していた洋杖（ステッキ）にもやはり全編を通して狂言回しの役割を与えているが、このあたりいかにも漱石らしい演出であるといえよう。

そういうことで、この作品は敬太郎の動き回りによって個々の物語がつながるように書かれているのだが、厳密にいうと、そのつながりを可能にしているのは、なによりも若い敬太郎の好奇心である。言い換えれば、彼の好奇心がなければ、作品は展開していかないようになっている。

このことに関連して少し注意しておきたいのは、全編を通してたびたび出てくる「ロマンス」「浪漫趣味（ロマンチック）」「浪漫的（ロマンチック）」といった「ロマン」に関連する概念である。じつはこのころ文壇で「自然主義」や「象徴主義」といった言葉と並んで、「浪漫主義」とか「ネオ浪漫派」といった言葉が盛んに取りざたされていたのだが、漱石はそうした文壇の流行に対しては一貫して批判的だった。だからこの作品では、その流行を逆手にとり、しかもややアイロニカルな意味を込めて、この言葉を青年のナイーヴな冒険心や好奇心ほどの意味で使っている。そのアイロニーは、浪漫派であれ何であれ、「主義を標榜して路傍の人の注意を惹く」ことを拒否する緒言の言葉にも現われているが、作品中では「報告」の章で、実業家田口が敬太郎相手にいう次のような言葉にも出ている。

浪漫(ローマン)――なんとかいうじゃありませんか、貴方(あなた)のような人のことを。私ゃ学問がないから、今頃流行るハイカラな言葉をすぐ忘れちまって困るが、なんとか言いましたっけね、あの、小説家の使う言葉は。(「報告」七)

ということもあって、漱石はこの作品における形式上の主人公敬太郎には重い意味を与えていない。彼はたんに好奇心旺盛な当時の一般的な若い大卒者を代表しているにすぎないのである。実質的な主人公は、むしろ各章でそのつど敬太郎を聞き役として語る人物たちになる。そのことを念頭に置いて、まず全体の流れを確認しておくと、この作品は松本の末娘宵子の死がテーマとなる「雨の降る日」を挟んで、前半と後半に分けられる。

まず前半最初のイントロダクションにあたる「風呂の後」では、最高学府を出たものの、まだ職の見つからない敬太郎と、学歴もなく各地を冒険家のように渡り歩く森本との対比が描かれ、それを通して現実に疎い学生知識人のあり方がそれとなく示される。

次の「停留所」では、敬太郎が友人須永の叔父で実業家の田口に就職の斡旋を頼みに行くと、悪戯好きの田口から探偵仕事を依頼される(ちなみに、田口の人を担ぐ悪戯は『猫』における迷亭のそれによく似ている)。この章ではさらに敬太郎の覚束ない探偵ぶりが細かに描かれ、これが前半のヤマ場となる。事の真相は、つづく種明かしの章となる「報告」で明らかになるように、田口が自分の娘と義弟松本の何の変哲もない出会いを探偵させるという、きわめて無意味な請負仕事をとおして、敬太郎がどの程度に役立つ人間かをテストしたにすぎないのだった。このことをきっかけに敬太郎は友人須永をとりまく親族関係の世界に関与する資格を得るのだが、すでに述べたように、彼にはそれ以上の意味は与えられていない。

探偵された松本の娘宵子の死を描いた「雨の降る日」は作品が書かれる直前に起こった漱石の実体験をもとにして書かれた純然たる間奏曲（インターメッツォ）ともいえる部分で、作品としての独立性も高い。したがって、ここでも後にこの章だけを単独に論ずることにする。

後半の中心はいうまでもなく「須永の話」であり、告白の語りを通して彼が形式的にも内容的にも主人公の位置に躍り出てくる。この須永という人物こそは、『それから』の代助、『門』の宗助を継ぐ人物で、漱石がこれまでに問題にしてきた高等遊民、神経衰弱といったテーマを一身に負った人物として描かれる。後の作品でいえば、『行人』の一郎や『こころ』の先生につながる人物であるが、人物設定としては以前の作品『虞美人草』の甲野にも似ている。

物語の前景に出されるのは、須永とその従妹千代子との恋愛ならぬ恋愛、あるいは二人の成就しない結婚である。二人が結ばれないのは、互いに近づきすぎて男女の愛を充分に自覚できなかったこともあるのだが、漱石はその原因を二人の性格の違いからくる捻れた心理関係に求める。

（…）一口にいうと、千代子は恐ろしいことを知らない女なのである。そうして僕は恐ろしいことだけ知った男なのである。だからただ釣り合わないばかりでなく、夫婦となればまさに逆にでき上がるより外に仕方がないのである。(「須永の話」一二)

こうして「恐れない女と恐れる男」というこの作品の主題のひとつが明確にされるのだが、漱石はこの対比をさらに次のようにパラフレーズする。

僕〔須永〕に言わせると、恐れないのが詩人の特色で、恐れるのが哲人の運命である。僕の思い切ったことのできずにぐずぐずしているのは、なによりさきに結果を考えて取越し苦労をするからである。千代子が風のごとく自由に振舞うのは、さきの見えないほど強い感情が一度に胸に湧き出るからである。(同)

最後の「松本の話」で解き明かされるように、この須永の「恐れ」は自分が母親の実子なのかと疑うことから来ているのだが、そこから生まれる須永の内向的な性格が何を語るかについては、あとで詳細に論ずることにして、そうした二人の性格の不一致が、いまや漱石の常套手段となった三角関係と絡んでくる。そのことを予示するかのように、漱石は物語の途中に、須永が整理をしていた本棚の後ろにアンドレーエフの『ゲダンケ〔思想〕』という小説をたまたま見つけるという場面を挿入しているが、この小説も三角関係に起因する復讐殺人がテーマであった(『それから』でも言及されたように、このころの漱石のアンドレーエフ熱はかなり本物である。これについては藤井省三『ロシアの影』第三章「漱石とアンドレーエフ」を参照)。『彼岸過迄』にもどっていうと、親戚一同で鎌倉に出かけたとき、そこに千代子をめぐってライバルとなるイギリス帰りの好青年高木が現われ、それまで無自覚だった須永に突然のようにして嫉妬の感情が湧きたつという点がポイントとなる。

もし千代子と高木と僕と三人が巴になって恋か愛か人情かの旋風(つむじかぜ)の中に狂うならば、その時僕を動かす力は高木に勝とうという競争心でないことを僕は断言する。それは高い塔の上から下を見た時、恐ろしくなるとともに、飛び下りなければいられない神経作用と同じものだと断言する。結果が高木に対して勝つか負けるかに帰着する上部(うわべ)からいえば、競争とみえるかもしれないが、動力はまったく独立した一種の働きである。しかもその動力は高木がいさえしなければ決して僕を襲ってこないのである。(同二五)

「高木がいさえしなければ決して僕を襲ってこない」動力とは、いうまでもなく嫉妬の感情であり、ひいては自覚することを強いられた千代子への愛である。第一章でわれわれが三四郎のなかに見た、三角関係から生じる欲望という命題がここでも確認される。須永はこのやり場のない感情を抑えきれず、ひとり帰京してしまうのだが、やがてその傷ついた須永を追って、母と千代子が帰ってくる。それでいったん気分を取りもどした須永は、しかし、まだくすぶる嫉妬心から不用意に高木の名前を口にしてしまう。すると激高した千代子が須永を「卑怯だ」といって難詰する。緊張感の高まった二人の口論の最後のやりとりのところだけを挙げておこう。

彼女は突然ものを衝(つ)き破ったふうに、「なぜ嫉妬なさるんです」と言い切って、まえよりは劇(はげ)しく泣きだした。僕はさっと血が顔に上る時の熱(ほて)りを両方の頬に感じた。彼女はほとんどそれを注意しないかのごとくに見えた。

「貴方(あなた)は卑怯です、徳義的に卑怯です。妾(あたし)が叔母さんと貴方を鎌倉へ招待した料簡さえ貴方はすでに疑っていらっしゃる。それがすでに卑怯です。が、それは問題じゃありません。貴方は他(ひと)の招待に応じておきながら、なぜ平生(ふだん)のように愉快にしてくださることができないんです。妾は貴方を招待したために恥を掻いたも同じことです。貴方は妾の宅の客に侮辱を与えた結果、妾にも侮辱を与えています」

「侮辱を与えた覚えはない」

「あります。言葉や仕打ちはどうでも構わないんです。貴方の態度が侮辱を与えているんです。態度が与えていないでも、貴方の心が与えているんです」

「そんな立ち入った批評を受ける義務は僕にないよ」

「男は卑怯だから、そういう下らない挨拶ができるんです。高木さんは紳士だから貴方を容れる雅量がいくらでもあるのに、貴方は高木さんを容れることが決してできない。卑怯だからです」（同三五）

有無をいわせぬほど一方的で、かつ完膚なきまでの批判であるが、まさにここに「恐れない女と恐れる男」が象徴的に描き出されている。興味深いのは、この口論の場面がそのまま「須永の話」のラスト・シーンとなっていることである。次の解説部になっている「松本の話」によれば、二人の関係はその後も変わらず、ライバルの高木も上海に渡ったままということになっている。つまり、漱石はこの作品においても問題を「片付ける」ということはしなかった。あたかも、恋愛とか人間の関係とはそういうものだといわんばかりに。しかし、この未決着の人生観についてはいずれまた論じる機会が出てくるであろうから、ここでは少し別の事柄を論じておきたい。それはこの作品に固有な視点を利用した漱石の記述戦略である。

いまもざっと見たように、この作品は前半と後半の内容が分裂して、互いにまったく無関係のように見える。だが、私には全編を通してある共通のテーマが扱われているように思える。もっとも、テーマといっても、内容上のそれというよりも、むしろ表現方法上のそれだが。一言でいうと、それは謎解きの仕組みである。

まず、前半の焦点は敬太郎の探偵仕事である。彼が請け負ったのは、今日四時から五時の間に小川町の停留所で降りる四十格好の男がそのあと二時間何をしたかを偵察して報告することである。服装と身体の特徴以外は知らされていないので、敬太郎にはこの男が何者であるかまったくわかっていない。さらに見張っていた停留所でひとりの若い女が敬太郎の目につく。その女への好奇心もはたらいて、敬太郎は時間を過ぎても現われない男を待ちつづけると、はたして遅れてやってきた男と、若い女が知り合いどうしであったことが判明する。敬太郎は二人のあとを追い、あるレストランで二人の会話に聞き耳を立てるが、具体的にはどこのどういう人物で、女とどのような関係にあるか依然としてはっきりしない。このように、「停留所」という章の内容は、読者の好奇心を煽るかのように、すべて謎めかして書かれているのである。漱石のこういう記述の仕方について弟子の森田草平はこう述べている。

先生の作には、なにかしらきっと伏せられた秘密なり因果なりがあって、作中の人物もそれがために悩めば、読者もそれによって釣られていくようになっている。想うに、これは作者がそういう機関（からくり）に興味をもたれたというよりも、少年時代の境遇からきた印象が牢固として心に残っていて、知らず知らずそういう方面に興味をもたれるようになったのではあるまいか。（『夏目漱石』一「長編時代」）

近傍にいた直弟子の言葉とはいえ、この作品の読解としてはやや安易な解釈である。そこでその理由をもう少し追ってみたい。次の「報告」の章において真相が解き明かされ、謎めいていたことがすべて何の変哲もない事柄であることがあっさりと判明する。つまりここに「停留所」で謎が提示され、「報告」でその謎解きがおこなわれるという構造が見られるわけだが、この謎の提示と謎解きの関係は、そのまま後半にも当てはまるのである。それはどういうことか。

「須永の話」で、須永は自分がなぜ千代子とうまくやれないのか、ひいては自分の捻れた性格がいったいどこに起因しているのかという一種の「謎」を自分自身に向けて発している。だが、それへの解答は自分のなかにつのる疑惑以上には進まない。須永の「謎」に決定的な解答を与えたのは、須永がじつは母親の実子ではなくて、父親と小間使だった女性との間にできた子を引き取ったものだという叔父松本の打ち明け話である。実際須永はこの秘密を聞かされたあと、気晴らしの旅に出て長い苦悩から解放されることになる。つまり、「須永の話」が一種の謎の提示であるとするなら、「松本の話」はその謎解きになっているのである。

こういう目で全編を読みなおしてみると、一見なにげないと思われていたシーンがあらためて目についてくる。まず、後になって主役の片方を演じることになる千代子が、前半では敬太郎にとって後ろ姿だけが印象に残る未知の訪問者として記述され、それが探偵中にも気づかれることなく、ようやく「雨の降る日」の章になって同一人物であったことが明らかになるという記述の運びである。つまり漱石は千代子という人物も最初に「謎」として提示し、その後その素性が次第に解き明かされるように描いたのである。おそらくここには作家漱石の意図的な演出心がはたらいている。

これにもまして象徴的だと思われるのは、最初の面会に失敗した敬太郎が再び田口の家を訪れる前に浅草に出かけ、そこである老女に占ってもらうというエピソードである。あらためて見なおしてみると、この場面はたんなるエピソードにしてはかなり長いことに気がつく。つまり、それだけ漱石の込めた意味も深いということになるだろう。はたして、ここで敬太郎は占いの老女から次のような謎めいたお告げを受けたのだった。

貴方は自分のようなまた他人（ひと）のような、長いようなまた短いような、出るようなまたはいるようなものを持っていらっしゃるから、今度事件が起ったら、第一にそれを忘れないようにな

さい。そうすれば旨くいきます。(「停留所」一九)

敬太郎はしばらくこの謎めいたお告げが何を意味するか思案に暮れるが、田口から探偵の請負仕事を得た直後に、まるでインスピレーションに撃たれたように、この謎があの森本が残していった洋杖のことを指すのだと覚るのである。

やがて彼の前に、霜降りの外套を着た黒の中折れを被った背の高い瘠せぎすの紳士が、彼のこれから探そうというその人の権威を具えて、ありありと現われた。するとその顔がたちまち大連にいる森本の顔になった。彼はだらしのない髯を生やした森本の容貌を想像の眼で眺めた時、突然電流に感じた人のようにあっと言った。(同二二)

このインスピレーションに撃たれるシーンにつづいて、占いの言葉と洋杖の符合関係の「謎解き」がなされるのだが、もはやこれについて縷々説明する必要はないだろう。大事なことは、漱石がこの場面でもやはり謎の提示と謎解きという仕組みを意図的に使っているということである。

最後に、いかにも漱石ならではの印象的な会話を紹介しておこう。須永が田口の家を訪れたとき、ひとり留守番をしていた千代子が、昔須永に書いてもらった絵を見せる場面である。二人の心の探り合いが巧みに表現された場面である。

「それでもよくこんな物をたんねんに仕舞っておくね」

「妾お嫁に行く時も持ってくつもりよ」

僕はこの言葉を聞いて変に悲しくなった。そうしてその悲しい気分が、すぐ千代子の胸に応えそうなのがなお恐ろしかった。僕はその刹那すでに涙の溢れそうな黒い大きな眼を自分の前に想像したのである。

「そんな下らないものは持っていかないが可いよ」

「可いわ、持っていったって、妾のだから」

彼女はこう言いつつ、赤い椿や紫の東菊を重ねて、また文庫の中へ仕舞った。僕は自分の気分を変えるためわざと彼女にいつごろ嫁に行くつもりかと聞いた。彼女はもうじきに行くのだと答えた。

「しかしまだ極ったわけじゃないんだろう」

「いいえ、もう極ったの」

彼女は明らかに答えた。今まで自分の安心を得る最後の手段として、一日も早く彼女の縁談が纏まれば好いがと念じていた僕の心臓は、この答えとともにどきんと音のする浪を打った。そうして毛穴から這いだすような膏汗が、背中と腋の下を不意に襲った。千代子は文庫を抱いて立ち上がった。障子を開けるとき、上から僕を見下して、「嘘よ」と一口はっきり言い切ったまま、自分の室の方へ出ていった。（「須永の話」一〇）

同じ著者だから不思議なことではないが、この会話に感じ取られる男女間の微妙な感情のずれは、それぞれの立場こそちがっているものの、どこかであの『三四郎』における三四郎と美禰子の会話を想わせる。

自己本位としての道楽

さきにも述べたように、この作品は狂言回し敬太郎の好奇心を動力として展開するのだが、それもともとはといえば、彼の職探しがすべての始まりである。実際日露戦争後経済的にも疲弊していたこの時期の日本では、敬太郎のように大学は出たけれど職を得られない学士が急増していた。いわゆる就職浪人である。そしてこれが高等遊民が生まれてくる原因でもあることは、すでに第二章で見たとおりである。以下は敬太郎の就職活動がなかなか思うように運ばないことを聞いたときの森本の言葉である。

「へえー、近ごろは大学を卒業しても、ちょっくらちょいと口が見付(めっ)からないもんですかねえ。よっぽど不景気なんだね。もっとも明治も四十何年というんだから、そのはずには違いないが」
(「風呂の後」六)

いったい、どうして明治も四十何年となると、そのはずなのだろうか。森本はそれ以上いわないし、敬太郎も問いただすことをしていない。漱石が森本にこういう言葉を吐かせた理由を少し推測してみよう。

有名な『現代日本の開化』（一九一一年）という講演などを通しても知られているように、漱石には基本的に明治維新以降の日本の近代化が性急にすぎるという認識があった。だから、いまのようなやり方で進んでいけば、必ずどこかに無理が生じると考えていた。政治経済的な破綻か、さもなくばその性急な近代化を負わされる人間の側に起こる支障である。彼の予言した「神経衰弱」は後者の例にほかならない。

ここで注意しておかなければならないのは、敬太郎のような就職浪人が急増するとともに、それまでの明治社会を枢動していた立身出世のシステムが充分に機能しなくなってきたということである。学士になれば、これまでひとは立身出世を目指して、それ相応の就職口を求めてきた。職ならば何でもいいというわけではない。敬太郎の就職活動がうまくいかないのはそのせいである。現に高学歴をもたない森本の方はまがりなりにも仕事を得ている。だが、森本は森本で問題を抱えている。不平不満さえ漏らさなければ、たしかに何らかの職にありつくことができるかもしれない。しかし、それはたいてい本人の意にそわないものである。彼が一見冒険家のようにあちこちを転々として歩くのは、そのせいであって、彼がロマンチックな冒険家だからなのではない。この二人の対照的なあり方をうまく表現しているのが、次のような会話である。

敬太郎が「だって、僕は学校を出たには出たが、いまだに位置などはないんですぜ。貴方は位置位置ってしきりにいうが。——実際位置の奔走にも厭々（あきあき）してしまった」と自らの境遇を嘆くと、それに対して森本がこう答える。

「貴方のは位置がなくってある。僕のは位置があってない。それだけが違うんです」(同九)

敬太郎にはこの「御籤(おみくじ)めいた言葉」はピンとこなかった。それは彼が自分の立場は見えても、相手の立場が見えていないからである。森本がいいたいのは、おそらく、学士である貴方は立身出世や名誉欲などを考えなければ、まだどこかに安定した職を見つけることができるだろうが、自分のような者は、そのつどそのつどかろうじて仕事にありついているだけで、地位的にはまったく保証の限りではないということだ。現に、やがて森本は突然姿を消し、敬太郎も彼が野垂れ死にでもしてしまうのではないかと危惧することになる。私にはここに現代の正規雇用者と非正規雇用者の間の理不尽な境遇の差が重なって見える。とはいえ、森本にもプライドがある。学歴や肩書で決められる社会に対するプロテストのような意地がある。だから、次のような言葉が口を突いて出てくる。

「貴方なんざあ、失礼ながら、まだ学校を出たばかりで本当の世の中は御存じないんだからね。いくら学士でございの、博士で候のって、肩書ばかり振り回したって、僕は慴(おび)えないつもりだ。こっちゃちゃんと実地を踏んできているんだもの」(同七)

森本としては、そう居直らざるをえないところがあるのだ。そして学歴のある敬太郎は敬太郎で、別の不満がある。以下は須永を訪ねたときの彼の言葉である。

> 「君、教育は一種の権利かと思っていたらまったく一種の束縛だね。いくら学校を卒業したって食うに困るようじゃなんの権利かこれあらんやだ。それじゃ位地はどうでも可(い)いから思う存分勝手な真似をして構わないかというと、やっぱり構うからね。いやに人を束縛するよ教育が」
> (「停留所」一)

「思う存分勝手な真似」ができないのは、彼が「教育」を身につけてしまった学士だからである。そして「束縛」とは、それ相応の職でなければならないという内的かつ外的なプレッシャーなのだ。こうして世の中には職をめぐっての青年たちの不満が渦巻き、時代そのものが「閉塞」してしまったかのような雰囲気が広がる。こうした社会を厳しく批判した幸徳秋水が大逆事件に連座して処刑されたのもこの時期に重なる。これが「明治も四十何年」経った「現状」にほかならない。やはりこの時代を冷静に見つめていた、幸徳の熱烈な支持者石川啄木は、まさに「時代閉塞の現状」の一端を次のように表現したのだった。

> 時代閉塞の現状はただにそれら個々の問題に止まらないのである。今日我々の父兄は、だいたいにおいて一般学生の気風が着実になったといって喜んでいる。しかもその着実とはたんに今日の学生のすべてがその在学時代から奉職口(ほうしょくぐち)の心配をしなければならなくなったということではないか。そうしてそう着実になっているにかかわらず、毎年何百という官私大学卒業生が、

その半分は職を得かねて下宿屋にごろごろしているではないか。しかも彼らはまだまだ幸福なほうである。前にもいったごとく、彼らに何十倍、何百倍する多数の青年は、その教育を享ける権利を中途半端で奪われてしまうではないか。中途半端の教育はその人の一生を中途半端にする。彼らはじつにその生涯の勤勉努力をもってしてもなおかつ三十円以上の月給を取ることが許されないのである。むろん彼らはそれに満足するはずがない。かくて日本には今「遊民」という不思議な階級が漸次その数を増しつつある。今やどんな僻村へ行っても三人か五人の中学卒業者がいる。そうして彼らの事業は、じつに、父兄の財産を食い減すこととむだ話をすることだけである。(「時代閉塞の現状」四)

敬太郎と森本をこのなかに入れてみると、彼らの「現状」の立ち位置がよりはっきりするだろう。そしてこの時代認識は漱石も共有していた。

今の青年は、筆を執っても、口を開いても、身を動かしても、悉く「自我の主張」を根本義にしている。それ程世の中は切り詰められたのである。それ程世の中は今の青年を虐待しているのである。「自我の主張」を正面から承れば、小憎しい申し分が多い。けれども彼等をしてこの「自我の主張」を敢てして憚かる所なきまでに押し詰めたものは今の世間である。ことに今の経済事情である。(『思い出す事など』二十三)

啄木と漱石のちがいは、前者が批判の矛先を主として政治に向けたのに対して、後者が当事者たちの心理や精神に向けたことである。しかし、二人が見ていたのは、ほぼ同じ「現状」だったといっていい。

では、同じく大学を出て職をもたない須永はどうだろう。彼は「軍人の子でありながら軍人が大嫌いで、法律を修めながら役人にも会社員にもなる気のない、いたって退嬰主義の男であった」。父親は早くに亡くなったが、残された財産で母と二人「衣食のうえに不安の憂いを知らない良い身分」で暮している。しかも、周りが「いくらでも出世の世話をしてやろうというのに、彼はなんだかんだと手前勝手ばかり並べて、今もって愚図愚図している」ような人物である。同じ無職でも敬太郎とはかなりちがっている。これまでの作品でいえば、『それから』の代助や『門』の駆け落ち前の宗助の境遇に近く、須永が作品全体の真の主人公とみなされるゆえんでもある。ついでにいえば、敬太郎に探偵される叔父の松本もほぼ似た境遇にあり、そのため二人は親族から同類の変わり者に見られている。

問題はこの須永の就職拒否である。この作品においてはその理由は語られないが、われわれはすでに『それから』の章で高等遊民に言及したとき、この問題に触れた。代助は自分が働かない理由を「世の中」および「日本対西洋の関係」のせいにし、ただ生活のためにのみ労力を費やすのは馬鹿げていると主張していた。誠実に働く以上は麺麭(パン)を離れた生活以上の働きでなければならないともいっていた。須永も基本的に同じ考えであるとみていいだろう。そしてこれは小説の登場人物たちのみならず、多かれ少なかれ漱石自身の考えでもあったことを知っておかなければならない。その考えを語っている格好のテクストがある。それは『彼岸過迄』執筆に半年ほど先立って明石でおこなわれた「道楽と職業」という講演である。

講演の初めに漱石は、近ごろでは大学を出てもなかなか職が見つからない青年たちが増えており、このような不経済を防ぐために、いっそのこと大学に「職業学」でも設置したらどうかというような妙案も提出しているが、講演の本当の趣旨はむろんそこにはない。彼が重要視するのは、そもそも現代社会において職業はどんなあり方をしているのか、あるいは、どんなあり方をせざるをえないのかという問題である。

まず漱石が目をつけるのは、文明と分業の相即関係である。つまり、文明が発達していけばいくほど、仕事もどんどんと分かれて、専門業が増えていくという事実である。そうすると、どうなるのか。

するとこの一歩専門的になるというのは外の意味でも何でもない、すなわち自分の力に余りある所、すなわち人よりも自分が一段と抽(ぬき)んでている点に向って人よりも仕事を一倍して、その一倍の報酬に自分に不足した所を人から自分に仕向けて貰って相互の平均を保ちつつ生活を持続するという事に帰着するわけであります。(「道楽と職業」)

漱石はこの相互補塡の関係を媒介するのが「金」だと考えているのだが、これまでにも見てきたように、漱石にとって金すなわち貨幣というのは、良くも悪しくも文明社会の基礎的要件なのだ。

そしてこの基本認識から次のような問題が導き出される。

> 私の見る所によると職業の分化錯綜から我々の受ける影響は種々ありましょうが、その内に見逃す事の出来ない一種妙な者があります。というのは外でもないが開化の潮流が進めば進むほど、また職業の性質が分れれば分れるほど、我々は片輪な人間になってしまうという妙な現象が起るのであります。（同）

このことは今の学者を見れば、すぐわかるというのだが、その典型が「博士」と呼ばれるもので、これこそ「不具の不具の最も不具な発達を遂げたもの」だと手厳しいのは、一年前に起こったあの博士号問題が念頭にあるからだ。いずれにせよ、漱石の見立てでは、開化の潮流とともに人々は「日に日に不具になりつつある」が、これは裏を返すと、「自分一人では迚も生きていられない人間」になりつつあるのと同じだということになる。漱石にとって、分業の発達にともなって人々が他に依存するようになり、自分ひとりで生きられなくなるという事態が意味するのは、結局のところ人間が義務に縛られ、次第に自由と独立を失っていくということにほかならない。ここから次のようなアイロニカルな社会観が出てくる。

> いわゆる家業に精を出す感心な人というのは取も直さず真黒になって働いている一般的の知識の欠乏した人間に過ぎないのだから面白い。露骨にいえば自ら進んで不具になるような人間を

世の中では賞めているのです。（同）

要するに職業と名のつく以上は趣味でも徳義でも知識でもすべて一般社会が本尊になって自分はこの本尊の鼻息を伺って生活するが自然の理である。（同）

こういう文明社会の本質的で宿命的な矛盾を指摘しながら、他方で漱石はそうした他人依存、彼自身の言葉でいえば「他人本位」から外れるような職業あるいは「特別の一階級」が存在するという。具体的には科学者、哲学者、芸術家のことである。これらはいずれも「直接世間の実生活に関係の遠い方面をのみ研究して」おり、社会的に見れば、これほど「自我中心」で「我儘」で「道楽」めいたものはない。そういう意味では禅僧の修行などというものも「極端な自然本位の道楽生活」ということができる。見性を求めて、ただ黙々と座すことが他人のためになるなどとは考えられないからである。こういう特殊な職業ならぬ職業に自分が携わっている文学も入っているとして、漱石はこういう。

けれども私が文学を職業とするのは、人のためにするすなわち己を捨てて世間の御機嫌を取り得た結果として職業としていると見るよりは、己のためにする結果すなわち自然なる芸術的心術の発現の結果が偶然人のためになって、人に気に入っただけの報酬が物質的に自分に反響して来たのだと見るのが本当だろうと思います。（同）

漱石がいいたいのは、文明の発達とともに世の中はどんどん他人本位で窮屈になっていくが、そのなかにもかろうじて自己本位を保っているような「道楽的職業というような一種の変体」があり、独立と自由を守るためにも、自分はそういう特殊な職業に従事しているのだ、ということである。

こうした内容を、つづいて和歌山でおこなわれた『現代日本の開化』という講演でもう少し補っておこう。漱石によれば、そもそも開化というものは「人間活力の発現の経路」であり、それには義務的束縛のために使われる活力を少しでも節約しようとする消極的な面と、逆に積極的に活力を任意随所に消耗しようという面がある。前者がさまざまな文明の利器を生み出していく原動力であり、後者がいわゆる道楽にほかならない。しかるに両者が「コンガラカッて変化して行って、この複雑極りなき開化というものが出来」ているのだと、漱石はいう。

問題はこのさきに生じる。このようにして何千年もかかって文明が進歩してきた結果、われわれの生活は昔より楽になっているはずなのに、実際にはそうなっていない。なぜならそこでは競争の原理がはたらいて、人々はいっそう齷齪（あくせく）して働かざるをえず、発明のみならず、道楽面においてさえも競争が支配的となって欲望が肥大化していくために、発展の有難味を享受する余裕さえ失ってしまっているからである。くわえて、日本の開化には独自の事情もある。それは、西洋の開化が内発的であるとするなら、日本のそれは外発的だということである。外発的だと、どうなるのか。

> （ところが）日本の現代の開化を支配している波は西洋の潮流でその波を渡る日本人は西洋人でないのだから、新しい波が寄せる度に自分がその中で食客（いそうろう）をして気兼をしているような気持

になる。新しい波はとにかく、今しがたようやくの思で脱却した旧い波の特質やら真相やらも弁(わきま)えるひまのないうちにもう棄てなければならなくなってしまった。食膳に向って皿の数を味い尽すどころか元来どんな御馳走が出たかハッキリと眼に映じない前にもう膳を引いて新しいのを並べられたと同じ事であります。(『現代日本の開化』)

だから、こうした外発的開化のなかに置かれたわが国民には、いまや「空虚の感」や「不満と不安の念」が広がっている。前に問題にした「神経衰弱」という言葉もこの文脈でいわれている。つまり、この一連の論議をとおして漱石が何をいいたいかというと、そもそも競争原理を内在させた開化は一見便利のように見えて、じつは人間を束縛する宿命的な性格をもっているところへ、日本のように、外からそれが押し付けられるところでは、人間はますます窮屈な状態に追いやられて、自由も独立の精神も摘み取られてしまう。だから、普通に職につき、仕事に従事するならば、結局この束縛社会に加担することになってしまうだけだが、他方それだからこそ、社会的には非生産的で無意味と思われている「道楽」がいっそう人間にとって貴重になる、というのだ。

論議をもとにもどすならば、これが高等遊民が就職を拒否する消極積極の理由である。代助が働かない遠因として挙げた「世の中」および「日本対西洋の関係」とは、人々を否応なく束縛してしまう開化社会のことであった。そして彼がその反対に希求した「麺麭(パン)を離れた生活以上の働き」とは、おそらくこの一連の講演で強調された「道楽」としての科学や芸術のことであった。そして須永もまたそのような「道楽的職業」であれば、これを拒否することはなかっただろう。

今日の科学や芸術がはたして漱石が理想視したような「道楽」でありうるかは、きわめて心もとない。とりわけ産学協同が謳われる現在、科学者の政治経済からの自由独立はかなり怪しくなっている（原子力研究を見よ！）。そういう目からすると、このような文明批判はずいぶんとナイーヴに見えるかもしれない。しかし、今日の科学者や芸術家たちのように複雑な事態に巻きこまれて自由な批判精神を失ってしまうよりは、はるかに貴重な原理的批判だと私には思える。少なくとも、明治が終わろうとするこの時期、科学や芸術にこのような理想や批判の精神を託そうとした人たちがいたということは知っておいていいだろう。われわれの未来のためにも。

観察の諸相

さきに、この作品には物語構成上の特徴があることを述べたが、もうひとつ記述方法において目立つ特徴がある。私がいおうとしているのは、たとえば敬太郎が浅草に出かけて、ようやく占い屋を見つけたときの次のような記述である。

よく見るとこれは一軒の生薬屋の店を仕切って、その狭い方へこざっぱりした差し掛け様のものを作ったので、なかに七色唐辛子の袋を並べてあるから、看板のとおりそれを売るかたわら、占いを見る趣向に違いない。敬太郎はこう観察して、そっと餡転餅屋に似た差し掛けの奥を覗いてみると、小作りな婆さんがたった一人裁縫をしていた。狭い室一つの住居としか思われないのに、肝心の易者の影も形も見えないから、主人は他行中で、細君が留守番をしているところかと思ったが、店先の構造から推すと、奥は生薬屋のほうと続いているかもしれないので、一概に留守と見切りを付けるわけにもいかなかった。(「停留所」一七)

この光景描写の場面はまだ続くのだが、他の作品に較べると、この作品にはこういう調子の光景描写がやたら目につくのである。ついでにこのあとの婆さんの人物描写のほうも挙げておこう。

敬太郎は意外の感に打たれた。この小さい丸髷(まるまげ)に結った、黒繻子(くろじゅす)の襟の掛かった着物の上に、地味な縞の羽織を着た、一心に縫い物をしている、純然家庭的の女が、自分の未来に横たわる運命の予言者であろうとはまったく想像のほかにあったのである。そのうえ彼はこの婦人の机の上に、筮竹(ぜいちく)も算木(さんぎ)も天眼鏡もないのを不思議に眺めた。(同)

こうした情景や人物の描写はこの場面にかぎられない。須永の家のある神田須田町付近、探偵場所となる小川町の停留所界隈などの光景はもちろんだが、そのほかにも浅草をはじめとする下町の風物や商売などが昔の記憶と重ねられてかなり詳しく描述されているのである。漱石は意図的にそのような記述を多用することによって、自らそういう光景をノスタルジックに楽しんでいるようにさえ見える。私の考えでは、このような詳細な情景描写の多用は、この作品を通して、とりわけ「観察」ということが問題になっていることから来ているように思われる。

さきに、私は千代子の登場が謎めいたかたちで表現され、彼女の正体が後になって徐々に明らかになっていくということを指摘しておいたが、その一連のプロセスもやはり次のような敬太郎の「観察」から始まっている。

例の小路を二、三度曲折して、須永の住居(すま)っている通りの角まで来ると、彼より先に一人の女が須永の門を潜った。敬太郎はただ一目その後姿を見ただけだったが、青年に共通の好奇心と彼に固有の浪漫趣味とが力を合わせて、引き摺るように彼を同じ門前に急がせた。(同二)

そして好奇心を逞しくしながら玄関を入った敬太郎は沓脱に下駄を見つける。

その下駄はもちろん女ものであったが、行儀よく向こうむきに揃っているだけで、下女が手を懸けて直した迹(あと)が少しも見えない。敬太郎は下駄の向きと、思ったより早く上がってしまった女の所作とを継ぎ合わして、これは取次ぎを乞わずに、独りでかってに障子を開けてはいったきわめて懇意の客だろうと推察した。(同)

この些細な光景描写は、この作品を語るに際して非常に象徴的な意味をもっている。事柄はたんに玄関先に脱ぎ捨てられた下駄にすぎない。だが、ここではその脱ぎ捨てられ方の細かい観察から謎の女性の素性が推理されている。問題はこのような観察に基づいて謎を推理するというプロセスである。もはや、私のいいたいことは明らかであろう。じつはこのプロセスとは、ほかでもない物語前半のテーマである探偵の作業と同じだということである。

停留所で男を見張っている間にひとりの女が敬太郎の目に留まる。やはりここでも好奇心に駆られた敬太郎は女の服装やしぐさを事細かに観察している。そしてその挙動から彼女がここで何をしようとしているのか、またどういう立場の女性かなどを盛んに推理する。やがて下車した男がその女の前に現われるのだが、その場面でも観察が前景に出てくる。女が男に親しみのある笑い顔を向けたときのシーンである。

するとその男の頭の上に黒い中折れが乗っているのに気が付いた。外套ははっきり霜降りとは見分けられなかったが、帽子と同じ暗い光を敬太郎の眸(ひとみ)に投げた。そのうえ背(せい)は高かった。瘠せぎすでもあった。ただ年齢(とし)の点に至ると、敬太郎にはとかくの判断を下しかねた。けれどもその人が寿命の度盛りの上において、自分とは遥か隔たった向こうにいることだけは慥(たし)かなので、彼はこの男を躊躇なく四十格好と認めた。これだけの特点を前後なくほとんど同時に胸に入れ得た時、彼は自分がさっきから馬鹿を尽くして付け覘(ねら)った本人がやっと今電車を降りたのだと断定しないわけにいかなかった。(同三〇)

なんと執拗でくどい表現かといいたくなるほどだが、良くも悪しくもこれが視覚に秀でる漱石の文章である。当時漱石の小説を辛らつに批判した正宗白鳥などが嫌ったのも、おそらくこのような記述であっただろうと想像されるところだが(正宗白鳥「夏目漱石論」参照)、それよりも重要なことは、この執拗な記述がじつは観察を目的として書かれているということである。観察を主眼にすれば、当然このようなくどい記述にならざるをえない。他の情景描写においてもそうだが、おそらく漱石はそのことを知っていて故意にやったのではないかとさえ思われる。

私がここでなぜことさらに「観察」にこだわるかというと、じつは前半の探偵話とは一見無関係に見える後半の話においても、やはりこの概念が重要な役割を果たしていると考えるからである。いうまでもなく、探偵行為においては観察する者と観察される者のペアが必要である。前半では敬太郎が観察する主体であり、松本および千代子が観察される対象であった。この構図を後半に当てはめてみると、観察者としての敬太郎は後景に退き、代わって前半で観察されていた松本が今度は観察者の役目を与えられているのである。むろん、この場合観察されるのは須永である。言い換えれば、「須永の話」における須永自身の告白に対応するように、最後の「松本の話」は松本による観察報告とそこからの推理というかたちになっているのである。

大事なことは、さらにその先にある。右のように松本＝観察者、須永＝被観察者という構図が成り立つとすると、この二人の組み合わせはいったい何を意味しているのかという疑問が出てくる。そこで気になるのが、松本の次の言葉である。

須永の姉も田口の姉も、僕と市蔵〔須永〕の性質があまりよく似ているので驚いている。僕自身もどうしてこんな変わり者が親類に二人揃って出来たのだろうかと考えては不思議に思う。（「松本の話」一）

なぜ二人はそんなに似ているのだろう。それは両者が同一の人物だからである。といっても、べつにオカルトめいた話をしているわけではない。小説上はあくまで両者は別人である。しかし、私の見るところ、作家漱石は自分自身のなかにある異なった性格をあえて二人の登場人物に振り分け、それをもとにして両者の「対話」ひいては観察者と被観察者の関係を作り上げたのである。要するに、「須永の話」は漱石の自己告白であり、「松本の話」は同じ漱石による自己反省ないし自己批評なのだ。素材はともに漱石自身から出ている。たしかに「須永の話」のほうにも「事実上彼は世俗に拘泥しない顔をして、腹の中で拘泥しているのである。小事に齷齪しない手を拱いで、頭の奥で齷齪しているのである」（「須永の話」三三）といったような須永による松本評が出てはいるが、大枠の役どころの振り分けに変わりはないであろう。いずれにせよ、そういう観点から見て見逃せないのは、松本が自分と須永（市蔵）を比較しているところである。

> 事実を一言でいうと、僕の今遣っているような生活は、僕に最も適当なので、市蔵には決して向かないのである。僕は本来から気の移り易くでき上がった、きわめて安価な批評をすれば、生まれ付いての浮気ものにすぎない。僕の心は絶えず外に向かって流れている。だから外部の刺激しだいでどうにでもなる。といっただけではよく腑に落ちないかもしれないが、市蔵は在来の社会を教育するために生まれた男で、僕は通俗な世間から教育されに出た人間なのである。
> （「松本の話」一）

この松本の須永評はまだ長々と続き、その内容については次の節で立ち入った解釈をするが、ここでいわれている松本と須永の性格のちがいは、じつは漱石自身が抱えていた両面性ないし矛盾だったのではないかということである。これまで問題にしてきたテーマに絡めていうならば、それは超然と世を渡る高等遊民と神経衰弱に悩む煩悶青年の両面性である。実際漱石の全作品を振り返ってみると、『坊ちゃん』や『猫』『野分』のように、どちらかというと自由闊達で超然とした人物を描いたのが前期だとするなら、後期に入ると鬱屈した暗い人物が中心になることがだれの目にもとまるだろう。そうしたテーマの変遷に託していうなら、松本とは前期を継ぎ、後期の作品からは消えていく人物であり、これに対して須永はこれから本格的に扱われる後期の人物を代表している。言い換えれば、漱石はこの作品を通して自分自身の性格およびそれを素材にして書きつづけてきた作品の流れを本格的に自覚しはじめたといえるのである。

僕は彼のこの顔を見ると、決して話を先へ進める気になれないのである。畏怖というと仰山すぎるし、同情というとまるで憐れっぽく聞こえるし、この顔から受ける僕の心持ちは、なんといって可いかほとんど分らないが、永久に相手を諦めてしまわなければならない絶望に、ある凄味と優し味を付け加えた特殊の表情であった。（同三）

松本が須永に対してこういうアンビヴァレントな感情を抱くのは、ほかでもなく漱石自身のなかにこうした両面性があり、そしてその片方の自分をこの先どう扱ってよいかわからないという迷いがあるからだ。このような解釈は必ずしも私の勝手な読みこみではなさそうで、たとえば吉田六郎のこんな漱石観もある。

（故に）漱石は少年のうちから、二つのことを同時に考えることのできる頭を持っていたと考えられる。ひとつの動作を取ると同時にしりぞいてその動作をしている自分を高所から観察批判するという反射的な頭脳の構造である。漱石の全我はいかなる場合にも、行動する我と、これを眺めている我とに分裂する。そうして行動する我は、観察する我に比べていつも偽として現われる。また、分裂するが故に、分裂を苦しいと感じ、自我と他我の融合一致を熱望する。（『作家以前の漱石』二）

観察ということに関して、この作品にはもうひとつ興味深い話がある。それは「観る」ことの意味転換である。どういうことか。すでに述べたように、この作品には観察に始まって推理や推測がおこなわれるというプロセスが特徴的であった。そしてそれは後半の須永や松本においても同じであった。その場合、とりわけ問題となるのが須永である。なぜなら須永の苦悩は基本的に千代子を観察することから来ているからである。つまり、千代子を観察すればするほど、彼はそこから生まれてくる己の推測に悩まされるという自縛的な仕組みになっているのである。以下はまさにその好例である。

僕には千代子がはじめから僕の家に寝るつもりで出てきたようにみえた。自白すれば僕はそこへ坐って十分と経たないうちに、また目の前にいる彼女の言語動作を一種の立場から観察したり、評価したり、解釈したりしなければならないようになったのである。僕はそこに気が付いた時、非常な不愉快を感じた。またそういう努力には自分の神経が疲れ切っていることも感じた。（「須永の話」二九）

明らかにここには観察から解釈へというプロセスがあり、その解釈が彼を悩ましている。ところが、松本から自分の生まれについての真相を聞かされて一人旅に出ると、この観察の意味が大きく転換する。憑き物でも取れたように明るくなった須永は旅先から叔父にさまざまなエピソードを書いて送っている。箕面で出会った二人の老女、明石の涼み船や海水浴客、それに芸者たちの舟遊びといったことが逐一報告されるのだが、その最後にこんなことがいわれている。

こんな詰らない話を一々書く面倒を厭（いと）わなくなったのも、つまりは考えずに観るからではないでしょうか。考えずに観るのが、今の僕にはいちばん薬だと思います。（「松本の話」一二）

同じ観察でも、推測から苦悩につながるような以前の観察とはちがって、ここには「考えずに観る」ような観察が報告されている。そして、それだからこそこの観察は須永に癒しをもたらすのである。つまり、苦悩のための観察から治癒のための観察への転換が起こったのである。須永の観察のなかでも、もっとも面白いのは箕面の二人の老女の話である。その一部を引用しておこう。

お婆さんは二人いました。一人は立って、一人は椅子に腰を掛けていました。ただし両方ともくりくり坊主です。その立っているほうが、僕らがはいるやいなや、友人の顔を見て挨拶をしました。そうして『おやご免やす。今八十六のお婆さんの頭を剃っとるところだすよって。――お婆さんじっとしていなはれや、もう少しだけれ。――よう剃ったけれ毛は一本もありゃせんよって、なにも恐ろしいことありゃへん』と言いました。椅子に腰を掛けたお婆さんは頭を撫でて『大きに』と礼を述べました。友人は僕を顧みて野趣があると笑いました。僕も笑いました。ただ笑っただけではありません。百年も昔の人に生まれたようなのんびりした心持がしました。僕はこういう心持をお土産に東京へ持って帰りたいと思います。（同十）

松本はこの上方言葉の「滑らかで静かな調子」が須永に「鎮経剤以上に優しい影響」を与えたのだろうとコメントしているが、この場面にはそれ以上の雰囲気がある。須永の友人はこれを「野趣がある」と評したが、私には野趣というより、やがて数年後に鴎外が描くことになるあの「寒山拾得」の老女ヴァージョンともいうべき禅味が感じられてならないのだが、そこまでは読みこみすぎだろうか。

内向と来歴の関係

観察する者と観察される者が同一の人物であれば、当然のことに、それは自己観察すなわち「反省」ということになる。われわれはすでに第二章でこの反省ないし内省について簡単な考察を試み、そこで反省が発生する条件としてジレンマや矛盾があることを見た。このことをこの作品に即してさらに追ってみることにしたい。出発点となるのは松本という観察者によっておこなわれた自分と須永の比較対照である。前に挙げた対比にくわえて、こんなことが挙げられている。

僕は茶の湯をやれば静かな心持ちになり、骨董を捻くれば寂びた心持ちになる。そのほか寄席、芝居、相撲、すべてその時々の心持ちになれる。その結果あまり眼前の事物に心を奪われすぎるので、しぜんに己なき空疎な感に打たれざるを得ない。だからこんな超然生活を営んでしいて自我を押し立てようとするのである。ところが市蔵は自我よりほかに当初から何物も有っていない男である。彼の欠点を補う――というより、彼の不幸を切り詰める生活の径路は、ただ内に潜り込まないで外に応ずるよりほかに仕方がないのである。(同二)

この言葉はやや込み入っているので、少し言葉を補って言いなおしてみると、松本が「その時々の気持ち」に合わせて「超然」とした生活を送っているため、ときには「しいて自我を押し立て」ようとしなければならないのに対して、須永には初めから「自我」しかないため、放っておけば自動的に自我の「内に潜り込」んでしまう。だからその不幸を避けようとすれば、逆に「外に応ずるほかに仕方がない」ということである。要するに、両者の相違は自我というものを考えの前提とするか、しないかのちがいである。だから、そのちがいが、たとえば写真を眺めるときのちがいとなっても出てくる。松本にとっては写真に写っている人物がどこの何者であるかが関心の対象となるのに対して、自我＝自分しかもたない須永は現実の他者には関心がなく、写真を写真としてのみ眺める。言い換えれば、両者のちがいは社会性ないし対他性の有無にあるといってもいい。

須永には基本的に他者や外部との格闘がない。にもかかわらず、彼といえども観察する人間であるかぎり、ジレンマや矛盾を逃れることはできない。少なくとも観察した対象に起因する矛盾、そしてそれを解釈する自分の側に生じる気持ちの矛盾は避けることができないからだ。彼にとって千代子を観察するとは、否応なくそういう矛盾と遭遇することでもあった。では、彼の場合この矛盾はどのように処理されていったのか。松本の次の批評がそれを言い当てている。

市蔵という男は世の中と接触するたびに内へとぐろを捲き込む性質(たち)である。だから一つ刺激を受けると、その刺激がそれからそれへと回転して、だんだん深く細かく心の奥に喰い込んで行く。そうしてどこまで喰い込んで行っても際限を知らない同じ作用が連続して、彼を苦しめる。しまいにはどうかしてこの内面の活動から逃れたいと祈るくらいに気を悩ますのだけれども、自分の力ではいかんともすべからざる呪いのごとくに引っ張られて行く。そうしていつかこの努力のために斃(たお)れなければならない、たった一人で斃れなければならないという怖れを抱くようになる。そうして気狂のように疲れる。これが市蔵の命根(めいこん)に横たわる一大不幸である。

（同一）

これは重要な指摘である。遭遇した矛盾を生身の他者や外部との格闘を通して解決することができない場合、この指摘のように、ひとはただ己の「内へとぐろを捲き込む」以外になくなる。いわゆる内向的人間の発生である。このことは須永自身にも半ば自覚されていた。

僕はよく人を疑（うたぐ）る代りに、疑る自分も同時に疑わずにはいられない性質だから、結局他（ひと）に話をする時にもどっちとはっきりしたところが言い悪（にく）くなるが、もしそれがほんとうに僕の僻（ひが）み根性だとすれば、その裏面にはまだ凝結した形にならない嫉妬が潜んでいたのである。（「須永の話」一六）

「人を疑る代りに、疑る自分も同時に疑る」とは、自己反省のことであり、自分で自分を批判的に観察することである。思考が「内」に向かうとはそういうことである。本当は心や精神に内とか外などというものは存在しない。それらはもともと空間的な存在ではないからである。そのように見えるのは、沈黙して言わないことや言えないことが隠されることによって、あたかもその隠し場所として「中」とか「内」というものがあるかのように見えるだけであり、結局はメタファーにすぎない。とはいえ、この「内」とか「内面」というメタファーは今日ではたんなるメタファーを越えて、われわれにとって逃れがたい観念となってしまった。よくいわれるように、これが「近代」のメルクマールのひとつである。言い換えれば、須永という「内向的人間」は漱石が作り上げた「近代人」のモデルなのだ。

漱石の半身たる松本にはその特異性がよく見える。彼はかつてある学者の「現代の日本の開化」についての講演で、性急な開化のせいで人は「神経衰弱」に陥らざるをえないと聴いたとき、自分は須永のことを思い出したと述懐しているのだが、むろんこの発言はすべて漱石の自作自演劇である。実際には講演をおこなった学者も、それを聴いた松本も、そのとき連想された須永も、すべて漱石その人から出てきたものだからである。つまり、物語をメタレベルから見れば、個々の登場人物の反省をとおして漱石自身が自らの反省をめぐらせているのだ。

では、須永に体現される「内向的人間」の具体的な特異性はどこにあるのだろう。それを表わしているのが「恐れない女」に対比された「恐れる男」という言葉である。前の引用で、須永は「恐れる男」とは「なによりさきに結果を考えて取越し苦労をする」人間であるとし、それを「哲人」になぞらえていた。それは、そういう人間においては、あの懐疑から哲学を始めたデカルトと同じように、懐疑をともなった内省がすべての中心になるからである。具体例を挙げてみよう。

往来を歩いて綺麗な顔と綺麗な着物を見ると、雲間から明らかな日が射した時のように晴れやかな心持ちになる。たまにはその所有者になってみたいという考えも起こる。しかしその顔とその着物がどう果敢(はか)なく変化し得るかをすぐ予想して、酔いが去って急にぞっとする人の浅間しさを覚える。僕をして執念(しゅうね)く美しい人に付け纏(まつわ)らせないものは、まさにこの酒に棄てられた

淋しみの障害にすぎない。（同一七）

須永には本質的にこのようなペシミズムが宿っている。それは逃れるに逃れられない宿業のようなものである。言い換えれば、彼の憂鬱（メランコリー）な気分は彼自身の存在そのものから出ているのである。同じような、やや神経症じみた先取り癖が千代子との関係においてもはっきりと見られる。というか、むしろ彼女との関係においてより鮮明に出るといったほうがいいかもしれない。

> 彼女は時によると、天下にただ一人（いちにん）の僕を愛しているようにみえた。僕はそれでも進むわけにゆかないのである。しかし未来に目を塞（ふさ）いで、思い切った態度に出ようかと思案しているうちに、彼女はたちまち僕の手から逃れて、まったくの他人と違わない顔になってしまうのが常であった。（中略）僕は彼女の言行を、一（いつ）の意味に解釈しおわったすぐあとから、まるで反対の意味に同じものをまた解釈して、その実どっちが正しいのか分らない徒（いたずら）な忌々（いまいま）しさを感じた例（ためし）も少なくはなかった。（同二五）

このように、内省の深みにはまればはまるほど、ジレンマも大きくなってきて「どっちが正しいのか分らない」ジレンマ状態がエスカレートしていく。そしてそこに須永の根本的な決断不能の原因があるのだ。

では、いったいこの須永の宿業ともいうべきジレンマを前にしての決断不能は、どこにその原因をもっているのだろうか。その関連で非常に重要なのが、須永の告白の初めのほうに出てくる両親の言葉である。まず、亡くなる数日前に父親が須永を枕元に呼んでいった言葉である。

「市蔵、おれが死ぬとお母さんの厄介にならなくっちゃならないぞ。知ってるか」（中略）「今のように腕白じゃ、お母さんも構ってくれないぞ。もう少し大人しくしないと」（同三）

もうひとつが葬式のときの母親の言葉である。

「お父さんがお亡くなりになっても、お母さんが今まで通り可愛がってあげるから安心なさいよ」（同）

当然のことながら、両親からこのような言葉をかけられれば、だれでも奇妙に思うだろう。じじつ、幼い須永もなぜこんな当たり前のことを両親がわざわざ口にしたのだろうと「厚い疑惑」を感じたのであった。この状況は前にも触れた「ダブルバインド」状況である。この概念の導入者ベイトソンによれば、ダブルバインドとはメッセージとメタ・メッセージの間に矛盾がある場合で、それを受けた側が判断に困ってしまう状況をいうが、この場合もややそれに類する。「可愛がってくれる」という意味では言葉と実際は矛盾していない。じじつ、母親は須永を可愛がりつづけて今日に至っているからである。だが、この二人の発言はともに「お母さんが」といいながら、その女性が須永の実母ではないかもしれないというメタ・メッセージを含んでいる。つまり、二人の言葉は子（須永）に「母は本当の母である」と「母は本当の母ではない」という二つの矛盾したメッセージとして受けとめられる可能性がある。そのかぎりでやはりここに一種のダブルバインド状況が成り立つのである。この状況が、ベイトソンのいうように、統合失調症の原因となるかどうかは確定できないとしても、少なくともこれが子供の精神形成に危機や動揺をもたらすことまでは確かであって、その後の須永の時には病的なまでの内向的反省を助長したことにまちがいはない。

> これはまだ誰にも話さない秘密だが、実は単に自分の心得として、過去幾年かのあいだ、僕は母と自分とどこがどう違って、どこがどう似ているのかの詳しい研究を人知れず重ねたのである。なぜそんな真似をしたかと母に聞かれては言いかねる。たとい僕が自分に聞き糺してみてもはっきり言えなかったのだから、理由は話せない。（中略）そのうちで僕の最も気になるのは、僕の顔が父にだけ似て、母とはまるで縁のない目鼻立ちにでき上がっていることであった。（同一九）

須永の内向的反省の中心に居坐っているジレンマないし矛盾とは、母は実の母か、そうでないかという疑問である。その根元にある疑問に対して明確な解答が得られないあいだは須永の決断不能は続かざるをえない。それを断ち切ったのが松本である。生みの母は別にいて、その人物がすでに亡くなっていることを聞かされた須永は「もう怖いことも不安なことも」ない。ただ「世の中にたった一人で立っているような」孤独感に襲われるのだが、それがまた彼の病的な内省から脱出する一歩となったことも事実である。

ここであらためて出生とか来歴といわれる問題について考えてみよう。家系というような前近代的な代物に意味を置かなければ、ひとりの人間の起源となるのは、その人の出生である。人は一般に自分の記憶を遡って現在から過去に向かうことができる。これが反省のひとつのあり方である。だが、自分の記憶だけでは出生という起源に到達することはできない。そこで他人の証言や記録、写真といった間接的な証拠をとおして確認をすることになる。それが確認できたとき、ひとは出生から現在に至る全体を「私」というアイデンティティとして統合することができる。そしてそのとき反省は当事者にひとつの閉じて安定した物語としての来歴を提供することになるだろう。

だが、逆にこの出生という起源がいつまでも曖昧模糊としていると、来歴はいつまでも明確な姿を結ばず、その人のアイデンティティは安定しない。これが須永の置かれた状況である。皮肉なことに、出生という起源は自分のものでありながら、自分自身では確かめることができない。それを確かめようと思えば、どうしても他者の証言が必要なのだ。それがまさに出生にまつわる最大のパラドックスである。

僕は貴方に言われないさきから考えていたのです。仰しゃるまでもなく自分のことだから考えていたのです。誰も教えてくれ手がないから独りで考えていたのです。僕は毎日毎夜考えました。あまり考えすぎて頭も身体も続かなくなるまで考えたのです。それでも分らないから貴

方に聞いたのです。(「松本の話」四)

いいえ母でも、田口の叔母でも、貴方でも、みんなよくその訳を知っているのです。ただ僕だけが知らないのです。ただ僕だけに知らせないのです。(同)

この叫びのような言葉はおそらく、幼児期に自ら里子と養子を体験したことのある漱石自身の本音でもあった。

かくして来歴が不明確でアイデンティティが不安定なあいだ、ひとはいつまでも決断できないまま自己の内面を彷徨する以外にない。その内面の彷徨すなわち内向的反省がラディカルに進行したとき、あのアンドレーエフの小説『ゲダンケ』を読んだときの須永の気持が生まれる。自分をないがしろにして、よりにもよって自分の知人と結婚した女に復讐するために、自分を狂人に見せかけて彼女の前で夫を撲殺する主人公に対し、須永はこんな感想を抱く。

彼〔アンドレーエフの小説の主人公〕は驚くべき思慮と分別と推理の力とをもって、以上の顛末を基礎に、自分の決して狂人でない訳をひたすら弁解している。かと思うと、その弁解をまた疑っている。のみならず、その疑いをまた弁解しようとしている。彼は必竟正気なのだろうか、狂人なのだろうか、――僕は書物を手にしたまま慄然として恐れた。(「須永の話」二七)

須永が慄然としたのは、たんに物語が残酷だったからではない。そうではなく、内向的反省が極限にまでエスカレートして、正気と狂気の見わけもつかなくなった主人公に自分自身が不気味なまでに共感してしまっているからだ。その証拠に、あのライバル高木に対する嫉妬を意識したとき、須永の内向的反省も次のようなプロセスをたどっている。

> はじめは人間の元来からの作りが違うんだから、とてもこんな真似は為(し)えまいという見地から、すぐこの問題を棄却しようとした。次には、僕でも同じ程度の復讐が充分遣(や)ってのけられるに違いないという気がしだした。最後には、僕のように平生は頭(ヘッド)と胸(ハート)の争いに悩んでぐずついているものにしてはじめてこんな猛烈な兇行を、冷静に打算的に、かつ組織的に、逞(たくま)しゅうするのだと思いだした。(同二八)

こうした心情はほとんどテロリストのそれである。『彼岸過迄』の連載中に若くして病死した啄木も「われは知る、テロリストのかなしき心を」(「ココアのひと匙」)と詠んだが、その啄木は「時代閉塞の現状」において当時の青年知識人たちの「内訌的、自滅的傾向」や「理想喪失の悲しむべき状態」を指摘し、「彼等は実に一切の人間の活動を白眼を以て見る如く、強権の存在に対しても亦全く没交渉なのである。——それだけ絶望的なのである」と書き記した。その心情に通じるものは、一見そういう世界とは無縁に見える漱石の心のなかにもあったと私は思う。

最後に、この作品のなかで特異な一章をなしている「雨の降る日」について一言述べておきたい。この章は、松本が雨の日には来客と会わないことの理由を千代子が敬太郎に話して聞かすという趣向になっている。たまたまある雨の日千代子は松本の家を訪れて、そこで幼女宵子の突然死に遭遇したのだったが、それ以来松本は不吉な雨の日の訪問客を避けるようになったという話である。

だが、この章は明らかに他の章の内容とかけ離れており、私が最初にこれを「間奏曲(インターメッツォ)」と呼んだゆえんである。じつはこの間奏曲は『彼岸過迄』が書かれる直前に夏目家に起こった実際の話がもととなっている。それは具体的には次のような出来事であった。一九一一年一一月二九日まだ満二才にも至っていなかった五女の雛子(ひなこ)が食事中突然意識を失って亡くなるという悲劇(アクシデント)である。このときのことは死亡当日からつづく一週間ほどの漱石の日記に詳しく書かれているが(妻鏡子の『漱石の思い出』四八「雛子の死」も参照)、漱石自身この愛児の死には相当ショックを受けたようで、『彼岸過迄』を執筆する以前か、その途中かで、どのようなかたちであれ、とにかくこのことを自分の小説のなかに取り入れる決心をしたようである。ある意味で、この決心の堅さが物語の展開を無視して間奏曲を強引に挿入させたと推測される。それでも、少しでも物語との関連をつけるために、実際にこのとき雛子の食事の世話をしていた子守りの女性の代わりに、小説上の人物千代子を当てたりしているが、それでも事実のほうを優先させた記述が印象的である。「雛子」の名前をあえて「雛の節句の前の宵」に生まれたからとして「宵子(よいこ)」と呼び変えたりしているのも、事実から離れたくないという心情の現われであろう。家族みんなで南無阿弥陀仏の文字を書いて棺に入れたのも本当にあったことである。ただし、二九日当日の天気は日記に「快晴」とあり、雨のことは漱石の脚色ということになる。

漱石は「雨の降る日」の章を書き終わったとき、雛子の死んだ日にちょうど客として居合わせた中村蓊（古峡）――つまり小説では縁起の悪い雨の日の来客に当たる――に宛ててこう書いている。

段々春暖の候好い心持に候毎日小説を一回づゝ書いてゐると夫が唯一の義務の様な気がして何にも外の事をせず早く切り上げて遊んだり読書をしたりするのが楽みに候

「雨の降る日」につき小生一人感懐深き事あり、あれは三月二日（ひな子の誕生日）に筆を起し同七日（同女の百ケ日）に脱稿、小生は亡女の為好い供養をしたと喜び居候（一九一二年三月二一日中村蓊宛書簡）

誕生日や百ケ日など、明らかにここには小説のプロットよりも強い「供養」という漱石自身の動機があった。中村にわざわざこのような手紙を書いたのも、彼が家族以外の人間として唯一人あのときの現場に居合わせた人物で、自分の気持ちを共有してもらえると考えたからであろう。そしてこのときの漱石の気持ちは、小説のなかでは、火葬場から遺骨をもって帰り、皆で昼食を取るラストシーンの会話によく表われている。

やがて家内中同じ室で昼飯の膳に向かった。「こうしてみると、まだ子供がたくさんいるようだが、これで一人もう欠けたんだね」と須永が言いだした。

「生きてるうちはそれほどにも思わないが、逝かれてみるといちばん惜しいようだね。ここにいる連中のうちで誰か代りになれば可いと思うくらいだ」と松本が言った。

「非道いわね」と重子が咲子に耳語いた。

「叔母さんまた奮発して、宵子さんと瓜二つのような子を拵えてちょうだい。可愛がってあげるから」

「宵子と同じ子じゃ不可ないでしょう、宵子でなくっちゃ。お茶碗や帽子と違って代りができたって、亡くしたのを忘れるわけにゃゆかないんだから」

「己は雨の降る日に紹介状を持って会いに来る男が厭になった」（「雨の降る日」八）

余計な解説は要らない。すべてはこの「宵子と同じ子じゃ不可ないでしょう、宵子でなくちゃ」という言葉につきている。これこそ我が子を失った親の気持ちにほかならない。

じつは漱石はこの出来事の数年前に友人の子供の死をとおしてこれと似た気持ちを味わっていた。その友人とは学生時代からの友人で、かつ帝大でも未来を嘱望されていた国文学者の藤岡作太郎である。生来病弱だった藤岡は雛子の死より一年前に亡くなっているのだが、まだ生前中の一九〇六年にさきに自分の愛児を失くしている。藤岡はちょうどこのころ『草枕』の批評を書き、それを漱石に送っているのだが、そのついでに自分の愛児の死をも報告したのだろう。以下は、その手紙に対する漱石の返事の一部である。

御息女小田原表にて御逝去のよしは畔柳氏より先達承はり何とも御気の毒の至に不堪。十歳以下の小児の病気程心苦しきものは無之実は小生も四人の小供をもち候。夫が時々病気を致し候節は自分の病気より遙かに心配に候。現に第三女は赤痢にて今朝大学病院に送られ候。かうなると自分の小供の病気を美文にかいて見様抔と云ふ余裕は出る所に無之候。傑作は出来なくてもよいから早く全快してくれゝばよいと、夫のみが苦になり候。五六年後には小供の死もうつくしく感ぜられて小説の材料になるやもはかりがたく候へども現に病人の児を抱へたる親はいかな詩人でもそんな余裕はあるまじくと存候。今日病院に入りたる児はうちへ帰りたい〳〵と申す由、大兄の御令嬢が夏目さん〳〵と云はれたと同様に候。（一九〇六年八月三一日藤岡作太郎宛書簡）

自分の子供の病気や死をなんとか「美文」に書いて残したいとは思うが、いざとなるとなかなかそんなこともできない、五六年経てば…、という文面だが、実際に自らそういうことに直面したときの漱石は、作家としての本能を抑えられなかったのであろう、早くも雛子の死の数か月後に「供養」としての「美文」を実現したのであった。

興味深いのは、このさきの話である。じつは漱石が右のような手紙を書いたのと並行して、このころもうひとりの親友が藤岡に慰めの手紙を書いている。金沢の四高時代から厚い親交を続けている西田幾多郎である。手紙の文面もそうだが、とくに一九〇八年に藤岡の『国文学史講話』が出版されたときに西田が寄せた序文「東圃学兄が其国文学史講話を亡児の記念と出版せらるゝに当りて、余の感想を述ぶ」は、その後西田自身の論集『思索と体験』（一九一五年）に改めて「『国文学史講話』の序」として収録され、多くの読者の注目を浴びた。藤岡の著作はおそらく漱石にも送られているると思われるので、この西田の序文が漱石の目に触れた可能性はある。こんなところでも漱石と西田はニアミスをしているのである。西田はこの文章を次のような言葉で始めている。

三十七年の夏、東圃君が家族を携えて帰郷せられた時、君には光子という女の児があった。愛らしい生々した子であったが、昨年の夏、君が小田原の寓居の中に意外にもこの子を失われたので、余は前年旅順において戦死せる余の弟のことなど思い浮べて、力を尽くして君を慰めた。然るに何ぞ図らん、今年の一月、余は漸く六つばかりになりたる己が次女を死なせて、かえって君より慰めらるる身となった。（『思索と体験』「『国文学史講話』の序」）

このように、当時幼い子供の死はかなり頻繁に生じ、図らずも彼ら三人は揃ってその体験者となったのである。ちなみに「東圃」とは藤岡が金沢時代から使っている号である。西田は子供を失った親の心情を切々と書く。藤岡を訪ねたとき、互いに亡児のことを口に出さなかったのは、誠の気持ちは言語はおろか、涙にも表わすことのできないものだからであったと。そして別れ際に手渡されたその児の終焉記を家に帰って読んだとき、「人心の誠はかくまでも同じきものかとつくづく感じた」のだった。その同じ人心の誠を彼はこう表現している。

亡き我児の可愛いというのは何の理由もない、ただわけもなく可愛いのである、甘いものは甘い、辛いものは辛いというの外にない。これまでにして亡くしたのは惜しかろうといって、悔んでくれる人もある、しかしこういう意味で惜しいというのではない。女の子でよかったとか、外に子供もあるからなどといって、慰めてくれる人もある、しかしこういうことで慰められようもない。ドストエフスキーが愛児を失った時、また子供ができるだろうといって慰めた人があった、氏はこれに答えて"How can I love another Child? What I want is Sonia."といったということがある。親の愛は実に純粋である、その間一毫も利害得失の念を挟む余地はない。ただ亡児の俤を思い出ずるにつれて、無限に懐かしく、可愛そうで、どうにかして生きていてくれればよかったと思うのみである。(同)

この文章とさきの漱石の小説のなかの「宵子と同じ子じゃ不可ないでしょう、宵子でなくっちゃ」という言葉との一致は一目瞭然であろう。まさに「人心の誠はかくまでも同じきものか」ということにほかならない(この文章を含めた西田の度重なる肉親の悲劇に関しては拙著『西田幾多郎の憂鬱』八「猫も死んでしまった」の章を参照していただければ幸いである)。

この西田の文章には、もうひとつ人の死に関して漱石と共通することが書かれている。それは以下のような件である。

回顧すれば、余の十四歳の頃であった、余は幼時最も親しかった余の姉を失うたことがある、余はその時生来始めて死別のいかに悲しきかを知った。余は亡姉を思うの情に堪えず、また母の悲哀を見るに忍びず、人無き処に到りて、思うままに泣いた。稚心にもし余が姉に代りて死に得るものならばと、心から思うたことを今も記憶している。(同)

家族の不如意な経済状態のなかで、反対する父に抗してただひとり西田の進学を進言し支えてくれていた聡明な姉の尚が女子師範を卒業するや、わずか一七歳の若さで病死してしまったのである。他方漱石の心を痛切に打ったのは実姉の死ではなく、嫂の死であった。漱石がまだ学生だった一八九一年末兄直矩の妻登世が懐妊中の悪阻のせいで二四歳の若さで亡くなってしまったのだが、このとき漱石が親友子規に宛てた手紙が残されている。

わが一族を賞揚するは何となく大人気なき儀には候へども、あれほどの人物は男にもなかなか得やすからず、況て婦人中には恐らく有之まじくと存をり候。そは夫に対する妻として完全無欠と申す義には無之候へども、社会の一分子たる人間としてはまことに敬服すべき婦人に候ひし。先づ節操の毅然たるは申すに不及、性情の公平正直なる胸懐の洒々落々として細事に頓着せざるなど、生れながらにして悟道の老僧の如き見識を有したるかと怪しまれ候位、鬚髯鬖々たる生悟りのえせ居士はとても及ばぬ事、小生自から慚愧仕候事幾回なるを知らず。かかる聖人も長生きは勝手に出来ぬ者と見えて遂に魂帰冥漠魄帰泉只住人間廿五年と申す場合に相成候。さはれ平生仏けを念じ不申候へば極楽にまかり越す事も叶ふまじく、耶蘇の子弟にも無之候へば天堂に再生せん事も覚束なく、一片の精魂もし宇宙に存するものならば二世と契りし夫の傍か、平生親しみ暮せし義弟の影に髣髴たらんかと夢中に幻影を描き、ここかしこかと浮世の羈絆につながるる死霊を憐み、うたた不便の涙にむせび候。母を失ひ伯仲二兄を失ひし身のかかる事には馴れやすき道理なるに、一段ごとに一層の悼惜を加へ候は、小子感情の発達未だその頂点に達せざる故にや。心事御推察被下たく候。（一八九一年八月三日正岡子規宛書簡）

自分とは同い年だったとはいえ、漱石の彼女に対する気持ちは、敬意も含めて年長者に対するそれである。それにしても漱石が人の死を前にしてこれほど心を揺さぶられた例は少ない。そのためここに漱石の隠された恋愛感情を読み取る解釈もあるのだが、そのことは次章で詳しく検討することにして、とりあえず重要なことは、漱石が身内のひとりの女性を尊敬し、その死を非常に悼んでいるということであり、さらにいうなら、その女性の前では義弟たる自分の純朴さや未熟さが自覚させられていることである。そのかぎりで、この感情は姉を失ったときの実弟西田のそれに接近している。むろん、西田のほうには漱石のような「恋愛」感情は問題とならないだろうが、いずれにせよ多感な時期にあるひとりの男子にとって、肉親であるかないかに関わらず、敬愛する年上または目上の女性に対する感情は憧れとも恋愛ともつかぬ特別な感情複合体をなしていると思われる。

具体的な死を目の前にした漱石と西田の心情の共鳴はこれに終わっていない。一九三一年だから漱石の死後になるが、漱石の「硝子戸の中」を連想させる「煖炉の側から」という西田の随筆のなかに、こんな一節がある。

猫も死んでしまった。

娘の一人が急に縁付いてしまったので、残されたなお一人の娘と私と女中と三人きりで、大きな家に住むようになった。日の中は近くに小学校があったり、公設市場があったりするので喧しいが、夜になると、め入ったように静かだ。一人は二階に、一人は座敷に、一人は台所に、分れ分れになって寝る。三人で一つの家に住んでいるというような心持はしない。昨年の大掃除の日、何処からとなく一匹の猫がはいって来た。胴は少し長過ぎたが、虎猫の毛色が美しいので、家に飼って置いたのだ。生まれてまだ一、二月もたたぬ子猫であったが、この頃はもう徴兵適齢に達した一人前の青年格で、中々の愛嬌者であった。朝は人の起き出た床の中にもぐり込んで、頭を出してねて見たり、昼は秋の日光が深く入り込む縁側に転りねていて人の足にざれ付いたり、食事の間はいつも飯櫃の上に坐って人の食事を監視している、さなくば飯台の傍に背を向けて坐っている。娘は画を描くが、別に私と共通の話題というものがないので、いつでも猫の一挙一動が話題の中心となり、時ならぬ笑の波がそれから起って来る。ちょうど静かな森の中の池に何処からとなく小波が起るようだ。猫は両三日前まで相変わらず元気で、縁側を我もの顔に日向ぼっこをしていたが、何処かで毒を食ったと見えて急に病気になった。今朝はもう縁の下で死んでいた。

たかが猫一疋の死、それは何でもないことだ。しかし淋しい今の私の家では、自ら「猫も死んでしまった」という声が出たくなる。（『続思索と体験』「煖炉の側から」）

「猫も」とあるのは、この時点ですでに西田は家族のなかから妻および二人の子供を失っているからである。さらに一人の娘は精神を病み、大学病院に入院していて、家に残っているのは結核を病む三女だけであった。そうした境遇のなかで、人間のみならず生きとし生けるものへの哀惜が深まる。その感情が一匹の猫にも注がれたのである。

一方漱石といえば、猫を連想する人が少なくない。あの「名前はまだない。どこで生まれたかとんと見当がつかぬ」という有名な孤児（みなしご）猫がいるからである。この『吾輩は猫である』の主人公のモデルとなった猫については鏡子の次のような証言がある。

> この六、七月、夏の始めごろかと覚えております。どこからともなく生まれていくらもたたない小猫が家の中に入ってきました。猫嫌いのわたくしはすぐに外へつまみ出すのですが、いくらつまみ出しても、いつかしらんまた家の中に上がってきております。（中略）がなんとしてもずうずうしいと言おうか、無神経と言おうか、いつの間にやら入り込んで、第一気に食わないのは御飯のお櫃の上にちゃんと上がっておることです。腹が立つやら根気まけがするやらで、私もとうとうだれかに頼んで遠くへ捨ててきてもらおうと思っていると、ある朝のこと、例のとおり泥足のままあがり込んできて、おはちの上にいいぐあいにうずくまっていました。そこへ夏目が出て参りました。
> 「この猫はどうしたんだい」

と、どこかでもらってでもきたのかと思ったものとみえてたずねます。どういたしまして、こっちは何とかうっちゃらかしてしまいたいのだけれどつきまとわれて困ってる始末、

「なんだか知らないけれども家へ入ってきてしかたがないから、誰かに頼んで捨ててきてもらおうと思っているのです」と申しますと、

「そんなに入って来るんならおいてやったらいいじゃないか」

という同情のある言葉です。ともかく主人のお声がかりなので、そんならというわけで捨てることは見合わせました。（『漱石の思い出』二三「「猫」の家」）


面白いのは、こちらでも「どこからともなく」迷いこんできて、しかも暖かいお櫃の上にうずくまる猫をそのまま飼うようになったという一致点だが、漱石にとってこの猫は文字通り御利益ある招き猫となった。いうまでもなく『吾輩は猫である』の大ヒットである。だから、漱石もこの猫の死には無関心でいられなかったようで、そのときの詳しい有様を随筆に書き残している。『永日小品』のなかに収められている「猫の墓」という文章がそれである。ここでは漱石はさすがに作家らしく、次第に体が衰えていく猫の様子を事細かに観察し、竈（へっつい）の上での最期の光景も書いている。そして末尾には、家族で庭に墓を建てて弔いをしたことを次のような文章で伝えたのであった。

小供も急に猫を可愛がり出した。墓標の左右に硝子の罎（びん）を二つ活けて、萩の花を沢山挿した。茶碗に水を汲んで、墓の前に置いた。花も水も毎日取り替えられた。三日目の夕方に四つにな

る女の子が――自分はこの時書斎の窓から見ていた。――たった一人墓の前へ来て、しばらく白木の棒を見ていたが、やがて手に持った、おもちゃの杓子を卸して、猫に供えた茶碗の水をしゃくって飲んだ。それも一度ではない。萩の花の落ちこぼれた水の瀝りは、静かな夕暮れの中に、幾度か愛子の小さい咽喉を潤おした。(『永日小品』「猫の墓」)

ささやかな光景描写だが、「雨の降る日」に並んで、これもまたまさに「供養」となる「美文」といっていいだろう。西田の場合と同様、ここには幼子に対する慈しみと生きとし生けるものの唯一性、一回性がしめやかに表現されている。ほとんど同じころに(一九〇八年)まだ一歳にも満たなかった子を失った鴎外がやはり「金毘羅」という迷信めいた因果話を書くことになるのだが、そういう体験の共有自体がまさに当時の時代的「因果」でもあったのだ。

第五章　現実を失う過敏——『行人』

物語の展開と要点

この作品も前作と同じように、それぞれに独立した四つの章をオムニバス式に結びつけてできあがっているが、前作に比べると、各章ごとの内容的なつながりははるかに緊密で、ストーリー展開にも一本の流れが通っている。それでも第三章「帰ってから」と第四章「塵労」のあいだには、漱石の持病胃潰瘍が再発したため、途中五カ月のブランクがあり、それが微妙な影を落としているように思われる。またこの作品は、近傍で漱石を見ていた弟子の小宮豊隆が指摘するように、胃潰瘍の悪化のみならず、精神的にも深い孤独感に襲われていた時期に書かれたものであったらしい（『漱石の芸術』「行人」）。そうした事情もあったせいか、時をおいて後から書き足された第四章にはとくに内省的性格が強く、漱石の作品のなかでももっとも哲学色の濃い作品になっている。

物語は長野二郎という若い事務所勤めの青年が、家から頼まれた用件を果たすためと、友人に会うために大阪の梅田駅に到着したところから始まる。家から頼まれた用件というのは、東京の実家に同居している遠縁の女性貞（さだ）の見合い相手に直接会って、その結果を報告することであり、この縁談は、かつて東京の長野家で書生をしていて、現在では職を得て大阪に住む岡田の手回しでとんとん拍子で進行していく。だが、もうひとつの目的だった友人三沢との出会いは、本人が大阪に着いて無理な酒席に加わったために胃を壊し、そのまま病院に運ばれていて、予定に大きな狂いが生じてしまっていた。いかにも漱石らしいモチーフである。こうして第一章「友達」は大阪を舞台に、貞の見合い話と三沢を病院に見舞う話を軸にして展開される。

ドラマ性が高いのは病院のほうの話である。これは、三沢たちの酒席にお座敷がかかって無理な飲み方をしたため、図らずも三沢と同じ胃腸病院への入院を余儀なくされてしまった芸者「あの女」が、たまたま昔離縁されて三沢の家に一時的に引き取られていた精神病の「娘さん」とよく似ていたことから、三沢が彼女に特別の同情をよせるという話である。かつての精神病の女性というのは、三沢が外出するたびに玄関まで送りに出て、必ず「早く帰って来て頂戴ね」と声をかける人であった。この言葉はどうやら離縁された夫に対していいたかったことと解釈されるのだったが、三沢自身は「黒い眉毛と黒い大きな眸を有っていた」この「蒼い色の美人」を不憫に思い、やがて病気であろうとなかろうと、彼女に本当に慕われたいと思うほどになっていたと告白する。


「それほど君はその娘さんが気に入ってたのか」と自分はまた三沢に聞いた。

「気に入るようになったのさ。病気が悪くなればなるほど」

「それから。――その娘さんは」

「死んだ。病院へ入って」

自分は黙然とした。

「君から退院を勧められた晩、僕はその娘さんの三回忌を勘定して見て、単にそのためだけでも帰りたくなった」と三沢は退院の動機を説明して聞かせた。自分はまだ黙っていた。

「ああ肝心の事を忘れた」とその時三沢が叫んだ。自分は思わず「何だ」と聞き返した。

「あの女の顔がね、実はその娘さんに好く似ているんだよ」

三沢の口元には解ったろうという一種の微笑が見えた。（「友達」三十三）

このエピソードは実際に漱石自身が体験したことに基づいているのだが（一九一三年談話「漱石山房より」参照）、この女性の悲劇を淡々と進行する貞の見合い話に対照させて読むと、当時の女性たちの置かれていた境遇の一端が知れて興味深い。しかし、それについての立ち入った論議は後の章に任せて、ここではこのエピソードに出てくる「娘さん」の病気について少し触れておきたい。

小説の短い記述だけから軽率な判断を下すのは危険だが、今日ならこの女性はおそらく統合失調症（スキゾフレニー）と診断されるだろう。三沢の目に彼女が「黒い眉毛と黒い大きな眸を有っていた」「蒼い色の美人」と映ったのも、いわゆる精神科医のジャーゴン「スキゾ美人」に符合する。一種の「浮世離れ」に起因する表情やまなざしの純粋さなどがそういう効果をもたらすのだろう。しかしより興味深いのは、彼女と三沢のあいだに精神分析でいう「転移」と「逆転移」の現象が起っていることである。担当医が若くて独身の男性であったりする場合、治療中の女性患者が本来の恋愛対象だった人物に向けられるべき愛情を、その担当医のほうに向けることが知られているが、これが「転移」という現象である。むろん転移の対象は担当医でなくとも、それに匹敵する人物であってもよい。これに対して、転移された医者のほうが、その転移に応えるようにして逆に患者に愛情を感ずるようになってしまうことを「逆転移」といい、精神科医やカウンセラーのあいだでは治療上の注意事項としてよく知られた現象である。

なぜ私があえてこんなことを指摘しておくかというと、総じて漱石が美しいとみなす女性たちには、このスキゾ美人を想わせるようなところがあり、それが漱石の美感の一部をなしているように思われてならないからであるが、これについては次節で詳しく論じることにする。

こういう前奏曲を経て、いよいよ第二章から本論ともいうべき部分が始まるのだが、その中心に置かれるのは二郎ではなく、その兄の一郎である。三沢の病気にも片がついて、二郎がそろそろ大阪を引き払いたいと思っていると、そこに東京から母、兄、嫂の三人がやってきて、一行は大阪見物のついでに和歌の浦に出かけることになる。ところが、ここで一郎は二郎に、妻を連れ出して彼女の貞操を試してくれないかという非常識な依頼をする。背景には自分の妻と弟の仲を疑う彼の過剰な猜疑心があった。潔白な二郎は兄への疑惑と倫理感からそれをきっぱり拒否するのだが、兄としっくりいっていない嫂の真意ぐらいは聞きただしてもよいと約束して、逗留先の和歌の浦から嫂と二人で和歌山の街に出かけたとき、台風に遭遇して図らずもそこで泊まり込むことになってしまう。物語としてはこの晩の次のような二人の対話がクライマックスとなる。台風で海辺の宿に残してきた母と兄を心配しながら話しているとき、嫂はふと海嘯（つなみ）にでもさらわれて「一息な死に方がしたい」という言葉を口にする。

「何かの本にでも出て来そうな死方ですね」

「本に出るか芝居で遣るか知らないが、妾ゃ真剣にそう考えてるのよ。嘘だと思うならこれから二人で和歌の浦へ行って浪でも海嘯でも構わない、一所に飛び込んで御目に懸けましょうか」

「あなた今夜は昂奮している」と自分は慰撫める如くいった。
「妾の方が貴方よりどの位落ち付いているか知れやしない。大抵の男は意気地なしね、いざとなると」と彼女は床の中で答えた。（「兄」三十七）

『三四郎』の美禰子や名古屋の女と三四郎、あるいは『彼岸過迄』の千代子と須永に見たような「恐れない女」と「恐れる男」の対比がここにも見出されるが、ここは全編を通じてほとんど自分を見せない直が義弟を前にして珍しく感情をあらわにし、本音を吐いている場面であり、その直前の暗闇のなかで彼女が帯を解いて浴衣に着替えるシーンと並んで、あえて読者の好奇心を引くように書かれている。とはいえ、二人の間にはこれ以上のことは何も起こっていない。それでも兄に対する気づまりや反発がはたらいて、その後も二郎は詳しい結果を知りたがる兄に、このときのことを報告することをためらうのであった。

第三章の「帰ってから」では、文字通り彼らが東京に帰ってからの、おもに兄一郎の異常な言動やそれに対する家人たちの気遣いが中心となって話が展開する。旧い家族制度のなかの長男として甘やかし気味に育てられ、いまや歴とした大学教授の地位にある一郎の最大の悩みは、さきの弟への非常識な依頼が語っているように、妻直に対する不信である。彼が考えて苦吟すればするほど二人の関係はぎくしゃくし、生来の我儘や癇癪の性格も手伝って、周囲の人たちの気分をいっそう重苦しくしてしまう。そういう夫に対して直のほうはまるで仮面を被ったような態度で接する。

そんな折に兄弟の間で、あの三沢のかつての「娘さん」のことが話題になり、一郎が、彼女は三沢を思っていたのか、それとも前夫に対していいたかったことを口に出しただけなのかと問うて、きっと彼女が三沢に気があったにちがいないという自分の解釈を述べる。一郎の考えによれば、ひとは精神病になれば、世間から解放されて、それだけ自然で純粋な心になれるだろうから、彼女の言葉もそのまま三沢に対する愛情と理解してよいというのである。

自分は兄の解釈にひどく感服してしまった。「それは面白い」と思わず手を拍った。すると兄は案外不機嫌な顔をした。

「面白いとか面白くないとかいう浮いた話じゃない。二郎、実際今の解釈が正確だと思うか」

と問い詰めるように聞いた。

「そうですね」

自分は何となく躊躇しなければならなかった。

「ああああ女も気狂にして見なくちゃ、本体は到底解らないのかな」

兄はこういって苦しい溜息を洩した。（「兄」十二）

一郎（漱石）がさきに触れた転移現象を知らなかったことはやむをえないとしても、こういう一郎の偏執的な思考癖がかえって妻を彼から遠ざけていることに本人は気づいていない。さらにいえば、引用が語っているように、一郎は妻を狂気に追いやったら、彼女の本音を知ることができるかもしれないとまで考えるのだが、実際には、そう考える自分のほうがよほど狂気に近づいていることにも気づいていないのである。二郎のほうではこのような「異常」な兄に対する違和感が昂揚していく。そしていっこうにあの旅でのことを報告しないため、一郎の抑えていた怒りが爆発したりもする。

そういう居心地の悪い状況下で、なまじ嫂に同情を寄せるばかりに妹や母たちからもその仲を疑われるようになった二郎は、三沢の忠告もあって、ついに家を出て一人住まいを決心する。それを兄に報告に行ったとき、一郎はわざわざダンテの『神曲』に出てくるパオロとその嫂フランチェスカの悲恋を喩えに出して、あてつけがましくこんなことをいうのだった。

「(…)人間の作った夫婦という関係よりも、自然が醸(かも)した恋愛の方が、実際神聖だから、それで時を経(ふ)るに従がって、狭い社会の作った窮窟な道徳を脱ぎ棄てて、大きな自然の法則を嘆美する声だけが、我々の耳を刺戟するように残るのではなかろうか。尤もその当時はみんな道徳に加勢する。二人のような関係を不義だといって咎める。しかしそれはその事情の起った瞬間を治めるための道義に駆られたいわば通り雨のようなもので、あとへ残るのはどうしても青天と白日、即ちパオロとフランチェスカさ。どうだそうは思わんかね」(「帰ってから」二十七)

すでに第二章で見たように、世間や制度に対立する「自然が醸した恋愛」という問題は『それから』の代助が直面した問題であったが、この『行人』では、代助のようにすべてを放棄して「自然」の側に飛躍することができないため、あくまで制度のなかにとどまって、せめて相手の自然な本音だけでもと願いながら悶々と苦悩する男がテーマにされているのである。この一郎の悲惨な夫婦関係とコントラストをなすかのように、皮肉にも一郎と直を形式上の仲人にした貞の和やかな結婚式の模様が途中挿入される。

二郎が家を出た後も、一郎を火種とする家族問題が消えたわけではなかった。三沢を通して大学での一郎の奇妙な行動なども噂に入ってくる。気を病む妹や母が二郎の下宿を訪ねてくるだけでなく、直接自分を訪ねて来ることなどないと思っていた嫂や父までもそれぞれの思いを抱えてやってきたりする。二郎は二郎で、結局兄にはっきりとした報告をしないまま家を出てしまったことを気にかけたままだし、三沢の計らいで彼のために組まれた見合いもただちに実を結びそうにない。

こういう沈滞した状況のなかで、二郎は両親や三沢と相談して次のような策をたてる。それは、兄がただひとり気を許している同僚のHに頼んで、兄を気晴らしのための旅行に連れ出してもらうとともに、その機会を利用して兄の本心をただし、また彼に明らかな異常が認められるようであったら、その様子を自分たちに知らせてもらうという依頼であった。数か月が経って、ようやくその約束を果たしたHが旅先から送ってきた長い手紙が第四章「塵労」の最後に紹介されるが、内容的にはこのHによる一郎の観察が作品上もっとも重要な意味をもつことになる。だからこの手紙の果たす役割は、ちょうど『彼岸過迄』で悩める須永を観察して報告した「松本の話」と同じである。

この報告に見られる一郎の言動や発言に関しては後の節で詳しく論じることになるが、ここではっきりするのは他者との関係性を実感できない一郎の孤独である。彼は学者らしく、それを「Einsamkeit, du meine Heimat Einsamkeit!〔孤独よ、汝は我が郷、孤独よ！〕」というニーチェの『ツァラトゥストラ』の言葉で表現する。焦眉の問題である直との関係については次のような告白が報告されている。

兄さんは親しい私（H）に対して疑念を持っている以上に、その家庭の誰彼を疑っているようでした。兄さんの眼には御父さんも御母さんも偽の器なのです。細君は殊にそう見えるらしいのです。兄さんはその細君の頭にこの間手を加えたといいました。

「二度打っても落付いている。二度打っても落付いている。三度目には抵抗するだろうと思ったが、やっぱり逆らわない。僕が打てば打つほど向はレデーらしくなる。そのために僕は益無頼漢扱いにされなくては済まなくなる。僕は自分の人格の堕落を証明するために、怒を小羊の上に洩らすと同じ事だ。夫の怒を利用して、自分の優越に誇ろうとする相手は残酷じゃないか。君、女は腕力に訴える男より遥に残酷なものだよ。僕はなぜ女が僕に打たれた時、起って抵抗してくれなかったと思う。抵抗しないでも好いから、何故一言でもいい争ってくれなかったと思う」（「塵労」三十七）

一郎にとって暴力は、たとえネガティヴなかたちではあっても、最後の「コミュニケーション」の試みだった。しかし、ある意味では当然のことながら、その必死の試みさえ直の側には何の反応も呼び起こしえない。このようにして彼の孤独はますますエスカレートしていく。この孤独地獄から逃れるためには、もはや次の三つの選択肢しかない。

「死ぬか、気が違うか、それでなければ宗教に入るか。僕の前途にはこの三つのものしかない」（中略）「しかし宗教にはどうも這入れそうもない。死ぬのも未練に食い留められそうだ。なればまあ気違だな。」（同三十九）

見られるように、一郎は狂気すれすれのところに立っている。ここに彼の一連の「異常」な言動の源があるのだが、いまの発言で否定された宗教に関しては、やや慎重な解釈が必要である。というのも、一郎は神であれ仏であれ、自分という存在以外の権威をたてることを拒否するのだが、ある種の「絶対」を求めるという意味で、少なからず宗教に接近しているからである。Hの報告はそれを次のように伝えている。

兄さんは純粋に心の落ち付きを得た人は、求めないでも自然にこの境地に入れるべきだといいます。一度この境界に入れば天地も万有も、凡ての対象というものが悉くなくなって、唯自分だけが存在するのだといいます。そうしてその時の自分はあるともないとも片の付かないものだといいます。偉大なようなまた微細なようなものだといいます。何とも名の付けようのないものだといいます。即ち絶対だといいます。そうしてその絶対を経験している人が、俄然として半鐘の音を聞くとすると、その半鐘の音は即ち自分だというのです。言葉を換えて同じ意味を表わすと、絶対即相対になるのだというのです。（同四十四）

この発言を裏付けるように、Hもまた一郎の心境を次のように解釈する。

兄さんのいわゆる物を所有するという言葉は、必竟物に所有されるという意味ではありませんか。だから絶対に物から所有される事、即ち絶対に物を所有する事になるのだろうと思います。神を信じない兄さんは、其処に至って始めて世の中に落付けるのでしょう。（同四十八）

われわれはこのような「絶対」の考えを、すでに第三章の『門』に即して見たが、その問題がここへきて、再び顔を出してきているのである。だからこの関連で禅の香厳撃竹の話が出てくるのも不自然ではない。香厳が潙山にいわれたという「父も母も生れない先の姿になって出て来い」という言葉は、いうまでもなくあの鎌倉で漱石自身が受けた公案「父母未生以前本来の面目」の言い換えにほかならない。

では、一郎は具体的にどのような人間が絶対に近いと考えているのだろうか。一般論としてはこういわれる。

車夫でも、立ん坊でも、泥棒でも、僕がありがたいと思う刹那の顔、即ち神じゃないか。山でも川でも海でも、僕が崇高だと感ずる瞬間の自然、取りも直さず神じゃないか。その外にどんな神がある。（同三十四）

こういう意味で、一郎は何事も鷹揚に構えて対応するHを高く評価する。それゆえにHは一郎にとってただひとりの心を許せる友人となりえている。だが、そのHも一郎の理想とまではいかない。ここで浮上してくるのが、あの家人の世話した見合いを淡々として受け入れ、大阪に嫁に行った貞である（彼女は『彼岸過迄』の須永にとっての作によく似ている）。結婚式を控えて、一郎は貞を自室に呼び入れ、そこで三十分ほど内密に何事かを話しているが、その内容は家人のみならず、われわれ読者にも知らされない。おそらく彼女の生き方に対する羨望も込めた家長としての祝福の言葉だと推測されるが、ただここでひとつ、考慮に入れなければならない別の観点がある。

旅先の宿で食事を取っているとき、Hが貞を高く評価する一郎に「君はそのお貞さんとかいう人と、こうして一所に住んでいたら幸福になれると思うのか」と尋ねると、一郎は「僕はお貞さんが幸福に生れた人だといった。けれども僕がお貞さんのために幸福になれるとはいやしない」と答えて、その理由として、次のような考えを述べている。

「嫁に行く前のお貞さんと、嫁に行ったあとのお貞さんとはまるで違っている。今のお貞さんはもう夫のためにスポイルされてしまっている」

「一体どんな人の所へ嫁に行ったのかね」と私が途中で聞きました。

「どんな人の所へ行こうと、嫁に行けば、女は夫のために邪（よこしま）になるのだ。そういう僕が既に僕の妻（さい）をどの位悪くしたか分らない。自分が悪くした妻から、幸福を求めるのは押が強過

ぎるじゃないか。幸福は嫁に行って天真を損われた女からは要求出来るものじゃないよ」(同五十一)

これが一郎の一貫した持論である。おそらく貞にも直接このようなことをいったのかもしれない。嫁に行ってもできるだけ「天真」を忘れないようにと。つまり、この持論を貫けば、現在の結婚制度が続くかぎり、一郎の苦悩は永遠に避けられないということになる。それは一郎が「絶対」のモデルとした貞でさえも避けることができない。こういう出口なしの状況下にあって、純粋さを保つ「狂気」の意味は大きい。狂気とはある意味であらゆる社会的な軛からの解放でもあるからだ。そういう目で見ると、一郎の「狂気」にもまして、あの精神病の娘さんへの三沢の想いは作品全体にとっても、見かけ以上に重要な意味をもっているのかもしれない。だがしかし、その「天真」の関係も、そこに一郎が切望した真の心の通い合いが成り立ちうるのかを考えると、出口なしの状況は依然として続いたままだともいえる。だからHも手紙の最後にこう記さざるをえなかった。

私は過去十日間の兄さんを書きました。この十日間の兄さんが、未来の十日間にどうなるかが問題で、その問題には誰も答えられないのです。よし次の十日間を私が受け合うにしたところで、次の一ヵ月、次の半年の兄さんを誰が受け合えましょう。(同五十二)

最後に題名の『行人』について一言触れておくと、精神科医の千石七郎も述べているように(『漱石の病跡』四「『行人』の作品形式」)、これは旅人を意味する「行人」でもなければ、仏道修行者の「行人(ぎょうにん)」でもなく、使者を意味する「行人」であろう。なぜなら、この物語は弟の二郎を形式上の主語とし、彼が家からの「使命」を帯びて東奔西走し、果ては兄の「使い」で嫂と二人で旅行せざるをえない羽目になるというプロットを中心に据えているからである。「塵労」のなかのHの役割もまた、ある意味では「行人」以外の何ものでもない。

嫂と理想の女性

この作品の中心テーマが一郎の、ときには実存的ともいうべき深い苦悩にあることはいうまでもないが、観方を変えてみると、この作品はまた二郎と直すなわち義弟と嫂の微妙な男女関係の物語としても読むことができる(これも一種の潜在的な三角関係である)。そこでこの関係をもう少し立ち入って追究してみるために、まずこの作品において二郎は嫂のことをどう思っているのか、という素朴な疑問から始めることにしよう。二人の基本的な関係は、兄から直の貞操を試すために和歌山まで行ってくれと頼まれたときの会話に象徴されている。


「どうです出掛ける勇気がありますか」と聞いた。

「あなたは」と向(むこう)も聞いた。

「僕はあります」

「貴方にあれば、妾(あたし)にだってあるわ」

自分は立って着物を着換え始めた。嫂は上着を引掛けてくれながら、「貴方何だか今日は勇気がないようね」と調戯い半分にいった。自分は全く勇気がなかった。(「兄」二十七)

ここに表わされている「恐れない女と恐れる男」の関係は全編を通じて一貫しており、それは実際に二人が和歌山の宿で暴風雨の夜を過ごすときも同じである。問題はこのときの二郎の本心である。

同時に今日嫂と一所に出て、滅多にないこんな冒険を共にした嬉しさがどこからか湧いて出た。その嬉しさが出た時、自分は風も雨も海嘯も母も兄も悉く忘れた。するとその嬉しさがまた俄然として一種の恐ろしさに変化した。(「兄」三十七)

この「嬉しさ」と「恐ろしさ」の入り混じった奇妙な心理は禁忌を破ったときのそれと同じである。実際には何事も起こらなかったとしても、少なくとも心理的には、二人は近親相姦のタブーに触れている。記述上の演出意図があってか、漱石は直の義弟に対する気持ちをあまりはっきり表現していないが、それでも他の家人たちに比べると、彼女は二郎に対してだけはかなり心を開いているし、二郎のほうの気持ちは、予期せぬかたちで突然直が一人暮らしをしている彼の下宿を訪ねてきた直後の次のような言葉にはっきり出ている。

その晩は静かな雨が夜通し降った。枕を叩くような雨滴(あまだれ)の音の中に、自分は何時までも嫂の幻影(まぼろし)を描いた。濃い眉とそれから濃い眸子(ひとみ)、それが眼に浮ぶと、蒼白い額や頬は、磁石に吸い付けられる鉄片の速度で、すぐその周囲(まわり)に反映した。彼女の幻影は何遍も打ち崩された。打ち崩される度にまた同じ順序がすぐ繰返された。自分は遂に彼女の唇の色まで鮮かに見た。その唇の両端にあたる筋肉が声に出ない言葉の符号(シンボル)の如く微かに顫動するのを見た。それから、肉眼の注意を逃れようとする微細の渦が、靨(えくぼ)に寄ろうか崩れようかと迷う姿で、間断なく波を打つ彼女の頬をありありと見た。

自分はそれ位活きた彼女をそれ位劇(はげ)しく想像した。そうして雨滴の音のぽたりぽたりと響く中に、取り留めもない色々な事を考えて、火照(ほて)った頭を悩まし始めた。（「塵労」五）

こういう心理描写などから、この作品における二郎と直の関係を実際の漱石の履歴と結びつけようとする解釈が以前からなされている。対象となる嫂は、前章で紹介した漱石の実兄直矩の妻で、お産に失敗して早逝してしまった女性である。すでに触れたことだが、漱石はこの同い年の嫂が亡くなったとき、親友子規に宛てて次のような手紙を書いたのだった。大事な手紙なので、繰り返しをいとわず、もう一度引用しておく。

わが一族を賞揚するは何となく大人気なき儀には候へども、あれほどの人物は男にもなかなか得やすからず、況て婦人中には恐らく有之まじくと存をり候。そは夫に対する妻として完全無欠と申す義には無之候へども、社会の一分子たる人間としてはまことに敬服すべき婦人に候ひし。先づ節操の毅然たるは申すに不及、性情の公平正直なる胸懐の洒々落々として細事に頓着せざるなど、生れながらにして悟道の老僧の如き見識を有したるかと怪しまれ候位、鬚髯鬖々たる生悟りのえせ居士はとても及ばぬ事、小生自から慚愧仕候事幾回なるを知らず。かかる聖人も長生きは勝手に出来ぬ者と見えて遂に魂帰冥漠魄帰泉只住人間廿五年と申す場合に相成候。さはれ平生仏けを念じ不申候へば極楽にまかり越す事も叶ふまじく、耶蘇の子弟にも無之候へば天堂に再生せん事も覚束なく、一片の精魂もし宇宙に存するものならば二世と契りし夫の傍か、平生親しみ暮せし義弟の影に髣髴たらんかと夢中に幻影を描き、ここかしこかと浮世の羈絆につながるる死霊を憐み、うたた不便の涙にむせび候。母を失ひ伯仲二兄を失ひし身のかかる事には馴れやすき道理なるに、一段ごとに一層の悼惜を加へ候は、小子感情の発達未だその頂点に達せざる故にや。心事御推察被下たく候。（一八九一年八月三日正岡子規宛書簡）

この文面からもわかるように、漱石の亡くなった嫂に対する想いはたんなる義弟としてのそれを超えている。とくに後段の「一片の精魂もし宇宙に存するものならば二世と契りし夫の傍か、平生親しみ暮せし義弟の影に髣髴たらんかと夢中に幻影を描き、ここかしこかと浮世の羈絆につながるる死霊を憐み、うたた不便の涙にむせび候」の文句は穏やかではないし、この書簡に添付された「君逝きて浮世に花はなかりけり」や「吾恋は闇夜に似たる月夜かな」などの俳句も意味深長である（もっとも、俳句に関しては必ずしも嫂のことをいっているとは確定できないが）。そのため、たとえば早くに小泉信三は、この実在の嫂と『行人』の直とを結びつけてこういう疑問を呈したのであった。

　後二十余年を経て『行人』の筆を進めるとき、漱石はこの自分と同い年の嫂を追想することはなかったか。実在の嫂をもって作中の嫂に擬し、嫂に対するわが感情をもって二郎の直子に対するそれを量ることはなかったか。（『読書雑記』）

よく知られているように、この小泉の疑問を徹底的に追究したのが江藤淳である。江藤はそれまで知られていなかった嫂の名が登世(とせ)であることを突き止めるとともに、彼女の死の直前に漱石が実家に帰ってしばらく家族と同居していた可能性が高いという客観的な事実を押さえたうえで、あらためて漱石の作品を検討しなおし、そこに登世の影を見ようとしたのであった。

まず江藤が目をつけたのは、漱石がイギリス留学から帰った一九〇三年の夏から冬にかけて集中的に書いた英語の詩である。なかでも「Dawn of Creation〔創造の夜明け〕」と題された詩は、天＝父／男、地＝母／女という常識的な比喩に反して、あえて天を女性に、地を男性に見立てて、両者の恋愛と永遠の別離を詠っているのだが、江藤はこの「天」は実際に死んだ女すなわち登世を象徴し、「地」は生き残って「あまりに多くの罪」をになっている漱石自身を象徴しているとし、それが他の詩にもはっきりと影を落としていると述べ、そこから次のような推理を下したのであった。

ここで想像されるのは当然登世との恋の確認である。それを単純に肉体関係の発生と考えてもよいが、それ以外の濃密な情緒をともなう性的な接触であってもよく、もっと漠然とおたがいに「心の姦淫」の情を抱きあったというようなことでもよい。これらはすべて漱石の内部では心理的に等価であり、重要なことは今日すでに立証するすべを奪われている事実の追求ではなくて、それが作家の内部に刻みつけた記憶の重み――そこから派生する癒しがたい罪悪感と甘美さだからである。(『決定版夏目漱石』「登世という名の嫂」)

この大胆な推理は発表当時多くの漱石研究者たちの反発をかった。私自身も江藤の別著『漱石とその時代』ではっきり主張されたような二人の間の肉体関係という推理には必ずしも賛同できないし、さきの「Dawn of Creation」の解釈に関しても、性差の対応に不自然はないとする大岡昇平の反論(詳細は『小説家夏目漱石』「ユリの美学」)のほうにやや分があると考える。にもかかわらず、この江藤の推理にはそれなりに信憑性があると思う。なかでも面白いのは、江藤がこの原体験ともいうべき登世との関係をさらに他の作品のなかにも読みこんでいく、その解釈のプロセスである。たとえば、前の引用につづいて、江藤は後年の漱石がたびたび百合の花のイメージを描いていることに着目する。われわれも第二章で『それから』のクライマックスとなるシーンと『夢十夜』の第一話に共通して百合の花が出てきて、しかもそれがともに死のイメージと重なっていることを見たが、江藤はそれをすべて登世という原体験にまで還元して解釈しようとするのである。

（だとすれば）「夢十夜」や「それから」の百合は、*Dawn of Creation* の「天」と「地」の倒錯同様に個人的な秘密の反映だと考えるほかはない。なぜ百合が性と「罪」の匂いを含んだ濃密な情緒の象徴たり得るか。それはとりもなおさず百合が夏の花であり、明治二十三年夏のある日の忘れがたい経験に結びついているからではないか。（同）

この偏執的ともいうべき推理を補強すべく、江藤は自ら入手した登世の写真を前にして、こうも述べている。

いま登世の写真をかたわらに置いて「夢十夜」の女の顔の描写を検討してみると、「長い髪を枕に敷いて、輪郭の柔らかな瓜実顔を其の中に横たへ」た女のイメージは、ほとんどそのまま銀杏返しか銀杏崩しに結っていると覚しい髪を解いて垂らした場合の登世の顔と重り合う。（同）

江藤のイマジネーションはさらに飛翔し、「薤露行」に描かれた不倫の恋や、通常漱石の初恋の女性とみなされている「井上眼科」で出会った「背のすらっとした細面の美しい女」とのエピソード（夏目鏡子『漱石の思い出』一「松山行」）をも、すべて登世との原体験に結びつけて解釈しようとするのだが、もうひとつ『行人』に関連して面白い推理が出されている。それはあの三沢が心を寄せた「精神病の娘さん」についてである。

江藤の調査によれば、漱石の兄直矩には三人の妻がいた。このうち、いままで問題にしていた登世は二番目の妻であるが、江藤が注目したもうひとりは、最初の妻ふじであった。この女性は最初他家に嫁いだところ半年ほどで返され、一年おいてあらためて直矩のところに嫁いでいるのだが、ここでもわずか三カ月しかいなかった。江藤の推理とは、この最初の嫂があの「精神病の娘さん」のモデルだったのではないかということである。さきにも触れておいたとおり、漱石自身これは実体験に基づいた話であることを認めているので、この推理にも充分に可能性がある。ただし漱石自身は談話のなかで「何でも遠縁の婦人で、私の家はあづかつて居たんだが」(「漱石山房より」)と述べているので、江藤の推理が正しいとすれば、わずか三カ月の婚姻関係を漱石が「あづかつて居た」と理解していたことになり、事実関係としてはやや食いちがいが残るが、親戚縁者に配慮してこのように表向きの体裁を繕ったとも考えられる。

こうした嫂に対する秘められた恋愛感情は漱石の作品のあちこちに影を落としているとされるのだが、江藤はさらに、その影が『行人』の執筆時期のような、漱石の神経症が悪化するときに顕在化してくることを指摘している。なぜそうなるのか。

未婚の男は未婚の若い女に対する恋をあるいは公然と告白できるが、有夫の女に対する恋を語ることができない。しかもその女が嫂である場合、禁忌は二重に強化されざるを得ない。が一方、それが生の持続を確証するような恋である以上、禁忌の拘束が強まれば強まるほど当然告白の衝動は昂まる。象徴を用いて告白する必然性が生じるのはここからであり、「恋人」の幻影が出現するのもおそらくここからである。(同)

江藤の解釈が面白いのは、こうした心理学的な解釈をさらにもう一歩漱石の思想の問題にまで進めていることである。嫂問題に見られるように、漱石にとって「告白とは告白しないこと」であったとする江藤はこういっている。

それならなぜ彼にとって告白とは決して告白せず、つねに暗号や象徴によって語ることであったか。それは彼がその生涯を通じていつも自分を禁忌の拘束のなかに置きつづけていたからである。家族、大学社会、門弟その他の彼をとり囲む環境は、漱石にとってつねに禁忌によって拘束された社会であった。いや実は社会はそれが社会であるならばつねにそのなかに禁忌を含み、人を拘束する。それが漱石の生活の場であり、それ以外に人の生きる場所があり得ないことを彼は知りつくしていた。彼にとって自由とは英雄的に自己を顕示することではなく、禁忌に対して秘密を対置し、それをイメージの力によって「生」の持続に変換し、かつそのことのもたらす「罪」の感覚を確認する努力以外ではあり得なかった。書かなければ自由は存在せず、書くことは生きることである。そう感じたからこそ、彼はそう生きたのである。(同)

漱石の「告白」と「罪」の概念については、次章で問題にするように、私には別の考えがあるが、嫂という私的な問題をここまで進めてみせた江藤の解釈は大変興味深い。こういうイマジネーションをフルに発揮した大胆な解釈は、往々にして「実証」を謳うアカデミズムの国文学の眼からは落ちこぼれてしまうという意味でも、漱石研究の歴史にとって貴重な成果である。

ところで、こうした嫂の影を強調する江藤の推理を基本的に受け入れるとしても、『行人』の嫂直と実の嫂登世とは同じかどうかというのは、また別の問題である。子規宛書簡で漱石は登世のことを「先づ節操の毅然たるは申すに不及、性情の公平正直なる胸懐の洒々落々として細事に頓着せざるなど、生れながらにして悟道の老僧の如き見識を有したるかと怪しまれ候位、鬚髯鬖々たる生悟りのえせ居士はとても及ばぬ事、小生自から慚愧仕候事幾回なるを知らず」と最上級に形容していたが、『行人』の直は必ずしもこのとおりではない。夫をはじめとする家人に対する態度はけっして「胸懐の洒々落々として」と一致しているわけではないし、まして「悟道の老僧の如き」態度などはどこにも見られない。つまり、漱石が直を描くときに登世を頭に浮かべていたとしても、直はまだ漱石の心のなかに定着している理想の女性ではないのである。

では、実在と虚構の枠を越えて、漱石にとって登世に匹敵するような理想の女性とはどのような人物だったのか。この場合の理想には精神面だけでなく、漱石個人の美感や異性に対する嗜好が大きくかかわっている。はっきりいってしまえば、彼が一言で「美しい」とみなすような女性である。登世を除いて、実在の人物としてよく引き合いに出されるのが、さきの「井上眼科」の女性と、これまでにもたびたび言及した友人大塚保治の妻で、しかも一時は漱石との養子縁組の話もあったとされる歌人で作家の大塚楠緒子である。もともと資料の乏しい前者は無理としても、小坂晋の綿密な調査研究『漱石の愛と文学』を読むと、大塚説はかなり魅力的に聞えるが、漱石との直接的な付き合いを語る資料はやはり希薄であり（小坂は、このエピソードについては漱石および近しい友人たちが口をそろえて隠蔽したと推理している）、本当の意味で理想視とまではいえるかどうか。

そこで、いきおい理想像を作品世界のなかに求めざるをえなくなるのだが、こちらの世界で考えられるのは『草枕』の那美、『虞美人草』の藤尾、またこれまでに論じてきた作品のなかでは、やはり『それから』の三千代といったところが有力候補として挙がるだろう。まずこのなかから最初に脱落するのは『虞美人草』の藤尾である。これについては漱石が小説執筆中に小宮豊隆に宛てた次のような手紙の文面があるからである。

『虞美人草』は毎日かいている。藤尾という女にそんな同情をもってはいけない。あれは嫌な女だ。詩的であるが大人しくない。徳義心が欠乏した女である。あいつをしまいに殺すのが一篇の主意である。うまく殺せなければ助けてやる。しかし助かればなおなお藤尾なるものは駄目な人間になる。最後に哲学をつける。この哲学は一つのセオリーである。僕はこのセオリーを説明するために全篇をかいているのである。だから決してあんな女をいいと思っちゃいけない。小夜子という女の方がいくら可憐だか分りやしない。（一九〇七年七月一九日小宮豊隆宛書簡）

では、よく知られた『草枕』の那美という女性はどうだろう。この女性はたしかに美しい女性として描かれている。主人公がまどろんでいるところを幻のようにそっと部屋に入ってくる姿、そしてこの作品でもっとも有名な風呂場での遭遇シーンなどはその好例である。私個人はこれらの場面に、あの世阿弥の複式夢幻能（たとえば「井筒」）のような作為的な演出を感じた。だが、考慮に入れなくてはならないのは、この作品のもともとの性格である。主人公を画家に仕立てていることもそうだが、この作品の基本モチーフは恋愛でも人生でもない。あくまで漱石の「非人情」の美学(エステティク)である。そのことはこのなかにたびたび絵画論が出てくることや俳句漢詩を駆使した情景描写が意図的になされていることなどに明確に出ているし、那美に即していうなら、古い伝説を連想させるかのように長い振袖を着て廊下を行きつ戻りつする彼女の姿を形容する次のような過剰なまでの美文調の言葉遣いにも明らかである。

暮れんとする春の色の、嬋媛(せんえん)として、しばらくは冥邈(めいばく)の戸口をまぼろしに彩どる中に、眼も醒むる程の帯地は金襴(きんらん)か。あざやかなる織物は往きつ、戻りつ蒼然(そうぜん)たる夕べのなかにつつまれて、幽闃(ゆうげき)のあなた、遼遠(りょうえん)のかしこへ一分毎に消えて去る。燦(きら)めき渡る春の星の、暁近くに、紫深き空の底に陥いる趣である。（『草枕』六）

要するに主人公（および漱石）はここで那美をたんなる画題ないし画材としてしか見ていない。彼女の幻のような姿に何度かラファエル派のミレー描くオフェーリアの水死のイメージが重ねられたりすることなども同じ動機から来ている。有名な風呂場のシーンではははっきりこういわれている。

　注意をしたものか、せぬものかと、浮きながら考える間に、女の影は遺憾なく、余が前に、早くもあらわれた。漲(みな)ぎり渡る湯烟りの、やわらかな光線を一分子毎に含んで、薄紅の暖かに見える奥に、漾(ただよ)わす黒髪を雲とながして、あらん限りの背丈を、すらりと伸した女の姿を見た時は、礼儀の、作法の、風紀のと云う感じは悉く、わが脳裏を去って、只ひたすらに、うつくしい画題を見出し得たとのみ思った。(同七)

もっとも象徴的なのは作品のラストシーンで、那美が駅で従弟の出征を見送りながら、密かに元夫をも見送るときの表情を垣間見て、画家がこれで自分の「作品」が完成したと思うのもまったく同じ動機によっている。このように「画題」として見れば、那美はたしかに「美しい」。しかしその人物をも含めての評価となると、事情はいささかちがってくる。

　あの女の所作を芝居と見なければ、薄気味がわるくて一日も居たたまれん。義理とか人情とか云う、尋常の道具立を背景にして、普通の小説家の様な観察点からあの女を研究したら、刺激が強過ぎて、すぐいやになる。現実世界に在って、余とあの女の間に纏綿(てんめん)した一種の関係が成り立ったとするならば、余の苦痛は恐らく言語(ごんご)に絶するだろう。(同十二)

このイメージは子規宛書簡で理想化された登世のそれとは明らかにずれている。ここには容貌や立ち居振舞いの美しさはあっても、人格の美しさは必ずしも表現されていないからである。そういう理由で、那美もまた理想像からは脱落する。ただし、この女性に関しては、そのモデルとなった実在の人物についても一言しておかなければならないだろう。

モデルとなった女性は明治の自由民権運動家として有名な前田案山子の次女卓（つな）である。彼女については近年安住恭子のモノグラフィ『『草枕』の那美と辛亥革命』が出ているので、詳しくはこの力作を参照してほしいが（これは出色の漱石論である）、卓は宮崎滔天の妻となった槌（つち）を妹にもつ女性で、自らも政治的にアクティヴだった。知られているのは、熊本で漱石と出会った後に東京で孫文や黄興などの中国人革命家たちをさまざまな面から支援したという事実である。彼女の履歴を知ると、さきに述べた『草枕』最後の密かに元夫を見送る場面なども政治的な背景を暗示していると解釈できるのだが、しかし漱石はこの作品ではそれを政治ではなく、美の対象として描いたのであった。もし漱石が卓の自由民権運動への強い関心やその後の波乱万丈の活動などを詳しく知ることになっていたら、また別の那美像ができたのかもしれない。じじつ彼女と漱石は漱石が亡くなる年に再会をしているのだが、さらに二十年ほど後の森田草平によるインタヴューで、卓はそのときの再会を回顧しながらこう述べている。

> 或時先生にお目に懸って、しみじみわたくしの身の上をお話し申上げますと、「そういう方であったのか、それでは一つ「草枕」も書き直さなければならぬかな」と仰しゃってでございました。（『漱石全集』月報）

ということで、長編小説にかぎるならば、『それから』の三千代ぐらいしか残らないのだが、すでに見たように、その三千代もまた「社会の一分子たる人間としてはまことに敬服すべき」とか「性情の公平正直なる胸懐の洒々落々として細事に頓着せざる」といったファクターにおいて欠けるところがある。

短編に関しても一言触れておこう。漱石の美学に叶う「美しい女」という点では、これまでに何度も言及した『夢十夜』の「第一夜」に出てくる女性に及ぶものはないだろう。現に比較神話学者の吉田敦彦もこの『夢十夜』の女を出発点にして、漱石の深層に宿る「理想の女性像」をユング心理学の「アニマ」に見立て、それをさらに『草枕』などに広げて解釈している（『漱石の夢の女』I「アニマ」）。すでに述べたことだが、漱石の美学に欠かせないのは「死」のモチーフであり、それがさらに夢や幻と重なるとき、その美はいっそう輝きを増す。この作品の女の臨終シーンにも嫂登世や大塚楠緒子のそれを重ねることは不可能ではないが、興味深いのは、女がそのとき契った百年後に白い百合となって再来してくるという約束である。似たようなモチーフが『永日小品』のなかの「心」という短編に繰り返されている。

語り手の「自分」は二階の手摺に見たこともない美しい小鳥を見つける。自分が右手を出すと、それが自分の手のなかに飛び移る。

自分はその時丸味のある頭を上から眺めて、この鳥は……と思った。然しこの鳥は……の後はどうしても思い出せなかった。ただ心の底の方にその後が潜んでいて、総体を薄く暈す様に見えた。(『永日小品』「心」)

この心の底にあって明確に意識化できないものとは、おそらく抑圧されたある女性の記憶であり、小鳥はその象徴である。『文鳥』などもそうだが、総じて漱石における小鳥は美しくはかない女性を連想させる。だからというべきか、そのあと散歩に出た語り手の「自分」は道でひとりの女に遭遇する。

(…)はっと思って向うを見ると、五六間先の小路の入口に一人の女が立っていた。何を着ていたか、どんな髷に結っていたか、殆ど分らなかった。ただ眼に映ったのはその顔である。その顔は、眼と云い、口と云い、鼻と云って、離れ離れに叙述する事のむずかしい――否、眼と口と鼻と眉と額と一所になって、たった一つ自分の為に作り上げられた顔である。百年の昔から此処に立って、眼も鼻も口もひとしく自分を待っていた顔である。(同)

『夢十夜』「第一夜」との類似は一目瞭然だろう。これらの短編を合わせて考えると、漱石の心のなかには、あたかも後の世またはあの世での再会を契った女性がいて、それがときどきこのような幻想の姿をまとって顔を出してくるかのようだ。その女性はあの嫂かもしれないし、たんに漱石の美学が創り出した形象なのかもしれない。しかし、いずれにしても、この短編も暗示するように、漱石の美学が死と夢幻を基本条件とするかぎり、そもそも「美しい女」を現実のなかに求めるのはパラドックスとなる。それは死んで初めて夢幻をとおして生まれてくるものなのだから。そういうロジックを駆使すれば、また逆に、漱石の描く夢幻のなかに、現世を毅然として生きる理想の女性像を求めることもパラドックスとなるだろう。ある意味では、漱石の知らなかった前田卓などにそのようなものをいくらかでも見出すことができるのかもしれないが。

家に拘束される女たち

この作品では、男女関係に関して、もうひとつ重要な事柄が問題になっている。それは水村美苗も指摘しているように（『日本語で書くということ』II「見合いか恋愛か」）、当時の常識だった見合い結婚という制度である。その意味で一郎の苦悩や二郎の嫂との関係にもまして重要なのが、全編を通して淡々と進行していく貞という女性の見合い結婚の話である。そこで、あらためてこの話の経緯を振り返っておくことにしよう。

貞というのは母親方の親戚で、この家に「女中」のようにして暮している女性である。このことについては、作品のなかだけでなく、現実に漱石の家にもそれに当たる女性（妻鏡子の従妹）がいたという事実がある。当時男性の場合だと、未来を嘱望された若い青年が裕福な親戚や知人ないし篤志家の家などに住みこんで、職を得て自立するまでのあいだ、その家の用事を手伝いながら学校に通うという慣習があった。いわゆる書生である。いままでの作品でいえば、『三四郎』の与次郎、『それから』の門野、『門』の小六などがそれに当たる。これに対して貞のような場合は、同じようにして親戚や知人の家に一定の期間住みこんで、その家の手伝いをするのだが、男の場合とちがって、目的は結婚までの家事見習いである。女性史家の清水美知子はこう書いている。

女中というと、貧困家庭の子女の「口減らし」「食い扶持稼ぎ」といったイメージが強い。たしかに、明治以前の社会において、貧しい階層の娘たちは、在方・町方を問わず、他家に奉公するのが一般的だった。(略)しかし、少なくとも明治半ばごろまでは、たんに貧しいという理由だけで女中になったわけではない。(略)富裕な階層では、お金を稼ぐのがおもな目的ではなく、礼儀作法や家事を見習うためであったから、奉公先によっては給金を貯めるどころか持ち出しになることもあったらしい。(略)このような武家屋敷への奉公が姿を消した近代以降も、女中になるのは結婚前の修業のためという意識は残った。(『〈女中〉イメージの家庭文化史』1「〈女中〉という存在」)

ということで、書生の場合が卒業と就職をもって区切りが来るのに対して、このような女性の場合の区切りは結婚となる。しかも、その結婚はほとんどの場合、住みこみ先の家がお膳立てする見合いによって決定される。たとえその家以外のところからの仲介があったとしても、たいていはこの家が、いわば「親代わり」として婚姻に関する最終責任をとることになる。

こうした「疑似家族」を構成する書生とか家事見習いは今日ではほとんど姿を消してしまっているが、当時においては、都市と地方の格差および貧富の格差をかかえた社会がそれなりに工夫して考えだしたシステムであった。とりわけ東京をはじめとする都市への集中化が進み、あらゆることが都市を中心にして動くとき、いくら「立身出世」の掛け声がかけられても、地方の貧しい若者たちには空々しい響きしかもたなかった。書生や家事見習いはそういう若者たちにいくらかのチャンスを提供するものだったのである。漱石の作品にこのような存在がよく出てくるのも、ひとつには時代の反映であるとともに、もうひとつは漱石自身が松山や熊本で教えながら、地方の学生や若者たちの実情を直接見聞きしているからでもある。

ついでにいっておけば、当時は貞のような家事見習いだけでなく、「下女」とか「女中」と呼ばれるお手伝いの女性たちも一般的だった。これは元来は主従関係を前提とする前近代の奉公制度を引き継いだものだが、明治期に入ると、これが次第に経済的な雇用関係に移っていき、今日の家政婦とかお手伝いさんに近い存在となっていった。家のなかでの扱いや条件は個人それぞれだが、基本的には経済的利害の上に成り立った契約関係であり、実際に漱石の家でもそのような女性が常時存在していた。裕福な家でのお抱え車夫なども含めて、当時の「家」というものはこのような「疑似家族」を抜きには考えにくい。むろん、それは一定の階層以上の話ではあるのだが、少なくとも漱石にとっての「家」とはそういうものであったことを知っておく必要がある。

さて、貞の話に戻ろう。適齢期に達した貞の見合い話を最初に取り計らったのは、どうやら父親のようである。そしてその意を受けて実際に仲介の労を取ったのは、かつてこの家で書生をしていた岡田である。ちなみに、その岡田自身も書生をしていたときに見初めた兼を娶って大阪に連れて行っている。兼は父親の勤めていた官省の属官の娘で、ときどき頼まれた仕立物などを持って長野家に出入りしていた女性であり、二人が一緒になるときもやはりこの家の両親が仲介役をしている。二郎の大阪での用事とは、この岡田が見つけた相手を家の代理人として直接確認し、さらに話を進めていってよいかどうかを判断するための参考意見を報告することであった。この間当人の貞はいっさい口をはさまず、すべてを家の判断に委ねている。家を代表して見合い相手の佐野と会った二郎からゴーサインが出たときがほぼ婚姻契約の内定である。だから二郎は「甚だ無責任なような気がしてならなかった」というような気持にもなるのだが、そのあとさらに母親と一郎夫婦が佐野に会うことによって結婚は決定的となった。あとは具体的に結婚の段取りを決め、それを実行していくだけだが、じじつ貞と佐野の結婚は滞りなくそのように進んでいったのだった。

面白いのは、この話が進行していくなかで、連鎖反応のようにして未婚の娘重にも、また二郎にも見合い話がもち上がってくるという事態である。もっとも友人関係に基づいた気楽な話だったせいもあって物語のなかでは二人の見合い話はともに実を結ぶことはないが、家としてそのようなダイナミズムが生まれたことは、いかにもありうる話である。そういう関係のなかであらためて問題の一郎と直のこじれた夫婦関係を見直してみよう。

明らかにこの二人も同じような見合いによって成立した夫婦と思われる。少なくともこの二人が恋愛結婚をしたとは考えられない。つまり、一郎夫婦の苦悩は、ある意味では見合い結婚という制度が生み出したものと見ることができるのである。貞の場合がそうであったように、当事者たちはたいてい一緒になるまで相手を自分で直接確かめてはいない。だから、年齢、職業、家族関係、親の財産、家系などにくわえて、せいぜいのところ顔写真ぐらいが情報としてもたらされても、当人たちの内面にまで立ち入った性格など知る由もない。この事情は漱石夫婦もまったく同じであった（『漱石の思い出』二一「見合い」）。この作品に関していうなら、この家の老夫婦や岡田夫妻などは見合いがうまくいったほうであるのに対して、一郎夫婦はまさにそれが裏目に出た場合である。だから一郎の悩みは直に対する個人的な悩みであるとともに、本当は見合いという制度に対する悩みでもあったということができる。

そこで、ひとつの疑問が出てくる。そもそも一郎の悩みとは何だったのか。彼は直とのあいだに真心の通い合いがないということで悩んでいた。では、一郎はなぜ直に「真心」などを求めるのだろう。そんなことは当たり前だ、と現代のわれわれは考える。だが、この時代にそのようなことは必ずしも自明ではなかったということこそが問題なのだ。われわれは漱石が慶応三年の生まれであることを忘れてはならない。彼を育てた両親および養父母は「江戸時代」の人間だということである。

西洋モダンの洗礼を受けた一郎が求めた「真心」、それはたんなる「本音」や「腹の中」ではない。あくまで一個の自立した人間の「内面」である。彼にとっては妻のみならず、他者との交流はお互いの「内面」を交換しあう信頼関係を意味していた。それはさしあたり慣習や制度とは次元を異にした個と個の関係である。ところが、現実の彼はというと、友人のHに対してはかろうじてそのような関係を保持してはいるものの、基本的には「自分の子供を綾成す事が出来ないばかりじゃない。自分の父や母でさえ綾成す技巧を持っていない。それどころか肝心のわが妻さえどうしたら綾成せるかいまだに分別が付かない」という状態にいる。つまり観念と実態が乖離してしまっているのである。彼にとって最大の問題である妻は少なくとも弟の二郎の眼にはこう映っている。

自分の見た彼女は決して温かい女ではなかった。けれども相手から熱を与えると、温め得る女であった。持って生まれた天然の愛嬌のない代りには、こっちの手加減で随分愛嬌を搾り出す事の出来る女であった。(「兄」十四)

ところが一郎にはまさにこれができない。直のほうは特別冷徹な人物でもなければ、夫に敵意を抱いているわけでもない。たんに旧来の慣習のなかで生まれ育った人間にすぎない。ところが彼女は一郎の要求が充分につかみきれないため、どのように対応してよいかわからないのだ。彼女は自分を「馬鹿で気が付かない」とか「腑抜け」だと自嘲しているが、本当の問題は一郎の側にあるというべきで、彼は観念においては自らモダンな自我を体現していると思っていながら、それに見合った振舞いがまだ身についていないため、自分の流儀で直を「温める」ことができないのである。水村美苗はこのねじれた関係をこう表現している。

お直がなぜ一郎に「つらあてがましく」ふるまうのかは明らかである。それは一郎が、見合い結婚をしたというおのれの結婚の起源を忘れ、お直の「本体」という、そこにあることを期待すべきではないものをつかもうとするからである。妻の内面という、そこにあることを想定すべきではないものを監視しようとするからである。(『日本語で書くということ』「見合いか恋愛か」）

いうまでもなくその邪魔をしているのは旧い家族制度である。一郎は子供のときから「跡取り」すなわち将来の家長として育てられ、じじつそのようになった。腫れ物に触るような彼に対する両親の態度、兄と弟の間の一方的で不均等な敬語はその象徴である。どんなに不仲であっても、家長としての彼は直とともに形式的にでも貞の結婚式の仲人を務める男である。このようなコンヴェンションをそのままにしてモダンな自己や「内面」を求めること自体がそもそも矛盾なのだ。

この矛盾は「僕はお貞さんが幸福に生れた人だといった。けれども僕がお貞さんのために幸福になれるとはいやしない」という彼の貞に対する評価にも現われている。貞が幸福なのは、彼女が旧制度をまったく疑うことなく受け入れることができるからである。だが、少なくとも頭のなかでは、その旧い制度や慣例をそのまま受け入れられなくなっている自分には、貞の幸福がそのまま自分の幸福にはならないといっているのだ。「嫁に行く前のお貞さんと、嫁に行ったあとのお貞さんとはまるでちがっている。今のお貞さんはもう夫のためにスポイルされてしまっている」という言葉にも同じ問題が絡んでいる。この場合「夫のために」とは「家のために」と同義である。そういう意味で男に比べて女ははるかに不如意である。そしてこの気持ちを代弁しているのが、直の次のような言葉にほかならない。

「男は厭になりさえすれば二郎さん見たいにどこへでも飛んで行けるけれども、女はそうは行きませんから。妾(あたし)なんか丁度親の手で植付けられた鉢植のようなもので一遍植えられたが最後、誰か来て動かしてくれない以上、とても動けやしません。凝(じっ)としているだけです。立枯になるまで凝としているより外に仕方がないんですもの」(「塵労」四)

漱石はよく見ている。女性がこの境遇から逃れられるのは、「死ぬ」か、それとも三沢が密かに心を寄せたあの「娘さん」のように「狂う」しかない。『行人』はたしかに一郎と二郎の男性のパースペクティヴから書かれてはいる。しかし、そこに込められた内容は多分に女性の問題でもあった。この直の告白の言葉を耳にした二郎は「気の毒そうに見えるこの訴えの裏面に、測るべからざる女性(にょしょう)の強さを電気のように感じた」のだったが、この「強さ」は夫や家に「スポイルされてしまっている」女性のたんなる忍耐強さのことだけをいっているのではない。直のこの言葉には自覚にもたらされないほど底の深いプロテストが潜んでいるのだ。たんなる諦念や忍耐であれば、二郎の感情は同情にとどまったであろう。しかし、彼に「電気」を感じさせたもの、それは何かもっと別の鋭いものである。

折しもこの作品が書かれた当時、このような女性の立場についての論議が盛んになっていた。漱石にもっとも近しいところを挙げれば、あの「煤煙事件」の当事者平塚らいてうが『青鞜』を立ち上げて評判になっている。『読売新聞』が「新しい女」という連載を始め、新聞や雑誌がこぞって女性の解放をテーマにし始めたのも、ちょうど『行人』執筆時期に重なる一九一二年前後のことである。漱石にこの「新しい女」たちの運動の声が届いていないはずはない。そして平塚は例の心中未遂事件のあとに当事者たちを結婚させようと図った漱石を旧守派として批判したのだった（佐々木英昭『「新しい女」の到来』第三部序章および小林登美枝『平塚らいてう評論集』解説参照）。『青鞜』創刊の言葉はこう宣言している。

元始、女性は実に太陽であった。真正の人であった。
今、女性は月である。他に依って生き、他の光によって輝く、病人のような蒼白い顔の月である。（『青鞜』創刊号）

このあまりにも有名な言葉のいわんとするところは明らかであるが、この宣言の二年後、ちょうど漱石が胃潰瘍再発で『行人』の執筆を中断していたとき、平塚はこの「蒼白い顔の月」に比せられた女性の結婚について、こう書いた。

私どもはたとえ結婚そのものに反対しないまでも、今日の結婚という観念、並びに現行の結婚制度には全然服することが出来ないのでございます。今日の社会制度では結婚ということは一生涯にわたる権力服従の関係ではないでしょうか。妻は未丁年者か、不具者と同様に扱われてはいないでしょうか。妻には財産の所有権もなければその子に対する法律上の権利ももっていないのではないでしょうか。夫の姦通は罪なくして、妻の姦通は罪とせられているのではないでしょうか。私どもはこんな無法な、不条理な制度に服してまでも結婚しようとは思いません。妻となろうとは思いません。(「世の婦人たちに」『青鞜』三-四、『平塚らいてう評論集』)

漱石が病床でこの文章を読んだかどうかはわからない。しかし、この時期は平塚のような「新しい女」たちの声がジャーナリズムを通して喧伝され、物議をかもしていた。漱石にとってはこのような機運は時代の必然と思われたことであろう。それは結局のところ、フェミニズムにかぎらず、自我に目覚めた近代人がいずれは直面しなければならない個人の自立という自分自身の課題でもあったからだ。これまでに見たように、漱石がたびたび「恐れない女と恐れる男」を描いてきたことも、そのことと無関係ではない。それにもかかわらず、漱石が平塚の眼に旧守的と映ったのは、すでに見たように、彼が急激な近代化によって引き起こされる「神経衰弱」を危惧し、つねに慎重な態度を崩さなかったからである。そのような漱石は平塚にはしょせん「徹底と端的を恐れる識者」(「扃ある窓にて」『青鞜』三-六)にしか見えなかったことであろう。

たしかに『行人』に描かれた女性たちは依然として旧い慣習のなかに生きている。だが、この作品はその慣習をそのまま認めようというのではなくて、それがこのまま通用するのかどうかを根本から疑問に付しているのではないか。そこには漱石が高く評価したイプセンにおけるようなセンセーショナルな解放のドラマはない。しかし直という寡黙な女性を物語の中心に据えて見れば、そのことが感じ取れるだろう。そして今日からすれば当然に聞こえる平塚のプロテストの声が、当時の圧倒的多数であった貞のような女性の耳に届くには、まだまだ長い時間がかかることを漱石は予見していたのだ。ラディカルに傾きがちな当時の平塚には、おそらく漱石のそのような「真意」は見えなかった。しかし、彼が問題の所在を認知していたことは確かである。その自覚の深さはあるいは平塚の尊敬する鷗外以上であったかもしれない。買いかぶりかもしれないが、少なくとも私にはそのように思えてならない。

存在することの恐怖

話を本来の主人公一郎にもどし、その悩みの内容をもう少し追ってみよう。彼の悩みがたんなる妻との個人的な意志疎通の問題であれば、この作品は月並みな家族小説で終わっていたことだろう。しかし、Hの報告を読めばわかるように、この作品はその問題を超えて、もう一歩深いところにある苦悩に遭遇している。それは人間の実存的あるいは存在論的苦悩とでもいうべき次元を言い当てている。そのことに直感的に気づいていたのが江藤淳の次のような言葉である。

この作品はある意味で漱石の長篇小説の世界に於ける一つの頂点を示している。それは、少年時代以来、彼の精神を悩ませ続けて来た「我執」と「自己抹殺」の問題が、行き着くべくして行き着いた袋小路という程度の意味であって、この小説を書いていた漱石が、ロンドン留学当時を思わせる強度の神経衰弱に苦しんだのはむしろ当然のことと思われる。ぼくらは、それ以前の作品に於ては、小説的技巧の下にかくされていた日常生活への恐怖や、それに起因する他者の問題、及び人間精神を錯乱させ、孤独を招くと彼には思われた近代文明への憎悪が、明らかにここに圧縮され、手で触れ、肌に感じ得る白熱的な観念となって彼の前に立ちはだかっているのを見るのである。(『決定版夏目漱石』二・四「『行人』――「我執」と「自己抹殺」」)

漱石が「近代文明への憎悪」というより、それへの根本的批判を抱いていたことは、これまでに何度も触れてきたとおりであるが、問題は、ここにいわれる「日常生活への恐怖」「他者の問題」「人間精神の錯乱」「孤独」が具体的にどのようなかたちで「手で触れ、肌に感じ得る白熱的な観念となって」いるかということである。この若き江藤の直感を一郎の言動に即して検討しなおしてみよう。Hが一郎に「異常」を感じ取った最初のきっかけは囲碁であった。彼は就寝前の時間つぶしにと一郎を囲碁に誘う。だが、一郎はそれを拒み、しばらくの間ためらって、やっと始めたものの、途中で投げ出してしまう。そしてその理由は次のような心理状態にあったという。

兄さんは碁を打つのは固(もと)より、何をするのも厭だったのだそうです。同時に、何かしなくってはいられなかったのだそうです。この矛盾が既に兄さんには苦痛なのでした。兄さんは碁を打ち出せば、きっと碁なんぞ打っていられないという気分に襲われると予知していたのです。けれどもまた打たずにはいられなくなったのです。それでやむをえず盤に向ったのです。盤に向うや否や自烈(じれっ)たくなったのです。しまいには盤面に散点する黒と白が、自分の頭を悩ますために、わざと続いたり離れたり、切れたり合ったりして見せる、怪物のように思われたのだそうです。兄さんはもう些(ちっ)とで、盤面を滅茶々々に掻き乱して、この魔物を追払うところだったといいました。(「塵労」三十一)

碁なんぞ打っていられないと思いながら、打たずにはいられない。これはほとんど神経症の症状である。強迫観念に取りつかれた神経症者は、それが自分を苦しめることがわかっているのに、まるで魅入られたかのようにそれをやってしまう、というか、それを避けることができない。そしてそれがまるで妄想のように彼を追いかける。一郎の場合このことは囲碁にかぎられたことではなかった。彼は何をしても「其処に安住することが出来ない」のである。次の言葉はその深刻な事態が彼という人間を全面的に襲っていることを告げている。

> 兄さんの苦しむのは、兄さんが何をどうしても、それが目的（エンド）にならないばかりでなく、方便（ミインズ）にもならないと思うからです。ただ不安なのです。従って凝（じっ）としていられないのです。兄さんは落ち付いて寝ていられないから起きるといいます。起きると、ただ起きていられないから歩くといいます。歩くとただ歩いていられないから走（かけ）るといいます。すでに走け出した以上、どこまで行っても止まれないといいます。止まれないばかりなら好いが刻一刻と速力を増して行かなければならないといいます。その極端を想像すると恐ろしいといいます。冷汗が出るように恐ろしいといいます。怖くて怖くて堪らないといいます。（同）

ひとつの行為が無目的なままで加速度的にエスカレートしてしまうという事態がここにある。しかも、それは自分の行為でありながら自分でコントロールすることができない。まさに無間地獄ならぬ無限観念の地獄である。もうひとつ、この無限観念の地獄をさらに言語化した一郎の重要な告白を引用しておこう。

人間全体が幾世紀かの後に到着すべき運命を、僕は僕一人で僕一代のうちに経過しなければならないから恐ろしい。一代のうちならまだしもだが、十年間でも、一年間でも、縮めていえば一ヵ月間乃至一週間でも、依然として同じ運命を経過しなければならないから恐ろしい。君は嘘かと思うかも知れないが、僕の生活のどこをどんな断片に切って見ても、たといその断片の長さが一時間だろうと三十分だろうと、それがきっと同じ運命を経過しつつあるから恐ろしい。要するに僕は人間全体の不安を、自分一人に集めて、そのまた不安を、一刻一分の短時間に煮詰めた恐ろしさを経験している。(同三十二)

ここにはもちろん、急激に進行する近代化のなかで、あるいはそういってよければ、無限の自己増殖を宿命づけられた資本に支配された社会のなかで、行方も知らぬまま無目的に日々を送らされている憐れな人間の姿のメタファーがある。だが、もっと大事なのは、この言葉をメタファーとしてではなく、その言葉のままに受け取ってみるということである。なぜなら、われわれの周りには、現にこのような精神状態に苦しむ人々が実在しているからだ。そしてそれがまた一郎のいう「心臓の恐ろしさ」「脈を打つ活きた恐ろしさ」を知ることでもある。ドイツの有名な精神病理学者ゲープザッテルが非常に印象深い症例を報告している。残念ながら邦訳がないので、拙訳でかいつまんで紹介する。

私は毎日不安の混じった、時間感覚に襲われます。時間が過ぎ去っていくことを絶えず考えなければならないのです。先生と話していると、一語ごとに「過ぎた（フォアバイ）」「過ぎた」「過ぎた」と考えるのです。この状態はとても耐えがたいもので、しかも急き立てられているという感情を生み出します。（中略）鳥がさえずるのを聴くと、「今一秒経った」と考えなければなりません。水が滴るのにも耐えられず、逆上してしまいます。今また一秒過ぎた、今また一秒過ぎた、と考え続けなければならないからです。（中略）列車に乗ることもできません。二時五分に駅に着いていなくてはならないという考えが、やはり耐えがたいですし、Xまで二〇分かかるというような考えでも不安になってしまうからです。（中略）人々が動いているのを見ているときも、たとえば誰か芝生の上を歩いていると、その一歩一歩ごとに、一秒、また一秒と考えなければならないのです。そうすると私はひどく興奮してきて、不安で一杯になるのです。（中略）私を落ち付かなくさせるのは、この状態がさらにエスカレートすることです。エスカレートするというのは、私が考えなければならない時間間隔がだんだんと短くなって、せかせかした気持ちがますます強くなって、ついにはその状態が精神病院にまで行きつくことになるにちがいないからです。（「メランコリーにおける時間に関する強迫思考」）

「イルゼ・K」として専門の精神科医たちによってよく引用されてきたこの有名な症例は主治医

だったゲープザッテルによって躁鬱病と診断されているが、引用のような強迫観念だけならば神経症患者にも見られるものである。これをさきの『行人』からの引用とよく読み比べてほしい。発想の仕方が非常によく似ていないだろうか。時間に急き立てられているという感覚が次第にエスカレートして、しかも固執している時間単位がどんどんと短縮していき、ついにはそれが耐えられないまでになる。むろん、これは「尋常」な事態ではない、まさに「異常」である。だが、一郎の場合の「異常」には、もっと深い思想上の問題が含まれていた。それは一言でいうならば「存在論的不安」とでもいうようなものである。優れた漱石論を残している若き柄谷行人は『行人』の一郎についてこう述べている。

> 一郎は自己に対しても他者に対しても、根源的な関係性を絶たれている。彼は他者を意識することはできる。というより激しい猜疑心で苦しんでいる。しかし他者を感じることはできない。そして、その苦痛は「心臓の恐しさ」としかいいようのないものである。一郎が妻と弟二郎を一緒に旅行させて貞操を試みるというような行為は異様というほかはない。しかしその異様さは一郎が妻（妻を通して世界）との関係性を回復せんとする衝迫の切実さにもとづいているのだ。
>
> （『畏怖する人間』「意識と自然」）

意識はできても感じることができないことから、柄谷はここに「離人症」との親和性を見出しているのだが、さきの「強迫神経症」といい、この「離人症」といい、それらは一郎という主人公がぎりぎりの精神状態に追い詰められていることを物語っている。それが「死ぬか、気が違うか、それでなければ宗教に入るか」という言葉の意味するところにほかならない。これはもはや妻が冷たくて辛いというようなレベルの問題ではないのである。だから江藤淳はこうしたレベルを「超倫理（アンモラル）」とも呼んだのだった（『決定版夏目漱石』二・二「倫理と超倫理」）。私にはさらに、この極限に置かれた精神状態がキェルケゴールやレヴィナスの突き当たった哲学的課題に接近していると思われてならない。「キリスト教的なるものの一切の叙述は医者の臨床講義に似たものを持っていなければならない」と述べたキェルケゴールは「死ぬべくして死ぬことができない」というパラドックスのなかに「絶望」という人間にとってもっとも本質的な「自己の病」を見たし、また収容所という極限状態を経験したユダヤ人のレヴィナスも、その自己が存在することについてこういっている。

> 存在の積極性そのもののうちに何かしら根本的な禍悪があるのではないだろうか。存在を前にしての不安——存在の醸す恐怖（おぞましさ）——は、死を前にしての不安と同じく根源的なのではないだろうか。存在することの恐怖は、存在にとっての恐怖と同じく根源的なのではないだろうか。いや、それよりいっそう根源的なのではないだろうか。（『実存から実存者へ』序章）

一郎が妻のみならず、だれとも意思疎通ができないのは、柄谷も読み取ったように、他者との「根源的な関係性」が絶たれているからである。それは人間が自分であるための、またひいては人間であるための存在論的基盤のようなものであり、精神病理学者のブランケンブルクはそれを「自然的自明性」と呼んだ。だから、この根源的な関係性が絶たれると、他者どころか自分という存在までもが不確かになってしまう。

存在すること自体が恐ろしいとレヴィナスはいう。それと同じように、一郎もまた他者との根源的な関係性を絶たれることによって、もはや「自分」とさえもいえないほどにむき出しになった自分が存在することに恐怖を抱かざるをえなくなる。その恐れが対象のみならず、自分自身をも疎遠なものにしているのだ。この離人症的状態を自意識の観念でとらえようとしても、根源の関係が崩れてしまっているので、宙に浮いた観念は無意味に分節化され反復されるだけで、何の救いももたらさない。そこに一郎の最大の苦しみがある。江藤が読み取った「小説的技巧の下にかくされていた日常生活への恐怖や、それに起因する他者の問題」とは、そういう存在論的な危機のことにほかならない。

一郎は脱出口を見つけようと必死にあがいている。彼は自分にもっとも近いはずの妻との関係がうまくいけば、それが脱出口になると考えた。だが、あいにく彼女には彼のそのような苦悩は理解しがたく、彼女もまたなすすべを知らない。ここで『門』のところで取り上げた「絶対」の問題が再び浮上してくる。一郎は「動かないものが懐かしい」という。その意味で、一時なりとも彼を焦燥や苦悩から救ってくれるのが自然である。それはまた「損も得も要らない、善も悪も考えない、ただ天然のままの心を天然のままに顔に出している」ような人間にも見出すことができると、彼はいっていた。

車夫でも、立ん坊でも、泥棒でも、僕がありがたいと思う刹那の顔、即ち神じゃないか。山でも川でも海でも、僕が崇高だと感ずる瞬間の自然、取りも直さず神じゃないか。その外にどんな神がある。（「塵労」三十四）

これが一郎にとっての、ひいては漱石にとっての「神」であった。私は前に、漱石にとっての「神」すなわち「絶対」とは、あくまで相対を通してのみ到達される目標ないし理想であるがゆえに、それを初めからアプリオリに措定してしまうことはできないと述べておいた。言い換えれば、「絶対」は自然の風景や無垢な人間という「相対」のなかにのみ顕現するのである。一郎が自分の運命を受け入れて淡々と生きている貞という女性を評価するのも、そうした理由からであった。

風雨が激しくなるなか、一郎とHが山中を歩きまわるシーンがある。そのとき一郎は「護謨球(ごむまり)のような勢いで」飛びまわったり、大声で叫んだりする。宿に帰って彼はしきりに「痛快だ」と繰返すのだが、まさにこのようなときが彼にとっての一時的な救済だったからである。このことから、あのHにとっては不可解だった「所有」という言葉の意味も明らかになる。別の日に二人が山に散歩に行ったときのことである。

兄さんは時々立ち留まって茂みの中に咲いている百合を眺めました。一度などは白い花片(はなびら)をとくに指さして、「あれは僕の所有だ」と断りました。私にはそれが何の意味だか解りませんでしたが、別に聞き返す気も起らずに、とうとう天辺（てっぺん）まで上りました。二人で其処にある茶屋に休んだ時、兄さんはまた足の下に見える森だの谷だのを指して、「あれらも悉く僕の所有だ」といいました。二度まで繰り返されたこの言葉で、私は始めて不審を起しました。（同三十六）

一郎のいう「所有」とは、自分が一方的に何かを対象として持つことではない。自分が何かを見ること持つことが同時にその何かに見られること持たれることでもあるように、自分と何かとのあいだに（あえていえば主客未分の）一体感が生じ、そのことによって束の間であれ相対的な「絶対」に出会うことを意味する。このことは後に述べられる一郎の次の言葉によっても明らかになる。

兄さんは純粋に心の落ち付きを得た人は、求めないでも自然にこの境地に入れるべきだといいます。一度（ひとたび）この境界に入れば天地も万有も、凡ての対象というものが悉くなくなって、唯自分だけが存在するのだといいます。そうしてその時の自分はあるともないとも片の付かないものだといいます。偉大なような微細なようなものだといいます。何とも名の付けようのないものだといいます。即ち絶対だといいます。そうしてその絶対を経験している人が、俄然として半鐘の音を聞くとすると、その半鐘の音は即ち自分だというのです。言葉を換えて同じ意味を表わすと、絶対即相対になるのだというのです。（同四十四）

大岡昇平はこの一連の「所有」の考えが、同じく「塵労」のなかで引き合いに出されるマラルメのエピソードともどもアーサー・シモンズ『象徴主義の文学運動』に発していると推理しているが（『小説家夏目漱石』Ⅳ「文学と思想」）、私個人にはニーチェのツァラトゥストラの連想などもはたらく。そのニーチェと同じように、一郎にとってもまた「神亡き」あとの「絶対」が問題だった。彼が香厳撃竹のエピソードに憧れるのは、そういう動機からであって、エスタブリッシュメントとしての禅という「宗教」が問題なわけではない。そのことを非常に象徴的に記述している場面がある。

　一郎にとっては宗教に向かうことが良いのかもしれないと考えるHが、何ごとも「自分より偉大な意志」に任せたほうが良いのではないかという。すると、一郎が「じゃ君は全く我を投げ出しているね」と問う。そうだというと、今度は「死のうが生きようが、神の方で好いように取計ってくれると思って安心しているね」と問う。これにも、そうだと答えると、突然一郎がHの横面を張るのである。Hがむっとして「乱暴じゃないか」というと、一郎は「それ見ろ。少しも神に信頼していないじゃないか。やっぱり怒るじゃないか」という。この場面は、ひとは口でいうほど簡単に宗教に行くことはできないというメッセージである。どんなに鷹揚に心を構えようとしても、「我」は簡単には消えてくれない。意識があるかぎり、それは最後まで残り、「自分より偉大な意志」に任せきることなどできないのだ。こうして心の救済のために「絶対の境地」を希求しながらも、宗教にも入っていくことができない一郎が呻くように吐き出すのが次の言葉である。

> しかし宗教にはどうも這入れそうもない。死ぬのも未練に食い留められそうだ。なればまあ気違だな。しかし未来の僕はさて置いて、現在の僕は君正気なんだろうかな。もう既にどうか

なっているんじゃないかしら。僕は怖くて堪まらない。（同三十九）

こういう言葉が出てくることから、そもそも一郎、というよりむしろ漱石本人が精神病を病んでいたのか、そうだとすれば、それはどんな病気なのか、という問いがこれまでたびたび発せられてきた。とても専門家には及ばないが、かつて研究対象として精神病理学を少々かじった者として、次にこの問題を検討してみることにしたい。

漱石は精神病か

一般にはあまり知られていないが、精神医学のなかに病跡学（パトグラフィ）という分野がある。これは歴史的に著名な人物の特異な性格や病的体質などを研究するものであるが、この病跡学がとりわけて関心を示してきた人物のひとりが漱石である。理由は簡単で、漱石の場合その心理を探るための資料が豊富だからである。本人の書いた小説や書簡、日記などにくわえて、近親者の証言などにも事欠かない。にもかかわらず、精神科医たちによる漱石の「診断」は不思議なくらいに多様で一定していない。いわく、内因性鬱病、躁鬱病、分裂病（統合失調症）、反応性鬱病（神経症）、非定型精神病、敏感関係妄想等々と、大袈裟にいえば、さながら診断はそれを下す医者の数だけあるのだが、こんなことだったら、そもそも診断などする意味もないほどだ。漱石の「精神病問題」を執拗に追いつづけた松本健次郎はこういっている。

精神科医にとっては、踏絵的役割を果たしているといわれるパトグラフィ的研究において、芥川やその他の作家はだいたいその診断が一致している。ところが、漱石の精神病だけは精神科医のあいだでも、その病名の点で一致をみていない。このことは、そもそもこれまで発表されている精神科医たちの漱石のパトグラフィに問題があるからであると受けとっても、よいのではあるまいか。(『漱石の精神界』九「漱石と大川周明」)

松本の疑念はしごく当然であり、私も同じ印象をもっているのだが、しかし、ではなぜそうなってしまうのかを考えると、事態は思ったほど簡単ではない。一番単純な誤りは、精神科医たちが充分に資料を読まないで、それぞれ自分の「診断」に都合のいいように材料を選んでくるということがある。またよくありそうなこととして、事実とフィクションを混同していることもあげられる。勉強家の漱石はヨーロッパの文学作品や批評にくわえて心理学や病理学の本なども読んで、それを自分の作品に利用している。初期の『漾虚集』などはその典型だし、『草枕』にもそういう知識が見え隠れしている。本書が扱っている一連の長編小説に関しては、これまで見てきたように、書かれていることの意外に多くが本人の体験に基づいているようだが、しかし事柄によっては必ずしもすべてがそのまま漱石の体験ではないのは自明のことである。大岡昇平は作家の立場からこういっている。

精神病学者の中に、漱石が病者の心理をよく自己分析していると感心している方がいますが、私は文学表現をそのように事実の記述と同視する観点に同じることはできません。それは作者がそのように作ったのであり、その作為に欺されてはならないのです。「塵労」に書かれているように自己の心理を深刻に空想するのに「快楽」を見出す者たちがそれを真実と感じ、感動するのです。(『小説家夏目漱石』Ⅳ「文学と思想」)

こういうわずもがなの事柄にくわえて大きな問題となるのは、そもそも精神医学の病名やその基準が一定していないことである。典型的な例を示そう。本書が最初から問題にしている「神経衰弱」という概念にしてからが、今日ではもはや病理学概念としては通用していない。また別のよく知られた例をあげるなら、漱石を診断したとされる東大精神科の呉秀三が当時最新だったドイツのクレペリンの精神病理学理論を受容して「早発性痴呆 Dementia Praecox」という概念を導入しているが、これは後に「精神分裂病」と名前が変わり、さらに最近では「統合失調症」と呼ばれるようになっている。こういう場合たんに名称の変更にとどまらず、そのつど診断基準の変化を伴うことも多いのである。

また、これまで漱石に関してよく指摘されてきた鬱病に関していえば、大きく心因性鬱病と内因性鬱病が区別され、前者には反応性鬱病や神経症性鬱病(または非定型鬱病)などが、また後者には単極性鬱病と双極性鬱病すなわち躁鬱病の二型が属するとされてきた。このうち単極性鬱病は日本やドイツにおいては専門用語としても「メランコリー」と呼ばれてきた時代があるのだが、最近精神科医たちの間に流布しているアメリカの診断ハンドブックDSMは「メランコリー」を診断概念のリストから外している。つまり、最近の精神科医たちはメランコリーを気分変調の症状としては認めても、もはや疾病単位としては認めていないのである。それにくわえて近頃では統合失調症と区別がつきにくい、いわゆる境界例（ボーダーライン）という概念が出てきたり、それがパーソナリティ障害という概念のなかに組み入れられたりと、専門概念自体の変遷がじつに目まぐるしいのである。

こういう精神医学自体の変化や混乱を考えれば、診断がばらばらなのもある程度は納得できるのだが、それにしても漱石に関してはあまりにもちがいすぎると言わねばならない。その原因のひとつとされているのが、これまでにもたびたび言及した漱石の妻鏡子の談話『漱石の思い出』であり、松本などはこのテクストの記述をそのまま無批判に受け入れた「診断」などおよそ科学的態度ではないと厳しい批判をしている。そこで、このテクストの問題点を検討しなおすことから始めて、この章が扱っている『行人』というテクスト、さらには日記、書簡を含む漱石の他のテクストと精神病との関係について論じてみることにしたい。

すでに紹介したが、『漱石の思い出』のなかにこういう一節があった。

このころまではまずまずどうにかよかったのですが、六月の梅雨期ごろからぐんぐん頭が悪くなって、七月に入ってはますます悪くなる一方です。夜中に何が癪にさわるのか、むやみと癇癪をおこして、枕と言わず何といわず、手当たりしだいのものをほうり出します。子供が泣いたといっては怒り出しますし、時には何が何やらさっぱりわけがわからないのに、自分一人怒り出しては当たり散らしております。どうにも手がつけられません。(『漱石の思い出』一九「別居」)

時期は漱石がロンドン留学から帰った一九〇三年のことである。鏡子の供述はこのあとも漱石の不可解な言動を挙げつらねているが、問題となるのは、この記述に出てくる「頭が悪くなる」という表現である。この表現は著書を通して繰り返して使われており、鏡子が漱石に精神病ないしそれに類する病気があるということを自明視しているのがわかる。

この鏡子の思いこみには背景があった。漱石が留学しているあいだに日本のほうでは漱石発狂の噂が広がり、鏡子もそれを真に受けていたからである。漱石が少しでも多く書籍を購入して帰ろうと、乏しい奨学金を節約するために社交を避け、自室に閉じこもりがちだったのは事実である。大学の講義にも出ないでクレイグに英語の個人指導を受けたのもそのためである。心置きなく話し合える友人はなく、頼りの妻からの手紙もなかなか来ない。くわえてロンドンの気候や食事も合わない。こういう異国の状況下で留学生が落ち込んだ気分になるのはごく普通の現象である。心配性の漱石は自らこれを「神経衰弱」と疑ったことも事実だが、本当に病理学的に見てもそうであったかどうかは別に検討しなければならない問題である。にもかかわらず、この落ち込んだ姿が「発狂」として日本に伝わってしまった。

帰国後、それまでの赴任先熊本五高に帰りたくなかった漱石が親友菅虎雄に次のような手紙を書いたこともすでに述べたことだが、これももう一度繰り返しておく。

今朝は寝込へ御来駕褥中にて大失敬申上候。偖小生熊本の方愈辞職と事きまり候に就ては医師の診断書入用との事に有之候へども、知人中に医者の知己無之、大兄より呉秀三君に小生が神経衰弱なる旨の診断書を書て呉る様依頼して被下間鋪候や。小生は一度倫敦にて面会致候事あれど、君程懇意ならず鳥渡ぢかにたのみにくし。何分よろしく願上候。(一九〇三年三月九日菅虎雄宛書簡)

この手紙が意図しているのは、自分が「神経衰弱」であることを公式に認めた診断書を作り、それを五高辞職の口実として使いたいということである。文面は狂気どころか、かなり打算的で覚めている。幸い呉とはロンドンで面識もあるし、なによりも菅の古くからの友人でもある。松本健次郎の執拗な追跡にもかかわらず、東大にも松沢病院にも呉による漱石の診断カルテは見つかっていない。だから、作成された診断書は公式だったとしても、診断が正式におこなわれたかどうかははっきりしないのである。ところが、鏡子の供述では、漱石の異状に手を焼いた彼女が家庭医の尼子四郎と計って漱石を呉のところに行かせたということになっており、その経緯がこう述べられている。ちなみに尼子と呉は同郷で顔なじみでもあったらしい。

そのうちに尼子さんがお約束どおり呉さんに診せてくださいましたということだったので、呉さんのところへ様子を伺いに参りますと、ああいう病気は一生なおりきるということがないものだ。なおったと思うのは実は一時沈静しているばかりで、後でまたきまって出てくると申されて、それから病気の説明をいろいろ詳しく聞かしてくださいました。私もそれをきいて、なるほどと思いまして、ようやく腹がきまりました。（『漱石の思い出』一九「別居」）

「腹がきまった」とは、別居先の実家から帰って一生漱石の面倒を見る決心をしたという意味である。こういうことから、鏡子のほうはますます漱石の病気を確信していくようになるのだが、これをそのまま真に受けてよいものかどうかについては、これまでにもさまざまな方面から異論が出ている。さきから名前を挙げている松本などはその急先鋒だが、なかでも無視できないと思われるのは、漱石の愛弟子で夏目家に頻繁に出入りしていた小宮豊隆が書いた漱石評伝のスタンダードともいうべき『夏目漱石』である。恩師の未亡人に向かって小宮の批判は遠慮がない。

『漱石の思い出』では、漱石を精神病者として扱っている。鏡子が漱石を精神病者であると信じていたことには、疑いがない。しかし尼子四郎や呉秀三の診断にもかかわらず、こういうのを精神病者として見做していいかどうかについて、私は深刻な疑いを持っている。元来一人の人間が精神病であるかないかを決定することは、困難であるには違いない。それだから今日の精神病医は、数回にわたり、もしくは数時間にわたって、患者と対話し、あらゆる方面から、手間をかけて、その患者の精神機能を観測し、診断の材料を蒐集しようと努めている。然るに尼子四郎や呉秀三は、恐らく漱石の身体を一回、たかだか二回くらい、それも外のことに託して、そこそこにしか見ていない。診断の材料の重なるものは、鏡子の口供だけだったのに違いないのである。しかも鏡子には、漱石がなぜそう自分を憎むのか、なぜそう肝癪を起すのか、その理由が分らなかった。理由なしに女房を憎み、理由なしに子供をいじめ、理由なしに下女を追い出し、理由なしにそこいらの人間に怒鳴り散らすとすれば、これは、尼子四郎や呉秀三を俟つまでもなく、まさに気違いの沙汰である。尼子四郎も呉秀三も、『漱石の思い出』に書かれているような事実を、一々鏡子の口から聴かされて、結局漱石を神経衰弱以上のもの、即ち精神病者と診断したものと思われる。しかし鏡子が理由がないと思っているということそのことに、第一の問題があるのである。（『夏目漱石』中四一「再び神経衰弱」）

小宮はこのあと鏡子が「理由がない」とした漱石の言動の「理由」を逐一推測してみたり、鏡子自身の患ったヒステリーのこと（彼女は熊本時代に自殺未遂をおこなっている）などをも引き合いに出したりして反論を試みているのだが、むろん百パーセント確実な真相などわれわれ百年も後の読者にはわかるはずもない。ただこの小宮の記述に関してひとつ考えられるのは、もし漱石自身が菅と計ってあくまで五高辞職の口実として形だけの診断書の作成を求めたのだとしたら、呉のほうも、あくまで形式的にこのように簡単な「診断」をしたのかもしれないということである。あの依頼の手紙の妙に冷めた口調もそのせいであるのかもしれない。また想像をたくましくしていえば、呉の鏡子への病気説明も別居中の彼女を間接的に説得するためだったかもしれない。じじつその直後に彼女は家にもどることを決心している。

いずれにせよ、こういう問題をはらむ鏡子の談話が出版されて以来、漱石の「精神病」が喧しく論議されるようになったのは事実である。そこで私としては、これまでの専門家たちによるさまざまな論議をすべていったん括弧に入れて、そもそも漱石の書き残したもののどこに「精神病」を疑われるような要因があるのかを具体的に検証してみたい。

まず本章が扱っている『行人』に関しては、一郎が二郎に妻の貞操を試すことを頼むこと自体がすでに異常なのだが、これはあくまで作為的に設定された小説上のプロットで、直接漱石の「異常心理」を語るものではないと考えていいだろう。一郎が他の人間たちに比べて内省的で過敏で、しかも激しやすいことはまちがいないが、この「過剰」もただちに病気とみなすことができるかは疑問である。また一郎がテレパシーに関心をもつという思わせぶりな記述が出てくるが、これも当時漱石が読んでいた本の影響にすぎない。問題を探すとしたら、やはり最後のHの観察ぐらいだろう。Hには観察者としてどこかカウンセラーと通じるところがあるように思う。

そういう意味から、すでに前節で引用した囲碁の場面およびそれにつづく一郎の焦燥と不安の心理についての記述がまず問題となる。何かをしたら、きっとそれが自分を苦しめることになると思いながら、にもかかわらずそれを拒むことができないというパラドックス、さきに私はこれを強迫神経症に近いと述べておいたが、これに関連するあの切迫した時間感覚も含めて、この心理は作中人物一郎だけではなく、おそらく漱石自身の心理でもあっただろうと推測される。

ただし、もうひとつの「絶対」と「所有」に関しては慎重であるべきだと思う。山頂に立って「あれらは僕の所有だ」という一郎の言葉にあえて「病理」を嗅ぎ付けようとするなら、まっさきに連想されるのは統合失調症や躁病の人たちがときどき抱く誇大妄想である。だが、さきの大岡昇平の指摘にもあったように、漱石はこの箇所にアーサー・シモンズの「所有」概念を利用している可能性があるし、私自身はニーチェの『ツァラトゥストラ』の影を見る。つまり、ここは漱石自身の心理というよりも、文献的知識によっている可能性が高いのである。これを真に受ければ、おそらく漱石を統合失調症とか躁鬱病、あるいはそれらとの境界がはっきりしない「非定型精神病」だの「境界例」などという診断が出てくる可能性がある。しかし、そういう解釈はフィクションと現実の混同においてのみ生じるものである。

たとえば漱石を統合失調症に見立てる説に対して、有力な反論となると思われるのは、どんなにイライラが昂じて癇癪の激しい時期であっても、漱石がいわゆる「見当識」とりわけ自分が何をしているかという自覚を失ったことはないと思われることである。鏡子がいう「頭が悪く」なった時期の書簡などを読んでみても、そんな精神的混乱の時期でも漱石の文章に乱れはなく、論理にはきちんと筋が通っているのである。またこれまでもっとも有力とされてきた内因性鬱病という診断（代表的なのは千谷七郎『漱石の病跡』）に対しても反論が可能である。そもそも内因性鬱病に悩む人間が十数年にわたって小説を書きつづけることなどできないだろう。もっとも内因性鬱病でも、躁鬱病であれば、その可能性はあり、千石がいっているのはこちらであろうと思われるのだが。しかし、そもそも旧来の内因性鬱病という概念が単極性鬱病と両極性鬱病（躁鬱病）の両方を含んでいること自体、病理学的に問題なしとはいえない。ついでに触れておくなら、私は前に（第三章）修善寺の大患で死地を彷徨った漱石の心境がドストエフスキーの癲癇体験に似ていることを指摘しておいたが、だからといって、そのまま漱石を癲癇患者とみなす人はまずいないだろう。

　そういう意味で、私としては漱石をあまり精神病とみなしたくないのだが、やはり気になるのは、鏡子の証言である。その多くは（彼女には）理解不可能な怒りの爆発を内容としているが、他にも精神病を思わせるような言動が多々報告されているからである。彼女の思いこみを別にしても、たとえば次のような証言はもっとも近くで生活をともにした人間の言葉として無視することはできない。


どういうわけかもちろん自分の頭の中でいろいろなことを創作して、私などが言わない言葉が耳に聞こえて、それが古いこと新しいこといろいろに連絡して、幻となって眼の前に現われるものらしく、それにどう備えていいのかこっちには見当がつきません。（略）ある日学校からかえって来ると、女中を呼んで、

「これを奥さんのとこへ持っていって、これでたくさん小刀細工をなさいってそう言いなさい」と申しまして、さびついた小刀を渡しました。女中は何のことかわからないながら、ただならぬ気色におびえたものと見えまして、

「奥様、気味が悪うございますね」

　とおどおどしています。私はだまって小刀を取って、枕の下にかくしてしまいました。つまり私が何かにつけて小刀細工をして夏目を苦しめる。これでするならしろという皮肉なあてつけなのです。（『漱石の思い出』二〇「小刀細工」）

同じころにはこんなこともあった。

隣に俥屋があって、そこのおかみさんが始終がみがみ言ってるのがたいへん気になったと見えて、「吾輩は猫である」か何かにも書いてありますが、それよりもおかしいのは、向かいの下宿屋にいるある書生さんに対する仕打ちです。全集にのこっている日記の一節にも、その書生さんが夏目の噂をしている夢のような話が書いてありますが、ちょうどその書生さんの二階の部屋から書斎が見下ろされるぐあいになっていて、毎晩部屋の窓に明かりがついて、そこで書生さんが相当高い声で音読するのです、それが習慣とみえて、窓ぎわの机に向かって勉強している時には、きまって声を立てて本を読んでいるのです。そこへ時たまお友達が遊びに来る。そうするとやはり大きな声で話をしているのです。それがいちいち夏目の異常な耳には、穏やかならぬ自分の噂や陰口に響くらしいのです。そうして高いところから始終こちらの方をのぞいて監視している。それが気になってしかたのないところへ、学校の始まる時間はどこでもたいがい同じですから、夏目が出かけるころになると、その学生も出かける支度をして、夏目の後からついて行く。あれは姿こそ学生だが、しかし実際は自分をつけている探偵に違いない。こう一人できめているのです。学生さんこそいい面の皮です。

そこで朝起きて顔を洗って、いざこれから御飯という時になると、まずその前に書斎の窓の敷居の上に乗って、下宿の書生さんの部屋の方を向いて、大きな声で聞こえよがしに呶鳴(どな)るのです。

「おい、探偵君。今日は何時に学校へ行くかね」とか、

「探偵君、今日のお出かけは何時だよ」

とか、自分では揶揄(からか)ってるつもりか、先方でそんなにこそこそついてこなくたって、こちらで堂々と教えてやるよといったぐあいに、いっぱし上手(うわて)に出たつもりらしいのです。それを毎日毎朝やるのだから、書生さんも変な気狂い親爺だなぐらいに思っていたことでしょう。それを大まじめになって断わってから、それから食膳につくのだから妙なことをやったものです。

(同二一「離縁の手紙」)

よく似た症状は十年後の『行人』が執筆されるころにもあったようだが(同五一「二度めの危機」)、いずれにせよこれらの証言がすべて本当だとすると、疑われるのは広い意味での被害妄想の類、なかでも誰かに跡をつけられているとか、探られていると思いこむ追跡妄想や誰かに迫害を受けていると考える迫害妄想と呼ばれるものである。また何でもないものや事柄をすべて自分に結びつけて考えてしまう関係妄想も考慮に入れる必要があるだろう。これらが前面に出てきて生活に困難が生じてくれば、当然統合失調症が疑われるところだが、漱石の場合、何ごとも非常に几帳面で、例の潰瘍が悪化してやむをえなかったときを除けば、仕事に穴をあけたりすることもなかったようであるから、同じ妄想といっても、妄想様観念をともなう妄想様反応(クルト・シュナイダー)が問題になるのかもしれない。「妄想様」とは、心理的動機がまったく見つからない真正の妄想に対して、

動機がそれなりに理解可能な場合である。つまり真正の妄想であれば、統合失調症という精神病の可能性が高くなるが、妄想様反応であれば、必ずしもそう診断する必要はないということである。ただ、鏡子によれば、普段書きつづけていたこのころの日記が破棄されていて見つからないということなので、あるいはこの破棄された日記のなかに精神病を疑われるようなものがあったのかもしれないが、さきにも述べたように、「頭の悪い」時期に書かれた書簡の文章などがかなり整然としていることから、漱石を統合失調症と決めつけることはできない。

逆に精神病を思わせるという意味で、もっとも気になるのは、一九一四年の終わりごろに書かれた漱石本人の日記である。この記述はだれが読んでも明らかにおかしいからである。たとえば十一月八日にはこんな記述がある。

> 下女、泥棒の嫌疑（桂庵）、次の下女無断で早（あさ）勝手の戸を明け放ったまま退却、次の下女美人、一人（ママ）いて帰る。（その前も美人がたった一人（ママ）いて帰った。）それから新井屋という玉子屋の周旋で来た女は黙っている。そうして時々私に聞えるような大きな声を出して小供にそんな時（ママ）をしちゃいけないよなどという。余の兄に御爺さん御まんまを御上りという。そうかと思うと出入りの商人の酒屋か何かに今日はよろしゅう御座いますという。もう一人は山形だという。これまた子供に向ってさあ何とかだとか失礼な事をいう。そうして私にだけは丁重な言葉を使う。私はこの二人も前の妄（みだ）りに入れ代った下女もみんな偽であると思う。偽物であると思うとみんな足で蹴飛してやりたくなる。しかし彼らは今更急に彼らの態度を改める事が出来ない。改め

れば自分の偽物がすぐ私に分るからである。しかし態度を改めたって改めなくったって私は彼らを人間とは思わない。けだものだとして取扱うつもりでいる。人間としての資格がないからである。妻は真面目腐って、あれは相模の漁師の娘だとかいう。私からいわせれば漁師の娘としては服装がととのっている、それから用をはきはきする。どうしても東京に近い。そうして彼女のアクセントは東京かまた東京に永くいたもののアクセントである。もう一人の山形の女は東北ものに相違ないが、これまたその標榜する如く言葉使を心得ないのではない、わざと使わないのである。妻はこの二人を平気で使っている。妻はこの二人の内情を知って使っているから平気でいられるのである。そうしてそれは単に夫にシャグリンを与えるためである。(『漱石日記』一九一四年一一月八日)

「桂庵」とは女中など奉公人を周旋するところで、また「シャグリン」とはフランス語起源の英語で「悔しさ」を意味する言葉だが、それにしても表記の乱れも含めて、明らかにこれは尋常ではない。妻に対する被害妄想と非難がベースになっているが、注目すべきは下女を「偽物」だと思いこんでいることである。この思いこみは、病理学的にいうと、敵が変装していると思う「フレゴリの錯覚」とも、家人を似ているが違う人物だと思う「ソジーの錯覚」ないし「替玉妄想」とも解釈できるのだが、いずれにせよこの場合は妄想性が非常に高い。実際にそれに近い妄想に襲われたかのような場面に遭遇した高浜虚子の証言もある(「京都で会った漱石氏」)。こういう証言などを目にすると、いったん否定した統合失調症説が再び浮上してくるわけで、そこに「漱石診断」の一番の難しさがあるといえよう。精神科医たちの診断が多様であったのにも、やはりそれなりの理由があるのである。

最後に私個人の見立てを述べておく。ただし、いままでの説明で明らかなように、一義的な診断を下すことは非常に困難であり、この判断もあくまで現時点におけるひとつの可能的解釈にすぎないことを予め断っておくが、まずその前に次の文章を見てもらいたい。

> 私は馬鹿に生れたせいか世の中の人間がみんないやに見えます　夫(それ)から下らない不愉快な事があると夫が五日も六日も不愉快で押して行きます、丸で梅雨の天気が晴れないのと同じ事です自分でも厭な性分だと思います……世の中にすきな人は段々なくなります、そうして天と地と草と木が美しく見えてきます、ことに此頃の春の光は甚だ好いのです、私は夫(それ)をたよりに生きています（一九一四年三月二十九日津田（青楓）亀次郎宛書簡）

これはさきの日記と同じ年の半年ほど前、まだ比較的安定していた時期に書かれた手紙の文面であるが、こういう他人に向けた文書とか小説を書くときの漱石にはつねに一定の自己客観視があるのである。これがどうしても漱石を精神病者とみなしにくい点で、私としては精神病というより、むしろ妄想様観念をともなった重度の強迫神経症とみなしたくなる。たとえば『行人』のなかにHによる次のような一郎評が出てくるが、これが漱石自身の自己分析であるとすれば、これもまたそういう方向を示唆しているように、私には思える。

昔から内省の力に勝っていた兄さんは、あまり考えた結果として、今はこの力の威圧に苦しみ出しているのです。兄さんは自分の心が如何な状態にあろうとも、一応それを振り返って吟味した上でないと、決して前へ進めなくなっています。だから兄さんの命の流れは、刹那々々にぽつぽつ中断されるのです。食事中一分ごとに電話口へ呼び出されるのと同じ事で、苦しいに違ありません。しかし中断するのも兄さんの心なら、中断されるのも兄さんの心ですから、兄さんは詰まるところ二つの心に支配されていて、その二つの心が嫁と姑のように朝から晩まで責めたり、責められたりしているために、寸時の安心も得られないのです。（「塵労」三十九）

自分で自分を縛って、そのパラドックスに苦しむあり方は、やはり強迫神経症的である。とはいえ、さきも述べたように、この見立てが決定的だというわけではない。正直をいうと、この見立てにはかつて強迫神経症に悩まされた私自身の自己投影も与っているだろうからだ。それに、この章では意図的に触れることをしなかったが、このあとに取り上げられる『こころ』ではメランコリーの概念が重要な意味をもってくる。そういうことを考え合わせると、事態はさらに錯綜してくるのだが、どのような「診断」がなされようと、要は漱石を精神病理学という不確かで狭い檻のなかに無理矢理押しこめるのではなく、あくまで漱石というひとりの人間に即してその心理や思想を探ることである。漱石のために精神病理学があっても、精神病理学のために漱石があるのではないからだ。

第六章　告白と負い目――『こころ』

物語の展開と要点

『彼岸過迄』や『行人』と同じように、この作品もそれぞれに独立した三篇から構成されているのだが、成立事情は前二者とはやや異なっている。当初漱石はそれまでと同じように、順に書き上げていく短編をつなぎ合わせることによって一冊を構想していたようだが、予定の第一篇「先生の遺書」を書いているうちに、予想外に長くなってしまったために、それを「上　先生と私」「中　両親と私」「下　先生と遺書」と三分割し、それだけを一書として公刊したのが現行の『こころ』だからである。場合によっては、この続編が書かれた可能性もあったということである。つまり、現行の三つの章はもともとは一つだった章が事後的に分割されたものであって、厳密には前二作のときのように短編として別々に書かれたものではない。

このように、成立事情を異にしながらも、しかし『彼岸過迄』『行人』『こころ』の三作はともに、最後の章を手紙で締めるという構成上の共通点をもっている。その部分ではいずれも一種の謎解きのような主人公の内面心理の解釈や説明がポイントとなっており、晩年の漱石文学の形式上の大きな特徴をなしている。タイトルの『こころ』はまさにその象徴であるといっていい。

なお、この著作のタイトルは新聞連載時には『心』と漢字で記されていたが、単行本として出版されるに際して表紙が『心』、背表紙が『こゝろ』と二重表記され、それ以後の出版物ではほぼひらがな書きの『こころ』ないし『こゝろ』が使われているので、ここでも統一して『こころ』を使用することにする。

この作品は教科書などに取り上げられ、一般にもよく知られていると思われるが、それでもいちおう後論のために、ひとまず簡単に筋の運びを確認しておくことにしよう。

学生の「私」は夏の休暇に出かけた鎌倉の海岸で偶然「先生」と知り合いになり、以後東京に帰ってからも親しく「先生」宅を訪ねるようになる。「先生」は職に就かず、妻と二人だけでひっそりと暮らす高等遊民、漱石文学におなじみの登場人物であり、また夫婦としては『門』の宗助と御米の境遇に似ている。「先生」の知性や人生態度に魅かれる「私」は次第に謎めいた「先生」の過去に興味をもつようになる。その謎のひとつは「先生」が定期的に黙って知人の墓参りに出かけることだったが、その動機は妻もよく知らない。

途中田舎の実家から父親病気の知らせが届いて帰郷する「私」だが、田舎びた父の言動を目にするたびにいつも「先生」が比較され、ますます「先生」への思慕が強くなっていく。やがてめでたく大学を卒業した「私」があらためて帰郷したとき、父親が危篤状態に陥り、「私」はなかなか東京に戻ることができない。もどかしい思いで看病の日々を送っていると、そこへ就職の斡旋を依頼していた「先生」から分厚い手紙が届く。それは驚くべきことに、自殺を前にしての遺書であった。動揺した「私」は危篤の父を放って列車に飛び乗ってしまう。

遺書のなかで「先生」は、自分が人間嫌いになって、世捨て人のような生活を送ってきた原因となった自分の過去を告白する。そしてそこには「先生」の「私」に対するこんな熱い思いも込められていた。

その極あなたは私の過去を絵巻物のように、あなたの前に展開してくれと逼（せま）った。私はその時心のうちで、始めて貴方を尊敬した。あなたが無遠慮に私の腹の中から、或生きたものを捕（つら）まえようという決心を見せたからです。私の心臓を立ち割って、温かく流れる血潮を啜（すす）ろうとしたからです。その時私はまだ生きていた。死ぬのが厭であった。それで他日を約して、あなたの要求を斥（しりぞ）けてしまった。私は今自分で自分の心臓を破って、その血をあなたの顔に浴びせかけようとしているのです。（下二）

ここに出てくる「心臓」という言葉は、あの『行人』で一郎の口をついて出た「心臓の恐ろしさ」と響きあう言葉である。それはたんに「頭」で考えられたものではない。自分が人間として存在することの深奥から生じてくる生の苦悩である。

長い沈黙を破って告白される過去のひとつは、信頼していた叔父が財産管理を任せてから急に信用できない人物に変節してしまったという学生時代の体験である。『門』でもそうだったが、石原千秋が気づいているように、「漱石文学にあっては、家督相続はなぜか常に円滑さを欠いて」おり、それが「オブセッションのように繰り返され」ているのだが（『漱石の記号学』第二章「長男の記号学」）、そのことがあって以来「先生」は叔父のみならず世間の人々一般に対する不信感を募らせていく。「先生」の発する「金さ君。金を見ると、どんな君子でもすぐに悪人になるのだ」という言葉はその苦い過去に起因する。

もうひとつは、ほかならぬ自分自身に対する不信が明らかになった事件で、「先生」の人間不信の決定的な要因となったものである。やはり「先生」が学生のときの話である。哲学や宗教に熱中して、実家からも養家からも縁を切られてしまった親友Kに同情した「先生」は、彼を自分の下宿に住まわせ、何かと面倒を見ることになった。しかし、そうしている間に朴念仁だったKが予期に反して「先生」の密かに慕っていた下宿の「お嬢さん」に恋愛感情を抱くようになる。そして思いつめたKから先に「お嬢さん」に対する気持ちを打ち明けられた「先生」は、その想いを仲介してやるどころか、むしろ嫉妬と焦燥に駆られて、Kを出し抜き、先に自分が「お嬢さん」に求婚して話を決めてしまうが、親友を裏切った疚しさから、なかなかそれをKに伝えることができない。その間に「奥さん」から「先生」の求婚話を聞いたKは失望し、簡単な遺書と祝福の言葉を残して自殺してしまったのである。現在の妻はそのときの「お嬢さん」なのだが、彼女には「先生」の卑怯な仕打ちはもちろん、詳しい経緯はいっさい知らされていなかった。「先生」の苦悩の根源はこの忌まわしい過去にあった。かつて「先生」は「私」に向かってたびたびこういっていた。

平生はみんな善人なんです、すくなくともみんな普通の人間なんです。それが、いざという間際に、急に悪人に変るんだから恐ろしいのです。（上二十八）

この「急に悪人になる」「普通の人間」のなかには、「金を見て悪人になった」叔父だけではなく、恋愛事件を契機にして「急に悪人に変」ってしまった「先生」自身も入っていたのである。そして恋愛に関しては繰り返しこうもいっていた。

とにかく恋は罪悪ですよ、よござんすか。そうして神聖なものですよ。(同十三)

この「罪悪」感に苛まれた「先生」の自殺の動機を長々と語る遺書の部分は告白調で書かれ、この作品に文字通り心理小説の性格を与えているが、しかし、この物語は後の白樺派の武者小路などがテーマにする友情の話ではない。ここに描かれるのは、われわれ人間の「こころ」というものが本質的にいかに脆くて不確かなものであるかということである。親子、親戚、夫婦、師弟、友人、どのような関係であれ、金や恋愛が入ってきた瞬間、予期せぬ変化が生じ、そこにつねに苦悩が生じてくるという「こころ」一般のメカニズムを解明することが、この作品の狙いなのだ。「私」「先生」「K」といったように、登場人物から固有名が取り去られ、特定の誰でもない抽象的な姿で呈示されるのは、そのせいであると思われる。さらに重要なのは、この苦悩がすべからく死の問題につながっているということである。たとえば「先生」と「私」はこんな会話を交わしている。


「然し人間は健康にしろ病気にしろ、どっちにしても脆いものですね。いつどんな事でどんな死にようをしないとも限らないから」

「先生もそんな事を考えて御出ですか」

「いくら丈夫の私でも、満更考えない事もありません」

先生の口元には微笑の影が見えた。

「よくころりと死ぬ人があるじゃありませんか。自然に。それからあっと思う間に死ぬ人もあるでしょう。不自然な暴力で」

「不自然な暴力って何ですか」

「何だかそれは私にも解らないが、自殺する人はみんな不自然な暴力を使うんでしょう」

「すると殺されるのも、やはり不自然な暴力の御蔭ですね」

「殺される方はちっとも考えていなかった。成程そういえばそうだ」（同二十四）

この会話にとどまらず、「先生」はたびたび「死」を口にしている。すでに付き合いが始まったころにも「貴方は死という事実をまだ真面目に考えた事がありませんね」と「私」を挑発していた（同五）。妻との会話でも、どちらが先に死ぬことになるかとか、もし自分が先に死んだらお前はどうするかというようなことを繰り返しいっているのである。むろん、あとになってみれば、これは「先生」がすでに自殺を考えていたことの暗示だったわけだが、ことはたんなる物語の展開上の事柄に終わっていない。なぜなら、この作品には「先生」の自殺のほかにもいくつかの「死」が取り上げられているからである。

まず「先生」の自殺に先立って問題にされているのは「私」の父親の病気である。しかもこの病気は死病であり、父親は近々死に直面するという前提で書かれている。これとほぼ同時進行しているのが明治天皇の病死である。そして乃木大将夫妻の殉死がこれにつづく。「先生」の遺書のなかで重要なのは、いうまでもなくKの自殺であり、これが「先生」自身の自殺の直接の動機となっている。またこの作品が取り上げられるたびに論議の対象となる「自分が殉死するならば、明治の精神に殉死する積りだ」という「先生」の言葉もいかにも思わせぶりである。このように、この作品は全編を通して「死」の観念に満ち溢れている。だから、そのことの意味が解明されなければ、この作品を読んだことにならないが、これについては後論で詳しく論じることにする。

もうひとつ、この作品で気になることを付け加えておく。それは『門』とも共通する問題である。『門』も『こころ』も、ともに苦労して一緒になった夫婦のその後が物語の中心に据えられている。ところが、『門』の宗助はひとり悩んで、その愛しい妻に何も説明することなく、勝手に参禅に出かけてしまう。それと同じように、『こころ』の「先生」も最愛の妻に何の説明もないまま自殺をしてしまう。今日のわれわれの眼からすれば、明らかに理不尽であり、不可解である。これでは何のために、あれほどの苦難を経験してまで一緒になったのか、わからないからである。

これを敷衍してもう少し辛らつな観方をしてみよう。それは「新しい女」の台頭を追った佐々木英昭の次のような指摘とも重なる。

> 女のやり取りにおいて友達や兄弟、ひいては父親との仲に罅を入れるような結果に立ち至った男が、結局は自分をその渦に巻き込んだ女からも、なんらかの意味で立ち去ってしまう。『門』の宗助は、親友から奪い取った恋女房に心を開くことなくひとり禅寺の門を敲き、似た過去を持つ『こゝろ』の先生もやはり孤独に死の世界へと立ち去る。『彼岸過迄』の須永や『行人』の二郎は渦に巻き込まれないうちにと早々に葛藤の場を引き揚げ、兄の一郎、ひいては『明暗』

の津田も、結局、問題の妻を置き去っての旅行に解決を求める成り行きとなる。（『「新しい女」の到来』第三部第五章「男の絆」）

ここで当然気になるのは、最愛の女性までもが「やり取り」の対象とみなされていること、もっといえば、一種の物品のように扱われているということである。もっと意地悪く見るなら、「先生」の人間不信の契機となったものは金と恋愛だったとされるのだが、その場合の金と女が「やり取り」の対象として、ある意味で同列に置かれているともいえるのだ。おそらく、こういう点に当時台頭してきた「新しい女」たちから漱石が遠ざけられた原因のひとつがあると推測されるのだが、逆にいえば、こうした女性の扱いとそれに対する反発が明治と大正の時代精神を画しているのかもしれない。たしかに漱石は近代的個人を先駆けた、しかもハイレベルで。しかし、ことジェンダーに関するかぎり、彼は旧守的だったと、ひとまずはいえる。

だが、こうした批判は問題の一面しかとらえていない。女にかぎらず、人間を物品の如くに扱うということでは、ほかならぬ漱石自身がその犠牲者のひとりだったからである。よく知られているように、漱石すなわち夏目金之助は子だくさんの夏目家の五男として生まれ、生後すぐに里子に出された。しかし、そこで店先の籠に入れられて品物と並べておかれたり、あまりに粗末な扱いを受けていたため、いったんは実家に連れ戻されたものの、すぐまた塩原家の養子に出されたのであった。この養父母との後年のこじれた関係が次の作品『道草』のテーマになっていることはよく知られているとおりである。じじつ『道草』には幼い健三（漱石）について「実父から見ても養父から見ても、彼は人間ではなかった。むしろ物品であった」（『道草』九一）という表現が使われている。また『猫』のなかで漱石は迷亭に「苦沙弥君、君も覚えているかもしれんがぼくらの五、六歳の時までは女の子を唐茄子のように籠へ入れて天秤棒でかついで売って歩いたもんだ、ねえ君」（『吾輩は猫である』六）という文字通り人を食った言葉を吐かせているが、これは自分自身の体験を脚色したブラックユーモアにほかならない。つまり、里子、養子と、漱石自身もまた物品のようにやり取りされた当事者であることを無視して、一方的なジェンダー批判をしても、あまり強い説得力をもたないのではないかということだ。

いうまでもなく、これは旧時代の慣習である。そのことの不条理を身をもって知っている漱石であるなら、ますます女性の意志を無視した『門』や『こころ』の主人公たちの身勝手な態度は解せないという批判は一応は成り立つ。しかし、明治という時代は、前章でも述べたように、一挙に女性の解放を揚言するにはまだまだ熟していなかった。正直なところ、この時代の転換点で漱石は女たちをどう扱ってよいかわからなかったのではないか。そのことの自覚が最後の作品『道草』と『明暗』に新たな観点をもたらしたと思われるのだが、それはまた次章以降のテーマとなる。

それにしても、妻に知らせず勝手に自殺をしてしまう「先生」はどこか不自然である。そして不自然といえば、この作品にはほかにもまだいろいろ不自然なことがある。そもそも「私」と「先生」の出会いが、不自然といえば不自然である。海水浴場でたまたま知り合いになったことをきっかけに、「私」が頻繁に「先生」宅を訪れるようになって二人の関係が始まるのだが、両者がよほど一目で相手を気に入ったのでもないかぎり、この濃密な関係はあまり生じそうにない事態である。とりわけ「先生」がもともと人間嫌いを身上とする人物であることを考えると、いっそうその違和感が強まる。そういうことから、ここに二人の間の同性愛を嗅ぎ取る解釈まで出てくるのだが、じじつこの「私」の一方的な「先生」への思慕は「先生」自身によっても、こう解釈されていた。「私」がたびたび「先生」を訪れることについての対話部分である。


「あなたは物足りない結果私の所に動いてきたじゃありませんか」

「それはそうかも知れません。しかしそれは恋とは違います」

「恋に上(のぼ)る楷段なんです。異性と抱き合う順序として、まず同性の私の所へ動いて来たのです」

（上十三）


心理学的に見ても、鋭い指摘である。フロイトの精神分析ならば、この発言をそのまま認めることだろう。だから、このコメントによってかろうじて二人の出会いに一定の因果性が付与されたといっていいが、おそらく、それでもなお、一般の読者の違和感を払拭しきることはできないだろう。不自然さの一番は、何といってもKと「先生」二人の自殺の動機である。この作品を読んで、人間はこんなに簡単に自殺してしまうものだろうかという疑問を抱いた読者は少なくないはずである（この印象には、「先生」の自殺の場面がまったく書かれないということも与っているのかもしれない。Kの自殺もごくあっさりとしか描かれていない）。親友に出し抜かれたKのショックは理解できる。しかし、彼には哲学や宗教を極めようという大いなる志があった。そういう大志を抱いた人間にとって、友人の裏切りと、まだ相手に知られてもいない失恋が自分の全存在を否定するほどになりうるのだろうか。もっとも、われわれは、前に見たように、万有の真相は「不可解」だと叫んで華厳の滝に飛び込んだ哲学青年藤村操の例を知っている。だから、そのような人間がいることを絶対にありえないこととして全面否定することはできないのだが、しかし一般読者の側の「不可解」もまた残るのである。

同じ意味において「先生」の自殺の動機も、それほど自明なこととは思われない。親友を出し抜いて女性を手に入れたこと、それはたしかに疚しさに価する卑怯な行為である。それにつづいて起こったKの自殺の原因の一端を、その自分の卑怯な行為に帰することもわからぬではない。しかし、それがKの自殺の原因のすべてであったのか、Kの家族関係や個人的資質といった他の要因は考えなくていいのか、それにそれほどまでに思いつめていたのなら、Kは自分で打ち明けるべきではなかったのか、等々のことを考えてみれば、やはりすべてを自分のせいにする「先生」の思いこみにも不自然な過剰さが付きまとうのである。こうした不自然をたんなる漱石の記述の失敗のせいにして済ますことができないとするなら、われわれはおそらく彼らの自殺に関して別の原因を探さねばならないが、それについては後で詳しく論じることにする。

父と子の葛藤

この作品には告白、罪意識、死といった重いテーマが扱われていて、われわれの解釈も徐々にその方向に向かうことになるが、その前にそれらとはやや別のテーマに触れておきたい。それは中編

「両親と私」に見られる親子関係、とりわけ父と息子の関係である。このテーマに関しては、すでに『それから』が問題にしていた。まず、そのことの再確認から始めることにしよう。

実業家として成功をおさめ、しかも戦争経験者でもある代助の父親には、最高の教育を受けながら職に就かずにぶらぶらしている高等遊民の息子のことがまったく理解できない。それでも、代助が息子であることには変わらず、家長としての自分に従うべき存在とみなしていた。一方の代助も、かつて「維新前の武士に固有な同義本位の教育を受け」ながら、現在では実業家として「劇烈な生活慾に冒され」ている父親に矛盾を感じて批判的になっていた。

昔の自分が、昔通りの心得で、今の事業をこれまでに成し遂げたとばかり公言する。けれども封建時代にのみ通用すべき教育の範囲を狭める事なしに、現代の生活慾を時々刻々に充たして行ける訳がないと代助は考えた。もし双方をそのままに存在させようとすれば、これを敢てする個人は、矛盾の為に大苦痛を受けなければならない。もし内心にこの苦痛を受けながら、ただ苦痛の自覚だけ明らかで、何の為の苦痛だか分別が付かないならば、それは頭脳の鈍い劣等な人種である。代助は父に対する毎に、父は自分を隠蔽する偽君子か、もしくは分別の足らない愚物か、何方かでなくてはならない様な気がした。そうして、そう云う気がするのが厭でならなかった。（『それから』九）

ここで代助は封建時代の教育を受けた昔の父親にも、また実業家として成功を収めている今の父親にも反発を感じているのだが、彼がもっとも強い批判を向けるのは、父親がそこに生じている自らの「矛盾」にまったく無自覚無反省なことである。ここには、むろん父親個人というよりも、当時の日本社会総体が抱えている矛盾が暗示されており、この父子の対立は、そのまま文明批判のアレゴリーにもなっている。問題はこうした批判意識をもつ代助の実際の立ち居振舞いである。まず彼には、父親を怒らせて経済的支援を断ち切られてしまったら、自分の生活が困窮してしまうという打算がある。しかも本当に父親を説得するには相当の時間がかかるか、あるいは生涯かけても不可能かもしれないという諦めが先行して、それならむしろできるだけ波風を立てないほうがよいと考えている。この父親に対する反発（軽蔑）と諦めの態度がそのまま『こころ』の「私」にも引き継がれる。

「私」の父親は『それから』の父親のような都会で成功した実業家ではなく、たんなる田舎の老人である（この作品に特徴的なように、個人名はもちろん、田舎の名前も父親のかつての職業も示されない）。だから、この父親には代助の父親のような傲慢さもなければ、「矛盾」もないのだが、旧い因習やモラルから逃れられない点では同じである。だから「私」が父親を見る目もそこに向けられるのだが、そのかわり、こちらには都市（東京）に対する田舎の因習というバイアスがかかっている。「私」の大学卒業祝いをめぐる二人の意見の対立がそれを示している。つまり、こちらでは旧時代と新時代の世代対立に都市と地方の地理的対立が重なっているのだが、高等遊民の先生と父親の比較において明らかなように、そこにさらに知識人と非知識人という知的対比も加わり、いわば三重のディコトミーが併存しているのである（これについては拙著『父と子の思想』で詳しく論じたので、参照いただければ幸いである)。

したがって、そういう目で見ると、本当の対立は父親と「先生」の間に生じていることになるが、帰郷の場面では、いわば「私」が「先生」の代理となって父親と対立するという構図になっている。それをもっともよく表わしているのが次の引用である。

広い都を根拠地として考えている私は、父や母から見ると、まるで足を空に向けて歩く奇体な人間に異ならなかった。私の方でも、実際そういう人間のような気持を折々起した。私はあからさまに自分の考えを打ち明けるには、あまりに距離の懸隔の甚しい父と母の前に黙然としていた。(『こころ』中六)

都を中心に考えている「私」が「足を空に向けて歩く」とは、文字通り足が地に着いていることの反対で、生活の基盤がしっかりしていないという意味であり、ひいては高等遊民であることのメタファーである。だから、これにつづく部分で父親は「私」に向かってこういう。

「その先生は何をしているのかい」と父が聞いた。
「何にもしていないんです」と私が答えた。
私はとくの昔から先生の何もしていないという事を父にも母にも告げた積りでいた。そうして父はたしかにそれを記憶している筈であった。

「何もしていないと云うのは、またどういう訳かね。御前がそれ程尊敬する位な人なら何か遣っていそうなものだがね」（同）

知っていながら父があえてこう質問するのは、むろん父親が先生のようなあり方に対して批判的だからである。だが、こうした批判に対して「先生」の代理である「私」は面と向かって反論しない。それには、老いた病床の父親にはもはや先がないということもある。だが、『それから』の代助がそうであったように、「私」も旧い因習や意識のなかで生きてきた両親を説得することが、ほとんど絶望的に困難であると思っていることのほうが大きい。彼は必ずしも代助のように父親を恐れてはいない。しかし、新世代と旧世代、都市と地方、知識人と非知識人の間に横たわる三重の懸隔があまりにも大きすぎて、彼自身どう対応したらよいのかわからないのだ。この懸隔がもっとも増幅されたのが明治という時代だったといっていい。そしてその距離を埋める見通しがたたないいま親と争えば、いたずらに不和がエスカレートするだけであり、少なくともそうした無益な争いだけは避けたいと「私」は考えているのである。この心理はいつの時代でも同じであろう。

とはいえ、「私」はたんに優柔不断であるばかりではない。中編の最後で、「先生」からの手紙を受け取ると、危篤状態にある父親を放って東京行きの列車に飛び乗ってしまうからである。ここでは父の死と「先生」の死が両天秤にかけられ、「私」ははっきりと後者を選んだのである。常識的に考えると、これは相当に思い切った決断である。しかし、漱石は、あえて常識に反してでも、これによって新世代の気概を示そうとした。言い換えれば、そのくらいでなければ真の新時代の到来など不可能だという厳しい認識をもっていたのである。

では、この事態は父親の側にはどのような問題をもたらしているのだろう。彼は「私」に面と向かっては「学問をさせると人間がとかく理屈っぽくなって不可ない」と愚痴をこぼすのみだが、彼の頭のなかにあるのは「家」のことである。

父は死後の事を考えているらしかった。少なくとも自分が居なくなった後のわが家を想像して見るらしかった。

「小供に学問をさせるのも、好し悪しだね。折角修業をさせると、その小供は決して宅へ帰って来ない。これじゃ手もなく親子を隔離するために学問させるようなものだ」(同七)

出世のために子に学問をさせる。しかし、その出世とはたいていは都市においてそれなりの地位を得ることであり、それは必然的に家ひいては田舎を捨てることを意味する。言い換えれば、地方の人間にとって、個人の成功は皮肉にもそれを望んだ家ひいては地方の崩壊を結果するのである。これは凡庸きわまりない矛盾だが、その矛盾が矛盾のまま、なすすべもなく百年以上も続いているのだ。だから個人の成功と家の存続の両方を維持しようとすれば、家を個に分解してしまうか、そうでなければ家自体が都市へ移動する以外にないが、実際に代を重ねながらそのような構造的変化が起こったのが近代という時代にほかならない。その結果は都市への集中と過疎化という周知の平行現象である。漱石の生まれ育ちは東京である。しかし、松山と熊本の体験、それに彼のもとに頻繁に出入りしていた地方出の青年たちを通して、彼にはこの近代の構造的矛盾がよく見えていた。彼にとって父子の葛藤はたんなる個人の問題にとどまらず、社会構造の象徴でもあったのだ。

では、翻って、実際の漱石自身の父子関係はどうだったのだろう。父子関係といっても、彼の場合は自分の父親に対する関係と、父親としての自分の子に対する関係の二面があるのだが、幸いそれを端的にまとめたような本人の言葉が残されている。

おとっさんになると今日のような気分で郁文館の生徒なんかと喧嘩が出来る訳のものじゃない。世の中に何がつまらないって、おとっさんになるほどつまらないものはない。またおとっさんを持つより厄介な事はない。僕はおやじで散々手こずった。不思議な事はおやじが死んでも悲しくも何ともない。（一九〇六年一二月二二日小宮豊隆宛書簡）

こう書いた時点で漱石自身は四人の女の子の父親であるが、文面を読むかぎり、どうやら漱石の父子問題にはたんなる世代差や時代差には還元しきれない個人的な事情が絡んでいるようである。順を追って、まず「散々手こずった」とされる漱石とその父親との関係を見ておこう。周知のように、漱石には実父と養父の二人の「父」がいた。養父については次章のテーマ『道草』のなかで詳しく述べられているが、実父については、漱石はほとんど言及していない。晩年のエッセイ集『硝子戸の中』の第二十九章は、その意味で貴重な記録である。このなかで漱石は、自分が生まれてすぐ里子に出され、その後また養子に出されて、八、九歳の物心がつくころになって再び牛込の実家にもどされた経緯を簡単に記述した後、次のように書いている。

浅草から牛込へ遷(うつ)された私は、生まれた家へ帰ったとは気が付かずに、自分の両親をもと通り祖父母とのみ思っていた。そうして相変らず彼らを御爺さん、御婆さんと呼んで毫も怪しまなかった。向(むこう)でも急に今までの習慣を改めるのが変だと考えたものか、私にそう呼ばれながら澄ました顔をしていた。

私は普通の末ッ子のように決して両親から可愛がられなかった。これは私の性質が素直でなかったためだの、久しく両親に遠ざかっていたためだの、色々の原因から来ていた。とくに父からはむしろ苛酷に取扱かわれたという記憶がまだ私の頭に残っている。それだのに浅草から牛込へ移された当時の私は、何故か非常に嬉しかった。そうしてその嬉しさが誰の目にも付く位に著るしく外へ現われた。(『硝子戸の中』二十九)

漱石が生まれたとき、父親夏目小兵衛直克は五十歳、母親千枝は四二歳で、当時としてはかなりの高齢であり、実際この年齢で「御爺さん、御婆さん」は珍しくなかったであろう。真偽のほどは確かではないが、漱石が誕生直後に里子に出されたのも、母親が高齢出産を恥じたためという話も伝えられ、それが漱石自身の耳にも入っている。そういう事情を抱えた漱石の出生だったが、ある夜、家の下女がこっそりと次のようなことを耳打ちしてくれたのであった。

「貴君が御爺さん御婆さんだと思っていらっしゃる方は、本当はあなたの御父さんと御母さんなのですよ。先刻ね、大方そのせいであんなにこっちの宅が好なんだろう、妙なものだな、といって二人で話していらしったのを私が聞いたから、そっと貴君に教えて上げるんですよ。誰にも話しちゃいけませんよ。よござんすか。」

私はその時ただ「誰にもいわないよ」といったぎりだったが、心の中では大変嬉しかった。そうしてその嬉しさは事実を教えてくれたからの嬉しさではなくって、単に下女が私に親切だったからの嬉しさであった。不思議にも私はそれほど嬉しく思った下女の名前も顔もまるで忘れてしまった。覚えているのはただその人の親切だけである。（同）

飾らぬ筆でさらりと書かれているが、情感が伝わってくる良い文章である。このような特殊事情のもとでは父子関係にゆがみが出てくるのも当然といわなければならないが、その現われが『道草』における次のような記述である。健三（漱石）が養家から実家にもどったときを回顧する場面である。

実家の父にとっての健三は、小さな一個の邪魔物であった。なにしにこんな出来損いが舞い込んできたかという顔つきをした父は、ほとんど子としての待遇を彼に与えなかった。今までと打って変わった父のこの態度が、生みの父に対する健三の愛情を、根こぎにして枯らしつくした。（『道草』九一）

これがどのくらい真実を反映しているのか明らかではないが、少なくとも幼い健三（漱石）の目に映った父親はこのように冷たかった。

ここで簡単に漱石の実父小兵衛直克のことに触れておくと、夏目家は幕末までは馬場下から雑司ヶ谷にかけて（現在の早稲田大学の南方向一帯）の町方名主で、維新後も直克は区長を務めていた。喜久井町という町名は、菊花と井桁をデザインした夏目家の家紋（菊井）に由来するとされているし、夏目坂という地名も残っている。ということから、『それから』の代助の父親のような実業家ではないとしても、この実父もまた漱石の反抗心を刺激するだけの権威をそなえた存在であったことが想像される。実際漱石と実父とのあいだにはあまり熱い親子の情愛は通わなかったようで、それがエッセイのなかの「不思議な事はおやじが死んでも悲しくも何ともない」という言葉を吐かせたのであろう。これに対し、同じ疎遠な関係にありながらも、母親の記憶のほうはずっと共感的である（『硝子戸の中』三十八）。

この父親との淡泊な関係が、今度は「おとっさんになるほどつまらないものはない」とされた父親としての自分と子供たちの関係に影響を与えている。『道草』に実際の漱石夫婦を映したと思われるこんな対話がある。三人目の子供が生まれたときのことである。

「貴夫（あなた）なぜその子を抱いておやりにならないの」
「なんだか抱くと剣呑（けんのん）だからさ。頸でも折るとたいへんだからね」
「嘘をおっしゃい。貴夫には女房や子供に対する情合が欠けているんですよ」

「だってごらんな、ぐたぐたして抱きつけない男に手なんか出せやしないじゃないか」(『道草』八三)

この言い争いは、全面的に妻の言い分のほうが正しい。言い換えれば、こう書いた作者としての漱石はそのことを充分に自覚しているのである。にもかかわらず、彼が自分の子供を抱くことができないのは、彼自身の心のなかに屈折があるからにほかならない。その屈折はおそらく彼自身の幼少期のトラウマにまで行き着く。健三(漱石)は養父母による偽装の愛情を経験したが、真の親の愛情はほとんど経験しなかった。おそらく彼は自分でも経験していないことを自分の子供にどうやってやったらいいのかわからないのだ。それにくわえて、あの病的なまでの癇癪という性格がある。だから、当然のことながら、子供たちから見た父親としての漱石像はあまり芳しいものではない。たとえば次男伸六はエッセイ集の冒頭でこう述べている。

私は時折、私の友達やらいろいろの知人から、私の父についての感想を聞かれることがあるが、私はそんな時、よく妙に淋しい気のすることがある。それは恐らく、私が父に対してほとんど愛情らしい愛情も抱いていなかった――今も同様依然として抱いていない――そうした気持から来る感情かも知れない。(『父・夏目漱石』)

漱石自身が父親に対してもっていた疎隔感が立場を換えて、今度は息子と漱石のあいだで繰り返されているのだが、こちらの場合にも明確な理由がある。それは漱石自身の癇癪に発するＤＶ（家庭内暴力）である。伸六は兄純一と父親の三人で見世物小屋をひやかしたときの経験を報告している。射的場に入ることをねだったにもかかわらず、いざとなると恥ずかしいからできないと駄々をこねて、父親の二重外套の袖の下に隠れようとしたときである。

「馬鹿っ」
その瞬間、私は突然怖ろしい父の怒号を耳にした。が、はっとした時には、私はすでに父の一撃を割れるように頭にくらって、湿った地面の上に打倒れていた。その私を、父は下駄ばきのままで踏む、蹴る、頭といわず足といわず、手に持ったステッキを滅茶苦茶に振り回して、私の全身へ打ちおろす。兄は驚愕のあまり、どうしたらよいのか解らないといったように、ただわくわくしながら、夢中になってこの有様を眺めていた。その場に居合せた他の人達も、皆呆っ気にとられて茫然とこの光景を見つめていた。（同）

こういうトラウマが感情的に伸六を父親から遠ざけさせたのである。兄弟姉妹のなかでも比較的可愛がられたといわれる伸六でさえこの調子であったが、すぐ上の純一になると、もっとつれない。漱石の晩年に漱石山房に出入りしていた和辻哲郎が、後にベルリンで成人した純一と会ったときのことをこう書いている。

この純一君と話しているうちに、漱石の話がたびたび出たが、純一君は漱石を癇癪持ちの気ちがいじみた男としてしか記憶していなかった。いくら私が、そうではない、漱石は良識に富んだ、穏やかな、円熟した紳士であったと説明しても、純一君は承知しなかった。子供のころ、まるで理由なしになぐられたり、どなられたりした話を、いくつでも持ち出して、反駁するばかりであった。そこにはむしろ父親に対する憎悪さえも感じられた。(「漱石の人物」)

和辻は子供のしつけのために父親が折檻するのはよくあることで、創作家の場合は精神的疲労のせいで暴発することがあると、漱石に対してはずいぶん同情的なのだが、和辻自身は漱石の異常さを身をもっては知らなかった。最悪の時期を知っている長女筆子と次女恒子などはもっと苛酷で理不尽な体験をしている。

興味深いのは、こうしたDVとは裏腹に、漱石が自宅に集まってくる青年たちに対しては厚く優しい「父性」を発揮していることである。和辻の同じ文章から引用する。

木曜会で接した漱石は、良識に富んだ、穏やかな、円熟した紳士であった。癇癪を起こしたり、気ちがいじみたことをするようなところは、全然見えなかった。諧謔で相手の言い草をひっくり返すというような機鋒はなかなか鋭かったが、しかし、相手の痛いところへ突き込んで行くというような、辛辣なところは少しもなかった。むしろ相手の心持ちをいたわり、痛いところを避けるような心づかいを、行き届いてする人であった。だから私たちは非常に暖かい感じを

受けた。（同）

そしてこの事実と漱石の家庭との関係をこう表現している。

日本で珍しいサロンを十年以上開き続けていたということは、決して犠牲なしに行なわれ得たことではなかった。漱石は多くの若い連中に対してほとんど父親のような役目をつとめ尽くしたが、その代わり自分の子からはほとんど父親としては迎えられなかった。これは家庭の悲劇である。漱石のサロンにはこの悲劇の裏打ちがあったのである。（同）

人を笑わせる噺家は自宅では往々にして不機嫌な人物であるといわれるが、漱石の外面（そとづら）と内面（うちづら）の乖離は極端であり、異常でさえあった。しかし、まさにその感情の振子の両極を往復するところに漱石の人物と思想があったというべきであって、片方のみでは真に漱石を理解したことにはならない。諧謔や美学を重んじた前期の作品群が外面なら、本書が扱っている内的苦悩を主題とする後期の作品群は内面に対応しているといえるが、ともに漱石の作品であることに変わりはないのと同じである。

告白と罪意識

『こころ』という作品のもっとも中心に置かれているテーマは何だろう。それは罪の意識である。

冒頭の謎めいた「先生」の遁世者のような生活とそのメランコリーに始まって、彼の自殺と遺書で終わるこの物語を支配しているのは、もっぱら自殺してしまった友人に対する彼の罪意識だからである。ある意味で、それがこの作品のすべてだということもできる。

振り返ってみると、漱石はこれまでの作品のなかでもときどき罪意識に言及していた。『三四郎』において三四郎を袖にした美禰子は「愆（とが）」という言葉を呟いていたし、『それから』の代助も三千代への告白に際して「罪」を口にしていた。言い換えれば、漱石の頭のなかには、ある時期から一貫して罪という観念が宿っていたのである。たしかに「ツミ」は「トガ」と並んで日本に古くからある言葉である。だが、漱石の作品のなかで問題にされる「罪」は明らかにそれらとは素性を異にしている。美禰子の口にした「愆（とが）」には聖書の影がさしていたし、代助の「罪」は深い内省と連動していた。言い換えれば、それは近代において日本人が初めて経験した罪意識であり、それまでの禊や祓いによって清められてしまうような儀礼的なツミとはおよそ質を異にする「罪」である。

では、この新しい罪意識のメルクマールをなすものは何か。それは内面と告白である。その意味で『三四郎』と『それから』のあいだにはひとつの質的転換があることは前に述べたとおりである。美禰子の「愆（とが）」にはまだ彼女の内面が充分に反映されていないのに対して、代助の罪意識には苦闘する内面の告白という裏付けがある。明らかに『こころ』を一貫している罪意識はこの後者の罪意識の延長上にある。

では、この内面の告白という新たなテーマはどのようにして出てきたのだろう。近代ヨーロッパ文学や思想の影響をいうことはたやすい。しかし、「内面」はたんなる模倣によって生まれることはできない。そこには内面発生のための何らかの心的機制（メカニズム）があるはずである。『日本近代文学の起源』で柄谷行人はかつてこう述べた。

（前章で、）私は表現さるべき「内面」あるいは自己がアプリオリにあるのではなく、それは一つの物質的な形式によって可能になったのだと述べ、そしてそれを「言文一致」という制度の確立においてみようとした。同じことが告白についていえる。告白という形式、あるいは告白という制度が、告白さるべき内面、あるいは「真の自己」なるものを産出するのだ。問題は何をいかにして告白するかではなく、この告白という制度そのものにある。隠すべきことがあって告白するのではない。告白するという義務が、隠すべきことを、あるいは「内面」を作り出すのである。（『日本近代文学の起源』III「告白という制度」）

人間は初めから内面なるものをもって生まれたのではなく、あくまでそれは「制度」の生み出したものであるという考えは以前からあった。比較的新しいところでいえば、パノプティコンから生じる自己監視型精神のメカニズムを明らかにしたフーコーがそうだが、もう少し古い例をとるなら、キリスト教の罪概念を辛辣に批判したニーチェである。ニーチェは罪 Schuld を文字通り借金 Schulden に還元して考えた。借金をして、それを返却できなくなった債務者は罰を受けなければならない。この罰は基本的に債権者の債務者に対する暴力となって現われる。だが、人類は「社会と平和の拘束」を知って以来、その暴力的本能の捌け口を失ってしまった。その結果どうなったのか。

外へ向けて放出されないすべての本能は内へ向けられる——私が人間の内面化と呼ぶところのものはこれである。後に人間の「魂」と呼ばれるようになったものは、このようにして初めて人間に生じてくる。当初は二枚の皮の間に張られたみたいに薄いものだったあの内的世界の全体は、人間の外への放け口が堰き止められてしまうと、それだけいよいよ分化し拡大して、深さと広さとを得てきた。国家的体制が古い自由の諸本能から自己を防衛するために築いたあの恐るべき防堡——わけても刑罰がこの防堡の一つだ——は、粗野で自由で漂泊的な人間のあの諸本能に悉く廻れ右をさせ、それらを人間自身の方へ向かわせた。敵意・残忍、迫害や襲撃や変革や破壊の悦び、——これらの本能がすべてその所有者の方へ向きを変えること、これこそ「良心の疚しさ」の起源である。(『道徳の系譜』II一六)

むろん、これは極端な仮説的解釈である。だが、このニーチェの諧謔的な批判が形骸化したキリスト教の贖罪ないし告解という制度に向けられていることを見逃してはならない。そしてそのかぎりで、ニーチェはこういうのだ。

上述のような事態とともに、そして上述のような事態のもとに、果たして何が起こったかを諸君はすでに察知したことであろう。それは、内面化され自己自身の内へ逐い戻された動物人間のあの自己苛責への意志、あの内攻した残忍性である。飼い馴らすために「国家」のうちへ閉じ込められた動物人間は、この苦痛を与えようとする意欲のより自然的な放け口が塞がれて後は、自分自らに苦痛を与えるために良心の疚しさを発案した、――良心の疚しさをもつこの人間は、最も戦慄すべき冷酷さと峻厳さとをもって自分を苛虐するために宗教的前提をわが物とした。神に対する負い目、この思想は彼にとって拷問具となる。（同二二）

「内面」が人間にとって生れながらのものではないという思想は、どっぷりと近代という時代のなかに浸かって生きている今日のわれわれには容易に受け入れがたいかもしれない。しかし、人間の「こころ」というものの機制を少しでも立ち入って解明しようとするならば、簡単に無視してすますことのできない考えである。ニーチェの『ツァラトゥストラ』を熱心に読んだ漱石が、はたして同じニーチェのこのような道徳の系譜学までも知っていたかどうかは定かでない（おそらく知らなかっただろう）。しかし、図らずも『こころ』という作品は、まるでそのような心的機制を傍証するかのような記述に満ち溢れているのである。

そういう目であらためて読みなおしてみると、この作品には「自白」「告白」「白状」それに「打ち明ける」「懺悔」といった言葉が頻出していることに気づくが、重要なのはたんなる頻度の問題ではなく、その中身である。具体的に検証してみよう。

まずこの作品全体の構図を決めている重要な告白がある。それはとりもなおさず「先生」の「私」に対する告白である。下編「先生と遺書」はまさに告白以外の何ものでもない。これが可能となったきっかけは次の会話であった。二人で散歩をしたある日「私」は「先生」に隠し事をしているのではないかと迫る。つまり「私」は間接的に「先生」に告白を要求したのである。

「あなたは大胆だ」

「ただまじめなんです。まじめに人生から教訓を受けたいのです」

「私の過去を訐(あば)いてもですか」

訐くという言葉が、突然恐ろしい響きをもって、私の耳を打った。私は今私の前にすわっているのが、一人の罪人であって、ふだんから尊敬している先生でないような気がした。先生の顔は蒼かった。

「あなたはほんとうにまじめなんですか」と先生が念を押した。「私は過去の因果で、人を疑りつけている。だから実はあなたも疑っている。しかしどうもあなただけは疑りたくない。あなたは疑るにはあまりに単純すぎるようだ。私は死ぬ前にたった一人でいいから、他(ひと)を信用して死にたいと思っている。あなたはそのたった一人になれますか。なってくれますか。あなたは腹の底からまじめですか」（上三十一）

告白には信頼が絶対的な前提である。この前提がないところでは人は告白などしない。「あなたは腹の底からまじめですか」という問い返しが示しているように、この場面は「先生」がその確認をしているところである。だから、時が経って「先生」が「私」に宛てて書いた告白の手紙つまり遺書の冒頭はこう始まる。

あなたから過去を問いただされた時、答える事のできなかった勇気のない私は、今あなたの前に、それを明白に物語る自由を得たと信じます。しかしその自由はあなたの上京を待っているうちにはまた失われてしまう世間的の自由に過ぎないのであります。従って、それを利用できる時に利用しなければ、私の過去をあなたの頭に間接の経験として教えてあげる機会を永久に逸するようになります。そうすると、あの時あれほど堅く約束した言葉がまるでうそになります。私はやむを得ず、口で言うべきところを、筆で申し上げる事にしました。（中一七）

告白に躊躇(ためらい)は付きものである。逆にいえば、躊躇のない告白などありえない。だから、告白するとは、信頼ないし信用の力によって躊躇から解放されることだということもできる。「先生」がここでいっている「自由」とはそういう意味である。だから自分が自由になったとは、自分は貴方を信じてこれから告白するという宣言でもあるわけだ。このことは宗教的な告白においてもまったく同じである。告解をするのは、さしあたり目の前の神父を信じるということであり、その信頼がそのまま神への信仰になると信じることにほかならないからだ。つまり信じることを信じるのである。

その場合告白する者は自らを「罪人」として呈示する。だから前の引用で「私」の目の前にいる「先生」が「一人の罪人であって、ふだんから尊敬している先生でないような気がした」のも、その予兆として不思議ではない。じじつ「先生」はこの遺書という告白によって自らを「罪人」に仕立てあげたのだ。これが作品全体の構図を決定している告白である。

さらに明らかにしなければならないのは、その告白としての遺書のなかで語られる告白の問題である。このなかで「先生」は二度の告白の機会に遭遇している。ひとつは下宿の奥さんに、お嬢さんを嫁にもらいたいと訴える告白である。彼は最初躊躇と意地からこれができなかった。しかし、Kの気持ちを知ってライバル心と焦燥感が生じたときに、いわば嫉妬をバネにして告白を果たしたのだった。これに対してKは「先生」には告白をしたものの、肝心の奥さんないしお嬢さんには最後までこれを果たすことができなかった。つまりこちらの告白は中途で挫折したのである。

だが、問題は彼らが奥さんないしお嬢さんに告白したかどうかにはない。決定的な問題はKから告白を受けた「先生」が、自分のほうの気持ちをKに告白しないままで終わってしまったことである。これは何を意味するか。Kは「先生」を信じたけれども、「先生」のほうはKを信じなかったということであり、二人のあいだには対等な信頼の交換が成り立っていないということである。だから、それを「友情」だということは「先生」にとっては欺瞞になる。これが「先生」の苦悩にほかならないわけだが、問題の核心はもうひとつさきにある。「先生」にはしばらくのあいだこの不均等な信頼の交換を是正する機会があった。ところが、Kの予期せぬ死によって、それが永久に不可能になってしまった。つまり、もはや取り返しのつかない事実となって確定してしまったのである。はたして自殺したKを発見したときの「先生」はこういう言葉を吐いている。

私の目は彼の室(へや)の中を一目見るや否や、あたかもガラスで作った義眼のように、動く能力を失いました。私は棒立ちに立ちすくみました。それが疾風のごとく私を通過したあとで、私はまたああ失策(しま)ったと思いました。もう取り返しが付かないという黒い光が、私の未来を貫いて、一瞬間に私の前に横たわる全生涯をものすごく照らしました。そうして私はがたがたふるえだしたのです。（下四十八）

「すみません」という謝りの言葉がある。それはもともと、自分のしでかしたことが、取り返しのつかないことで、もはや済ませる（解決する）ことができなくなってしまったという苦い確認の表現である。時間は不可逆である。だから、一度起こってしまったことは取り返しがつかない。しかし、それでもまだあとからいくらかでも埋め合わせるということがある。だが、死という事態はその最後のチャンスである埋め合わせの可能性をも剥奪してしまう。「先生」はKに対してもはや永久に謝罪はおろか埋め合わせもできない。信頼関係は偏ったまま凝固してしまったのである。これが「先生」の苦悩の核心である。

さきにニーチェが罪 Schuld の起源は借金 Schulden にあると述べていることを指摘しておいた。しかし、まだ返していなくても、いつか返せる目途があるうちは、たとえあまり良い気分ではないとしても、つまり疚しさはあるにしても、まだ罪意識をもつ必要はない。厳密には、その借金なし借りがもはや返済不可能になってしまったときにこそ、はじめてそこから転じて罪が生じるのだ。その意味で「すみません」という本来「未済」を表わす言葉は、罪意識の発生にとってなかなかに意味深長だといえる。この点で精神病理学者木村敏の次の言葉が参考になる。

重症の鬱病では、自分はどうしても償うことのできない重罪を犯したと信じこむ罪責妄想、不治の業病にかかってしまったと思い込む心気妄想、家庭の経済状態が回復不能の打撃をうけたと思い込む貧困妄想の、いわゆる「鬱病の三大妄想」が出現するけれども、このような重症鬱病は近年めだって減少している。しかし、これらの妄想において特に顕著に見てとることのできる「とりかえしのつかぬことになった」という共通の意味方向は、最軽症のものまで含めて、鬱病者のすべてに例外なく見出すことのできる基本的特徴であって、精神病理学的には多くの臨床症状よりもはるかに重要である。(『時間と自己』第二部2「鬱病者の時間」)

木村はこの特徴を「ポスト・フェストゥム」と名づけた。それは文字通り「祭りの後」、どんなに悔んでも、もはや取り返し不可能な「後の祭り」だという意識と同じだからである。鬱病者はこの取り返し不可能なことを取り返そうと、ひたすら過去にこだわりつづけるが、それはもともと不可能であり、矛盾なのだ。言い換えれば、「すまない」ことをもはや「済ます」わけにはいかない以上、鬱病者は永遠に未済の意識すなわち「借り」「負い目」「疚しさ」の重圧から逃れることができない。木村の言葉では、こうなる。

この「済まない」という意識は、本来は済むべきはずの事柄が、未済のまま完了してしまっている事態を指している。未済のままでも、それが完了していないのならば、「まだ済んでいない」だけであって、そこから「済まないことをしてしまった」という復原不能性は生じてこない。ポスト・フェストゥム的な過去は、所有の内実が失われたまま、空虚で否定的な所有の形骸だけが残った現在完了型の形をとるのだと言ってもよい。（同）

前にも引用した秋山豊は漱石文学の特徴を「片付かないということ」のなかに見ているが（『漱石という生き方』39章）、漱石を厳密に病理学的な意味で鬱病患者とみなすかどうかとは別に、総じて漱石の心のなかには、つねにそのような「ポスト・フェストゥム」の性癖が宿っていたように見える。少なくともそのかぎりで彼は充分にメランコリーの人だったということができる。

さらに、罪意識の発生についてのニーチェの論議にあった、もうひとつの観点についても触れておこう。ニーチェは「敵意・残忍、迫害や襲撃や変革や破壊の悦び、――これらの本能がすべてその所有者の方へ向きを変えること、これこそ「良心の疚しさ」の起源である」と述べていた。いったい『こころ』という作品のなかにこのような攻撃本能を認めることができるのだろうか。この点に関して重要なヒントを与えてくれるのが、お嬢さんをめぐる「先生」とKの三角関係である。この三人のうちで、まがりなりにも怒りとか敵意と呼べるようなものをもったのは、唯一「先生」だけである。Kからの告白を受けた「先生」が「精神的に向上心のないものは、ばかだ」とKをなじったことを「先生」自身は「たんなる利己心の発現」だったと反省しているが（下四十一）、これはKに対する敵意であり、一種の攻撃本能である。これに対してKのほうは「先生」の気持ちを知らないから、このような敵意を抱きようがない。だからこそ彼は「先生」を信じて打ち明けたのでもあった。

ここで問題となるのは、「先生」はKにライバル心というかたちでの敵意を抱きながらも、同時に彼を親友だと思っていたことである。つまり「先生」はライバル心を抱いて以来つねに愛憎半ばするアンビヴァレンツの状態に置かれていたのである。この状態にニーチェの仮説を適用するなら、「先生」の攻撃本能は最初はライバル視していたKに向けられていたのだが、その目標だったKが死んでしまうと、行き場を失った本能は「先生」自身に向かったということになる。そこから「先生」の「内面」が深まり、自分が裏切り者だという自虐的な内省も生まれる。そしてそれが常態化したとき「先生」は永遠に「取り返し不可能」な罪意識に悩まざるをえなくなるのだ。はたしてこのような推理がどこまで妥当性をもつものか、私は知らない。しかし、少なくとも人間の心の機制を知るうえでいくらかの真実を語っているだろう。おそらく「恋愛は罪悪だ」といっていた「先生」の言葉も、深いところではそのようなことと関係している。

憂鬱な自殺

強い罪意識に次いで問題にしなければならないのは、その結果として起こった「先生」の自殺である。「先生」は罪と自殺について、こう述べていた。

私はただ人間の罪というものを深く感じたのです。その感じが私をKの墓へ毎月ゆかせます。その感じが私に妻の母の看護をさせます。そうしてその感じが妻に優しくしてやれと私に命じます。私はその感じのために、知らない路傍の人から鞭(むちう)たれたいとまで思った事もあります。

こうした階段をだんだん経過してゆくうちに、人に鞭たれるよりも、自分で自分を鞭つべきだという気になります。自分で自分を鞭つよりも、自分で自分を殺すべきだという考えが起ります。私はしかたがないから、死んだ気で生きて行こうと決心しました。（下五十四）

この説明にどれだけの説得力があるのだろうか。罪意識から自分を鞭うつ気持ちまではわかるとしても、それが「自分で自分を殺す」ことへ移行するには、それへの飛躍を可能にする心理上の何かがなければならないと思われるのだが、漱石はその移行が、順を追ってごく自然に起こるかのように書いている。だから、大岡昇平などは同じ作家の立場から次のような不満を漏らすことになる。

　この思想的自殺は少し無理だ。漱石はそれをよく知っていて、明治天皇の崩御と乃木将軍の殉死といういきっかけを設けているが、いずれにしても「先生」はいささか無理矢理に自殺させられてしまった感じである。「先生」の生活にも死にも芝居が多すぎる。（『小説家夏目漱石』序説）

この感想に賛同する読者は少なくないであろう。大岡のいうとおり、乃木将軍の死はたんなるきっかけにすぎず、それが動機となることはありえない。「先生」は「私」の父親のように、ナイーヴに乃木将軍を信奉していたわけではないからである。だとすると、彼の自殺の動機としては前の引用が語っているように、「罪」の意識しかないことになるが、しかしこの作品には罪と死のあいだの必然的なつながりが充分に書かれているとは思えないのである。このことを考えてみようとするとき、気になる記述がひとつある。それは「先生」の罪意識の直接の原因となったKの自殺の動機を「先生」自身が推理している箇所である。

　同時に私はKの死因を繰り返し繰り返し考えたのです。その当座は頭がただ恋の一字で支配されていたせいでもありましょうが、私の観察はむしろ簡単でしかも直線的でした。Kはまさしく失恋のために死んだものとすぐきめてしまったのです。しかしだんだん落ち付いた気分で、同じ現象に向かって見ると、そうたやすくは解決が着かないように思われて来ました。現実と理想の衝突、——それでもまだ不充分でした。私はしまいにKが私のようにたった一人で淋(さむ)しくってしかたがなくなった結果、急に所決したのではなかろうかと疑いだしました。そうしてまたぞっとしたのです。私もKの歩いた道を、Kと同じようにたどっているのだという予覚が、折々風のように私の胸を横過(ぎ)り始めたからです。（下五十三）

この推理が正しければ、Kの自殺の動機は失恋ではなく、「先生」の自殺もたんなる罪意識ではないことになる。動機はただ両者に共通する「淋しくってしかたがない」気持ちそのものにある。言い換えれば、Kの失恋と「先生」の罪意識はむしろきっかけであって、本当の動機は生きていることをもっぱら淋しいと感じてしまう性格のほうにあるということである。だとすれば、われわれは自殺の動機をこの「先生」やKに共通する性格のほうに探らなければならない。
世の中に淋しい人間はいくらでもいる。しかし、自殺にまでつながるような淋しさをもった人間は少ない。この淋しさは特定の対象をもたない。しいていえば、世の中総体に対して覚えるような淋しさである。そしてそこには自分の生も含まれる。要するに自分が生きていること自体に違和感を覚えるような淋しさである。あえていえば、存在論的淋しさと呼んでもいいかもしれない。それは『行人』のところで指摘しておいた「存在論的不安」や「存在論的危機」と同じものである。

「私」がたびたび「先生」の家を訪ねるようになったある日、「先生」は、なぜそんなにたびたび自分のような者のところへやってくるのかと訊き、そのときに「私はさびしい人間です」と述べていた。そして数日後また「私」が訪れると、こんな会話がなされたのだった。

> 「私はさびしい人間です」と先生はその晩またこのあいだの言葉を繰り返した。「私はさびしい人間ですが、ことによるとあなたもさびしい人間じゃないですか。私はさびしくっても年を取っているから、動かずにいられるが、若いあなたはそうは行かないのでしょう。動けるだけ動きたいのでしょう。動いて何かにぶつかりたいのでしょう。……」
> 「私はちっとも淋（さむ）しくはありません」
> 「若いうちほど淋しいものはありません。そんならなぜあなたはそうたびたび私の宅（うち）へ来るのですか」
> ここでもこのあいだの言葉がまた先生の口から繰り返された。
> 「あなたは私に会ってもおそらくまださびしい気がどこかでしているでしょう。私にはあなたのためにそのさびしさを根元から引き抜いてあげるだけの力がないんだから。あなたはほか

のほうを向いて今に手を広げなければならなくなります。今に私の宅のほうへは足が向かなくなります」

先生はこう言ってさびしい笑い方をした。（上七）

問題はこの淋しさである。この淋しさは他人と会ってもけっして癒されない。それはたんなる人と一緒にいることの反対語としての淋しさではないからである。たんなる独りぼっちであれば、だれか他人と会えば癒される。それは淋しいというより、むしろ退屈にすぎない。しかし、ここで「先生」が口にしている「淋しさ」は他者によって癒されることのない、いわば自分が存在していることそのことから湧き出てくるような「淋しさ」なのだ。あえて「退屈」という言葉にこだわりたいなら、あの無限の宇宙を前にしてパスカルが感じた「退屈（アンニュイ）」に近いといってもいいかもしれない。

ここで前に触れた藤村操の投身自殺のことを想起しよう。藤村は遺書「巌頭之感」にこう記していた。

万有の真相は唯だ一言にして悉す、曰く「不可解」。
我この恨を懐いて煩悶、終に死を決するに至る。

藤村は万有の真相が不可解だから自分は煩悶し、その結果ついに自殺を決意したといっていた。たしかに、どんなことも突きつめてみれば、確かなことなど何ひとつないといっていい。デカルトがやったように、世界は疑おうと思えば、どこまでも疑うことができる。デカルトは唯一そのように疑う自分が存在することだけは確かだと述べたが、それは必ずしも真理ではない。なぜなら、われわれは自分という存在をすら疑問に付すことができるからだ。じじつ、そういう疑問に悩む人々がいる。まさに『行人』の一郎がそうであったように、世の中がことごとくよそよそしくなり、ついには自分自身が存在していることも不確かになって、もっぱら得体の知れない不安のなかで日々を送っている人間がいるのだ。それはたいていは「病者」として扱われる。しかし、この「病者」は多かれ少なかれ、「健常者」だと思いこんでいるわれわれだれのなかにも巣食っている。ふだんは、ただそれが「日常」というものによって隠蔽されているだけにすぎない、そう考えてみることは不可能ではない。というか、一度はそのようなことに思い至ってみるべきである。でなければ、ひとは永遠に他人はおろか、自分自身さえわからないままであろう。

個体の死を現象の世界から不可知な物自体としての宇宙的意志への帰還ととらえたショーペンハウアーは自殺を否定する根拠などどこにもないとして、それは人間に許された権利だという。ただ人がそれを容易におこないえないのは、自殺に際しての肉体的苦痛が番人のようにして見張っているからにすぎないとし、さらにこう述べている。

（即ち）並みはずれて激烈な精神的苦悩に責めさいなまれている人の眼には、自殺と結びつけられている肉体的苦痛などは全くもののかずでもないのである。このことが特に顕著に見られるのは、純粋に病的な深刻な憂愁によって自殺へと駆られる人達の場合である。この人達にとっては、自殺は全然何らの克己をも必要としない。彼らには自殺のための心構えすら全然必要でないのである。彼らに附添うていた見張人がただの二分間でも留守したら最後、彼らは直ちにおのが生命にとどめをさすことになるのである。（『自殺について』「自殺について」）

ここであらためて振り返ってみるべきは、Kを自殺に追いやった絶望である。たしかにKは失恋と「先生」の裏切りにショックを受けた。しかし、そのような個人的恨みが彼の自殺の原因ではないのだ。そもそもKはどのような青年だったかを考えてみればいい。寺の次男として生まれた彼は跡取りを探していた医者の家に養子に出されていたが、東京の学校では医学の勉強をそっちのけにして、もっぱら「道」のために精進するような青年だった。そのため養家からも実家からも勘当されてしまったのだが、哲学や宗教など道を求めての向学心はますますエスカレートし、ついには「神経衰弱」に陥るほどであった。「先生」の目に映る彼は「我慢と忍耐の区別を了解」することもできないまま「自分で自分を破壊しつつ進」んでいくような男である。

よりにもよってその彼がお嬢さんに片想いをして苦悩し、それを「先生」に打ち明けたのだった。さきを越された「先生」にライバル心と嫉妬の感情が燃え上がっていく。ある日二人が散歩をしているとき、「先生」は「精神的に向上心のないものはばかだ」と、かつて自分にいわれた言葉を使ってKを非難する。それに打ちのめされたKは、これ以上このことについて話すのをやめてくれという。小説の読解上は、それにつづく会話が非常に重要な意味をもっている。

「やめてくれって、僕が言い出した事じゃない、もともと君のほうから持ち出した話じゃないか。しかし君がやめたければ、やめてもいいが、ただ口の先でやめたってしかたがあるまい。君の心でそれをやめるだけの覚悟がなければ。いったい君は君の平生の主張をどうするつもりなのか」

　私がこう言った時、背の高い彼は自然と私の前に委縮して小さくなるような感じがしました。彼はいつも話すとおりすこぶる強情な男でしたけれども、一方ではまた人一倍の正直者でしたから、自分の矛盾などをひどく非難される場合には、決して平気でいられない質（たち）だったのです。私は彼の様子を見てようやく安心しました。すると彼は卒然「覚悟？」と聞きました。そうして私がまだなんとも答えない先に「覚悟、――覚悟ならない事もない」と付け加えました。彼の調子はひとり言のようでした。また夢の中の言葉のようでした。（下四十二）

問題はここに出てくる「覚悟」という言葉である。「先生」は最初これをどう理解したのか。

私はただKがお嬢さんに対して進んでゆくという意味にその言葉を解釈しました。果断に富んだ彼の性格が、恋の方面に発揮されるのがすなわち彼の覚悟だろうといちずに思い込んでしまったのです。（同四十四）

「思い込んでしまった」という表現が暗示するように、のちの「先生」はこの解釈がまちがっていたと考えている。つまり、Kが「覚悟」したのは、お嬢さんに自分の気持ちを打ち明けることではなくて、むしろ反対にお嬢さんへの想いを断ち切ること、場合によってはそのために自分の命をも断ち切ることだったのではないかと、「先生」はあらためて考えなおしたのである。だとすると、当然Kの自殺の原因も失恋ではないことになる。そして「先生」がこのような反省をしたときに、さきに引用したようなあの「淋しくってしかたがない」人間が出てきたのである。Kも「先生」も具体的な事柄に躓いたり傷ついたから自殺するというタイプの人間ではない。あえていえば、もともと自殺を志向してしまうような「神経衰弱」を病んだ「煩悶青年」であったがゆえに、容易に失恋や裏切りに躓いてしまったのである。因果関係は逆転している。彼らの死はさしあたり「煩悶死」と呼ぶことができるだろう。

それにしてもひとは観念だけで死ぬことはできない。自分の生を断ち切るにはそれなりの理由が要る。私はさきに、きっかけとなる具体的な事柄よりも、むしろその人の性格のほうにこそ原因を求めるべきだと述べた。露骨にいってしまえば、自殺しやすいタイプの性格があるということだ。では、それはどんな性格なのか。

私はこれに関して木村敏の「ポスト・フェストゥム」という概念にも触れておいた。これは鬱病ないしメランコリーにおける時間意識の特徴を用語化したものだが、木村の師ともいうべきドイツの精神病理学者テレンバッハは名著『メランコリー』のなかで「メランコリー親和型」の基本特徴として「インクルデンツ」と「レマネンツ」という概念をあげている。「インクルデンツ」とは与えられた秩序から出られなくなってしまうことで、そのような傾向をもつ人は何ごとも几帳面で真面目だが、それが極端で融通がきかない。いわゆる杓子定規の人間である。そして自分に実現不可能なほど高い要求水準を課すため、結果的に目標と現実のあいだの自己矛盾に陥ってしまう、とテレンバッハはいっている。

　われわれの論議にとってより重要なのは、もうひとつの「レマネンツ」と呼ばれる概念で、これはさきほどの木村の「ポスト・フェストゥム」のもとになった概念である。テレンバッハはこの概念を「Hinter-sich-selbst-zurückbleiben」というドイツ語で表現している。邦訳者の木村はこれを「自己自身におくれをとること」と訳しているが、文字通りには「自分自身の後に残ったまま」という意味である。つまり何ごとも片付くことなく、そのまま片付いていない自分の過去にへばりついてしまっているということである。だから、木村も指摘したように、メランコリー者は何ごとも「済ませ」「片付ける」ことができないで、もっぱら過去に拘泥しつづけるのである。木村はこれを「未済のまま完了してしまった」と表現した。

　罪の意識が、まさに何ごとも未済で片付いていないため、もっぱら過去に拘泥することから生じているとすれば、そこに欠けているのは未来への志向である。観念としての「未来」はあるとしても、それは自分自身の生の飛躍（エランヴィタール）を鼓舞するようなものではない。まさに「閉じて」「完了」してしまった「未来」でしかない。だが、ひとはこのような「未来」をもって生きることはできない。未来は文字通り「未だ来ない未知」であるが、それゆえにこそわれわれに奮起や生気を与えてくれる重要な実存のファクターである。そしてそれがまた「希望」とか「企図」といったものを生み出す。だから、これが失われれば、生そのものを推進していく飛躍のエネルギーもまた消失してしまう。希望は失望ないし絶望に変わる。そういう人にとっては自分が生きていることまでが「後に残ってしまって、おくれをとった」事態となってしまうのだ。テレンバッハの報告する患者ハンス・Dの証言は驚くまでに「先生」の性格と一致する。

> 精神科に送られた患者は、以前同様、石のように動きを失っていた。ただほんのときたま、短いことばが彼の口から洩らされた。それはたとえば、《なにもかもおしまいだ、なにもかも空しいことだ、なにもかもごまかしだ》というようなことだった。彼がいうには、彼はとっくの昔に死んでいなくてはならないはずなのにまだ生きている。そのために彼は生命の法則を破ってしまった、だから世界が破滅したのだ、それで自分は途方もない罪を背負いこんだのだ、ということである。(『メランコリー』IV「内因性メランコリーの病因論」)

ここで「先生」が自殺するきっかけとして、なぜ乃木将軍の自死に言及したかが明らかになる。彼が将軍のなかに見たのは次のことである。

> 乃木さんはこの三十五年の間死のう死のうと思って、死ぬ機会を待っていたらしいのです。私はそういう人にとって、生きていた三十五年が苦しいか、また刀を腹へ突き立てた一刹那が苦しいか、どっちが苦しいだろうと考えました。(下五十六)

乃木の自刃もそれに共感する「先生」の自殺も、ともにレマネンツを原因とする死であり、存在論的危機が生み出した憂鬱な自殺というべきである。

では、作品の登場人物ではなく、漱石本人は自殺についてどのような考えをもっていたのだろう。それを知るのに格好の手紙がある。

拝復。私が生より死を択ぶというのを二度もつづけて聞かせるつもりではなかったけれども、つい時の拍子であんな事をいったのです。しかしそれは嘘でも笑談でもない。死んだら皆に柩の前で万歳を唱えてもらいたいと本当に思っている。私は意識が生のすべてであると考えるが、同じ意識が私の全部とは思わない。死んでも自分はある。しかも本来の自分には死んで始めて還れるのだと考えている。私は今のところ自殺を好まない。恐らく生きるだけ生きているだろうと思う。そうしてその生きているうちは普通の人間の如く私の持って生れた弱点を発揮するだろうと思う。私はそれが生だと考えるからである。私は生の苦痛を厭うと同時に無理に生から死に移る甚しき苦痛を一番厭う。だから自殺はやりたくない。それから私の死を択ぶのは悲観ではない厭世観なのである。悲観と厭世の区別は君にも御分りの事と思う。（一九一四年一一月一四日林原耕三宛書簡）

死は積極的に（喜んで）受け入れるが、自殺は望まない。これが漱石の死に対する基本的なスタンスである。「この頃は何となく浮世がいやになりどう考えても考え直してもいやでいやで立ち切れず、さりとて自殺するほどの勇気もなきはやはり人間らしき所が幾分かあるせいならんか」とかつて親友正岡子規に向けて書いた学生漱石はその後二十数年経っても変わっていないのである。どちらにおいても彼の死についての観方を支えているのは「悲観」ではなく「厭世観」だと漱石はいっているのだが、両者のちがいはどこにあるのだろう。これまでの行論に即して私なりの解釈をしてみる。悲観とは特定の具体的な事柄に対する失望であり、その対象が矯正されたり変更されたりすれば消失する可能性がある。これに対し、厭世とは文字通り世界全体が厭わしく思われることであり、特定の原因をあげることができない。失望ではなく、絶望、それもキェルケゴールのいうような「絶望」である。そしてそこでは自分の生さえも厭わしい対象となる。だから特定の何かが変わっても何ももたらすことはない。つまり厭世には出口がないのだ。その結果つねに「淋しくってしかたがない」という感情に襲われつづける人間が生まれる。

この状態はさきに述べたメランコリー親和型の基本性格と一致する。ただし漱石はメランコリー者のように自ら自殺を求めたりはしない。むしろ自然死を望んでいる。それを通して「本来の自分」に還ることができると考えているからである。この考えはおそらくあの禅の公案「父母未生以前本来の面目」につながっている。漱石は鎌倉の参禅以来この人生の宿題と格闘していた。それは彼がたんに仏道に帰依したというようなことではない。自らの実存を根本から問いつづける思索の契機としてこの公案にこだわりつづけたのである。「本来の自分」といい「本来の面目」というが、それはどこにあるのか、そもそもそれは何なのか、そういう問いがつねに彼の脳裏を支配していたのである。

しかし、このような方向に向かうことによって自殺を回避した漱石の精神が自殺者の心理を充分にとらえきれなかったことも他方の真実であって、初めに指摘した罪意識から自殺への移行があたかも順を追って自然に起こるかのように書いて読者の不満をかってしまったのも不思議ではないのである。弟子の赤木桁平は漱石の心理描写について、ドストエフスキーと比較しながら、自分の不満をこう表現している。

（…）先生の心理観察に於いて最も欠けているものは、ドストエフスキーの有する所謂実験的な分子であって、この実験的な分子が欠けているために、自然先生の心理観察は常識的、論理的になり易く、且つ、先生の眼や心は「一見他人の眼に見るを許されざるもの」や「従来未だ何人も下りてゆかなかった深み」にまで達し悪いのである。さらに言葉を換えて云うと、先生の心理観察は、自分等の考えうるところ、乃至自分等の見うるところの範囲までは残りなく達しているが、併し、それから向うに存在する境地までは到りえていない。従って、明快ではあるが、深酷の感じに乏しいのである。（『夏目漱石』後編「芸術の本質」第三章「描写の傾向及び特質」）

全面的には賛成しかねるとはいえ、それなりに妥当な批判である。たしかに漱石は、こと自殺に関しては、結局のところ、ここにいわれる「実験」すなわち自分の「実体験」としては考えなかったといっていい。

この章の最初にも指摘したように、この作品ではKや「先生」の自殺をはじめ、多くの死が問題にされている。あらためて確認しておけば、明治天皇の死とそれを追った乃木希典の殉死があり、病の床にある「私」の父親はやがて来る死を迎えようとしている。あまり目立たないが、「先生」の現在の妻の母親、すなわちかつての下宿の「奥さん」はこの父親と同じ病気で亡くなっているし、小説では言及されていないが、乃木将軍が夫妻で自刃したのは周知の事実である。ここでは、こうしたもろもろの死がお互いにどのような関係に置かれているのかを明らかにしてみたい。いわば、この小説における死の布置（コンステレーション）である。

まずこれらの死には形態のうえで明確な区別があり、それは大きく病死と自殺に分けられる。前者に属するのは明治天皇、「私」の父親（まだ死んでしまってはいないが）、それに、かつての「奥さん」である。これに対して自殺の側にはK、「先生」、乃木夫妻が入るが、自殺のほうはさらに煩悶死と殉死に区別することができる。いうまでもなく、この小説で問題となっているのは後者の自殺なのだが、漱石があえて病死した明治天皇を追った乃木将軍の殉死を、煩悶死した「先生」の口を通して語らせていることから、われわれの解釈は、どうしてもこれらの死にまつわる錯綜した関係を避けて通ることはできない。

まず話の発端として、この作品が取り上げられるたびに必ずといっていいほど言及される箇所をあげることにしよう。

すると夏の暑い盛りに明治天皇が崩御になりました。その時私は明治の精神が天皇に始まって天皇に終わったような気がしました。最も強く明治の影響を受けた私どもが、そのあとに生き残っているのはひっきょう時勢おくれだという感じが激しく私の胸を打ちました。私はあからさまに妻にそう言いました。妻は笑って取り合いませんでしたが、何を思ったものか、突然私に、では殉死でもしたらよかろうとからかいました。

私は殉死という言葉をほとんど忘れていました。平生使う必要のない字だから、記憶の底に沈んだまま、腐れかけていたものと見えます。妻の笑談（じょうだん）を聞いて始めてそれを思い出した時、私は妻に向かってもし自分が殉死するならば、明治の精神に殉死するつもりだと答えました。私の答えも無論笑談に過ぎなかったのですが、私はその時なんだか古い不要な言葉に新しい意義を盛り得たような心持ちがしたのです。

それから約一か月ほどたちました。御大葬の夜私はいつものとおり書斎にすわって、合図の号砲を聞きました。私にはそれが明治が永久に去った報知のごとく聞えました。あとで考えると、それが乃木大将の永久に去った報知にもなっていたのです。私は号外を手にして、思わず妻に殉死だ殉死だと言いました。（下五十五、五十六）

このエピソードにおいて明治天皇は明治という時代の象徴以外の何ものでもない。天皇を「天子様」と呼ぶ「私」の父親にはまだ天皇に対する畏怖の念や個人的な感情移入があった。だが、「先生」

にはそのようなものはない。あるとすれば、それは乃木将軍に対してであっただろうと思われるが、しかし、それとてもどこまで彼の個人的な感情移入であったかは疑わしい。小宮豊隆はこの事件に対する父親と「先生」の対比をこう表現する。

『両親と私』に於いて、普通一般の忠良な臣民として、明治天皇の崩御を哀悼し奉った父は、同じく普通一般の忠良な臣民として、乃木大将の殉死を哀悼する。私はそれを、そばについて見ている。然もその同じ二つの大事件に遭遇した先生は、明治とともに生れ、明治とともに育って来た一臣民として、明治天皇の崩御とともに、自分の時代も亦幕が閉じられたのだと感じ、且つ、嘗て西南の役で敵に軍旗を奪われた申訳に、とうに死ぬべき命を今日まで長らえていたのだと言って、その明治天皇に殉じまつった乃木大将に刺激されて、嘗て自分の犯した罪の贖いに、今こそ自分の命を絶つべきであると、覚悟の腹をきめるのである。明治末期から大正初頭へかけてのこの二大事件は、こうして父と先生とによって、劇しい対照をなして受けとられる。(『漱石の芸術』『心』)

このような指摘を俟つまでもなく、「先生」にとって明治天皇の死と乃木の殉死はともに象徴的な出来事であり、すべてはアレゴリーとして読まれるべきである。そこで浮上してくるのが「先生」の「明治の精神に殉死する」という比喩表現である。これはいったいどういうことを意味しているのだろう。「先生」には本当に「臣民」の意識があったのだろうか。それにそもそも「明治の精神」

とは何なのか。これら諸々の疑問を前にして、小宮の註釈は、時代の幕が閉じられたことを自覚した「先生」が自分もそれに合わせて消えていくことを決心したという以上のことを述べていない。

乃木ひいては「私」の父親にとって天皇は主君であり、彼らは「臣民」である。だから彼らの感情は忠君の色合いを濃くする。だが、この図式は「先生」には当てはまらない。彼にとって天皇は主君であったかどうかは疑わしいからである。繰り返せば、彼にとって天皇はあくまで時代の象徴であり、それ以上のものではない。そのことは彼に「臣民」の意識があるかどうかを考えてみれば、明らかであろう。「先生」はあくまで個人主義者であり、ある意味で「エゴイスト」である。個人主義は自分以外の存在に絶対的な価値を置かない。つまり主君という概念は彼には思いもよらないものであって、その対概念たる臣民もまた同じである。ここから「先生」(漱石)の考える「明治の精神」がどんなものかをいささかなりとも推理することができる。

乃木や「私」の父親も一面ではたしかに「明治の精神」を代表している。だが、「先生」にとっての「明治の精神」はそれと同一ではない。なぜなら、前者にあってそれは君臣の関係を前提にした精神であり、必ずしもまだ新しい精神とはいえないのに対し、個人を前提にする「先生」のそれは多分に近代的ニュアンスを含んでいるからである。言い換えれば、漱石にとっての明治とは、前近代と近代がドラスティクに交錯し、独自の運動を見せた稀有の時代だった。別の見方をすれば、ひとりの人間に前近代と近代の分裂的共存を強いるような時代だったといってもいい。今日の目からすれば、それはたんなる移行期に見えるかもしれない。しかし、一方で旧いものが崩壊しながら、他方で新たな洪水が押し寄せてきているような大きなパラダイム転換の時期は、それだけで充分にひとつの際立った時代をなすのである。

だから「先生」がこうした時代の精神に殉死するとは、けっして消えていく前近代の精神に殉ずることではない。彼は乃木とは本質的にちがうのだ。その意味で「先生」の遺書は、同じ乃木の殉死を扱った鴎外の「興津弥五右衛門の遺書」とも決定的にちがうことになる。鴎外は乃木を前近代の武士興津弥五右衛門に引きもどして理解しようとした。その記述は候文を駆使したり、無味乾燥な家系図を丁寧に説明したりと、徹底的に歴史的である。主人公はもとより、作家自身の意図とか思惑も最小限に抑制されている、というか削除されてしまっているのだが、その徹底ぶりは、文学作品というよりも、むしろ歴史資料が羅列されているだけに見えるほどである。だからそこには、待ちわびた殉死を嬉々として遂行しようとする忠臣の姿はあっても、死に直面した個人の苦悩というようなものは、そのかけらさえも侵入する余地はない。これに対して「先生」の遺書には「先生」という個人の臭いに満ち溢れている。彼は結局のところ、Kのためでも、他のだれのためでもなく、彼自身のために死ぬ。あえていえば、そういう死に方を可能にした時代に殉ずるというのである。だからこそ「先生」は殉死という「古い不要な言葉に新しい意義を盛り得たような心持ち」をもつことができたのである。そういう意味からも、「先生」と乃木を同一視してしまう解釈はすべてまちがっている。

ここであらためて「先生」の自殺がKの自殺を引き継ぐかたちでなされていることに注意を向けなければならない。ある意味で「先生」はKの死に呼応して「殉死」したともいえる。しかし、それは主君なき殉死である。前の節で見たように、二人の自殺はメランコリックな性格に発する煩悶死である。そしてこの性格には多分に時代の雰囲気が影を落としている。藤村操の投身自殺があのようにもてはやされたのは、それがある種の「時代精神」を象徴していたからにほかならない。私の解釈するところでは、「先生」が「明治の精神に殉死」したことと彼がKの後を追って自殺したこととは別のことではない。時代精神という観点から見るならば、「先生」とKは別人ではないともいえるのである。このことに関して桶谷秀昭の興味深い解釈がある。

『こゝろ』のKと先生の惨劇は、作者漱石に即せば、ロンドン留学以前と以後の二人の漱石の間の劇にほかならないといえよう。福沢諭吉流にいえば、ロンドン留学を境にして、漱石が「一身にして二生を経た」ように、先生はKの死後を境にして、もう一つの生を歩みつづける。Kはいわば先生の前半生である。Kの死とともに先生はその前半生をみずからの手で埋葬したかにみえた。しかし時がたつにつれて前半生の記憶は、現在の先生の生に侵入し、不可思議な恐ろしい力でおびやかしつづける。(『増補版夏目漱石論』第九章「淋しい「明治の精神」」)

「先生」にとっての「明治の精神」とは、まさにこれであろう。それは「前半生」だけでもなければ「後半生」だけでもなく、そのなかに分裂を含んだ「前後半」の総体が彼にとっての「明治」であり、その分裂から生まれてきた特異で稀有な精神こそが「明治の精神」だったのである。そういう目で見ると、次の「先生」の言葉は大変意味深長である。

私に乃木さんの死んだ理由がよくわからないように、あなたにも私の自殺する訳が明らかにのみ込めないかもしれませんが、もしそうだとすると、それは時勢の推移から来る人間の相違だからしかたがありません。あるいは個人のもって生まれた性格の相違と言ったほうが確かかもしれません。私は私のできる限りこの不可思議な私というものを、あなたにわからせるように、今までの叙述でおのれを尽くしたつもりです。（下五十六）

「先生」は乃木の自殺がよくわからないといっている。それは彼の自殺の動機と乃木のそれとが異なっているからである。これだけでも「先生」の自殺を乃木の殉死と同一視してしまう解釈の誤りが明らかだが、注意すべきは、漱石がそこで「時勢の推移」といっていることである。つまり「先生」が殉死しようとした「明治の精神」とは、彼の直前の世代にも、また彼につづく次の世代にも容易に理解できないかもしれないような相違を生み出すような時勢の一断面なのだ。少し考えてみればわかることだが、一口に同じ「明治の精神」といっても、たとえば一八三〇年代生まれの人間と、維新前後に生まれた人間と、日清・日露の戦争のころに生まれた人間たちがそれぞれに抱く「明治の精神」なるものが同一であるはずがない。それは「昭和の精神」がまったく多様であるのと同じである。そういう意味からすれば、「先生」ないし漱石のいう「明治の精神」とは、おそらく維新前後に生を受け、多感な幼少期にドラスティクな変化を経験した世代に限られた「時勢」であった。

さらに注意すべきは、引用の「この不可思議な私というもの」という表現である。たとえ明治天皇に共感を抱いていようと、さきに述べたように、「先生」の「殉死」は臣民としてのそれではない。

日本人にはまだよく理解できない個人としての私という新たな思想課題に直面した「先生」は、それを自分なりに少しでも解明し、次の世代に伝えようとしてこの遺書を書いた。前の世代にとっては「体面」を重んじる「臣民としてのサブジェクト」が問題であったとするなら、「先生」にとっては「内面」をそなえた「主体としてのサブジェクト」が問題だったのだ。この差は大きい。まさに「煩悶」や「神経衰弱」は後者の意味を帯びた「内面」のなかから生まれた。いささかニーチェ的なレトリックを駆使していうなら、それは、従属ではなく、自立したがゆえに苦悩しなければならないような運命を背負ってしまった「私」という病である。

本章を閉じるにあたって、もうひとつ付け加えておくと、『門』『彼岸過迄』『行人』『こころ』という一連の作品において、たしかに主人公たちの内面の苦悩が突きつめられたといえるのだが、その間に、表立っていないとはいえ、『三四郎』『それから』においてそれなりの光彩を放っていた女性たちの存在感が薄れてしまったという印象を受ける。すでに述べたように、主人公たちの参禅なり、自殺なり、決定的なところで、女性たちは排除されてしまっているからである。おそらく漱石はそのことに気づいていた。だから、その反動がこの後の『道草』と『明暗』に出てくるように思える。実際、これらの作品での女性の比重は圧倒的に重くなる。

第七章　演出される自己――『道草』

物語の展開と要点

この物語は高等学校と大学で教鞭を取っている洋行帰りの主人公健三がいつもの通勤路でひとりの思いがけない人物に出会うところから始まる。

> 彼は知らん顔をしてその人の傍(そば)を通り抜けようとした。けれども彼にはもう一遍この男の眼鼻立を確かめる必要があった。それで御互が二三間の距離に近づいた頃又眸(ひとみ)をその人の方角に向けた。すると先方ではもう疾(と)くに彼の姿を凝(じっ)と見詰めていた。
>
> 往来は静であった。二人の間にはただ細い雨の糸が絶間なく落ちているだけなので、御互が御互の顔を認めるにはなんの困難もなかった。健三はすぐ眼をそらして又真正面を向いたまま歩き出した。けれども相手は道端に立ち留まったなり、少しも足を運ぶ気色なく、じっと彼の通り過ぎるのを見送っていた。健三はその男の顔が彼の歩調につれて、少しずつ動いて回るのに気が着いた位であった。（一）

この男はしばらく「帽子をかぶらない男」とよそよそしく匿名で表記されることになるのだが、正しくは島田平吉といって、かつて子供だった健三が一時期養子に出されていたときの養父である。久しぶりの再会でありながら、健三の冷淡な態度といい、自分から声を掛けることのできない島田の遠慮した素振りといい、ここに二人の不幸な関係が暗示されている。

年を取って生活も不如意となっている島田はやがて人を立てて健三の家を訪ね、昔のよしみを理由に付き合いの復活を申し入れたり、金の無心をしたりする。健三のほうは、はるか昔に縁が切れて復籍となり、いまやこの男には何の義理もないと感じているのだが、かといって、たとえ一時とはいえ、自分を養子として育ててくれた人物を無下に追い払うこともできない。必ずしも幸福ではなかった昔の記憶が甦るにつけても、こうして図々しくやってくる島田に不快感や嫌悪感さえ覚えているのだが、事を荒立てることを好まず、いつまでも決断がつかないため、妻の不満を買っている。さらにそこに、島田とは離縁して他家に嫁いでいた元養母のお常が、やはり身の困窮から別口で探りを入れてきて、健三の生活を脅かす。結局健三は原稿料と思われる臨時収入を得て、島田に手切れ金を払い、お常にはわずかの車代ほどで、ともに付き合いを断ち切ることになる。

この主人公と養父母との不幸で歪んだ関係が縦糸となり、そこに健三とお住のぎくしゃくした夫婦関係が横糸となって、物語はさほど大きな事件も起こらず淡々と展開していくのだが、それにくわえて、かつては官僚として羽振りが良かったものの、失職後は相場に手を出して失敗し、今では着るものにも困るほど落ちぶれている義父、それに夫に騙され憐れな晩年を送っている病気の異母姉や、うだつの上がらない小役人の兄やらが絡み、健三はさまざまな人間関係のなかで煩わされることになる。

この作品が書かれるのは大正四年（一九一五年）のことだが、荒正人作成の『漱石研究年表』には、この年の三月漱石が京都に旅行中胃病が再発して宿で寝込んでいた間、東京の留守宅を訪ねたかつての養父塩原昌之助が自分の兄の次男を養子にしたという報告をもたらしたらしいと記されている。

もしそうであれば、そのことが『道草』執筆の間接的な動機になったのかもしれない。いずれにせよ、最後は百円の手切れ金で島田と今後一切関わりをもたないという約束を取りつけたところでこの物語は終わる。そのときの意味深長な夫婦の会話がよく取りざたされるので、引用しておこう。


「まあ好かった。あの人だけはこれで片が付いて」

細君は安心したと云わぬばかりの表情を見せた。

「何が片付いたって」

「でも、ああして証文を取っておけば、それで大丈夫でしょう。もう来る事も出来ないし、来たって構い付けなければそれまでじゃありませんか」

「そりゃ今までだって同じ事だよ。そうしようと思えば何時でも出来たんだから」

「だけど、ああして書いたものを此方(こっち)の手に入れて置くと大変違いますわ」

「安心するかね」

「ええ安心よ。すっかり片付いちゃったんですもの」

「まだ中々片付きゃしないよ」

「どうして」

「片付いたのは上部(うわべ)だけじゃないか。だから御前は形式張った女だというんだ」

細君の顔には不審と反抗の色が見えた。

「じゃどうすれば本当に片付くんです」

「世の中に片付くなんてものは殆んどありゃしない。一遍起った事は何時までも続くのさ。ただ色々な形に変るから他にも自分にも解らなくなるだけの事さ」

健三の口調は吐き出す様に苦々しかった。細君は黙って赤ん坊を抱き上げた。

「おお好い子だ好い子だ。御父さまの仰ゃる事は何だかちっとも分りゃしないわね」

細君はこう云い云い、幾度か赤い頬に接吻した。（百二）

このラストシーンには多くの解釈がなされている。試しにそのいくつかを紹介しておこう。まず、「世の中に片付くなんてものは殆んどありゃしない」という言葉に「思想の無力を識った生活者の苦々しい感慨」を読みとった江藤淳は、最後のお住の言葉「おお好い子だ好い子だ。御父さまの仰ゃる事は何だかちっとも分りゃしないわね」を「日常生活の側の完全な勝利の容認」と解釈した（『決定版夏目漱石』第七章「道草」）。漱石の作品を評伝的に読み通した秋山豊は、その著作の性格にふさわしく、「何時までも続く」「一遍起った事」とは「生まれてしまって人生が始まった」ことであるとした（『漱石という生き方』39章）。また漱石を基本的に「母に愛されなかった子」とみなす三浦雅士はこの会話全体について、こう述べている。

この会話がじつに意味深長に思えてしまうのは、母に愛されなかったという幼児体験は、結局いつまでも続く、それが他人にも自分にも分からなくなるのは現われ方がいろいろな形に変わるからだけだと言っているように響くからです。フロイトの理論そのものです。それに対してお住は、赤ん坊を抱き上げて接吻することで答えるわけですが、その母子関係こそ幼い漱石が心から望んだことにほかならなかったのです。（『漱石　母に愛されなかった子』第八章「孤独であることの意味」）

この会話についての解釈をあげれば数かぎりがないだろうから、比較的新しいこれらの数例だけにとどめるが、いずれにせよ、このラストシーンはこの作品を論じる者たちの関心をつねに引きつけてきた箇所である。

私はこれらの解釈をそれぞれにもっともなものと考えるが、さらにこの一連の解釈につけ加えておきたいのは、漱石という個性豊かな人間の特異な性格である。私は前章で『こころ』の「先生」ひいては漱石には過剰なまでに「済まない＝片付かない」という「未済の意識」にとらわれる性格があることを指摘しておいた。メランコリーの資質が強いがゆえにどんな事柄も片付いたとみなすことができず、すべてを「借り」「負い目」「疚しさ」「罪」として自分自身に負わせてしまう性格である。それと同じように、健三においても「片付いていない」という意識が彼を過去の呪縛のなかに閉じこめている。それが三浦のいうように、「母に愛されなかった」ことから来るものなのか、それとも別のことに起因しているのかについてはあとであらためて論じることになるが、いずれにせよ、このラストシーンが「意味深長に思えてしまう」のはひとり三浦にかぎったことではない。

詳しい論議に入る前に、この漱石の特異な性格に関連して、ひとつ指摘しておきたいのは、健三＝漱石の人格の内面にかかわると思われる次のような子供の頃のエピソードである。

或日彼は誰も宅にいない時を見計って、不細工な布袋竹の先へ一枚糸を着けて、餌と共に池の中に投げ込んだら、すぐ糸を引く気味の悪いものに脅かされた。彼を水の底に引っ張り込まなければ已まないその強い力が二の腕まで伝った時、彼は恐ろしくなって、すぐ竿を放り出した。そうして翌日静かに水面に浮いている一尺余りの緋鯉を見出した。彼は独り怖がった。……（三八）

このエピソードが興味深いのは、ここに現われている恐怖感が妻の出産に立ち会ったときの感情とよく似ていることである。産婆が駆けつける前に胎児が出てきてしまって、どう対処してよいかわからなくなった健三の姿が描写されている場面である。

　彼は狼狽した。けれども洋燈を移して其所を輝すのは、男子の見るべからざるものを強いて見るような心持がして気が引けた。彼は已を得ず暗中に模索した。彼の右手は忽ち一種異様の触覚をもって、今まで経験した事のない或物に触れた。その或物は寒天のようにぷりぷりしていた。そうして輪郭からいっても恰好の判然しない何かの塊に過ぎなかった。彼は気味の悪い感じを彼の全身に伝えるこの塊を軽く指頭で撫でて見た。塊りは動きもしなければ泣きもしなかった。ただ撫でるたんびにぷりぷりした寒天のようなものが剥げ落ちるように思えた。若し強く抑えたり持ったりすれば、全体が屹度崩れてしまうに違いないと彼は考えた。彼は恐ろし

くなって急に手を引込めた。(八十)

出産の現場に立ち会った男性ならば、いちおう心当たりのある反応といえるのだが、たいていはこの恐怖感を新たな生命誕生の喜びが相殺してくれる。ところが健三＝漱石の場合この疎隔感は子供が無事生まれても相殺されることなく、感動どころか「ああいうものが続々生まれてきて、必竟どうするんだろう」というような、親としてはずいぶんと冷たい気持しか湧いてこない。すでに前章でも触れたことだが、健三が生まれた赤ん坊を抱こうとしないのも、同じ感情に根差している。

さきの鯉のエピソードをも合わせ考えると、どうやら健三＝漱石には、赤ん坊のみならず生命が赤裸々な姿を現わすとき、得体の知れない恐怖感ないし不安感のようなものを抱いてしまう傾向があるように思えてならない。それが何に起因するのかを明確に断定することはおよそ不可能というべきだが、少なくともそこに漱石の特異な性格がかかわっていることはまちがいない。別の見方をするなら、この作品を書いたころの漱石は例の「神経衰弱」に襲われて、その内面心理がそれだけ敏感で危機的な状態にあったのかもしれない。これはわれわれが漱石という人間に迫ろうとするとき、どうしても考慮に入れておかなければならない点である。

これらの記述を含め、この作品に出てくる人物やエピソードはほとんど漱石の実際の体験をもとにしたものである。主人公の健三はほぼそのまま漱石自身の化身であるし、その他の登場人物も全員それに該当する人物が実在している。念のために人物関係の対応をあげておくなら、健三＝漱石、お住＝鏡子、島田＝塩原昌之助、お常＝やす、義父＝中根重一、長太郎＝和三郎直矩、比田＝高田庄吉、お夏＝ふさ、お藤＝日根野かつ、お縫さん＝れん、となる。

こういうことから、この作品はしばしば漱石の「自伝」として扱われるのだが、他方またあくまで作り物の小説として書かれていることも事実であり、記述される事柄は必ずしも実際に起こった年と一致していない。たとえば、小説はすべて健三が洋行から帰って高等学校と大学の両方に勤めている年、すなわち実際の漱石の履歴でいえば、明治三六年（一九〇三年）を舞台にして書かれているのだが、実際に養父塩原昌之助が金の無心に漱石宅を訪れるのは明治四二年（一九〇九年）であり、相場に失敗して高利貸しに追われた義父が借用証書に保証人の判をついてほしいと頼みこんでくるのは明治三七年（一九〇四年）のことであった（ちなみにこの義父は一九〇六年に死去しているが、漱石は葬儀に出席していない）。また養母やすが長い手紙を出すのは明治三〇年（一八九七年）の熊本時代のことであり、それはほぼ事実どおりに扱われているが、その養母がときどき漱石宅を訪れるようになるのは明治四三年以降のことである（『漱石の思い出』七「養子に行った話」）。ただし、夫婦の不和から妻が子供を連れて一時的に実家に帰ってしまうことや、三女の出産などは実際の年と一致している。

この作品が執筆されるのは大正四年（一九一五年）のことだが、いま述べたように、漱石はこの時点に立って（幼年時の回想を別にすれば）過去二〇年近くにわたって起こった出来事をすべて明治三六年に起こったこととして集約的に書いていることになる。その点で、この作品は厳密な意味での自伝とはいいがたいのだが、記述された個々の事柄がほぼ事実に近いため、やはり一種の自伝として扱われることが多いのである。この作品に関して私が「健三＝漱石」という表記を頻繁に使うのも、そのせいである。

ただし、自伝的性格が強いといっても、普通の自伝がもっている「主人公＝私＝著者」の同一性は必ずしも一貫しておらず、主人公をそれとは別の人格としての著者が眺めているところがあるし、なにより大事だと思われるのは、健三をしばしば妻お住の視点から批評している点である。たとえば、物語の初めにもこんな記述がある。

> 彼は親類から変人扱いにされていた。然しそれは彼に取って大した苦痛にもならなかった。
>
> 「教育が違うんだから仕方がない」
>
> 彼の腹の中には常にこういう答弁があった。
>
> 「矢っ張り手前味噌よ」
>
> これは何時でも細君の解釈であった。
>
> 気の毒な事に健三はこうした細君の批評を超越する事ができなかった。そう云われる度に気不味(まず)い顔をした。ある時は自分を理解しない細君を心から忌々(いまいま)しく思った。ある時は叱り付けた。又ある時は頭ごなしに遣(や)り込めた。すると彼の癇癪が細君の耳に空威張(いばり)をする人の言葉のように響いた。細君は「手前味噌」の四字を「大風呂敷」の四字に訂正するに過ぎなかった。（三）

この例のように、この作品では主人公からは独立した「妻の視点」が随所に顔を出しているのだが、たいていそれは夫婦の会話に関連している。これまでの作品でも、必ずといっていいほど妻や恋愛の対象となるようなヒロインが登場して物語上重要な役割を果たしてきたのだが、しかし、よく読みなおしてみると、そうした女性たちの気持ちや心理に即して、その視点を借りて記述するというやり方はほとんどなかったように思う。つまり『三四郎』の美禰子にしろ、『それから』の三千代にしろ、彼女たちの気持ちが彼女たちの側から書かれることはなかった。『門』の寡黙な妻お米、『行人』の嫂直、そして『こころ』の先生の妻静はなおさらである。彼女たちはみな主人公の男の目を介して描写され、ちょうど『草枕』の那美が典型的なかたちでそうであったように、その「美しさ」もあくまで男＝漱石の美学的倫理的視線によって想像的に構成されたものという印象を免れない。『それから』のなかに、代助から気持ちを打ち明けられた三千代が「余り(あんま)だわ」という言葉とともに泣き崩れる名場面があったが、私などはここに作家漱石の天性の芝居気ないし演出家魂のようなものを感じてしまう。むろんそれが悪いなどといおうとしているのではない。

数少ない例外は、あの『三四郎』の冒頭で「あなたは余っ程度胸のない方ですね」という言葉を残して別れる夜汽車の女や、『彼岸過迄』で「男は卑怯だから、そういう下らない挨拶ができるんです」といって市蔵を鋭く難詰する千代子だが、これらの場面がいつまでも印象に残るのは、そこにも芝居気を感じ取ることが不可能ではないとはいえ、それ以上に大事なこととして、これらの科白のなかに当の三四郎や市蔵はもちろん、場合によっては作家漱石自身にとってさえも異質な他者の声がリアルに響いているからのように思われる。

その点『道草』のお住は、芝居気を感じさせることもなく、夫を不断に相対化する自己主張や自己感情をもった存在としてはるかに生き生きと描かれており、それがこの作品を他から際立たせてもいるのだが、このことは次の『明暗』でお延という女性を得ることによっていっそうはっきりしてくる。そういう意味で、この作品が漱石の文学にひとつの転機をもたらしたといってもいいのだが、残念なことに、漱石にはこの転機をさらに発展させるための十分な寿命が与えられなかった。

自伝を書くということ

前作『こころ』が「先生」の告白をテーマにしたものであったことは、すでに見たとおりである。だがこの告白は、たとえそのなかに著者の思い入れがあったとしても、あくまで「先生」という架空の人物のそれであって、漱石自身のものではない。ところが、年が改まった一九一五年になると、漱石は新聞連載を通して自分の幼児期から近過去にわたるさまざまなエピソードをエッセイ風に発表していく。それが『硝子戸の中』である。このなかには、自分の生まれた喜久井町の名前の由来や、それまで言及したことのない実母についての希少な想い出なども入っている。

こうして、告白小説を書き、自分自身の過去を回想するエッセイを書いた漱石が『道草』というきわめて自伝的性格の強い作品に向かったのは、ある意味で必然の流れだった。とはいえ、あたりまえのことながら、告白と回想は同じではない。回想は口に出してもよいことを思い出すことであり、またそのことを介して懐かしさのようなポジティヴな感情が生み出されることであるのに対して、告白はむしろタブーのような口に出すべきではないことを強いて口に出すこと、そしてそのことによって当人に苦痛が生じるようなことだからである。そこで、たんなる回想から苦痛な告白を内実とする自伝への移り行きについて少々論じておきたい。

よく知られているように、告白を文字に書きつける伝統はキリスト教に始まっている。宗教書としても思想書としても読むことのできるアウグスティヌスの古典的名著『告白』はすでに四世紀末に書かれている。これは出生の話に始まって、少年期の放蕩、マニ教体験を経てキリスト教に改宗する自伝的内容を中心とした著作だが、最後の『創世記』解釈、とりわけ第十一章などはそれ自体非常にハイレベルな哲学書ともなっている。その後この古典は長らくヨーロッパにおける告白録のモデルとして機能したが、文学としての告白がひとつの表現スタイルとして台頭し、定着していくのは、ずっと先の一八世紀以降のことである。その先駆的な作品となったのがルソーの『告白』である。著作の最初にルソーはこういっている。

わたしはかつて例のなかった、そして今後も模倣するものはないと思う、仕事をくわだてる。自分とおなじ人間仲間に、ひとりの人間をその自然のままの真実において見せてやりたい。そして、その人間というのは、わたしである。(『告白』第一巻)

この引用が端的に語っているように、ルソーが強調するのは「私」という存在の唯一性である。人間は無数に存在するけれど、私が「私」と呼べるのはただ一人しかいない。ルソーの言葉ではこうなる。「わたしは自分の見た人々の誰ともおなじようには作られていない。現在のいかなる人ともおなじように作られていないとあえて信じている。わたしのほうがすぐれてはいないにしても、少なくとも別の人間である」。だが、たんに他のだれともちがった唯一の私を書くというのであれば、アウグスティヌスの『告白』を知る者にとって、それは別に「例のなかった」ことではない。いったいルソーは自分の『告白』のどういうところが前例のないほど画期的だと思ったのだろうか。その意味で大事なのは、自著の目的を述べた次の言葉である。

わたしの告白の本来の目的は、生涯のあらゆる境遇をつうじて、わたしの内部を正確に知ってもらうことである。わたしが約束したのは魂の歴史であり、それを忠実に書くには、ほかの覚書はなにも必要でない。これまでわたしがやったように、ただ自我の内部にもどってゆけばそれでいいのだ。（『告白』第七巻）

フランス文学者の中川久定はこれを受けて、ルソーの『告白』の特徴を次のようにまとめている。

『告白』の独自性は、自己の内面の真実を、それがあらわになってくるきっかけとなった具体的な出来事、ルソーの言葉を借りていえば、魂があらわになる「機会原因」とともに描き出していくという点にあります。時間の流れのなかで、自分の内面性のヴェールを順次はぎ取っていくこと、これが『告白』の独自の方法のひとつであります。（『自伝の文学』II「ルソーの自伝」）

強調されるべきは、ルソーのいう「わたしの内部」「自我の内部」、中川の言葉でいえば「自己の内面」「自分の内面性」である。むろん、告白が問題になる以上、アウグスティヌスの告白においてもても自己の内面が問題になるのは当然であった。だが、両者の間には、たんなる時代の落差以外に、大きな質的相違がある。それは、アウグスティヌスの告白がもっぱら神という絶対的審級ないし審判者を前にしての「内面」の呈示であるのに対して、ルソーにおける審級は神だけではないということである。言い換えると、アウグスティヌスはすべての評価や判断を神にゆだねたのに対し、ルソーは神以外の存在にもゆだねたのである。神以外の存在とは、すなわち自分の著作を読んでくれる他の人間たちにほかならない。むろんこの読者はたんなる同時代の読者にとどまらない。というより、時代に迫害されつづけたルソーが期待した読者とは、むしろ後世の読者だった。だからルソーは、何よりもまっさきにこう書いたのだった。

これこそは自然のままに、まったく真実のままに正確に描かれた唯一の人間像、このようなものは、かつてなく、また今後もおそらくないであろう。わたしの運命あるいはわたしの信頼が、この草稿の処置をゆだねたあなたが誰であろうとも、わたしは自分の不幸とあなたの真心にかけて、また人類の名において、この類例なく、また有用な作品を闇に葬ってしまわぬようにお願いする。（『告白』第一部まえがき）

ここでも自著の画期性を強調しているが、問題はここで呼び掛けられている「あなた」がだれかということだ。しかもこの「あなた」は「人類」をも代表している。こうしたルソーの読者観をとらえて中川はこう述べている。

このようにしてルソーは、自分の名と自分の不幸な思い出とを、後世に伝えるために自伝を書くのであります。そして彼が自分の正しい姿を伝えようとしているその当の相手後世こそ、先に申しあげましたあの読者のことにほかなりません。ルソーの自伝の世界のなかで、神、読者、後世というこの三つのものは完全な等価物であって、この三者が『告白』という自伝の世界のいわば絶対的読者ともいうべきものを形成しております。(『自伝の文学』II「ルソーの自伝」)

この「神、読者、後世」が一体となった審級、すなわち「絶対的読者」というものの出現は近代ヨーロッパにおける告白文学の成立にとって決定的な意味をもった。なぜなら、この三位一体はやがてこのなかから「神」を排除し、もっぱら読者を前にしての自己表現という近代的性格を顕わにしていくからである。一九世紀に入ると、人々はもはや神のためにではなく、読者のために自己の内面を語り始める。ドイツ語圏ならば、ゲーテが『詩と真実』をとおしてそれを示してみせることになるだろう。振り返ってみると、この告白の脱宗教化の流れに並行して進んだのが、ベンジャミン・フランクリン型の「自伝」の普及であったといえる。こちらは内面というより、自分の遭遇した出来事や自分のおこなった(英雄的)行為などをその成功した生涯にそって記述していくものだが、そうした自己記述のスタイルはますます神の前の懺悔という性格を失って、もっぱら読者の関心や好奇心を引くことを目的にするようになっていく。

中村正直が翻訳紹介して一躍ベストセラーとなったサミュエル・スマイルズの『西国立志編(自

助伝)』に示されるように、明治初頭の啓蒙思想家たちの関心を集めたのが、フランクリン型の自伝やそれに類する出世譚であったとするなら、漱石を含む次世代の文学者たちが関心を示したのは自己告白を軸にしたルソー型の自伝であったということができる。日本ではルソーの名は中江兆民の『民約訳解』(一八八二年)以来早くから知られていたが、それは『社会契約論』のルソーであって、『告白』のルソーではなかった。そういう意味で、森鷗外が一八九一年にルソーの『懺悔記』の抄訳(ただしドイツ語からの翻訳)を出したのはひとつの画期であったが、この著作が広く読まれるようになるのは、『道草』が書かれるわずか三年前の一九一二年に石川戯庵がフランス語原典から完訳した『懺悔録』の公刊がきっかけとなってのことである。とくにこの著作が島崎藤村に与えた影響についてはよく知られているところだが、当の藤村はそれ以前にこの著作を英訳で読んでいたようである。

その藤村によく知られた『破戒』という作品がある。これは瀬川丑松という被差別部落出身の青年教師が、悩みつづけた挙句、最後に生徒たちの前で自分の素性を打ち明けたあとアメリカに渡るという話だが、まさにこの日本最初の本格的な告白小説ともいうべき『破戒』が発表されたとき、日本文学は新たな段階に入り、藤村は自然主義文学の旗手として一躍その名を広めることになったのだった。すでに触れたことだが、この小説が出たとき漱石は森田草平宛の書簡にこう書いている。今度は全文を引用しておく。

『破戒』読了。明治の小説として後世に伝ふべき名篇也。『金色夜叉』の如きは、二、三十年

> の後は忘れられて然るべきものなり。『破戒』は然らず。僕多く小説を読まず。しかし明治の代に小説らしき小説が出たとすれば『破戒』ならんと思ふ。君四月の『芸苑』において大に藤村先生を紹介すべし。（一九〇六年四月三日森田草平宛書簡）

一九〇六年四月といえば、ちょうど『坊ちゃん』を発表したころであるが、すでにこのころ漱石が『破戒』という告白的性格の強い小説を「小説らしき小説」として高く評価していたことは示唆的である。漱石はこの作品の登場人物の配置が自分の作品のそれによく似ていることに気づいたはずである。そしてその主人公像の扱いの相違に少なからずショックを受けたと思われる。ちなみに、偶然だろうが、丑松と坊ちゃん、銀之助と山嵐、校長／文平と赤シャツ／野ダイコ、お志保とマドンナにはそれぞれ対応関係が見出せる。

タイトルの『破戒』とは、文字通り「戒めを破ること」だが、ここでは主人公が父親の戒め「たとえいかなる目を見ようと、いかなる人に邂逅（めぐりあ）おうと決してそれとは自白（うちあ）けるな、一旦の憤怒悲哀（いかりかなしみ）にこの戒（いましめ）を忘れたら、その時こそ社会（よのなか）から棄てられたものと思え」を破ってしまうことで、具体的には自分の素性を告白することを意味する。言い換えれば、この小説の基本テーマは文字通り「告白」そのものにある。だから、主人公丑松が尊敬してやまない被差別部落出身の運動家猪子蓮太郎の著作に『懺悔録』というルソーを連想させるタイトルが付けられるのも偶然ではない。

しかし、藤村の小説に関して重要なことはこのさきにある。『破戒』はたしかにひとつのセンセーションであったし、それによって小説家としての藤村の名を高めた。それは藤村がそれまでにはなかった告白という形式を小説にもちこんで、それをひとつの文学表現のスタイルとして示してみせることができたからである。だが、この告白はあくまで瀬川丑松という小説上の人物のそれであって、藤村自身の告白ではない。『破戒』には養女に手をつけた蓮華寺住職の「破戒」譚が挿入されているが、藤村がこの「破戒」とよく似た自分自身と姪の近親相姦的な関係を告白して、センセーションを起こすというより、むしろスキャンダルとなるのは一九一九年に発表した『新生』によってである。同趣旨の自己告白に関しては、すでに一九〇七年に田山花袋が発表した『蒲団』があり、告白小説はさしずめ自然主義文学の常套手段とさえなった。漱石の『道草』が書かれたのは、ちょうどそういう文学的風潮がスキャンダルやセンセーションを引き起こしながらもてはやされていた時期と重なっているのである。

藤村が小説上の主人公の告白をテーマにした『破戒』（一九〇六年）についで自己告白をテーマにした『新生』（一九一九年）を書いたのに対応するかのように、漱石もまた、まず「先生」という小説上の主人公に告白させる『こころ』（一九一四年）を書いた後、自分自身の過去を打ち明けるような『道草』（一九一五年）を書いた。こういう目であらためて見直してみると、あの『舞姫』で間接的にではあるが、早々と自己の苦い恋愛体験を小説にしていた鴎外が、あらためて自分の性体験を語る『ヰタ・セクスアリス』を発表するのが一九〇九年、また自分の洋行体験などを随想的に綴った短編小説『妄想』を発表するのが一九一一年であったことには、やはりそれなりの時代的バイアスがかかっていたと見るべきだろう（日本の近代小説と告白の問題に関しては伊藤氏貴『告白の文学』参照）。この時代の作家たちの心をとらえて離さなかったこと、それはほかならぬ自分自身の内面をいかに文学的に表出するかということであり、そのかぎりにおいて、あのルソーの『告白』のインパクトは大きかったのである。

はたして漱石は執筆中の『硝子戸の中』の新聞連載を三九回で打ち切り、その最後にこう書き記している。

> 私は今まで他の事と私の事をごちゃごちゃに書いた。他の事を書くときには、なるべく相手の迷惑にならないようにとの掛念があった。私の身の上を語る時分には、かえって比較的自由な空気の中に呼吸する事が出来た。それでも私はまだ私に対して全く色気を取り除き得る程度に達していなかった。嘘を吐いて世間を欺くほどの衒気がないにしても、もっと卑しい所、もっと悪い所、もっと面目を失するような自分の欠点を、つい発表しずにしまった。聖オーガスチンの『懺悔』、ルソーの『懺悔』、『オピアムイーターの懺悔』、——それをいくら辿って行っても、本当の事実は人間の力で叙述出来るはずがないと誰かがいった事がある。まして私の書いたものは懺悔ではない。私の罪は、——もしそれを罪といい得るならば、——頗る明るい処からばかり写されていただろう。其所に或人は一種の不快を感ずるかもしれない。しかし私自身は今その不快の上に跨がって、一般の人類をひろく見渡しながら微笑しているのである。今まで詰らない事を書いた自分をも、同じ目で見渡して、あたかもそれが他人であったかの感を抱きつつ、やはり微笑しているのである。（『硝子戸の中』三十九）

「オーガスチン」は「アウグスティヌス」、『オピアムイーターの懺悔』とはド・クインシーの『アヘン常用者の告白』のことだが、重要なのは、漱石がどちらかというと当り障りのない回想をもとにして『硝子戸の中』を書きつづけているあいだに、次第に「もっと卑しい所、もっと悪い所、もっと面目を失するような自分の欠点」を書きたくなってきたという事実である。そして、そうすることによって自分なりの「罪」を「懺悔」するようなものを書きたいという欲動が起こってきたということである。そこにルソーの名が記されたのは、ある意味で必然だった。『道草』はこの自覚の延長上に書かれた。そしてこの欲動はひとり漱石のみならず、花袋や藤村、それに鴎外をもとらえて離さなかったのである。

文学史の常識では、こうした風潮がやがて日本文学に特有な「私小説」の伝統を作ったとされるのだが、私にはこの「常識」はずいぶんと怪しい。作家が自分自身の体験や自己の内面を描出するという形式は近代以降世界中のどこにでも見られる現象であり、ひとり日本近代に「特有」なことだとは思えないからである。はっきりいえば、こういう無内容な文学用語は、似たように意味のはっきりしない「純文学」などという言葉ともどもそろそろ破棄したほうがよいと思う。

もはやいわずもがなのことかもしれないが、こう見てくると、大岡昇平がかつて「漱石が鏡子夫人に何か書かれそうな気配を察して、予防の意味で『道草』を書いたのではないか」（大岡昇平『小説家夏目漱石』「「自伝」の効用」）と著作の動機について述べたことなども、あまりに下世話な邪推に聞こえてくる。

そんなことよりもはるかに大事なのは、さきにも触れたように、なぜ漱石は自分の生涯に散らばっている事柄をあえて明治三六年（一九〇三年）という年に凝集して書いたのか、その年は彼の一生にとってそれほど特別な意味をもっていたのかという問いのほうである。以下この年に漱石の周りに起こったことを荒正人の年表から順に拾い出してみる。

一月留学から帰国。二月熊本五高辞職。四月一高嘱託と東大講師に就任。五月一高の教え子藤村操の自殺。六月以降神経衰弱悪化。七月から九月にかけて妻鏡子子供を連れて別居。この間に東大精神科で呉秀三の診察を受ける。一一月三女栄子誕生。神経衰弱再度悪化。こうした状況下で漱石は大学ではジョージ・エリオットの『サイラス・マーナー』、シェークスピアの『マクベス』を講じて学生たちの人気を集めていたが、大学の外では非戦論を唱えて『万朝報』を出た堺利彦、幸徳秋水、内村鑑三らが『平民新聞』を創刊して話題になっている。

こう並べてみると、たしかにこの年が漱石の一生にとって大きな節目となっていることにまちがいはないし、例の持病の神経衰弱がもっとも昂揚する時期とも重なっている。言い換えれば、明治三六年は漱石にとって文字通り「転機」と「危機」の両義を含む「クリーゼ」の年であったということができる。だから漱石が自分の過去を振り返るとき、自分の一生を象徴する年として、何よりもまずこの「クリーゼ」の年が想い出されたのであろう。

このクリーゼということに関連してひとつ気になるのが、理論的な理由である。漱石は作品の途中で唐突にベルクソンの記憶論に触れて、人は溺れかかったり、絶壁から落ちようとする間際など、生命の危機に直面した瞬間に、自分の過去全体を一瞬の記憶として想起するという説を健三の口を借りて紹介している。

「人間は平生彼等の未来ばかり望んで生きているのに、その未来が咄嗟に起ったある危険のために突然塞がれて、もう己は駄目だと事が極ると、急に眼を転じて過去を振り向くから、そこで凡ての過去の経験が一度に意識に上るのだというんだね。その説によると」（『道草』四十五）

もっとも、本文はこの後「健三も一刹那にわが全部の過去を思い出すような危険な境遇に置かれたものとして今の自分を考える程の馬鹿でもなかった」と続くのだが、それにもかかわらず漱石が過去を一瞬時に凝縮して想起するというこのベルクソンのアイデアを明治三六年という一年に応用してみたという推理もまったく成り立たないわけではないように思われる。だが、これも私個人の独りよがりの「邪推」かもしれない。

歪められた養子

『道草』という作品のもっとも中心に置かれているテーマが、かつての養父との対決とでもいうべき再会にあることは、だれが見ても明らかであるが、問題は漱石があえてそのようなテーマを取り上げた動機である。言い換えれば、前節で明らかにした告白への欲動が、なぜ漱石においてはとりわけ養子問題として顕現してくるのかという問題である。その手がかりは作品中に出てくる「今の自分はどうして出来上がったのだろう」（九十一）という健三の自問にある。やはりこの言葉に引っ掛かりを感じた三浦雅士は、こう述べている。

そう問いかける作家はめずらしい。そういう視点をもった哲学者もめずらしい。たいていは自己から出発するのだが、漱石は出発すべき自己そのものが何かから出来上がったものだと見ているのです。ほかの人たちと出発点が違う。(『漱石　母に愛されなかった子』第二章「捨て子は自殺を考える」)

「私は私だ」と初めから居直ってしまうことはできる。しかし、漱石はそもそもその「私」がどのようにして出来たのかにこだわった。それにこだわったということは、漱石には、自分自身にさえ手に負えない「私」という存在に悩まされている現在の自分が、いったいどのようなところから出てきたのかを追究してみようという自覚があったということにほかならない。

彼は過去と現在との対照を見た。過去がどうしてこの現在に発展して来たかを疑った。しかもその現在の為に苦しんでいる自分にはまるで気が付かなかった。(『道草』九十一)

小説の登場人物健三は「まるで気が付かなかった」としても、そう記述した作家漱石のほうは気付いていた。「綺麗に切り棄てられべき筈の過去が、却って自分を追掛けて来」(三十八)てしまうからである。漱石は自分の分身である健三が偏屈で、僻みっぽく、癇性で、ときにはそれらが「神経衰弱」というかたちで病的なまでに高揚してしまうことを自覚している。そして妻との関係がうまくいかないのもそのせいであると考えている。だとしたら、この不如意な「現在」の自分を作り上げた原因としての「過去」が明らかにされなければならない、ある意味では『行人』の一郎が求めたような自己救済、いやより正確には自己治療の手段として。その原因としてまっさきに思い当たったのが、ほかならぬ養子体験だったのである。

ここであらためて漱石が幼児期に体験したことをざっと確認しておこう。漱石すなわち夏目金之助は生まれるとすぐ里子に出され、いったん生家にもどるのだが、まもなく時を置かずに、当時門前名主だった塩原昌之助とやすの養子に出される。他説があって確定的ではないが、おそらくまだ満一歳半ごろのことである。ところが彼が七歳のころ養父母が離縁したため、再び生家にもどされるのだが、形式上はまだ塩原の籍に入ったままであり、その後もしばらくは生家と養家を行ったり来たりしていた。正式に夏目姓にもどるのは二一歳、高等中学卒業の年であるが、これには前年に夏目家の長兄、次兄が相次いで病死してしまい、実家のほうが跡取りに不安を感じたことも与っていると考えられる。いわば、末の四男が跡取り要員としての次男に格上げになったのである（この次男の意味については石原千秋『漱石の記号学』第一章「次男坊の記号学」参照）。この復籍に際しては両家の間に正式の文書（「為取替一札の事」）が取り交わされているが、そのとき金之助名で養父宛に以下のような文書もしたためられた。

今般私義（ママ）貴家御離縁に相成因て養育料として金弐百四拾円実父より御受取之上私本姓に復し申

候就ては互に不実不人情に相成らざる様致度存候也

この一札が『道草』のなかで取引の材料となる問題の文書である。以後金之助と養父母の間の関係は絶たれ、互いの行き来もなくなる。物語の設定では、その後十五年ほど経って、健三（漱石）が職をもち、結婚をして一家を構えているときに突然養父島田（塩原）が訪ねてくるということになっている。

ここで一言付け加えておくと、養父塩原昌之助はこの小説を読み、自分のことがあまりにも歪めて描かれていることに立腹し、深く落胆もしたようであるが、そのことで直接漱石に抗議した様子はない（詳細については塩原の話をまとめて報告した関荘一郎「『道草』のモデルと語る記」を参照）。実際小説だけを読むと、養父があまりにも理不尽な言いがかりをつけて金をたかっているように聞こえるのだが、養父は生家にもどった後も依然塩原籍だった金之助を財政的に援助をしており、七歳で別れたときの手切れ金とは別に、その後の養育費について請求する権利があると考えたようである。そのことについて江藤淳はこう述べている。

つまり、夏目家に復籍の際、金之助が昌之助に差出した「就ては互に不実不人情に相成らざる様致度存候也」という一札は、九歳以降の養育費については、金之助自身が他日これを弁済する用意があるという意思表示にほかならなかったのである。（『漱石とその時代』第四部13）

物語の最後に、島田からすれば「養育費」、健三の側からすれば「情義」から出す金の額をめぐっての駆け引きがおこなわれ、結局養父側が健三の提案する百円という回答を飲んで引き下がることになるのだが、こうした幼児から長年にわたる体験が健三＝漱石の精神形成に影響を与えなかったということはありえない。ひとつの大きな心の傷は、前にも述べたように、自分が生家からも養家からもまるで売買取引される「物品」のように扱われたことである。あらためて引用しておく。

実父から見ても養父から見ても、彼は人間ではなかった。寧ろ物品であった。ただ実父が我楽多として彼を取り扱ったのに対して、養父には今に何かの役に立てて遣ろうという目算があるだけであった。（九十一）

ここには養父のみならず、実父に対する不信も表明されており、しかもその根は深い。そして何よりも皮肉なことは、一連の悶着の最後に、その犠牲者である自分が自分の過去に値を付けて取引をし、すべてを清算しなければならなかったということだ。私は前に漱石においては金銭問題は人間関係と密接につながっていることを指摘しておいたが（第三章）、自分の身が長年にわたってこのような金銭取引の対象となったという不愉快な体験をもつ漱石にとって、ある意味でそれは当然のことだった。その目で『道草』という作品を読み返してみると、はたしてこの作品には養父母からの金の無心のほかにも、帰国後の逼迫した家計状態、洋行中に借りた金の返済、家計を補うための学校の掛け持ち、姉への小遣い、義父の連帯保証拒否とその代りとなる借金等々といった金銭にまつわる事柄が物語のほとんどを占めているのである。

　このような養子体験を通して明らかになった、人間を金銭取引の対象とするような人間観が基調音として間接的に健三＝漱石の精神形成に歪んだ影を投げかけたとするなら、直接的な影響を与えたのは、養父母による日常の扱いである。二人は吝嗇な生活ぶりのなかで、健三だけは特別扱いにした。欲しがるものはどんなものでも買い与え、その待遇は過剰だった。幼い健三はまさにわがまま放題に育てられたのである。それはそれだけ彼らが不安だったことを物語っている。その不安は当然日常の会話にも反映された。作品のなかで回想される小児期の想い出で際立っているのは、転々と変わった家の詳細な記憶と並んで、養父母とくに養母と交わした不自然な会話である。


「御前の御父(おとっ)ッさんは誰だい」

健三は島田の方を向いて彼を指した。

「じゃ御前の御母(おっか)さんは」

健三はまた御常の顔を見て彼女を指した。

これで自分達の要求を一応満足させると、今度は同じような事を外の形で訊いた。

「じゃ御前の本当の御父(おとっ)さんと御母さんは」

健三は厭々ながら同じ答を繰り返すより外に仕方がなかった。然しそれが何故だか彼等を喜こばした。彼等は顔を見合わせて笑った。（四十一）

いうまでもなく自分たちは実の親ではないという不安がこのような不自然な問いかけを生み出すのだが、このような問いかけは、自分たちの願望とは裏腹に、自分たちが本当の親ではないと告白しているようなものである。柄谷行人が漱石の作品に関してしばしば指摘する「ダブルバインド」状況がここにも典型的なかたちで出ている。だからこういう問いかけは、問いというよりむしろ問いつめになってしまう。本当の親なら直接子供に向けてこのような問いを発したりはしない。その程度のことはどんな子供でも感じ取れることである。「厭々ながら同じ答を繰り返すより外に仕方がなかった」健三は、だから養父母に対する愛情どころか、逆に擬態の裏に反発を募らせていく。とりわけ離縁の危機にあった養母のほうは執拗だった。

「健坊、御前本当は誰の子なの、隠さずにそう御云い」

彼は苦しめられるような心持がした。時には苦しいより腹が立った。向うの聞きたがる返事を与えずに、わざと黙っていたくなった。

「御前誰が一番好きだい。御父ッさん？　御母さん？」

健三は彼女の意を迎えるために、向うの望むような返事をするのが厭で堪らなかった。彼は無言のまま棒のように立ッていた。それを只年歯（としは）の行かないためとのみ解釈した御常の観察は、寧ろ簡単に過ぎた。彼は心のうちで彼女のこうした態度を忌み悪（にく）んだのである。（同）

基本的にどんな養父母もこのような不安から逃れることはできない。しかし、かといってこのように露骨に自らの不安をさらけ出すような表現をしてしまえば、当の子供は当惑してしまうし、それが度重なれば、この幼い健三のように、ただ反発心を抱くだけである。なぜこんなことになってしまうのか。それは彼らに「人の心」が見えていないからである。人を「物品」と見てしまうことから真に解放されていないからである。打算の混じった愛情は、いくらかけられても子供の心をつかまえることはできない。敏感な子供にとって打算はむしろ愛情の敵対物である。お常はそのことに気づかなかった。だから時を隔てて再会したとき、健三の側は「何時でも涙が湧いて出るように出来ている」にもかかわらず、すっかり落ちぶれた彼女を見ても同情ひとつ湧かない。「違ったのは上部（うわべ）だけで腹の中は故（もと）の通りなんだ」という根深い不信感があったからである。打算によって歪められてしまった親子関係の悲劇の結果というべきである。

　ここで、あの漱石に与えられた「父母未生以前本来の面目」という公案のことをあらためて考えてみてもいい。この公案はたまたま参禅の際に老師から授かったものとはいえ、漱石にはたんなる仏門修行の言葉ではなかったはずである。自分の父母はだれなのか、いや、そもそも父母とは何なのか、生まれたときからそういう問いに悩んできた漱石にとって、公案はその父母が生まれる前のことを考えてみろと要求する。父母がだれであるか、何であるかもはっきりしないところで「それ以前の自分」が問われているのだ。漱石が一度だけの参禅で得たこの公案を後生大事に抱えつづけ、それを作品のあちこちに書き残していること、そして死の一年前に『道草』のような「父母」にまつわる泥臭い作品を書き残したということは、彼の抱えた問題が容易に則天去私といったきれいごとの言葉に還元してしまえなかったことを証示している。彼にとってはそれもまたけっして「片付かない」問題のひとつであったのだ。

幼い健三＝漱石の精神を歪めたのは不自然な問いかけだけではない。それ以上に決定的なトラウマとなったと思われるのが離縁にまで発展してしまった養父母の諍いである。


その中変な現象が島田と御常との間に起った。

ある晩健三が不図眼を覚まして見ると、夫婦は彼の傍ではげしく罵り合っていた。出来事は彼に取って突然であった。彼は泣き出した。

その翌晩も彼は同じ争いの声で熟睡を破られた。彼はまた泣いた。

こうした騒がしい夜が幾つとなく重なって行くに連れて、二人の罵る声は次第に高まって来た。仕舞には双方共手を出し始めた。打つ音、踏む音、叫ぶ音が、小さな彼の心を恐ろしがらせた。最初彼が泣き出すと已んだ二人の喧嘩が、今では寝ようが覚めようが、彼に用捨なく進行するようになった。

幼稚な健三の頭では何の為に、ついぞ見馴れないこの光景が、毎夜深更に起るのか、まるで解釈出来なかった。彼はただそれを嫌った。道徳も理非も持たない彼に、自然はただそれを嫌うように教えたのである。（四十三）

凡百の夫婦が子供の前で喧嘩をする。それは日常よく見かけることだといえば、それまでである。

だが、初めから疎隔感や不信感を抱いている養父母であった場合、それがどれだけ子供の心を傷つけたかは想像に難くない。何十年も前の記憶といいながら、ここの描写は非常にリアルである。おそらく漱石はこれを書きながら、「打つ音、踏む音、叫ぶ音」をありありと想い出し、それとともに甦った恐怖感にあらためて打たれたことであろう。彼がこのとき養父母に対して抱いた感情は「道徳も理非も持たない彼に、自然はまるでただそれを嫌うように教えた」という短い言葉に言いつくされている。ああだからも、こうだからも何もない、「ただ嫌い」になったのである。抗することも、介入することもできない小児にとってそれは最後の防衛手段であった。トラウマが形成される条件としても充分である。

悲劇はここでとどまらない。同じようなことを、今度は漱石自身が自分の子供たちの前で繰り返しているからである。作品の小説的現在として設定されている明治三六年は漱石の神経衰弱がピークに達するときだが、そのときの彼の家庭内での荒れ様を妻の鏡子は次のように証言している。

このころは何かに追跡でもされてる気持ちなのかそれとも脅かされるのか、妙にあたまが興奮状態になっていて、夜中によくねむれないらしいのです。夜中、不意に起きて、雨戸をあけて寒い寒い庭に飛び出します。（略）かと思うと真夜中に書斎でドタン、バタン、ガラガラとえらい騒ぎが持ち上がることがあります。これもしかたがないので出たいのをじっとこらえておりますと、やがてそれも一時(いっとき)で騒ぎもひっそり鎮まってしまいます。まあよかったと翌朝学校へ出るが早いか書斎に入ってみますと、ランプの火屋(ほや)は粉微塵にわれている、火鉢の灰は畳一面に降っている、鉄瓶の蓋は取って投げたものと見えてとんでもないところにごろついている。（『漱石の思い出』二一「離縁の手紙」）

そしてこのアグレッションは子供たちにも向けられた。

ある晩夕飯をたべていますと、子供が歌をうたいました。するとうるさいというが早いかお膳をひっくりかえして書斎に入ってしまいました。あまりのことなので子供たちもびっくりしてべそをかいてしまいます。私も困ってしまいましたが、ほど経てどうしているかしらと書斎をのぞいて見ると、机に頬杖をついてすましていました。（同）

精神病理に反復強迫という現象がある。幼児期に受けたトラウマを繰り返してしまう現象である。恐ろしかったこと、嫌なことであるにもかかわらず、無意識裡にそれを繰り返して苦しむという不合理極まる病理現象である。それについてフロイトは『道草』公刊に一年先立つある論文のなかでこういっている。

要するに被分析者は忘れられたもの、抑圧されたものからは何物も「想い出す」わけではなく、むしろそれを「行為にあらわす」のである、と。彼はそれを記憶として再生するのではなく、行為として再現する。彼はもちろん、自分がそれを反復していることを知らずに反復しているのである。

たとえば、被分析者は「私は両親の権威にたいして反抗的であり、不信を抱いていたことを想い出しました」とはいわないで、（その代りに）分析医にたいしてそのような反抗的、不信的な態度をとってみせるのである。（「想起、反復、徹底操作」）

言葉によって想い出すことができるのはまだよい。『道草』が伝えているのは、そういう言語化可能な記憶である。だが、もっとおぞましい記憶はそのような意識による「加工」を許さない。だから本人にも自覚されないまま「行為」として反復されてしまうのだ。似たような現象に、戦争、事故、災害といった生死にかかわる体験をした人たちをその後も苦しめつづけるＰＴＳＤ（心的外傷後ストレス障害）などという現象もあるのだが、いずれにせよ、不定期に暴発した漱石の「狂気」にも、そのような現象が発生した可能性を否定することはできない。

ところで、こういう悲劇的な「親」体験をした漱石は、まるでそれを埋め合わせるかのように、実母を美化している。それは彼女との実際の接触が少なかった分だけ生じやすかった。彼の記憶のなかにある母親のイメージは固定していて、いつも「紺無地の絽の帷子を着て、幅の狭い黒繻子の帯を締めて」いて、「大きな眼鏡を掛けて裁縫をしていた」人であった。

養子先からもどされた漱石は年のいった実の両親をしばらく祖父母と思いこんでいたことはすでに触れたが、実際彼らからあまり可愛がられることもなかった。とくに父親は「何しにこんな出来損いが舞い込んで来たかという顔付」をして「殆ど子としての待遇を彼に与えなかった」という印象を健三＝漱石の側に残している（『道草九十一』）。それに対して母親については「それでも宅中で一番私を可愛がってくれたものは母だという強い親しみの心」があったと述べられている（『硝子戸の中』三十八）。その例として挙げられる記憶が、次のような昼寝をして悪夢を見たときのエピソードである。

私は何時どこで犯した罪か知らないが、何しろ自分の所有でない金銭を多額に消費してしまった。それを何の目的で何に遣ったのか、その辺も明瞭でないけれども、子供の私にはとても償う訳に行かないので、気の狭い私は寝ながら大変苦しみ出した。そうしてしまいに大きな声を揚げて下にいる母を呼んだのである。

二階の梯子段は、母の大眼鏡と離す事の出来ない、生死事大無常迅速云々と書いた石摺りの張交にしてある襖の、すぐ後に附いているので、母は私の声を聞き付けると、すぐ二階へ上って来てくれた。私は其所に立って私を眺めている母に、私の苦しみを話して、どうかして下さいと頼んだ。母はその時微笑しながら、「心配しないでも好いよ。御母さんがいくらでも御金を出して上げるから」といってくれた。私は大変嬉しかった。それで安心してまたすやすや寝てしまった。（『硝子戸の中』三十八）

漱石は、このエピソードのどこまでが本当の夢かわからないといっているが、ここに優しい母親の印象が金銭の夢と重なって出てきているのは、いかにも漱石らしくて興味深い。いずれにせよ、漱石はこのように半ばファンタジーの力を借りて優しい実母像を作り上げ、それによってトラウマとなった養母のイメージを相殺し、同時に欠落した母性を埋め合わせようとしたのである。三浦雅士は最初に挙げた著作で「漱石は、自分は母に愛されていなかったのではないかという疑いを、ほとんど終生、払拭し切れなかった」(『漱石　母に愛されなかった子』第2章)と述べていたが、その疑いをかき消そうと、漱石はわずかな記憶にすがって実母を美化しようとしたのである。それは歪んだ養子体験を強いられた彼にとって一種の自己治療の行為だったといっていい。

夫婦の漱石的形態

『道草』という作品において、養子問題に次いで重要なテーマになっているのが健三とお住の夫婦関係である。これもその大半が漱石と鏡子の実際の関係を反映したものであることは衆目の一致するところである。そのため、ここでも私の記述は健三と漱石、お住と鏡子の間を行ったり来たりすることになる。

漱石と鏡子の夫婦関係があまり芳しいものでなかったことは何かとよく取り上げられており、しかもその際少なからぬ言説が、その不和の原因を「悪妻」に帰しているのだが、私にはこのソクラテスを洒落た通説というか俗説はかなり疑わしい。まず、漱石自身による自己分析にはこう述べられている。

　不思議にも学問をした健三の方はこの点に於て却って旧式であった。自分は自分の為に生きて行かなければならないという主義を実現したがりながら、夫の為にのみ存在する妻を最初から仮定して憚からなかった。

「あらゆる意味から見て、妻は夫に従属すべきものだ」

二人が衝突する大根(おおね)は此所(ここ)にあった。（七十一）

夫婦喧嘩の原因としてこのような指摘はいっこうに珍しくはない。裏を返せば、こういう原因は多かれ少なかれ日本の男たちにあったことで、ある意味ではそれは今日まで続いている。われわれはすでに『行人』の一郎のなかにもその典型を見た。だが、漱石の夫婦関係に立ち入ろうとすれば、たとえ漱石自身の言葉とはいえ、このような型(コンヴェンショナル)にはまった解釈ではおよそ充分とはいえない。それでは漱石を一般的な「日本の旧い男」という型に押しこめて、表面的な批判の言説を作り上げるだけに終わってしまうからである。

作品のところどころで語られる夫婦の諍いの場面で目立つのは、男を振りかざす健三だけではなく、それに堂々と抗弁するお住の態度である。たとえば、健三が風邪をひいて寝こんだときの会話である。

「あなたどうなすったんです？」

「風邪を引いたんだって、医者が云うじゃないか」

「そりゃ解ってます」

会話はそれで途切れてしまった。細君は嫌な顔をしてそれぎり部屋を出て行った。健三は手を鳴らして又細君を呼び戻した。

「己(おれ)がどうしたというんだい」

「どうしたって、……あなたが御病気だから、私だってこうして氷嚢を更(か)えたり、薬を注(つ)いだりして上げるんじゃありませんか。それを彼方(あっち)へ行けの、邪魔だのって、あんまり……」

細君は後を云わずに下を向いた。

「そんな事を云った覚(おぼえ)はない」

「そりゃ熱の高い時仰しゃった事ですから、多分覚えちゃいらっしゃらないでしょう。けれども平生からそう考えてさえいらっしゃらなければ、いくら病気だって、そんな事を仰しゃる訳がないと思いますわ」(十)

どこにもありそうな夫婦の言い争いとはいえ、この記述は両者、とりわけ妻のほうの気持ちをよくとらえている。このあたり漱石の小説家としての才能が遺憾なく発揮されているというべきだが、それにはまた次のような覚めた自己分析も与っていた。

彼は独断家であった。これ以上細君に説明する必要は始めからないものと信じていた。細君もそうした点に於て夫の権利を認める女であった。けれども表向夫の権利を認めるだけに、腹の中には何時も不平があった。事々について出て来る権柄ずくな夫の態度は、彼女に取って決して心持の好いものではなかった。何故もう少し打ち解けて呉れないのかという気が、絶えず彼女の胸の奥に働らいた。その癖夫を打ち解けさせる天分も技倆も自分に充分具えていないという事実には全く無頓着であった。（十四）

このようなあり方は、両者がそれぞれの立場を譲ることがなければ、当然言葉や感情の交換において齟齬をもたらすことになる。次の場面などはその好い例である。


「己は決して御前の考えているような冷刻な人間じゃない。ただ自分の有っている温かい情愛を堰き止めて、外へ出られないように仕向けるから、仕方なしにそうするのだ」

「誰もそんな意地の悪い事をする人は居ないじゃありませんか」

「御前は始終しているじゃないか」

細君は恨めしそうに健三を見た。健三の論理はまるで細君に通じなかった。

「貴夫の神経は近頃余っ程変ね。どうしてもっと穏当に私を観察して下さらないのでしょう」

健三の心には細君の言葉に耳を傾ける余裕がなかった。彼は自分に不自然な冷かさに対して腹立たしい程の苦痛を感じていた。

「あなたは誰も何にもしないのに、自分一人で苦しんでいらっしゃるんだから仕方がない」

二人は互に徹底するまで話し合う事のついに出来ない男女のような気がした。従って二人とも現在の自分を改める必要を感じ得なかった。（二十一）

このようにして二人はいつまでも「互に徹底するまで話し合う事」ができず、ちぐはぐな関係を続けているのだが、しかしこの二人のちぐはぐには、たんに男女の相違とか性格の相違といったものに終わらない彼らだけに固有な原因があった。それを暗示しているのが引用会話のなかのお住の「貴夫(あなた)の神経は近頃余っ程変ね」という言葉である。つまりお住は健三の神経衰弱すなわち精神の病をはじめから知っているということである。言い換えれば、彼女の側から見れば、二人の間に諍いが起こるのは、健三がたんに独断的で権威主義的だからではなく、むしろ彼の「病気」のせいなのだ。

ここで作品から現実のほうに目を向けて、漱石が洋行から帰り、神経衰弱を昂じさせていたときのことを想い出す必要がある。とくに注目すべきは作品のなかにも書かれている一時的な別居のことである。この別居中鏡子は漱石を診察した東大精神科の呉秀三から夫の病状説明を受けている。

そのうちに尼子さん〔夏目家の家庭医〕がお約束どおり呉さんに診せてくださいましたということだったので、呉さんのところへ様子を伺いに参りますと、ああいう病気は一生なおりきるということがないものだ。なおったと思うのは実は一時沈静しているばかりで、後でまたきまって出てくると申されて、それから病気の説明をいろいろ詳しく聞かしてくださいました。私もそれをきいて、なるほどと思いまして、ようやく腹がきまりました。病気なら病気ときまってみれば、その覚悟で安心して行ける。(『漱石の思い出』一九「別居」)

こう覚悟した鏡子は再び子供を連れて夫のもとにもどるのだが、これ以後はいっさい家を出るというような行動に出たりすることはなかった。これが一九〇三年の出来事だが、以来鏡子には夫が精神病であるという認識がつねにあった。つまり、二人の諍いはそういう夫の特殊な事情に起因しているという認識が彼女の側にあったということである。そして漱石が作品のなかでお住に「貴夫の神経は近頃余っ程変ね」という言葉を吐かせるということは、お住＝鏡子のそういう認識や覚悟に漱石自身のほうでも気がついていたということにほかならない。言い換えれば、漱石のほうにもまた自分の病に対する自覚があったということである。

だが、かといって二人のちぐはぐな夫婦関係を一方的に漱石の病気のせいにしてしまうことはできない。そういう鏡子のほうもまた精神上の問題を抱えていたからである。それが彼女のヒステリーである。事が事だけにあまり大っぴらには語られていないが、すでに洋行前の熊本時代（一八九八年六、七月ごろと推定される）鏡子は自宅近くの川で入水自殺を試みている。学校側が奔走して事件は表沙汰にされなかったし、鏡子自身もこれについてはいっさい口をつぐんでいるので原因ははっきりしないが、これがヒステリー性の突発行動であった可能性はある。『道草』のなかに、昔お住が流産した後にパニックに陥って発したという言葉が出てくる。

「御天道さまが来ました。五色の雲へ乗って来ました。大変よ、貴夫」
「妾の赤ん坊は死んじまった。妾の死んだ赤ん坊が来たから行かなくっちゃならない。そら其所にいるじゃありませんか。桔槹の中に。妾一寸行って見て来るから放して下さい」（七十八）

文脈からいって、おそらくこの科白は熊本時代のことを材料としている。いずれにせよ、このころから漱石の側に妻のヒステリー発作に対する恐れのようなものができたことは確かなようで、そのことは『道草』にもたびたび言及されている。妊娠で大きな腹を抱えて苦しんでいる時期に健三から邪慳に扱われたお住は「貴夫(あなた)がそう邪慳になさると、また歇私的里(ヒステリー)を起しますよ」（五十四）と警告したりしているが、そのほかにも多分にヒステリーの症状を思わせるような記述がある。その二か所ほどを引用しておこう。

細君の眼はもう天井を離れていた。然し判然(はっきり)何処を見ているとも思えなかった。黒い大きな瞳子(ひとみ)には生きた光があった。けれども生きた働きが欠けていた。彼女は魂と直接(じか)に繋がっていないような眼を一杯に開けて、漫然と瞳孔(ひとみ)の向いた見当を眺めていた。（五十）

もうひとつの例はもっと深刻である。

或晩彼は不図(ふと)眼を覚まして、大きな眼を開いて天井を見詰ている細君を見た。彼女の手には彼が西洋から持って帰った髪剃(かみそり)があった。彼女が黒檀(エボニー)の鞘に折り込まれたその刃を真直に立てずに、ただ黒い柄だけを握っていたので、寒い光は彼の視覚を襲わずに済んだ。それでも彼はぎょっとした。半身を床の上に起して、いきなり細君の手から髪剃をもぎ取った。

「馬鹿な真似をするな」

　こういうと同時に、彼は髪剃を投げた。髪剃は障子に嵌め込んだ硝子に中ってその一部分を摧いて向う側の縁に落ちた。細君は茫然として夢でも見ている人のように一口も物を云わなかった。（五十四）

健三が「ぎょっとした」のは、いうまでもなくかつての自殺未遂の記憶があるからである。だから彼は時に自分と妻の身体を紐でつないで寝たりすることもあった。つまり、二人のちぐはぐな夫婦関係は夫の側だけでなく、両者のそれぞれに異なった精神上の病にも原因をもっていたのである。だが、興味深いのはこのさきである。妻のヒステリーはたんに二人の不和の原因ではなかった。それはまた二人のこじれた感情の修復手段にもなったのである。


　幸いにして自然は緩和剤としての歇私的里を細君に与えた。発作は都合好く二人の関係が緊張した間際に起った。健三は時々便所へ通う廊下に俯伏になって倒れている細君を抱き起して床の上まで連れて来た。真夜中に雨戸を一枚明けた縁側の端に蹲踞っている彼女を、後から両手で支えて、寝室へ戻って来た経験もあった。

　そんな時に限って、彼女の意識は何時でも朦朧として夢よりも分別がなかった。瞳孔が大きく開いていた。外界はただ幻影のように映るらしかった。（七十八）

このような状態に陥った妻を見て、それまでの怒りや憎悪は急に萎え、代わりに妻を不憫と思う感情が出てくる。今度は自分のほうが彼女の面倒を見なければならない。そのときの健三＝漱石はおそらく自分の「病」のことを忘れて、かなりまともだったはずである。

こういうヒステリーの皮肉な効用以外にも、諍いからの快復についての繊細な自己観察がある。二人が「円い輪の上をぐるぐる廻って歩」くような堂々巡りの言い争いから再び平静を取りもどすプロセスを漱石はこう表現している。

健三はその輪の上にはたりと立ち留まる事があった。彼の留まる時は彼の激昂が静まる時に外ならなかった。細君はその輪の上で不図動かなくなる事があった。然し細君の動かなくなる時は彼女の沈滞が融け出す時に限っていた。その時健三は漸く怒号を已めた。細君は始めて口を利き出した。二人は手を携えて談笑しながら、矢張円い輪の上を離れる訳に行かなかった。（七十一）

まさに堂々巡りする争いの「円い輪」が互いに談笑できるような「円満」へと回帰していくわけだが、同時にこれは二人が、もはやどのようなことがあっても別れることなく、自分たちに与えられた運命共同体としての夫婦関係を続けていくという決意をも言い表わしている。だが、私にはこのような仲直りのメカニズムはまだ充分に事態を解明しているとは思われない。鏡子のヒステリーに絡むようにして、二人の関係をそのつど修復するのに与った事柄がある。それは単刀直入にいって、二人の性的な関係である。きれいごとの解釈でお茶を濁して済ませたくないとすれば、われわれはこのテーマを避けて通ることはできない。

漱石という作家は作品のなかにセックスを描写することをまったくしなかった。これはたんなる世代の問題ではない。書簡や日記などを見ればわかるように、漱石という人は、下世話な意味でも、人並みに女性に性的な関心を抱いた男性である。幼児期に遊郭街で遊んだこともあれば、兄たちの道楽のことも身近に知っていた。さまざまな女性に気があったことは、前にも触れたとおりである。だが、こと作品となると、せいぜいのところ、夜汽車で知り合った女と同宿を余儀なくされて身じろぎもせず一夜を過ごすとか（『三四郎』）、風呂場で偶然美女と出会って面食らうとか（『草枕』）、旅先で嫂と同室していたとき悪天候で突然電気が消えてしまい、胸をときめかす（『行人』）という程度のことしか書いていない。つまり、きわめて禁欲的なのである。当然ここには心理学でいう「抑圧」がはたらいている。しかし、他方で、不和をかこちながらもあれだけの子供を得たという事実は簡単には無視できないはずである。大正五年（一九一六年）四月二十日前後と思われる日記に次のようなメモ書きがある。

○喧嘩、不快、リパルジョン（ママ）が自然の偉大な力の前に畏縮すると同時に相手は今迄の相違を忘れて抱擁している

○喧嘩。細君の病気を起す。夫の看病。漸々（ようよう）両者の接近。それが action にあらわるる時。細君はただ微笑してカレシングを受く。決して過去に遡って難詰せず。夫はそれを愛すると同時に、

何時でも又して遣られたという感じになる。

まず簡単に言葉の意味を確認しておくと、「リパルジョン」は「リヴァルジョン revulsion」の表記ミスで、感情などの激変や激しい憎悪を意味し、「カレシング caressing」は愛撫の意味である。つまり、この日記の文面は、夫婦喧嘩が昂じると、そこに「自然の偉大な力」がはたらいて、昂揚した怒りが消褪していくということなのだが、問題はこの「自然の偉大な力」と曖昧に表現されたものの中身である。これが「抱擁」「action」「カレシング」といった言葉と連動したとき、われわれはいやでも性的な意味合いのこもった行為とその効果を連想せざるをえない。じじつ漱石夫妻を近くで観察しつづけた弟子の小宮豊隆はここに「性欲の問題」を読み取っているが（『夏目漱石』下66「夫婦の問題」）、妥当な推理だと思う。つまり、こういうことだ。二人の喧嘩があまり激しくなると、鏡子が発作を起こし、漱石のほうはそれが心配になって怒りの感情が止まってしまう。しかもそのとき失神気味の鏡子を抱いたり、撫でたりして介抱していると、彼女のほうも意識の快復とともに「ただ微笑してカレシングを受」けるような状態になって、両者の間に再び優しい感情が湧いてくるというわけだが、この感情のシンクロを可能にしているのはまさしく男女の間の「性欲（エロース）」である。それは彼らにとっての最後の、しかも最良の救いだった。もしそれがなかったら、この夫婦関係はずっと早くに解体していたはずである。次のシーンなどはそのことがさりげなく巧みに表現されている。

それでも護謨紐（ゴム）のように弾力性のある二人の間柄には、時により日によって多少の伸縮（のびちぢみ）があった。非常に緊張して何時切れるか分からない程に行き詰ったかと思うと、それがまた自然の勢で徐々（そろそろ）元へ戻って来た。そうした日和の好い精神状態が少し継続すると、細君の唇から暖かい言葉が洩れた。

「これは誰の子?」

健三の手を握って、自分の腹の上に載せた細君は、彼にこんな問を掛けたりした。（六十五）

こうして見てくると、鏡子悪妻説の一面性が明らかであろう。たしかに漱石と鏡子の夫婦仲はそれほど良くはなかったかもしれない。しかし、そもそも夫婦とは多かれ少なかれそのようなものなのであり、彼らだけを特別扱いにする理由はない。漱石が歴史に残る人物だからといって、彼の私的生活に理想や模範を期待して、それから逸脱するものを過剰に強調してみせることにどれだけの意味があるのだろう。どんな夫婦でもそうであるように、彼らには彼らなりの共生のスタイルがあったのだ。

二人は自分達のこの態度に対して何の注意も省察も払わなかった。二人は二人に特有な因果関係を有（も）っている事を冥々（めいめい）の裡に自覚していた。そうしてその因果関係が一切の他人には全く通じないのだという事も能（よ）く呑み込んでいた。だから事状を知らない第三者の眼に、自分達が或は変に映りはしまいかという疑念さえ起さなかった。（五十二）

そこからまた「離れればいくら親しくってもそれ切になる代りに、一所にいさえすれば、たとい敵同志でもどうにかこうにかなるものだ。つまりそれが人間なんだろう」(六十五)という健三の諦観めいた思いも出てくるのである。次の場面は、二人で健三の兄が置いていった書類を見たあとの会話であるが、ここに見られるのは、たとえ一時なりとも、平穏でごく普通の夫婦の睦まじい姿である。


彼は兄の置いて行った書類をまた一纏めにして、元のかんじん撚で括ろうとした。彼が指先に力を入れた時、そのかんじん撚はぷつりと切れた。

「あんまり古くなって、弱ったのね」

「まさか」

「だって書付の方は虫が食ってる位ですもの、貴夫」

「そう云えばそうかも知れない。何しろ抽斗に投げ込んだなり、今日まで放って置いたんだから。然し兄貴も能くまあこんなものを取って置いたものだね。困っちゃ何でも売る癖に」

細君は健三の顔を見て笑い出した。

「誰も買い手がないでしょう。そんな虫の食った紙なんか」

「だがさ。能く紙屑籠の中へ入れてしまわなかったと云う事さ」

細君は赤と白で撚った細い糸を火鉢の抽斗から出して来て、其所に置かれた書類を新らしく

絡げた上、それを夫に渡した。（三十三）

文明のなかの個人

ここでは『道草』から離れて、漱石がこの作品と前作『こころ』の間の一九一四年一一月に学習院でおこなった講演『私の個人主義』を取り上げ、当時の漱石の人間観を明らかにしておきたい。同じ時期のエッセイ集『硝子戸の中』がきわめて私的な側面を映す回想であるのに対して、こちらはどちらかというと公の主義主張といえるが、それはまた次作『明暗』への橋渡しにもなるはずである。

講演の枕として、まず漱石はこの講演の開催が遅れた諸般の事情や、昔自分が学習院に就職しようとして果たせなかったことなどを落語の「目黒の秋刀魚」を使ったりしてユーモラスに話したあと、自分がかつてロンドンに留学していたとき、文芸（文学）とは何かという問いと格闘中「自己本位」という考えに思い至ってはじめて自信をもつことができたという体験を語る（これは『『文学論』序」に語られる内容と同じである）。漱石はこれを「自分の鶴嘴をがちりと鉱脈に掘り当てたような」体験と表現し、このような体験は自分の文学体験だけでなく、だれの人生にとっても重要なものだとして、各自がそれぞれの道で「自己本位」の生き方に出会えることを希望する。

こうした前置きをしておいて、漱石は本題の「個人主義」に入っていくのだが、その前に知っておかなければならないのは、日清日露の戦争を経て第一次大戦をむかえていた当時の日本では軍国ナショナリズムが昂揚していて、そもそも「個人」とか「個人主義」という概念は、国体ないし国家意識に悖るものとしてしばしば批判の対象にされていたということである。とくにこの時期から次第に国粋色を強めていく政教社の雑誌『日本及日本人』などは、そうした観点から漱石およびその周囲を攻撃しはじめていたが、そのことは講演のなかでも触れられている。だから漱石があえてこの時期に、しかも学習院という特権階級を象徴する特別な学校でこのテーマを取り上げたということ自体がすでに注目に値することなのである。つまり、ここには漱石の当時の国家や権威に対する挑発および挑戦の意図が込められており、今日われわれが気楽に「個人主義」を語るのとはいささかちがう状況にあったのである。

漱石がもっとも強調するのは、自己本位とか個性を実現しようとすれば、当然自由が不可欠となるが、かといって、それは自分のやりたい放題を意味するのではないということである。そうではなく、自分の自由に匹敵する他者の自由も同時に保証されなければならない。つまり共存する諸個人の自由の相互承認という基本原則が守られなければならないということである。これはちょうどあのカントの「汝自身の意志の格率が常に同時に普遍的な立法の原理として妥当しうるように行為せよ」という有名な定言命法を思わせるが、この基本原則を含む本論の論旨は漱石自身によって次のようにまとめられる。

　今までの論旨をかい摘んで見ると、第一に自己の個性の発展を仕遂げようと思うならば、同時に他人の個性も尊重しなければならないという事。第二に自己の所有している権力を使用しようと思うならば、それに附随している義務というものを心得なければならないという事。第三に自己の金力を示そうと願うなら、それに伴う責任を重んじなければならないという事。つまりこの三ヵ条に帰着するのであります。(『私の個人主義』)

「権力」と「金力」は、それらに「義務」と「責任」が伴わなければ、真の個性と自由の実現にとっての妨げになる。現実には、権力を笠に着て他人の自由を抑圧したり、金力を使って自分の自由を他人に押し付けたりすることがあるからである。漱石は比較的早くからこういう考えをもっていたようだが、それが確信に変わるのはやはりイギリス留学中のことであった。『文学論』序」にこういう言葉がある。

帰朝後の三年有半もまた不愉快の三年有半なり。去れども余は日本の臣民なり。不愉快なるが故に日本を去るの理由を認め得ず。日本の臣民たる光栄と権利を有する余は、五千万人中に生息して、少くとも五千万分一の光栄と権利を支持せんと欲す。この光栄と権利を五千万分一以下に切り詰められたる時、余は余が存在を否定し、もしくは余が本国を去るの挙に出づる能はず、むしろ力の継く限り、これを五千万分一に回復せん事を努むべし。これ余が微小なる意志にあらず。余が意志以上の意志なり。余が意志以上の意志は、余の意志を以て如何ともする能はざるなり。余の意志以上の意志は余に命じて、日本臣民たるの光栄と権利を支持するために、如何なる不愉快をも避くるなかれといふ。(『文学論』序)

この「五千万分一」の自由な「意志」が漱石のいう「個性」の範囲と重なるわけだが、引用が示しているように、それは同時に「日本の臣民」に収まるともいわれている。そのかぎりで、この言葉は結局のところ保守的な考えに帰着するように見えるが、重要なのは「この光栄と権利を五千万分一以下に切り詰められたる時……むしろ力の継く限り、これを五千万分一に回復せん事を努むべし」という言葉である。なぜなら漱石は現実には「日本の臣民」が「光栄と権利を五千万分一以下に切り詰められ」ていることを知っていて、こう述べているからである。そして間接的に、その元凶としての「権力」と「金力」に抵抗すべきだと訴えてもいるのである。

たとえば私が何も不都合を働らかないのに、単に政府に気に入らないからといって、警視総監が巡査に私の家を取り巻かせたらどんなものでしょう。警視総監にそれだけの権力はあるかも知れないが、徳義はそういう権力の使用を彼に許さないのであります。または三井とか岩崎とかいう豪商が、私を嫌うというだけの意味で、私の家の召使を買収して事ごとに私に反抗させたなら、これまたどんなものでしょう。もし彼らの金力の背後に人格というものが多少でもあるならば、彼らは決してそんな無法を働らく気にはなれないのであります。(『私の個人主義』)

講演の三年前の大逆事件で処刑された幸徳秋水らが一貫して警察の厳しい、というより異常なまでの監視下に置かれていたことは、硬骨のジャーナリストとして知られる杉村楚人冠が新聞記事(「幸徳秋水を襲ふ」)にして、漱石もそれを『それから』(十三)のなかに取り入れていた。また経済では、戦争による俄か景気で一時的に成金が輩出し、財閥が富を集中させた時期である。数年後には米価の急騰に怒った「細民」たちによる米騒動が全国に波及することになるだろう。つまり、漱石にとってはきわめて当たり前だと思われた「個性」の理念は現実には必ずしも当たり前のことではなく、国民としての光栄と権利が「五千万分一以下に切り詰められ」ているということにほかならない。漱石は幸徳や啄木のように声高に革命を叫ぶことはしなかったし、自ら政治活動に乗り出したこともない。そのかわり権力の地位にある政治家や資本家のような日本の政治経済をリードする人々、とりわけ将来を担う若いインテリ・エリートたちに「徳義」や「人格」を訴えた。その意味でも、彼の政治的スタンスは「人倫」を訴えたカントの姿勢に似ている。「権力」に関しては、かつてノートにこう書き記している。ほとんどそのまま『猫』（十一）の記述に使われたメモ書きである。

○昔は御上の御威光なら何でも出来た世の中なり
○今は御上の御威光でも出来ぬ事は出来ぬ世の中なり
○次には御上の御威光だから出来ぬと云ふ時代が来るべし。威光を笠に着て無理を押し通す程個人を侮辱したる事なければなり。個人と個人の間なら忍ぶべき事も御上の威光となると誰も屈従するものなきに至るべし。是パーソナリチーの世なればなり。今日文明の大勢なればなり。明治の昭代に御上の御威光を笠に着て多勢をたのみにして事を成さんとするものはカゴに乗って汽車よりも早く走らんと焦心するが如し。（一九〇五、六年のノートから）

漱石にとって「個人主義」というのは動かしがたい文明の趨勢である。いかなる権力権威といえどもこの趨勢に逆らうことはできない。はっきりと明記はされていないが、右の引用の「御上」には天皇も入っていると見るべきであろう。あの博士号拒否問題などもおそらく漱石のこうした根っからの反権威主義的体質から来ている。芥川によれば、漱石は生涯に三度しか万歳三唱をしたことはないそうだが（半藤一利『漱石先生ぞな。もし』第11話「生涯に三度のバンザイ」）、こういうエピソードなどもいかにも漱石らしい。講演のなかの次の言葉には、当時勢いを増してきていた国粋派や日本主義者たちの国家主義イデオロギーに対する反感がよく出ている。

国家は大切かも知れないが、そう朝から晩まで国家国家といってあたかも国家に取り付かれたような真似は到底我々にできる話でない。常住坐臥国家の事以外を考えてならないという人はあるかも知れないが、そう間断なく一つ事を考えている人は事実あり得ない。豆腐屋が豆腐を売ってあるくのは、決して国家のために売って歩くのではない。（『私の個人主義』）

こういう発言がなされるのは、講演の最後にも出てくるように、漱石のなかにつねに国家道徳よりも個人道徳のほうが優先されるべきだという根本信念があるからである。それにはイギリスから学んだデモクラシーのみならず、江戸庶民の意地のようなものも混入しているだろう。遡れば、『猫』のなかで苦沙味先生が「大和魂！と叫んで日本人が肺病やみの様な咳をした」に始まり「誰も口にせぬ者はないが、誰も見たものはない。誰も聞いた事はあるが、誰も遇った者がない。大和魂はそれ天狗の類か」（六）で終わる戯文を披露する場面なども同じ動機から出ているとみてまちがいない。「大和魂」などというものは近代の趨勢とも相容れなければ、江戸の心意気にもそぐわないのである。とはいえ、さきにも述べたように、漱石がやろうとしたのは権力や財閥に対する直接的な戦いではなかった。彼がやろうとしたのは文明の趨勢としての個性の実現とそこに内在する精神的な問題の克服というきわめて倫理的な格闘である。『草枕』にこういう一節がある。「はじめに」に引用した汽車の比喩につづく文章である。

文明は個人に自由を与えて虎の如く猛からしめたる後、これを檻穽の内に投げ込んで、天下の平和を維持しつつある。この平和は真の平和ではない。動物園の虎が見物人を睨めて、寝転んでいると同様な平和である。檻の鉄棒が一本でも抜けたら——世は滅茶滅茶になる。第二の仏蘭西革命はこの時に起るのであろう。個人の革命は今既に日夜に起りつつある。北欧の偉人イプセンはこの革命の起るべき状態に就て具にその例証を吾人に与えた。余は汽車の猛烈に、見界なく、凡ての人を貨物同様に心得て走る様を見る度に、客車のうちに閉じ籠められたる個人と、個人の個性に寸毫の注意をだに払わざるこの鉄車とを比較して、——あぶない、あぶない。気を付けねばあぶないと思う。現代の文明はこのあぶないで鼻を衝かれる位充満している。おさき真闇に盲動する汽車はあぶない標本の一つである。（『草枕』十二）

問題の所在を明らかにするために、前の論旨をもう一度繰り返しておく。漱石にとって「個人」とか「個性」というのは文明の必然的な趨勢であり、もはやこれを否定することなどできない。だが、この「個人」は、ひとつ活かし方を間違えると危険なものに転化する。その両刃の剣となっているのは、それとともに与えられる「自由」の概念である。自由だからといって何でも自分の好き放題にしてしまうと、逆にそのとばっちりで不自由を強いられる人間が生まれてしまうからである（このことは今日の「新自由主義」とて同じことである）。漱石やカントの思い浮べる自由な個人とは、限られた人間だけではなく、全員に当てはまるものでなければならない。つまりあくまで平等が原則なのだが、この原則を貫くことは容易ではない。なぜなら、自由そのもののなかに、その平等の原則を妨げるような要因が含まれてしまっているからである。権力や金力はまさにその妨げの現われにほかならない。この矛盾をはらんだ自由な個人をどのようにコントロールしながら実現していくのか、その点において人類はまだ正しい答えを見つけ出しているわけではない。だから「第二の仏蘭西革命」「個人の革命」が起きなければならないのだが、その帰趨ははっきりせず、文明は危険な道を歩んでいるというのが漱石の覚めた文明観である。

個人主義が直面するのはこのような自由と抑圧という倫理的な問題にとどまらない。それに並んで「個であること」に伴う心理的な問題も避けることができない。ここで本書を通して言及しつづけてきた「神経衰弱」の問題をあらためて考え直してみることができる。漱石から見れば、神経衰弱はたんなる例外的な病理現象ではなく、文明が否応なく現代人に課す必然の課題であった。これは自由な個人に必然的に付いてまわる宿命だが、同時にまたそれは試金石でもある。言い換えれば、真の個人の自由を実現しようとすれば、否応なくこの苦痛をともなった精神状態と格闘し、自らそれを克服しなければならないということである。漱石はしばしば「淋しい」という言葉を使うが、この講演のなかでもその言葉が出てくる。自分の個人主義の立場を述べたところである。

もっと解り易くいえば、党派心がなくって理非がある主義なのです。朋党を結び団隊を作って、権力や金力のために盲動しないという事なのです。それだからその裏面には人に知られない淋しさも潜んでいるのです。既に党派でない以上、我は我の行くべき道を勝手に行くだけで、そうしてこれと同時に、他人の行くべき道を妨げないのだから、ある時ある場合には人間がばらばらにならなければなりません。そこが淋しいのです。(『私の個人主義』)

漱石は単純に理想の個人の自由を言いっぱなしにしていない。その理想にはこのような「裏面」としての「淋しさ」がついてまわるというリアルでシビアな認識があった。個であるとは、ある意味で「孤独」とか「孤立」ということでもあるのだから、それは下手をすると「人間がばらばらに」なってしまうような人間疎外を発生させることにもなりかねない。われわれはその典型的なかたちを『彼岸過迄』の須永や『行人』の一郎、そして『こころ』の先生のなかに見た。いや、本書が取り扱った後期の作品はいずれも多かれ少なかれそのことをテーマにしているといっていい。

そういう目であらためて読みなおせば、前期の作品とてこの問題と無関係なわけではない。『猫』で迷亭が詭弁を弄して未来における結婚不可能論を論じる件がある。彼によれば、だれもが個性を主張するようになると、自業自得で張り詰めた自分が苦しくなり、親類はむろん親子兄弟の別居が始まる。これが今日の状況だ。「然し親子兄弟の離れたる今日、もう離れるものはない訳だから、最後の方案として夫婦が分れる事になる」（十二）ということで、最終的に結婚は不可能になるというのだが、これもたんなる冗談というより、むしろ漱石が本音で抱いていた危惧をパロディ風に強調して見せたものであろう。

だが漱石は、そうした個人主義につきまとう問題を回避することなく、それを正面から受け止め、突き抜けていかないかぎり、文明はこのさき一歩も進むことはできないという厳しい認識も持ち合わせていた。この点においては、現代のわれわれとても漱石の立った地点からほとんど前に進み出ていない。「権力」と「金力」による歪みは克服されるどころか、今日依然としてのさばりつづけているし、人々は「個であること」の精神的苦悩から解放されたわけではないからである。最後に作家漱石の個人主義の面目躍如たる一文を引用しておこう。

ここにおいてぼくはサボテン党でもロシア党でもない。猫党にして滑稽的＋豆腐屋主義と相成る。サボテンからは芸術的でないと言われ、ロシア党からは深刻でないと言われて、小便壺の中でアプアプしている。これから先なにになるか、本人にも判然しない。要するに周囲の状況でいろいろになるのが自然だろう。西洋人の名前などを担いで、この人のようなものを書こうなどというのは、そもそも不自然のはなはだしきものである。君、オイランの写真を見て、アタイもこんな顔になろうたって、なれやしないじゃないか。いまの文学者は皆このアタイ連である。ぼくのことを英国趣味だなどと言うものがある。糞でも食うがいい。いやしくも天地の間に一個の漱石が漱石として存在するあいだは、漱石はついに漱石にして別人とはなれません。英国趣味があるなら、漱石が英人に似ているのではない。英人が漱石に似ているのである。

（一九〇六年一〇月二一日森田草平宛書簡）

読解のために少々コメントしておくと、「サボテン党」とは俳諧趣味に浸る美学派、「ロシア党」とはドストエフスキーなどの小説を担いで深刻な精神問題を大事に見る作家で、漱石の交流仲間でいえば、前者は高浜虚子、後者は森田草平に代表される。「オイラン云々」はおそらく当時この言葉を使って「オイラン憂い式」と揶揄したことのある弟子の鈴木三重吉のような小説スタイルを指している。つまり、漱石は自分のもっとも近傍にいる連中と比べても、自分はただひとり自分でしかないという姿勢を見せたのである。それにしても、ウィットとはいいながら、漱石はよほど「豆腐屋」にシンパシーを抱いていたと見える。

第八章　関係が関係する――『明暗』

物語の展開と要点

よく知られているとおり、『明暗』は漱石の遺作で、未完に終わった長編小説である。漱石が作品のタイトルに無頓着だったことはこれまでにも何度か言及したが、この『明暗』の場合はどうだろうか。これに関しては、漱石が久米正雄と芥川龍之介に宛てた手紙のなかに書きこんだ自作の漢詩がヒントになる。この時期の漱石は、慢性の持病（胃潰瘍、糖尿病、リウマチ）に悩まされつづける体調の管理もあって、執筆はもっぱら午前中に集中して、午後はゆったりと漢詩を作ったり、書画に耽ったりしているが、次はその閑暇のなかから生まれた七言絶句である。

尋仙未向碧山行　仙を尋ぬるも未まだ碧山に向かって行かず
住在人間足道情　住みて人間（にんげん）に在りて道情足（おお）し
明暗双双三万字　明暗双双三万字
撫摩石印自由成　石印を撫摩（ぶま）して自由に成る
（書き下しは吉川幸次郎『漱石詩注』による）

「道情」とは哲学的超越的な心情を意味する言葉である。あえて仙境に入らずとも、こうして俗界に住みながら道情をもつことができる。『明暗』執筆の傍ら机の上の石印を撫でまわしていると自由を得た気分になる、というような意味だろうか。さらに手紙には、言い訳でもするかのように、次のようなコメントが付けられている。

明暗双双というのは禅家で用いる熟字であります。三万字は好加減です。原稿紙で勘定すると新聞一回分が一千八百字位あります。だから百回に見積ると十八万字になります。しかし明暗双双十八万字では字が多くって平仄が差支えるので致し方がありませんぬ故三万字で御免を蒙りました。(一九一六年八月二一日久米・芥川宛書簡)

漢詩に使われた「明暗双双」という禅語が執筆中の『明暗』と直接関係しているのは明らかである。この言葉は『碧巌録』第五一則の頌に出てくる言葉「明暗双双底時節」を出典としていると思われる。句は「明暗双双、底の時節ぞ」と訓読し、岩波文庫『碧巌録』の読解にしたがえば、「明と暗とが対をなすとは、いかなる時のことか」というほどの意味を表わすとされる。とはいえ、禅語のご多聞に漏れず、この原典においても「明暗」の語は抽象的すぎて、どのようにも理解可能である。物事には裏表や正負があると言い換えてみても同じであろう。

いったい、漱石自身はこの言葉にどういう思いを込めようとしたのだろうか。その疑問をもって作品を読み通してみると、ひとつこの作品に特徴的な記述の仕方が気にかかってくる。それは主人公の設定である。最初は津田という会社勤めの男が主人公に設定され、記述もこの人物の視点から進められるのだが、それが途中で妻のお延のほうに移され、全編を通じ二人のパースペクティヴが互いに交換されるように書かれているのである。したがって、このことから津田とお延という一対の若い夫婦が「明暗」の具体的な含意だったのではないか、という推理が出てくる。この仮説的推理の後押しになりそうなのが、以下の挿話である。お延が叔父の岡本を訪ねたとき、岡本が津田の叔父藤井がいったこととして話す「男が女を引張り、女がまた男を引張る」という説である。岡本はこれを冗談めかしてこう説明する。

「それでこうなんだ。男と女は始終引張り合わないと、完全な人間になれないんだ。つまり自分に不足なところが何処かにあって、一人じゃそれをどうしても充たす訳に行かないんだ」

お延の興味は急に退き掛けた。叔父の云う事は、自分の疾うに知っている事実に過ぎなかった。

「昔から陰陽和合っていうじゃありませんか」

「ところが陰陽和合が必然でありながら、その反対の陰陽不和がまた必然なんだから面白いじゃないか」

「どうして」

「いいかい。男と女が引張り合うのは、互に違ったところがあるからだろう。今云った通り」

「ええ」

「じゃその違ったところは、つまり自分じゃない訳だろう。自分とは別物だろう」

「ええ」

「それ御覧。自分と別物なら、どうしたって一所になれっこないじゃないか。何時まで経っ

たって、離れているより外に仕方がないじゃないか」（七十五）

「陰陽和合」だけなら若い夫婦に対する月並みな教訓にすぎない。だが、ここでいわれていることは「陰陽和合」が成り立つには、皮肉にも「陰陽不和」がなければならないということである。つまり男と女という「陰陽」は互いに異なっているからこそ引き（愛し）合うのであって、両者が「和合」し、「同一化」してしまったら、もはや引き（愛し）合うことは不可能になってしまうというパラドックスが語られているわけだが、実際この作品は、夫の愛を求める妻が、それを求めれば求めるほど夫に対する疑惑を募らせ、二人の差異を露見させていく物語と読むこともできるのである。つまり「明暗」というタイトルは本質的に同一と差異のパラドックスを抱えざるをえない男女という「陰陽」一対のことを指しているのかもしれないのだが、しかしこれはあくまで解釈の一可能性にすぎず、むろん小説のタイトルをこのように特定の意味に限定してしまう必要はない。これまでの例が示しているように、タイトルが漠然としたままではいけないという法などないからである。

本論の展開に入ると、物語は津田の痔疾という、小説の冒頭としてはいささか尾籠な話題から始まっている。津田はその痔のもたらす疼痛から「この肉体はいつ何時どんな変に会わないとも限らない」と思い、さらにそれを「精神界も全く同じ事だ。何時どう変わるか分からない」（『明暗』二）という思いに転化しているが、案外これが小説のテーマのひとつなのかもしれない。この点については後論で詳しく論じる。

物語が動き出す発端は、他の作品にもたびたび見られたおなじみの借金の話である。薄給で家計に穴があいてしまった津田夫婦は京都にある津田の実家に援助を依頼するが、妹お秀などの注進もあって、実家はこの依頼を拒否する。理由はお延の奢侈とみなされているのだが、これには嫂を快く思わない小姑お秀による曲解された実家への報告も与っている。弱みに付け込んだかたちで自分が金を工面しようというお秀と、岡本の叔父から小切手をもらってきたお延との対決は前半のひとつのヤマ場である。

しかし物語の展開として一番のポイントとなるのは、いまひとつ夫との関係に自信をもてない新妻お延が周囲の人間の思わせぶりな言葉から次第に夫に対する疑惑を深めていくプロセスである。たとえば、身をやつして、恥や外聞もなく津田の古外套を貰いに来た夫の旧友小林はお延の前でこんなことを口にする。


「奥さんあなたの知らない事がまだ沢山ありますよ」

「あっても宜しいじゃ御座いませんか」

「いや、実はあなたの知りたいと思ってる事がまだ沢山あるんですよ」

「あっても構いません」

「じゃ、あなたの知らなければならない事がまだ沢山あるんだと云い直したらどうです。それでも構いませんか」

「ええ、構いません」(八十四)

気丈夫に「構わない」といいながら、小林の挑発に乗せられてお延の疑惑がますます高まっていくのはいうまでもない。このお延の疑惑は偶然病室の前で立ち聞きをしてしまうお秀の次のような言葉によってさらに増幅される。

「それだけなら可いんです。然し兄さんのはそれだけじゃないんです。嫂さんを大事にしていながら、まだ外にも大事にしている人があるんです」（百二）

物語の前半では、この「まだ外にも大事にしている人」というのが、だれであるかが明らかにされず、読者の好奇心はそこに引き付けられるのだが、後半に入ると、これが津田がかつて交際していながら、突然心変わりをして他家に嫁いでしまった清子という女性であることが明らかにされる。小説上の想定としては『三四郎』の美禰子を連想させる存在である。この女性の存在を津田本人に自覚させるのが、津田の過去を知りながら、あえて彼とお延を結婚させた吉川夫人であった。病室を見舞った彼女は津田にずばりいう。

「貴方は清子さんにまだ未練がおありでしょう」

「ありません」

「ちっとも？」

「ちっともありません」

「それが男の嘘というものです」

嘘を云う積でもなかった津田は、全然本当を云っているのでもないという事に気が付いた。

「これでも未練があるように見えますか」

「そりゃ見えないわ、貴方」

「じゃどうしてそう鑑定なさるんです」

「だからよ。見えないからそう鑑定するのよ」（百三十八）

「それが男の嘘というものです」とぴしゃりと決めつけておいて、「見えないからそう鑑定する」と断言するなど、傲慢と経験豊かな年長女性の心遣いをないまぜにした吉川夫人の性格を彷彿させて、いかにも漱石らしい巧みな科白まわしである。

物語は、その吉川夫人が、煮え切らない津田や気位の高いお延に対する個人的な不満もあって、内緒で津田とかつての女性清子とを引き合わせようとたくらむところから大きく動き出す。彼女は、そうすることで津田が未練にはっきりと片を付けることを望んだのだった。一方津田は、お延との関係を大事にしたいと思いながらも、日ごろから世話になっている上司の妻である吉川夫人に逆らうこともできず、実際にも不本意な別れ方をしてしまった清子に対する気持ちを吹っ切ることができないため、手術後の療養を口実に、吉川夫人の仕組んだ温泉行を決行し、そこで最初の子を流産して静養している清子に出会うことになる。湯治旅館の廊下で二人が再会するシーンはこう描かれている。

彼は決心して姿見の横に立ったまま、階子段の上を見詰めた。すると静かな足音が彼の予期通り壁の後で聴え出した。その足音は実際静かであった。踵へ跳ね上る上靴（スリッパー）の薄い尾がなかったなら、彼は遂にそれを聴き逃してしまわなければならない程静かであった。その時彼の心を卒然として襲って来たものがあった。

「これは女だ。然し下女ではない。ことによると……」

不意にこう感付いた彼の前に、若しやと思ったその本人が容赦なく現われた時、今しがた受けたより何十倍か強烈な驚ろきに囚われた津田の足は忽ち立ち竦んだ。眼は動かなかった。

同じ作用が、それ以上強烈に清子をその場に抑え付けたらしかった。階上の板の間まで来て其所でぴたりと留まった時の彼女は、津田に取って一種の絵であった。彼は忘れる事の出来ない印象の一つとして、それを後々まで自分の心に伝えた。（百七十六）

ローアングルから見上げられる女性の姿は漱石の好む美学的形象である。三四郎が池の上に見た美禰子もそうであったし、『草枕』の那美にも同じような瞬間があった。いずれにせよ、この出会いがどのように発展していくかが作品の顚末を決定することになるのだが、周知のように、このようにして二人の再会が始まったあたりで、漱石の死がそのさきの展開を阻んでしまったのであった。これだけをいうと、いたって単純なストーリーのようにも思われるが、ここには津田とお延の心理的葛藤や駆け引きはもとより、津田と小林の論争、お延とお秀の対決、津田を弄ぶかのような吉川夫人の暗躍、津田と清子の再会などが交錯して、複雑な心理劇が演出されている。その演出はときには過剰なまでに理屈っぽかったり、不自然な行動を生み出したりはしているが、この不自然さについて、漱石はこういう意見をもっていた。

拵(こしら)えものを苦にせらるるよりも、活きているとしか思えぬ人間や、自然としか思えぬ脚色を拵える方を苦心したら、どうだろう。拵えた人間が活きているとしか思えなくって、拵えた脚色が自然としか思えぬならば、拵えた作者は一種のクリエーターである。拵えた事を誇りと心得る方が当然である。(「田山花袋君に答う」)

ここに「漱石リアリズム」の秘訣がある。たんに日常的にありうることを忠実に追うばかりがリアリズムではない。その表面を抉って、ときには不自然にも見える内奥の真理を「クリエイティヴ」に描きだすこと、それもまた立派なリアリズムだということにほかならない。じじつ漱石のファンが魅かれるのはそれである。まさにそういう漱石固有のリアリズムのせいというべきか、『明暗』においても登場人物たちはそれぞれの個性を発揮してじつに生き生きと描かれている。このことは津田が温泉場に行く汽車のなかで出会う江戸っ子の老人や旅館の三助などが出てくる些末なエピソードにも当てはまる。

『明暗』の登場人物たちはそれぞれが独自の意識を持ち、作者の干渉を受けない。『虞美人草』の登場人物たちが漱石の道徳観に照らされ、作者の操り人形になっているのとは対照的に、『明暗』のキャラクター、とりわけ女性たちは自由に行動し、自分の意見も主張する。作者はあえて、登場人物たちをコントロールせず、日常生活の空間に放し飼いにした。『明暗』の語り手は互いに噛み合わず、溶け合うことのない声や意識をひたすら記録する書記に徹している。（島田雅彦『漱石を書く』『明暗』）

こう述べたのは作家の島田雅彦だが、彼はさらにこれをバフチンに倣って「ポリフォニー小説」と呼んでいる。さまざまな登場人物の音声が自由に響きあってひとつの作品となっているからである。同じことを、やはり自ら作家であった弟子の森田草平がこう表現している。

先生に従えば、私ども若い者の書くものにはすべて「私」がある。自分の「私」をもって他の「私」を説服しようとするから相手の説服しようはずがない。「私」を捨てて「神」と同じ心持ちになってこそ、はじめて相手の誤まりを承認させることもできるのである。（略）で、シェークスピヤにはトルストイに見るような「私」が出ていない。すなわち作者としてシェークスピヤはトルストイよりもいっそらの意志によって動いている。すなわち作者としてシェークスピヤはトルストイよりもいっそう神に近いことになる。

ここにいたると、先生の説は先生の人生観から芸術上の技巧論にまでわたっているのである。

『明暗』においても、先生は世間がどう見るかは別問題として、先生みずからは毫も「私」を出さない、作中の人物は人物みずからの意志によって、神の摂理に従って動いているもののように書きあらわしたいと、折にふれて言っていられた。そして、そうあらんことを予期していられたようである。（森田草平『夏目漱石』（一）「先生と門下」）

「毫も『私』を出さない」かどうかは疑問としても、新旧二人のような感想はおおむね受け入れられているようで、私も後節でその「ポリフォニー」の中身を詳しく追うつもりだが、何といっても問題なのは、この小説が未完のままに終わり、ストーリーの結末がわからないということである。だからこれまでにも、しばしばこの作品の結末を推理することがおこなわれてきた。とりわけこの推理は作家たちの本能をくすぐるようで、大岡昇平などは考えられるさまざまな結末について興味深い考察をめぐらせているが（『小説家夏目漱石』Ⅳ「『明暗』の結末について」）、実作でこれに挑戦した作家も少なくなく、よく知られているところでは、水村美苗の力作『続明暗』などがある。

私には作家的想像力はないので、続編の内容を構想することなどできないが、書かれた部分からいえることとして、この作品を小説として終結させるためには、まず第一に、かつて清子が突然津田を離れて関と結婚することになった、その事情と動機が明らかになる必要がある。これに関連して清子の夫の関が登場する可能性はある。第二は、お延が湯治場にやって来るなりして、何らかのかたちで関わってくるだろうが、彼女の身の振り方は第一の内容に左右されるだろうということ、そして第三には、吉川夫人がやはり介入してくるだろうということが予想されるぐらいである。これに対して、書かれた部分で重要な役割を与えられたお秀と小林に関しては、必ずしも再登場する必要はないように思われる。彼らの役目はある意味で終わっているからである。しかし、いずれも私の個人的な想像にすぎず、無視してもらってかまわない。

この未完の結末に並んで、もうひとつ問題にしておかなければならないことがある。それは、この作品が漱石の「則天去私」という理念の表現となっているという通説である。はっきりしておかなければならないが、少なくとも発表されている文献を見るかぎり、漱石がこの言葉を公刊された小説や評論のなかで使ったことは一度もない。物証としては、ただ一、二度この自作のフレーズを揮毫したことがあるだけである。あとは最晩年にこの言葉を耳にした近しい弟子たちの証言だけということになる。ところが、世の中には『明暗』といえば「則天去私」というような言説が未だまことしやかに出回っているのである。

これに疑問を唱えたのが若き江藤淳であった。江藤は、「則天去私」というのは漱石の弟子の小宮豊隆や松岡譲などが広めた「漱石神話」のひとつにすぎないとし、次のように断言する。

「則天去私」と現にある「明暗」とを並べた時、虚心な読者の経験する当惑は、このあたりを混同することから生ずる。作品と神話を並べていずれを選ぶかといわれれば、作品を選ぶのが順当であって、「道草」にも「明暗」にも、「則天去私」などという言葉もなければ、それらしきものの表現されたふしもない。明確に表現されたものを尊重するのが作者への礼儀であるなら、ここにあるのは神話ではなくて、作者自身の物語っているある種の創作態度の微妙な変化である。(『決定版夏目漱石』第一部第一章「漱石神話と「則天去私」」)

江藤のこの指摘は正しい。私にも『明暗』が「則天去私」を表現した作品であるとはまったく思えないからである。この作品は「天に則り私を去る」どころか、逆に徹底的に俗世界に住まう「私」の心理にこだわろうとしたものである。その印象は書かれざる結末を予想してみても変わらない。ただし、『明暗』という作品を離れるならば、とりわけ晩年の漱石がそのような願望の境地をもっていたことまで否定する必要はない。すでに述べたとおり、漱石は午前中に『明暗』を書き、午後には書画に耽るという日課を送っていた。問題はこの午前と午後の関係である。そこで「明暗双双」の言葉が出てくるあの久米・芥川宛の書簡の冒頭に書かれていることにあらためて注意を向けてみよう。

あなたがたから端書がきたから奮発してこの手紙を上げます。僕はあいかわらず『明暗』を午前中書いています。心持は苦痛、快楽、器械的、この三つをかねています。存外涼しいのが何より仕合せです。それでも毎日百回近くもあんな事を書いていると大いに俗了された心持になりますので三、四日前から午後の日課として漢詩を作ります。(一九一六年八月二一日久米正雄・芥川龍之介宛書簡)

この文面が伝えているのはこういうことである。『明暗』を書いていると「俗了された心持」になるので、そのバランスを取るために午後は漢詩を作っているということである。言い換えれば、午前中は意識をどっぷりと俗世界に浸からせているので、午後はその反対に超俗的な気分に浸ることのできる漢詩（および書画）の世界に没頭するということである。つまり、『明暗』という作品と漢詩すなわち午前と午後は、いわば漱石の「心持」の両極をなしているのである。だから「則天去私」という言葉が後者の世界から生まれ出たものとすれば、それは『明暗』の世界とはむしろ反対の世界を言い表しているということになる。ここに『明暗』をそのまま「則天去私」の表現だとする「神話」的通説の誤りがはっきりする。漱石が『明暗』を執筆していた同じ時期に弟子たちの前でしばしば「則天去私」という言葉を吐いていたとしても、そのことがそのまま通説を証明することにはならない、むしろ逆なのだ。

一言念を押しておくなら、「則天去私」の語をもって漱石を聖人か何かに祀り上げようとするナイーヴな解釈はまったくの論外である。実際のところ、これは形而上学理念でもなければ、宗教的境地でもない。そういってよければ、これは一種の「気分」である。漱石にとっての「天」とは、何よりもまず山川草木としての自然であり、その延長上にある宇宙にほかならない。漱石は哲学であれ、宗教であれ、それが本物であるかぎり、敬意を表することにやぶさかではなかった。それだけにいっそうそれらを軽々しく扱う哲学的ディレッタンティズムや野狐禅などからは距離を取っていたのである。

自己主張する女たち

すでに前節で触れたように、この作品では登場人物がそれぞれの個性を発揮してじつに生き生きと描かれている。なかでも目立つのが女性である。おもだったところを挙げておけば、津田の妻お延、津田の妹お秀、津田の上司の妻吉川夫人、津田のかつての女性清子、津田の叔父藤井の妻お朝、お延の叔父で親代わりの岡本の妻お住、その娘継子といった顔ぶれである。この印象は私ひとりのものではなく、同時代の正宗白鳥以来一貫してあるが、ここでは最近の文献から二つ紹介しておく。

『明暗』において、お延をはじめとする女たちがなぜこれほどにも生き生きしているのか、そこにははっきりとした理由があったと言わなければならない。お延にせよ、清子にせよ、継子にせよ、吉川夫人にせよ、藤井の奥さんにせよ、それぞれみな人格として振る舞っているのです。（三浦『漱石　母に愛されなかった子』第九章「承認をめぐる闘争」）

『明暗』が漱石の作品の中で特殊な位置を占めるとすれば、それは作中で描かれた女性像に理由がある。『明暗』はそれ以前の作品と較べると、女性解放の小説であるといえる。女性解放のメッセージが込められているという意味ではない。作中の女性登場人物が作者の女性観を逸脱し、自由に活動するという意味においてである。（島田雅彦『漱石を書く』『明暗』）

女性が目立つのは、ただたんに女性の登場人物の数が多いからというわけではない。むしろその扱われ方による。女性たちはほとんどが津田にかかわる人物であり、その意味ではたしかに津田が主人公ということになるのだが、これもすでに触れたように、物語の途中で視点がお延に変わったりして、主人公も津田一人に限られていないのである。実際この作品の主人公をお延に見立てる見解もあっていいほどだ。こうした女性の視点からの記述は前作『道草』の健三の細君お住にその片鱗が見られたが、本作でその方法が意識的に試みられたという印象を与える。

問題は記述法にとどまらない。なにより大きいのは「作者の女性観を逸脱し、自由に活動する」ほどに見える女性たちの多様な性格である。まず、準主役ともいうべきお延から見ていくことにしよう。

> お延は自分で自分の夫を択（えら）んだ当時の事を憶い起さない訳に行かなかった。津田を見出した彼女はすぐ彼を愛した。彼を愛した彼女はすぐ彼の許（もと）に嫁ぎたい希望を保護者に打ち明けた。そうしてその許諾と共にすぐ彼に嫁いだ。冒頭から結末に至るまで、彼女は何時でも彼女の主人公であった。又責任者であった。自分の料簡を余所（よそ）にして、他人の考えなどを頼りたがった覚はいまだ嘗てなかった。（六十五）

「冒頭から結末に至るまで、彼女は何時でも彼女の主人公であった。又責任者であった」という言葉が語るように、彼女は一見「自立」した女性として想定されるのだが、しかしこの「自立」はそれほど確かなものではなく、彼女は夫との（からの）愛に自信をもてないでいる。たとえば、見合いが終わったあと、自分には嫁に行って幸福になる望みなどあるだろうかと心配する従妹の継子に向かって「あるのよ、あるのよ。ただ愛するのよ、そうして愛させるのよ。そうさえすれば幸福になる見込は幾何(いくら)でもあるのよ」と励ましたりするのだが、これは継子というより、むしろ日ごろから不安を抱いている自分自身にあえて言い聞かせようとした言葉である。このような、つねに何かを自分に強いるような態度は、基本的には彼女の気位の高さに起因している。

不幸にして彼女には持って生れた一種の気位があった。見方次第では痩我慢とも虚栄心とも解釈のできるこの気位が、叔母に対する彼女を、この一点で牽制した。ある意味からいうと、毎日土俵の上で顔を合せて相撲を取っているような夫婦関係というものを、内側の二人から眺めた時に、妻は何時でも夫の相手であり、又たまには夫の敵であるにしたところで、一旦世間に向ったが最後、何処までも夫の肩を持たなければ、体よく夫婦として結び付けられた二人の弱味を表へ曝すような気がして、耻ずかしくていられないというのがお延の意地であった。

（四十七）

要するに、彼女の「自立」は夫の愛に依存しており、これがなければ、彼女は彼女であることができない。本当の自立が「個の解放」を前提にするとすれば、この「自立」はまだ見せかけにとどまっている。一見「自立」と見えるものは、その実は持ち前の「気位の高さ」であり、「意地」なのだ。言い換えれば、そのうわべにおいて自立と気位は混同されるのである。しかし、根本のところで夫に依存するとはいえ、彼女にとって婚姻はあくまで自分の問題であって、家の問題ではない。お延の結婚に対するこの微妙なスタンスのなかに、私は自立を求めながらもなかなか旧世界を脱することができないで苦闘する当時の女性たちの一範例を見出す。途中ふと彼女が呟く「つまらないわね、女なんて。あたし何だって女に生まれてきたんでしょう」（百五十四）という言葉には、その苦闘からくる切実感がよく表わされている。

お延の気位の高い性格に関して象徴的なのは、二つの嗚咽のシーンである。ひとつは、継子の見合いの場に同席させられた翌日、岡本の家に立ち寄って話をしているときに流す涙である。お延は小さいときから京都の実家を離れ、この家で継子と姉妹同様にして育てられてきた。だから岡本の叔父叔母はいわば親代わりである。しかし、今度の見合いでお延は、やはり自分がこの家の子ではないことをあらためて感じさせられる。そして彼らが「姪と娘を見る眼に区別をつけている」ように思えて「突然口惜しく」なる。

「そりゃお前と継とは……」

中途で止めた叔母は何をいう気か解らなかった。性質が違うという意味にも、身分が違うという意味にも、また境遇が違うという意味にも取れる彼女の言葉を追究する前に、お延ははっと思った。それは今まで気の付かなかった或物に、突然ぶつかったような動悸がしたからである。「昨日の見合に引き出されたのは、容貌の劣者として暗に従妹の器量を引き立てるためではなかったろうか」

お延の頭に石火のようなこの暗示が閃いた時、彼女の意志も平常（へいぜい）より倍以上の力をもって彼女に逼（せま）った。彼女は遂に自分を抑え付けた。どんな色をも顔に現さなかった。（六十七）

彼女がこのような凡庸な嫉妬心を過剰にエスカレートさせてしまうのは、自分の容貌に自信がないとか、やはり本当の子ではないという自覚のせいではない。彼女にとっての一番の問題は、思いこみであれ何であれ、結果的に自分のプライドが傷つけられたことである。だから、人の良い叔父がそのあと、場の雰囲気を和めようと、あえて下卑た言葉でお延の優れた直感力を誉めたときにも、彼女にはただそれが自分を侮辱するものであるかのように思えて、泣けてしまったのである。

気位が高いため、プライドが傷つけられることに極度に敏感になってしまう性格は、夫の留守中に古外套をもらいにきた小林との対話においても顔を出している。早く帰ってほしいという気持ちがありながら、お延は挑発的で思わせぶりな言葉を言い残して立ち去ろうとする小林の後姿を見て、思わず呼び止めてしまう。

「お待ちなさい」

「何ですか」

小林はのっそり立ち留った。そうして裄（ゆき）の長過ぎる古外套を着た両手を前の方に出して、ポンチ絵に似た自分の姿を鑑賞でもするように眺め廻した後で、にやにやと笑いながらお延を見た。お延の声はなお鋭くなった。

「何故黙って帰るんです」

「御礼は先刻云った積ですがね」

お延は詰責した。

「外套の事じゃありません」

小林はわざと空々しい様子をした。はてなと考える態度まで粧って見せた。

「あなたは私の前で説明する義務があります」

「何をですか」

「津田の事をです。津田は私の夫です。妻の前で夫の人格を疑ぐるような言葉を、遠廻しにでも出した以上、それを綺麗に説明するのは、あなたの義務じゃありませんか」（八十八）

こういわれた小林はまるで馬鹿にしたように「津田君は立派な人格を具えた人です。紳士です」とか、「みんな僕の失言です」という露骨にうわべだけの詫びを述べて帰っていくのだが、やがてお延は二階に上がって夫の机の前に座るや、「その上に突ッ伏してわっと泣き出した」のだった。この涙もまた、夫が侮辱されたからではなく、自分が侮辱されたという気持ちから流されたものである。

気位が高い女性という点では、これまでにも『三四郎』の美禰子を筆頭として、『彼岸過迄』の千代子、『行人』の直などがそうであったが、ここではその気位の高さがどのような心理につながり、どのような状況において生じるのか、さらにはそれがどのような結果をもたらすのかが繊細かつリアルに推理され、その心理的プロセス自体がひとつのテーマになっているほどであり、その描かれ方において、お延はこれまでの女性たちをはるかに凌駕している。こういうお延の対極に置かれているのが従妹の継子である。

自分に許された小天地のうちでは飽くまで放恣な癖に、其所から一歩踏み出すと、急に謹慎の模型みたように竦(すく)んでしまう彼女は、まるで父母の監督によって仕切られた家庭という籠の中で、さも愉快らしく囀(さえず)る小鳥のようなもので、一旦戸を開けて外へ出されると、却ってどう飛んで可いか、どう鳴いて可いか解らなくなるだけであった。(六十七)

「家庭という籠の中で囀る小鳥」という表現が継子のあり方や性格を端的に言い表わしている。お延から見れば、継子には未来の夫に気に入られるためのお稽古事などをするよりも、もっと「人間として又細君としての大事な稽古」があるだろうに、という不満がある。そういう「稽古」こそが女を鋭敏で怜悧にすると考えるからである。このようにお延が批判的に見ている継子の従順なあり方は、娘を所有物とみなす親の考えと切り離すことができない。その考えは岡本の家に限られたことではなく、津田のほうの叔父藤井にもあった。立ち寄った津田と小林を前にして藤井はこう述べる。

「そうだろう。ただ女だと思うだけで、娘とは思わないんだろう。それが己達(おれ)とは大違いだて。己達は父母から独立したただの女として他人の娘を眺めた事が未だ曾てない。だから何処のお嬢さんを拝見しても、そのお嬢さんには、父母という所有者がちゃんと食っ付いてるんだと始めから観念している。だからいくら惚れたくっても惚れられなくなる義理じゃないか。何故と云って御覧、惚れるとか愛し合うとかいうのは、つまり相手を此方が所有してしまうという意味だろう。既に所有権の付いてるものに手を出すのは泥棒じゃないか。そういう訳で義理堅い昔の男は決して惚れなかったね。尤も女は慥かに惚れたよ。現に其所で松茸飯を食ってるお朝なぞも実は己に惚れたのさ。然し己の方じゃかつて彼女（あれ）を愛した覚がない」（三十一）

この理屈は叔母の「どうでも可いから、もう好い加減にして御飯になさい」の一声であっけなく一蹴されてしまうのだが、かといってそのリアリティの重みがまったく消えてしまったわけではない。むしろ、このような女性観は当時としてはかなり一般的に流布していた考えであり、それを踏襲したかたちで多くの婚姻が結ばれていたといっていい。そういう結婚をしたひとりが津田の妹お秀である。

器量を買われて堀に嫁いだとされるお秀はお延よりわずか一歳年上だけだが、すでに二人の子持ちで、家庭では「母でない日はただの一日もない」。夫の堀は呑気な道楽者で、「自分が自由に遊び廻る代りに、細君にもむずかしい顔を見せない、と云って無暗に可愛がりもしない」というタイプである。道楽がたたって、いまや性病の治療に通っている。そのためお秀は妻としての興味を失い、母親業に専念しているのである。くわえて家には姑や小舅小姑、親戚の厄介者までが同居していて、早くから精神的に老け込んで「所帯染み」てしまっている。

こういう立場だから、彼女は日ごろから兄夫婦、とりわけ夫に甘やかされているようにしか見えない嫂お延に対しては好い感情を抱いてはいない。そもそもからしてお延の気位の高さや虚栄心が気に入らないから、家計が不如意になったといいながら、お延が高価な指輪をはめて平気でいることなどにも我慢がならないのである。この普段からの鬱憤が病室の兄に向かって爆発する。

「兄さん、妹は兄の人格に対して口を出す権利がないものでしょうか。よし権利がないにしたところで、もしそうした疑を妹が少しでも有っているなら、綺麗にそれを晴らしてくれるのが兄の義務――義務は取消します、私には不釣り合いな言葉かもしれませんから。――少なくとも兄の人情でしょう。私は今その人情を有っていらっしゃらない兄さんを目の前に見る事を妹として悲しみます」（百二）

妹の言葉としてはずいぶん理屈っぽいが、興味深いのは、このお秀の科白のなかで「権利」「義務」という言葉が吐かれていることである。本人は自分には不釣り合いだからと言ってすぐに引っ込めているとはいえ、漱石があえてこのような書き方をしたのは、どこか暗示的であるといわねばならない。私の推定では、これは時代精神を反映させたものである。『明暗』執筆の一九一六年といえば、時はまさに大正デモクラシーの真只中、「個人」とか「自由」といった考えとともに「権利」とか「義務」という概念が一般庶民の間にも流布しはじめていたことを漱石が意図的に作品に取り入れたのだろうと思われる。その意味でも、これは日常レベルにおける女性の自立に向けた一歩を象徴している。だから、家制度に対しては依然として保守的なお秀も、少なくとも自分の兄に向かってはずけずけと批判ができるようになっているのだ。彼女の忌憚ない非難は嫂を前にしても衰えていない。

「あなた方お二人は御自分達の事より外に何にも考えていらっしゃらない方だという事だけなんです。自分達さえ可ければ、いくら他が困ろうが迷惑しようが、まるで余所を向いて取り合わずにいられる方だというだけなんです」（百九）

たしかに、お秀は旧い家制度に乗っかって二人のエゴイズムを批判している。しかし、少なくともこのように忌憚のない批判の声をあげられること自体が、すでに新しい時代の到来を告げているのだ。そして、いわずもがなのことだが、彼女のこの激しい批判が作品の内容に厚みを加えている。

しかし、何といってもこの作品で独特の存在感を発揮している女性は吉川夫人である。ある意味では物語のカギを握る重要な存在といっていい。彼女は津田の勤める会社の重役吉川の妻で、津田とお延の仲人でもある人物だが、この作品ではたんなる仲人を務めた上司の妻という役割に甘んじてはいない。津田との間にはこんな関係があるからである。

彼〔津田〕はある意味に於て、この細君〔吉川夫人〕から子供扱いにされるのを好いていた。それは子供扱いにされるために二人の間に起る一種の親しみを自分が握る事が出来たからである。そうしてその親しみを能く能く立ち割って見ると、矢張男女両性の間にしか起り得ない特殊な親しみであった。例えて云うと、或人が茶屋女などに突然背中を打やされた刹那に受ける

快感に近い或物であった。(十二)

晩年の漱石が京都のお茶屋の女性たちと親しく交際していたことはよく知られているが、おそらくそんな経験がこの吉川夫人像の一部を作り上げている。さしずめそれはお節介なまでに世話好きな茶屋の女将に重役夫人の高慢さを加えたような女性とでも形容できるだろうか。そのかぎりで、彼女と津田の間に疑似恋愛を見出すことも不可能ではない。そう考えれば、彼女が津田の結婚に過剰に介入してくる動機もわからぬではない。あるいは漱石も執筆中に一度はそのような関係に沿ったストーリー展開を考えてみたかもしれない。いずれにせよ、この年長で目上の吉川夫人に対して津田は、引用にあるような「特殊な親しみ」を感じているのだが、他方でそういう彼女を敬遠する気持ちももっていた。それには次のような事情があったからである。

有体にいうと、お延と結婚する前の津田は一人の女を愛していた。そうしてその女を愛させるように仕向けたものは吉川夫人であった。世話好な夫人は、この若い二人を喰っ付けるような、又引き離すような閑手段を縦ままに弄して、そのたびに迷児々々したり、又は逆せ上ったりする二人を目の前に見て楽しんだ。けれども津田は固く夫人の親切を信じて疑がわなかった。夫人も最後に来るべき二人の運命を断言して憚からなかった。のみならず時機の熟したところを見計って、二人を永久に握手させようと企てた。ところがいざという間際になって、夫人の自信は見事に鼻柱を挫かれた。津田の高慢も助かる筈はなかった。夫人の自信と共に一棒に撲

殺された。肝心の鳥はふいと逃げたぎり、遂に夫人の手に戻って来なかった。（百三十四）

つまり、吉川夫人はなかば秘密となっている津田の過去を共有する数少ない同志的人物であり、津田がこの過去を忘れたいと思えば、自ずと吉川夫人からも遠ざかりたいという心理的関係になっているのである。裏を返せば、過去にこだわるかぎり、離れることができない存在でもあるということだ。そういう意味で吉川夫人というのは津田の心理のバロメーターの役割を担っているともいえる。お延が吉川夫人を嫌うのは、彼女と夫のそうした微妙な関係に直感的に気づいているからである。彼女は吉川夫人の背後に名も知らぬ第三の女性を感じ取っているが、彼女にとってはその女性も吉川夫人も同じなのだ。だから吉川夫人を敬遠する気持ちは嫉妬心と区別することができない。

問題の第三の女性である清子については、かつては緩慢といえるほど「優悠（おっとり）」とした性格で、津田に対してもつねに受け身に立つような人物だったということぐらいで、まだ語るべき材料が充分に揃っていないので、これ以上の言及を差し控えざるをえないが、代わりに触れておきたいのは、漱石がこうした女性たちを作品のなかでどのように描こうとしたかということである。これに関して大変興味深い書簡が残されている。それは大石泰蔵という漱石の知らなかった一読者（実際にはキリスト教社会主義者で有島武郎とも交流があった人物）に宛てた手紙であるが、そのなかで漱石は自分がお延をどのように描こうとしているかを説明しているのである。現在進行形で執筆中のことを一読者に説明して聞かせるなどということは、漱石としては、いや作家一般としても、大変に珍しいことであろうと思う。

あなたの予期通り女主人公にもっと大袈裟な裏面や凄まじい欠陥を拵えて小説にする事は私も承知していました。しかし私はわざとそれを回避したのです。何故というと、そうするといわゆる小説になってしまって私には（陳腐で）面白くなかったからです。（略）まだ結末まで行きませんから詳しい事は申し上げられませんが、私は『明暗』（昨今御覧になる範囲内において）で、他から見れば疑われるべき女の裏面には、必ずしも疑うべきしかく大袈裟な小説的の欠陥が含まれているとは限らないという事を証明したつもりでいるのです。（略）あなたはこの女（ことに彼女の技巧）をどう解釈なさいますか。天性か、修養か、またその目的はどこにあるか、人を殺すためか、人を活かすためか、あるいは技巧その物に興味を有っていて、結果は眼中にないのか、凡てそれらの問題を私は自分で読者に解せられるように段を逐うて叙事的に説明しているつもりと己惚れているのです。（一九一六年七月一九日大石泰蔵宛書簡）

これも「漱石リアリズム」の一端である。派手なストーリー展開のある小説らしい小説、そういうものを漱石は「陳腐」とみなし、『明暗』ではあえてそれとはまったくちがった小説を書こうとしていたのだ。ひたすら「叙事的」に事柄を提示し、最終判断を読者の手に委ねる、そういう意図を実験するために、漱石はお延という女主人公、ひいては女たちを描こうとした。そのためにはひとりひとりがたんなる固定した美的理念や思想的観念の具現物であってはならない。そこには個々の出来事や出会いに引きずりまわされながらその場その場で揺れ動く登場人物たちの心理の諸相をできるだけありのままに追ってみようという意図だけがはたらいている。理念や観念があるとするなら、そういうディテールの積み重ねの上に、読者と共有するかたちであとから出てくるという態度である。だから漱石はまるで他人ごとのように、自分が書いてきた人物の解釈を読者に問い返すというようなこともできるのだ。女性たちが生き生きとしているのは、まさにそのような作家の執筆姿勢があったからにほかならない。

さらに書簡のなかの「女の裏面には、必ずしも疑うべきしかく大袈裟な小説的の欠陥が含まれているとは限らないという事を証明したつもり」という発言を念頭に置いて読むとき、再会した津田と清子の次のような一見緊迫した会話にも、ひょっとしてそのような漱石の記述意図がはたらいているのかもしれないと思われてくる。


「昨夕そんなに驚いた貴女が、今朝はまたどうしてそんなに平気でいられるんでしょう」

清子は俯向いたまま答えた。

「何故」

「僕にゃその心理作用が解らないから伺うんです」

清子は矢っ張り津田を見ずに答えた。

「心理作用なんてむずかしいものは私にも解らないわ。ただ昨夕はああで、今朝はこうなの。それだけよ」

「説明はそれだけなんですか」
「ええそれだけよ」（百八十七）

書かれなかった結末において一番の関心事となるはずの、かつて清子が突然津田を捨てた動機も「ただそれだけ」だったという肩透かしに終わりかねないのだが、すべてはこのさき書き継がれるはずだったディテールの成り行き次第にかかっていたということである。しかもそれは書いている当の漱石自身にもわからなかった。

偶然と変化の哲学

前節の最後に、漱石は『明暗』執筆中、それがどのような方向に展開していくのか、自分でもわかっていなかったと書いた。これには根拠がある。漱石山房の常連で、後に漱石の長女筆子と結婚することになる松岡譲が次のような証言を残しているからである。

生前お延はあれからどうなるのです、津田はどうするのですなどと、皆してしきりに尋ねたものだったが、先生は小説は生きものだからね、この先どう流れて行くか作者にもはっきりわからないよ、まあ新聞で見て貰おうと微笑されて居たものだった。ノオトに人物の名前などが書いてあるばかりで、筋などは全然書いてなかった。（「『明暗』の頃」）

こういうことを耳にすると、例の題名への無関心さなどとも相まって、漱石というのはずいぶんアバウトな作家であるように思えるが、事実はまったく逆で、この執筆態度には漱石なりの確固とした理論的根拠があったのである。その理論の一部が作品の開始早々に出てくる。この作品が痔疾の話から始まっていて、津田（ひいては漱石）が、肉体と同じように、精神界もまた「何時どう変るか分らない」という考えをもっていたことはさきに指摘しておいた。じつは、この考えに直接後続して、こういう記述がなされている。

彼〔津田〕は二、三日前ある友達から聞いたポアンカレーの話を思い出した。彼の為に「偶然」の意味を説明してくれたその友達は彼に向ってこう云った。

「だから君、普通世間で偶然だ偶然だという、所謂偶然の出来事というのは、ポアンカレーの説によると、原因があまりに複雑過ぎて一寸見当が付かない時に云うのだね。ナポレオンが生れるためには或特別の卵と或特別の精虫の配合が必要で、その必要な配合が出来得るためには、又どんな条件が必要であったかと考えて見ると、殆ど想像が付かないだろう」（二）

この記述内容はたしかにポアンカレ『科学と方法』に収められた「偶然」の章の内容と一致している。一九二〇年代に単行本として翻訳出版されたこの著作を漱石が読んだことはありえないが、しかし彼には別のルートがあった。それは『明暗』執筆の前年に寺田寅彦訳で『東洋学芸雑誌』に掲載されたポアンカレの論文「偶然」である。つまり漱石は側近の寺田を介してポアンカレの偶然論を知ったのである。数学者として有名なポアンカレは自然科学における偶然性と蓋然性（確率）の問題を論じた後、それが精神科学とくに歴史にも当てはまるとして、こう書いている。寺田訳で引用しておこう。

偉人の生れるという事は偶然の大なるものである。異性の原始的細胞〔生殖細胞〕が相合する際に、その両方がそれぞれに、相合した時に大天才を作り出す様な不可思議な要素を丁度具備し居るという事は全く偶然な事である。この様な要素の稀有な事は勿論、これが二つ出逢う事の更に稀有な事は誰れも認めるであろう。この要素を具えた精子の径路が極く僅に一方に偏するかしないかという事は実に些細な相違である。これが僅に一粍の十分一だけ一方に偏したらナポレオンは生れなかったろう、又一大陸の運命は全く別物となったであろう。（『寺田寅彦全集』第九巻　現代仮名遣いに変更、〔　〕は拙註）

漱石がこの翻訳論文を直接読んだか、それとも本文にあるように、「友達」すなわち寺田から聞いただけなのかは不明だが、さきの引用の内容は明らかにこの部分を踏襲している。しかし、もっと大事なことは、この偶然論がたんなる知識の披瀝ではなかったということである。なぜなら漱石はこれを自分の小説の記述においても実践しようとしたからである。さきの引用につづいて、突然自分を捨てて関のもとに走った清子の不可解な動機と自分がお延と不本意なまま結婚してしまった事実を暗示するかのように、津田は頭のなかでこうつぶやく。

「どうしてあの女は彼所(あすこ)へ嫁に行ったのだろう。それは自分で行こうと思ったから行ったに違いない。然しどうしても彼所へ嫁に行く筈ではなかったのに。そうしてこの己(おれ)は又どうしてあの女と結婚したのだろう。それも己が貰おうと思ったからこそ結婚が成立したに違いない。然し己は未だ嘗てあの女を貰おうとは思っていなかったのに。偶然？　ポアンカレーの所謂複雑の極致？　何だか解らない」（二）

この言葉は物語が進行して津田と清子が再会したときの言葉にもつながっている。二人が清子の部屋で旅館の下女をまじえて久しぶりに言葉を交わす場面である。「些(ちっ)とももとと変りませんね」という津田の言葉に「ええ、だって同(おん)なじ人間ですもの」という清子の答えを聞いた下女が突然笑いだす。


「何を笑うんだ」

「でも、奥さんの仰しゃる事が可笑(おかし)いんですもの」と弁解した彼女は、真面目な津田の様子を見て、後からそれを具体的に説明すべく余儀なくされた。

「成程、そうに違い御座いませんね。生きてるうちはどなたも同なじ人間で、生れ変りでもしなければ、誰だって違った人間になれっこないんだから」

「ところがそうでないよ。生きてる癖に生れ変る人がいくらでもあるんだから」（百八十四）

津田は突然の心変わりをした清子にあてつけるように、こういったのだが、清子が津田を捨てたのは彼女の意志だったのか、それともそこに何らかの偶然が関わったのか、むろんわれわれにはわからない。しかし、おそらくそれはまだ漱石にもわからなかった。物語のなかではそれは過去の話である。しかし、その過去がどのように書かれるかは、これからの漱石の筆の成り行きにかかっている。その筆の成り行きにも当然偶然はふりかかってくる。それにくわえて、漱石の場合、病気による中断というような偶然まで関わってくるだろう。いずれにせよ漱石はこの『明暗』という作品において人間の心ひいては人間の自己というものを、徹底的に偶然と変化の相のなかに置いて観察/考察しようとしたといえる。まさにそれこそがリアリズムだとでもいうように。

偶然の変化という考えを取り入れると直面せざるをえないのが、物事を一義的かつ因果的に決定することはできないという問題である。そのことを象徴する場面がある。それは津田が温泉場に着いて、これからどのような結果が待ち受けているかを考えているところである。

彼には最初から三つの途(みち)があった。そうして三つより外に彼の途はなかった。第一は何時(いつ)までも煮え切らない代りに、今の自由を失わない事、第二は馬鹿になっても構わないで進んで行く事、第三即ち彼の目指すところは、馬鹿にならないで自分の満足の行くような解決を得る事。この三ヵ条のうち彼はただ第三だけを目的にして東京を立った。ところが汽車に揺られ、馬車に揺られ、山の空気に冷やされ、烟の出る湯壺に漬けられ、愈(いよいよ)目的の人は眼前にいるという事実が分り、目的の主意は明日からでも実行に取り掛れるという間際になって、急に第一が顔を出した。すると第二も何時の間にか、微笑して彼の傍(かたわら)に立った。（百七十二）

津田はなぜこんなことを考えるのか。いうまでもなく、さきが読めないからである。偶然を含みながら不断に変化していく現実を前にしては一義的な推論や決定論は通用しない。そこには蓋然性ないし確率しか残らない。津田の考えた「三つの途」とはその蓋然性のことである。だから、まるで他人ごとのようにこの三つの途を想定する津田はわれわれの目には優柔不断に映る。そこには彼自身の意志がないかのように見える。そのせいであろう、総じて活発に自己主張をする女たちに比較して、この優柔不断な津田が読者にあたえる印象は良くない。じじつ、そのような批評が圧倒的に多い。しかし、われわれが彼を簡単に捨ててしまうことができないのは、ある意味で彼のようなあり方がわれわれの人生の一面をとらえているからである（なお『明暗』とポアンカレの偶然については、小山慶太『漱石とあたたかな科学』第七章を参照）。

少々飛躍するようだが、かつてキェルケゴールは人間の精神とは何かに答えて、こう述べたことがある。

人間とは精神である。精神とは何であるか？　精神とは自己である。自己とは何であるか？　自己とは自己自身に関係するところの関係である、すなわち関係ということには関係が自己自身に関係するものなることが含まれている、――それで自己とは単なる関係ではなしに、関係

が自己自身に関係するというそのことである。(『死に至る病』―A)

心にせよ、自己にせよ、それらは出来上がって固定した何ものかではない。それらはむしろ「関係が自己自身に関係する」ような事態である。精神病理学者の木村敏はこれを「あいだとしての自己」とか「関係としての自己」と呼んだ。心の中身はそのつどの関係によって決まる。というか、関係そのものなのだ。だから立場がちがえば、その内容も変わるのは当然である。上司の吉川からお前の父親は気楽で好いねといわれたとき、津田の心はこんな風に動いている。

津田は自分の父が決してこれ等の人から羨やましがられているとは思わなかった。若し父の境遇に彼等を置いてやろうというものがあったなら、彼等は苦笑して、少なくとももう十年はこのままにして置いてくれと頼むだろうと考えた。それは固より自分の性格から割り出した津田の観察に過ぎなかった。同時に彼等の性格から割り出した津田の観察でもあった。(十六)

この記述の面白い点は、津田の想念のなかで視点が幾重にも交錯していることである。彼らの性格だったらこう考えるだろう、と津田が考える。しかし自分にそう考えさせるのは自分の性格だということを、津田は自覚している。まさに「関係が自己自身に関係している」。こういう他者を通して自分の心を読んだり、逆に自分を通して他者の心を読んだり、さらにはそれらが入り組んだりする心理描写において『明暗』は際立っている。ある意味では、この作品こそ「こころ」と呼ばれるにふさわしいかもしれない。こうした関係としての心がもっとも見事に表現されているのが、駆けつけた病室の外で津田とお秀の兄妹の言い合いを立ち聞きしてしまったお延が、そっと病室の襖を開けた瞬間の描写である。

> 二人の位置関係から云って、最初にお延を見たものは津田であった。南向の縁側の方を枕にして寝ている彼の眼に、反対の側から入って来たお延の姿が一番早く映るのは順序であった。その刹那に彼は二つのものをお延に握られた。一つは彼の不安であった。一つは彼の安堵であった。困ったという心持と、助かったという心持が、包み蔵す余裕のないうちに、一度に彼の顔に出た。そうしてそれが突然入って来たお延の予期とぴたりと一致した。彼女はこの時夫の面上に現われた表情の一部分から、或物を疑っても差支ないという証左を、永く心の中に掴んだ。然しそれは秘密であった。咄嗟の場合、彼女はただ夫の他の反面に応ずるのを、此所へ来た刻下の目的としなければならなかった。彼女は蒼白い頬に無理な微笑を湛えて津田を見た。そうしてそれが丁度お秀の振り返るのと同時に起った所作だったので、お秀にはお延が自分を出し抜いて、津田と黙契を取り換わせているように取れた。薄赤い血潮が覚えずお秀の頬に上った。（百四）

この場面はお互い胸に一物を秘めた者どうしが無言で視線を交わしあう緊張の瞬間だが、その無言の視線のなかに交錯する三者の複雑な想いが鋭敏にとらえられている。まさに心という存在が関係のなかにおいてこそ成り立つということの見本を示すかのような記述というべきである。

繰り返すが、心というのは何か固定してしまった実体ではなく、関係である。さらにいうなら、それは「もの」ではなく「こと」である。「こと」すなわち「事」であるがゆえに、それはつねに生起し、変化し、消滅する。出来事の偶然性という考えをポアンカレから得たとするなら、この不断に変化しつづける出来事としての心という考えを漱石にもたらしたのは、哲学／心理学者のウィリアム・ジェイムズであった。漱石はジェイムズの『心理学原理』の原書を丹念に読んでいるが、とくにその第九章「The Stream of Thought」には夥しい下線や脇線が引かれているという（佐々木英昭『「新しい女」の到来』第三部第三章参照、また、ジェイムズの漱石への影響について論じたものとしては小倉脩三『夏目漱石――ウィリアム・ジェームズ受容の周辺』がある）。

「意識流」という有名な概念を提起したジェイムズ理論の出発点は、考え〔thought 考えられたもの〕が進行する（go on）という基本認識であり、その進行の仕方には次の五つの性格特徴があるという。

(1) どんな考えもひとつの人格的意識の一部をなすという傾向をもっている。
(2) それぞれの人格的意識の内部では、考えは不断に変化している。
(3) それぞれの人格的意識の内部では、考えは明らかに連続的である。
(4) その意識はつねに諸対象を自分から独立したものとして扱うように見える。
(5) その意識はこれらの対象のある部分に関心を示し、その他の部分を除外して、不断に歓迎か拒否をする。一言でいえば、その諸対象のなかから選択をする。（『心理学原理』第九章拙訳）

漱石は『文学論』「文芸の哲学的基礎」「創作家の態度」といった文学の基礎理論を講じたところで、こうしたジェイムズの考えを自分なりに消化しながら解説したりしているが、実際の執筆に際してとりわけ関心を抱いたと思われるのは、(2)にあるような思考内容の不断の変化という特徴である。この不断に変化する意識現象への関心ということでよく引き合いに出されるのは、漱石としては異色の作品『坑夫』に展開されたいわゆる「無性格論」であろう（異色というのは、この作品は荒井と称する青年が売り込んできた資料に依拠して書かれたものだからである）。鉱山に向かう途中、若い主人公は自分の性格について次のような述懐をする。

（…）人間の性格は一時間毎に変っている。変るのが当然で、変るうちには矛盾が出て来る筈だから、つまり人間の性格には矛盾が多いという意味になる。矛盾だらけの仕舞は、性格があってもなくっても同じ事に帰着する。（略）自分はよく人から、君は矛盾の多い男で困る困ると苦情を持ち込まれた事がある。苦情を持ち込まれるたんびに苦い顔をして謝罪（あやま）っていた。自分ながら、どうも困ったもんだ、これじゃ普通の人間として通用しかねる、何とかして改良しなくっちゃ信用を落として路頭に迷う様な仕儀になると、ひそかに心配していたが、色々の境遇に身を置いて、前に述べた通りの試験をしてみると、改良も何も入（い）ったものじゃない。これが自分の本色なんで、人間らしい所は外にありゃしない。それから人も試験してみた。ところがやっぱり自分と同じ様に出来ている。（『坑夫』）

人間の性格は、固定して不変のものではない。それは矛盾を含んでつねに変化しつづける。それこそが人間の心の現実だという考えは漱石においてその後も一貫して保たれるが、それがあらためて明確な意匠をともなって前面に出てくるのが『明暗』なのだ。だからこの作品において心や性格が変わるという記述はいたるところに出てくる。まずは継子の見合いを兼ねた観劇に同席した翌朝、寝坊をしたお延の気持ち。

その内眼を開けた瞬間に感じた、済まないという彼女の心持が段々弛(ゆる)んで来た。彼女はいくら女だって、年に一度や二度この位の事をしても差支なかろうと考え直すようになった。彼女の関節(ふしぶし)が楽々しだした。彼女は何時にない暢(のん)びりした気分で、結婚後始めて経験する事の出来たこの自由を有難く味わった。これも畢竟夫が留守のお蔭だと気の付いた時、彼女は当分一人になった今の自分を、寧ろ祝福したい位に思った。そうして毎日夫と寝起を共にしていながら、つい心にも留めず、今日まで見過ごしてきた窮屈というものが、彼女にとって存外重い負担であったのに驚ろかされた。然し偶発的に起ったこの瞬間の覚醒は無論長く続かなかった。一旦解放された自由の眼で、やきもきした昨夕の自分を嘲けるように眺めた彼女が床を離れた時は、もう既に違った気分に支配されていた。(五十八)

あるいは、お延が初めて津田と出会ったときを回想するところ。

お延の眼にはその時の彼がちらちらした。その時の彼は今の彼と別人ではなかった。といって、今の彼と同人でもなかった。平たく云えば、同じ人が変ったのであった。最初無関心に見えた彼は、段々自分の方に牽き付けられるように変って来た。一旦牽き付けられた彼は、また次第に自分から離れるように変って行くのではなかろうか。彼女の疑は殆んど彼女の事実であった。（七十九）

こういう心や性格の変化はお延ばかりではない。吉川夫人が病室に津田を見舞ったときの場面から引用してみよう。

夫人は何時も程陽気ではなかった。その代り何時も程上っ調子でもなかった。要するに彼女は、津田が未だ曾て彼女に於て発見しなかった一種の気分で、彼の室に入って来たらしかった。それは一方で彼女の落付を極度に示していると共に、他方では彼女の鷹揚さを矢張最高度に現わすものらしく見えた。津田は少し驚ろかされた。然し好い意味で驚ろかされただけに、気味も悪くしなければならなかった。たといこの態度が、彼に対する反感を代表していないにせよ、その奥には何があるか解らなかった。今その奥に恐るべき何物がないにしても、これから先話をしているうちに、向うの心持はどう変化して来るか解らなかった。津田は他から機嫌を取られ付けている夫人の常として、手前勝手にいくらでも変って行く、若くは変って行っても差支

ないと自分で許している、この夫人を、一種の意味で、女性の暴君と奉つらなければならない地位にあった。（百三十一）

このように、心の変化変転を描いた場面には事欠かないのが『明暗』という作品の特徴というべきだが、もうひとつジェイムズが漱石に影響を与えた重要な本がある。それは『多元的宇宙』という本である。漱石はこのジェイムズ最後の著作を湯治に行った修善寺で読むつもりだったのだが、例の大吐血で読書どころではなくなってしまった。そして東京に帰って奇しくもジェイムズの訃報に接した漱石は、病床であらためてこの因縁の著作を手に取ったのであった。

多元的宇宙は約半分程残っていたのを、三日ばかりで面白く読み了った。ことに文学者たる自分の立場から見て、教授が何事によらず具体的の事実を土台として、類推（アナロジー）で哲学の領分に切り込んで行く所を面白く読み了った。余はあながちに弁証法（ダイアレクチック）を嫌うものではない。又妄りに理知主義（インテレクチュアリズム）を厭いもしない。ただ自分の平生文学上に抱いている意見と、教授の哲学に就いて主張する所の考とが、親しい気脈を通じて彼此相倚る様な心持がしたのを愉快に思ったのである。ことに教授が仏蘭西の学者ベルグソンの説を紹介する辺りを、坂に車を転がす様な勢で馳け抜けたのは、まだ血液の充分に通いもせぬ余の頭に取って、どの位嬉しかったか分らない。余が教授の文章にいたく推服したのはこの時である。（『思い出す事など』三）

この文章は漱石の哲学的関心がどこにあったかを端的に伝えて興味深い。ジェイムズとベルクソンの影響を受けて独自の哲学を打ち立てたことで有名なのは、これまでにもときどき引き合いに出した西田幾多郎だが、漱石もまたそこから自分独自の文学を発展させたのである。というか、引用が示唆しているように、正確には西田や漱石は自分が考えていたことをジェイムズやベルクソンのなかに見出して感動したといったほうが良いかもしれない。このことは日本近代思想史を研究する者にとっては大変興味深い事実である。さらにいっておくなら、帝大の哲学科教授として彼らにジェイムズやベルクソン、フェヒナーなどを仲介したと思われる元良勇次郎の存在は大きいと思われるが、ここではその指摘だけにとどめておく。

では、漱石を感動させたジェイムズの「多元的宇宙」論とはどんなものだったのだろう。そのエッセンスは次のように語られる。

すなわち、一元論的な宇宙をどんなに整合的に考案しようとしても、われわれはあたかも自家中毒にかかったかのように、逆説と困惑の渦に巻き込まれてしまう。その逆説と困惑には、実在が現象に、真理が誤謬に、完全性が不完全性に「退落する」という謎、いいかえれば悪という謎があり、さらには、普遍的決定論と永遠で歴史のない閉じた塊としての宇宙（block-universe）という謎など、さまざまな問題がある。これら一切の謎から抜け出す唯一の方法は、率直に宇宙の多元性を認める立場に立ち、超人的意識がどんなに広大なものであったとしても、その外部にも世界があり、それゆえ超人的意識そのものが有限であると想定することである。（『純粋漱石の小説にヒントを与えたのは、この「多元性」である。ここでもさきのポアンカレの場合と同じように、一義的な決定論の不可能性が強調されている。あらためて『明暗』の登場人物たちを振り返ってみればわかるように、この作品での漱石は、視点をひとりの人物に限定することなく、人物が登場するたびに、その人物の視点から描写をおこなっていた。だから、同じ事態でもそれを見る人物ごとに受け取り方が異なってくる。津田には津田の小宇宙があり、お延にはお延の小宇宙があるが、それらは容易に同一の宇宙に収まってしまうことはない。お秀や吉川夫人、それに小林はなおさらである。他の作品と比べると、『明暗』という作品は登場人物たちがやたら争っているように見える。しかし、それは作者がそういう争いを書くことを自己目的にしていたということではない。それはむしろ互いに異なった「多元的宇宙」の描写が必然的に生み出す効果（エフェクト）であり、結果にすぎない。そして『明暗』が「ポリフォニー小説」と呼ばれうるのは、まさにそのような漱石の意識的で理論的な「多元的宇宙」論があるからだ。哲学の話ついでにいうなら、漱石はさしずめスピノザの汎神論を去って、ライプニッツのモナドロジーを選んだのである。

社会主義かニヒリズムか

何度も述べているように、この作品では女性の登場人物が圧倒的に目立っているのだが、これに対して男のほうは総じてパッとしない。見栄と打算に縛られて優柔不断になっている津田以外では、社交上手で気さくな岡本、高等遊民の成れの果てのような藤井、呑気な道楽者の堀と、いずれもどちらかというと楽天的で、あまり自己主張もしなければ、他人を鋭く批判したりすることもない。こういう男連のなかでひとり気を吐いているのが、津田の友人小林である。

彼は自分の不遇をかこちながらも、それに居直っている。不遇だからといって、他者に迎合したり、おべっかを使ったりしない。だから、津田の不在中に古外套を貰いにやってきたときも、お延を前にして平気で津田の悪口をいったり、思わせぶりで横柄なものの言い方もして、あえて自分から悪役を買って出ているようなところさえある。

> 彼女は未だかつて小林のように横着な人間に接した例(ためし)がなかった。彼のように無遠慮に自分に近付いて来るもの、富も位地もない癖に、彼のように大きな事を云うもの、彼のように無暗に上流社会の悪体を吐(つ)くものには決して会った事がなかった。（八十四）

これがお延に与えた小林の印象だが、おそらく大半の読者もまた最初は多かれ少なかれ似たようなネガティヴな印象をもつことであろう。しかし、この小林の「横着」ぶり、とりわけ津田に対する執拗なからみぶりは、遠慮のない友人関係があるとはいえ、あまり自然な振舞いのようには見えない。そこには漱石の何らかの演出意図が見え隠れしているようにも思われる。だから、たとえば江藤淳などははっきりとこういう。

小林という人物を無視して「明暗」を論ずることは、この小説に半ば触れないのと同じことで、いい、はかりにかけてみれば、この男一人と、他の人物達とが丁度つり合うようなことになりかねないからである。（江藤『決定版夏目漱石』第二部第八章「明暗」）

江藤がいいたいのは、小林という存在には、津田夫婦とそれに関わる親戚縁者や上司などがさまざまな矛盾や葛藤を露出させながら作り上げている関係の全体をまとめて相対化してしまうような特異な性格を読み取ることができるということである。やや比喩的に表現してみるならば、彼は津田をはじめとする登場人物たちが演じている舞台をいわば外部から眺め、それをこきおろす辛辣な観客ないし毒舌批評家に似ている。象徴的な場面を挙げてみよう。自ら当面の金に困っている津田がわざわざ餞別代わりに持ってきてくれた三枚の十円札を小林がテーブルの上に無造作に並べて、躊躇している貧乏画家の原に与えてしまおうとするときの科白である。

「当り前さ。もしこれが徹夜して書き上げた一枚三十五銭の原稿から生まれて来た金なら、何ぼ僕だって、少しは執着が出るだろうじゃないか。額からぽたぽた垂れる膏汗に対しても済まないよ。然しこれは何でもないんだ。余裕が空間に吹き散らしてくれる浄財だ。拾ったものが功徳を受ければ受ける程余裕は喜こぶだけなんだ。ねえ津田君そうだろう」（百六十六）

小林にとって津田たちの「余裕」の世界などは敬意に値しない別世界なのだ。津田のほうからすれば、小林のおこなったことは明らかに無礼な背信行為である。だが、津田はその怒りを表に現わすことをしない。いや、できないのだ。なぜなら津田はこの旧友の「横着」の背後にあるものを無意識のうちに感じ取り、それを恐れているからである。では、いったいその背後にあるものとは何か。ここで再び江藤を引用してみる。

小林の中には当時漸く流行しはじめた社会主義思想と、漱石が文筆生活中に接触せざるを得なかった社会的劣敗者であるインテリと、ドストエフスキイによって代表されるロシア文学との三つの要素が存在している。（江藤『決定版夏目漱石』第二部第九章「「明暗それに続くもの」」）

このうちの「漱石が文筆生活中に接触せざるを得なかった社会的劣敗者であるインテリ」という指摘はそれなりにリアルではあるが、この要素については次節で戦争問題とからめて別途に取り上げることにし、ここでは残りの二要素、すなわち社会主義とドストエフスキーについて検討してみることにしたい。

まず、小林が社会主義者を連想させることはさきの三枚の十円札の扱いからも可能である。津田の持ってきた金を「余裕の浄財」と見て、それを有難がろうとしなかった一方で、「額からぽたぽた垂れる膏汗」を流して得られた金に対する敬意を口にする小林は明らかに「格差社会」の批判者である。しかもそこには不公平ないし理不尽に対する根強い怒りがある。横着な悪役トリックスターという仮面の背後に、こういう正義漢としての小林像を抱いてみるとき、今度は津田のほうに関してどうしても見逃せない記述がある。それは次の一文である。

津田は何も云わずに、二ヵ月以上もかかって未だ読み切れない経済学の独逸書を重そうに畳の上に置いた。（三十九）

お延はこの読みかけの本を手術に出かける津田の鞄に入れておいたのだが、荷物の点検をするとき、寝て読むには重すぎるからと、津田はこれを持っていかないことにする。問題はこの大部の経済学書だが、これはまず間違いなくマルクスの『資本論』である。漱石自身がこの大著を読み通したかどうかは疑問とされるところだが、少なくとも彼がロンドン留学中に一九〇二年版の『資本論』第一巻を購入していることは確かで、それは今東北大学附属図書館の漱石文庫に残されている。漱石がロンドン滞在中にマルクスに関心を示したことは次のような義父宛書簡にもはっきり書かれている。

ただ己のみを考ふる数多の人間に万金を与へ候ともただ財産の不平均より国歩の艱難を生ずる虞あるのみと存候。欧洲今日文明の失敗は明かに貧富の懸隔甚しきに基因致候。この不平均は幾多有為の人材を年々餓死せしめ凍死せしめもしくは無教育に終らしめ、かへつて平凡なる金持をして愚なる主張を実行せしめる傾なくやと存候。（中略）カール・マークスの所論の如きは単に純粋の理屈としても欠点有之べくとは存候へども今日の世界にこの説の出づるは当然

の事と存候（一九〇二年三月一五日中根重一宛書簡）

「財産の不平均」「貧富の懸隔」に対する憤りとともにマルクスの出現をある意味で必然とみなしている。さらに「平凡なる金持をして愚なる主張を実行せしめる傾」をも批判しているわけだが、これに関連して指摘しておきたいのは、以前にも述べたように、漱石の作品のあちこちに名指しで「岩崎」批判の言辞が出てくるという事実である。いうまでもなく「岩崎」は財閥の代名詞である。たとえばまず『草枕』の画工はこんなことを思う。

自然の難有い所はここにある。いざとなると容赦も未練もない代りには、人に因って取り扱いをかえる様な軽薄な態度はすこしも見せない。岩崎や三井を眼中に置かぬものは、いくらでも居る。冷然として古今帝王の権威を風馬牛し得るものは自然のみであろう。（『草枕』十）

「風馬牛」とは、自分には疎遠なものとして無関心でいることを意味するが、別の作品では無関心というより、はっきり批判の姿勢が表に出てくる。たとえば『野分』の白井道也は東京市の電車料金値上げ反対運動を扇動して検挙された者の家族を支援すべく開かれた立合演説会で、こうぶち上げている。

今、学者と金持の間に葛藤が起るとする。単に金銭問題ならば学者は初手から無能力である。

然しそれが人生問題であり、道徳問題であり、社会問題である以上は彼等金持は最初から口を開く権能のないものと覚悟をして絶対的に学者の前に服従しなければならん。岩崎は別荘を立て連らねる事に於て天下の学者を圧倒しているかも知れんが、社会、人生の問題に関しては小児と一般である。(『野分』十一)

こうした貧富の格差に対する憤りがもっとも端的に出ているのが、漱石の学生時代からの親友中村是公に宛てた有名な手紙であろう。

細民はナマ芋を薄く切って、それに敷割などを食っている由。芋の薄切は猿と択ぶ所なし。残忍なる世の中なり。しかして彼らは朝から晩まで真面目に働いている。

岩崎の徒を見よ!!!

終日人の事業の妨害をして(否企てて)そうして三食に米を食っている奴らもある。漱石子の事業はこれらの敗徳漢を筆誅するにあり。

天候不良也。脳巓異状を呈してこの激語あり。蓊先生願くは加餐せよ。(一九〇七年八月一六日中村是公宛書簡)

「敷割」はおそらく「碾き割り」の江戸訛りで、大麦を臼などで粗く碾いた「碾き割り麦」のことだろう。また「加餐」は手紙用語で「健康に気を付けて」の意味である。後藤新平の腹心といわれた中村はこの時点で満鉄の副総裁（翌年に後藤の跡を継いで総裁）、後には関東大震災直後の東京市長に抜擢される人物であるが、ひとつ歴史の皮肉を付け加えておくなら、後藤はこのころ社会主義者の徹底弾圧をおこなった元老山県有朋の閥に属する人物である。したがって書簡の漱石はこうした政治エリートを相手に、貧民の惨状を訴え、返す刀で声高に岩崎財閥を非難していることになるのだが、このような憤りは道也先生や小林が持っていたとしてもおかしくはない。

これらのことはいずれも個人的な正義感に発したもので、むろん社会主義と呼ぶようなものではないが、かといって社会主義的な発想を排除するものでもない。現に道也先生は立会演説会に出かけるとき、そんなところへ出かけて行っては「社会主義だなんて間違えられるとあとが困りますから」という細君の言葉に、「間違えたって構わないさ。国家主義も社会主義もあるものか、只正しい道がいいのさ」と答えている。そしてそれとほぼ同じ内容が『明暗』でも繰り返されているのである。安酒場でインヴァネスを着た探偵とおぼしい男を気にしながらの津田と小林の会話である。

「君みたいに無暗に上流社会の悪口をいうと、早速社会主義者と間違えられるぞ、少し用心しろ」

「社会主義者？」

小林はわざと大きな声を出して、ことさらにインヴァネスの男の方を見た。

「笑わせやがるな。此方（こっち）や、こう見えたって、善良なる細民の同情者だ。」（三十五）

またたとえば、『彼岸過迄』のなかで須永が千代子と下女の作を比べるところに「階級」への言及があるが、こうした階級意識も当時注目を浴びはじめていた社会主義運動と切り離しては考えられないだろう。

僕はそのたびごと階級制度の厳重な封建の代に生まれたように、卑しい召使の位置を生涯の分と心得ているこの作と、どんな人の前へ出ても貴女(レデー)として振舞って通るべき気位を具えた千代子とを比較しないわけにいかなかった。(「須永の話」三十)

『明暗』の小林は皮肉を込めて、そもそもレディと芸者にそれほど区別があるのかと抗議したのだった(百五十六)。明らかに、これもまた階級という視点からするプロテストである。このような階級意識や社会主義への関心や共感は、たとえば啄木などに典型的に見られるように、当時の文学者たちのあいだに広がっていたのだが、時代に敏感な漱石もまたその例外ではなかったということだ。

あまり指摘されないが、もうひとつ重要な事実として付け加えておきたいのは、『明暗』に並行して河上肇『貧乏物語』が大阪朝日新聞に連載され評判を呼んでいたことである。ライバル視とまではいわないにせよ、漱石のなかにその事実が意識されていなかったとはいえない。ついでに社会主義や社会運動にかかわる事柄で気がつくことを列挙しておけば、『坑夫』の執筆には前年の一九〇七年に起こった足尾銅山暴動をはじめとする全国の鉱山ストや暴動が影を落としているだろうし、一九一五年の衆院選に女性参政権、軍備縮小、新聞条例改正などを掲げて立候補した馬場孤蝶の推薦者となったり、漱石が晩年親密につきあった画家の津田青楓が、後にプロレタリア運動に加わり、小林多喜二の拷問死をテーマにした「犠牲者」を描いたりして特高に検挙されることなども、間接的にではあるが、漱石の政治的志向をいくらか暗示しているように思われる。さらにもうひとつ付け加えておけば、『野分』で扱われた電車料金値上げ反対のデモには漱石の妻鏡子も参加していたと伝えられている。

結論的にいってしまうと、前章の最後でも論じたように、漱石の基本的な立場はあくまで個人主義である。だから徒党を組んでの政治運動というものは彼にはまったく考えられない。彼は自分の個人主義を「朋党を結び団隊を作って、権力や金力のために盲動しない事」だと述べていた（『私の個人主義』）。その意味では彼は社会主義者ではありえないし、場合によってはそれに反発さえした。しかし、格差社会に対する激しい批判者という点で、彼は社会主義者たちと相通ずるところがあったといえる。これは当時の日本社会が急速に金銭化（資本主義化）していくことに対する漱石の個人的な違和感、嫌悪感の反映であり、その嫌悪感が結果として漱石を「社会主義的」に見せているといっていい。

次に、もうひとつのドストエフスキーの要素について検討してみよう。これも本文中に手がかりが見出せることで、さきの安酒場の続きで小林は津田にこう問いかける。

「露西亜の小説、ことにドストエヴスキの小説を読んだものは必ず知ってる筈だ。如何に人間が下賤であろうとも、又如何に無教育であろうとも、時としてその人の口から、涙がこぼれる程有難い、そうして少しも取り繕わない、至純至精の感情が、泉のように流れ出して来る事を誰でも知ってる筈だ。君はあれを虚偽と思うか」（三十五）

この場面にはいささか込み入った背景がある。この科白を吐いたあと小林は、先生（藤井）がドストエフスキーを一種の芸術的技巧を駆使した流行現象のようにしかみなしていないといって悔し涙まで流すのだが、これは実際に漱石の身に起こった出来事を反映したものである。

漱石は当時やたらロシア文学をありがたがる流行を快く思っておらず、これを「恐露病」などと揶揄したりしていた。漱石の周りでロシア文学、とりわけドストエフスキーに傾倒していたのが森田草平である。森田は盛んにドストエフスキーの凄さを吹聴し、漱石にも読むよう、熱心に勧めたのであった。その一冊が『思い出す事など』にも取り上げられることになった『白痴』である（森田草平『夏目漱石』第二部「『煤煙事件』の前後」十参照）。これをきっかけに漱石もドストエフスキーを見直し、他の作品にも目を向けるようになるのだが、これを流行扱いにすることには相変わらず批判的であった。さきの小林の科白はこの事情を反映したものである。つまり、表面上の対応関係でいえば、この場面での小林が森田、先生といわれているのが漱石に当たるのだが、これはまだドストエフスキーを知らなかったかつての漱石で、『思い出す事など』以降の漱石ではない。

私の見るところ、弟子の手前もあって、森田のように表に出して吹聴したりすることはなかったが、晩年の漱石はドストエフスキーを密かに高く評価していたと思われる。たとえば、森田自身も推測しているように、『彼岸過迄』の須永や『行人』の一郎などのような人物像にドストエフスキーの影響が見られなくもないのだが、私はそれ以上に『明暗』の小林はドストエフスキー的だと思う。たとえばお延を前にした次のような言葉である。

「僕だって朝鮮三界まで駆落のお供をしてくれるような、実のある女があれば、こんな変な人間にならないで、済んだかもしれませんよ。実を云うと、僕には細君がないばかりじゃないんです。何にもないんです。親も友達もないんです。つまり世の中がないんですね。もっと広く云えば人間がないんだとも云われるでしょうが」（八十二）

実際には妹が一人いるのだが、このように嘘もいとわず饒舌に自分を語る人物は漱石の作品のなかでも珍しい。その饒舌な自己解釈が次のような自己破壊と偽悪のポーズを取って現われてくるとき、ますますドストエフスキー的な印象が強くなる。

「奥さん、僕は人に厭がられるために生きているんです。わざわざ人の厭がるような事を云ったり為たりするんです。そうでもしなければ苦しくって堪らないんです。生きていられないのです。僕の存在を人に認めさせる事が出来ないんです。僕は無能(やくざ)です。幾ら人から軽蔑されても存分な讎討(かたきうち)が出来ないんです。仕方がないから責めて人に嫌われてでも見ようと思うのです。それが僕の志願なのです」（八十五）

このような科白に依拠してのことだろう。最初に三要素を指摘した江藤は次のような小林像をまとめている。

しかし最も基本的な人間の存在条件である人間的な孤独を、常に自らの肌の上に感じるように運命づけられて、あるいは「自然」の中にこの孤独を抹殺しようと希(ねが)い、あるいは絶望的な断層の彼方にいる他人を愛そうと夢みながら、この孤独から脱出しようとするはなはだ人間的な努力を重ねて、「神」のいない国の住民の経験し得べき最も傷ましい苦悩の中に生きた孤立無援の男の姿には、時代や趣向の変遷を超えて人々の感動をよぶものがある。（江藤『決定版夏目漱石』第二部第九章「『明暗』それに続くもの」）

いかにも江藤らしい解釈ではあるが、私にはこの小林像はやや限定しすぎているように思える。小林にこのような深い孤独と孤立を読み取ることはまちがいではないだろうが、もう一歩突きつめると、これは一種のニヒリズムである。しかも、このニヒリズムは社会主義を排除しないニヒリズムである。徹底的に個人主義的なニヒリズムが共感を寄せる社会主義とは、一言でいえばアナーキズムにほかならない。じじつ、幸徳秋水などを見ればわかるように、この時代の日本において社会主義とアナーキズムは、内容的にも人脈的にも、それほど厳密には区別されていなかった。小林とは、漱石のなかにあったそのようなアナーキズムへの漠然とした共感を、いわば吹き出物のように表現した形象である。

これにくわえて、もうひとつ大事なことがある。それは、ある意味で小林と津田がひとつのペンダントをなしているのではないかということである。それはまた漱石のなかにあった両義性だといってもいい。小林という存在はたんなる悪人でも、嫌がらせ役でもなく、まさに津田の対極に位置する人間のタイプであるがゆえに、津田は彼のことを忘れることができないのである。そうでなければ、彼は簡単に小林など軽蔑して無視できたはずである。ところが、まさにそれができない。彼は湯治場に行ってからも小林がやってくることを恐れて、妄想のなかで「理由（わけ）も糸瓜（へちま）もあるもんか。貴様がおれを厭がる間は、何時まで経っても何処へ行っても、ただ追掛るんだ」（百八十一）という小林の声を聞いたりするのだが、これは小林的なものがそれほどまでに深く津田の内面に巣食っているということである。この津田と小林のペンダントを象徴的に語っているのは、高級料理店で周囲に聞こえよがしに悪態をついた小林が津田に向かって「君が僕を軽蔑している通りに、僕も君を軽蔑しているんだ」といって、さらにその理由を述べるところである。

「考えて見給え、君と僕がこの点に於て何方が窮屈で、何方が自由だか。何方が幸福で、何方が束縛を余計感じているか。何方が太平で何方が動揺しているか。僕から見ると、君の腰は始終ぐらついてるよ。度胸が坐ってないよ。厭なものを何処までも避けたがって、自分の好きなものを無暗に追懸けたがってるよ。そりゃ何故だ。何故でもない、なまじいに自由が利くためさ。贅沢をいう余地があるからさ。僕のように窮地に突き落とされて、どうでも勝手にしやが

れという気分になれないからさ」(百五十七)

小林の言い草によれば、津田がこの批判を本当の意味で理解できないのは「相手が身分も地位も財産も一定の職業もない僕だという事が、聡明な君を煩わしている」(百五十八)からであるが、しかし君は「どうする事も出来なくなった時に、僕の言葉を思い出すんだ。思い出すけれども、ちっとも言葉通りに実行は出来ないんだ」といい、これが自分の津田に対する「復讐」だというのだが、この「復讐」は津田ひいては作家漱石というひとりの人間の内部で起こっている心理的葛藤としても解釈できる。表層の意識はそのペンダントである深層の無意識によって「復讐」を受けるのだ。

戦争の時代

七十年間戦争を経験していない国民としてのわれわれがつい忘れてしまいがちになることがある。それは漱石が生きた五十年間というのは戦争の時代だったということである。生まれるとすぐに戊辰戦争、少年時代に西南戦争といった国情を決する内戦があり、大学卒業時には日清戦争、イギリス留学から帰ってくるとまもなく日露戦争、そして亡くなるころには第一次大戦というように、漱石の一生は戦争で始まり、戦争で終わったといってもいいほどである。

この戦争に関してよく知られている事実は、日清戦争が始まる二年前の一八九二年四月から亡くなる二年前の一九一四年六月までのほぼ二十年間、漱石が徴兵を避けて戸籍を北海道に移しているということである。このことは『猫』のなかでも自虐的なパロディにされている。近年の詩が話題になって、東風が朦朧としてとりとめのない「一夜」という作品を書いた「送籍」という作家のことを口にすると、迷亭があっさりと「馬鹿だよ」の一言を浴びせる場面である。この「送籍」はむろん「漱石」で、同時に戸籍を移したことを掛けた駄洒落である。

いずれにしても驚くべきことは、漱石がその『猫』で一躍大評判をとり、最後に『明暗』を書きかけて亡くなるまで、すなわち漱石が作家として本格的に活動した期間というのは、ほぼ日露戦争から第一次大戦までのわずか十年にすぎず、その間に主要な小説がすべて書かれているということである。われわれはこの因果をもう少し問題にしていい。

漱石と戦争というテーマに関しては、すでに小森陽一『漱石論　21世紀を生き抜くために』や水川隆夫の『夏目漱石と戦争』などが出ているので、詳しくはそれらを参照してもらうことにして、ここではおもに漱石の日露戦争を題材にした珍しい短編小説「趣味の遺伝」（一九〇六年）、満州・朝鮮旅行記「満韓ところどころ」（一九〇九年）、最後の随筆となる「点頭録」（一九一六年）に即して、漱石が自分の生きた戦争の時代をどのように見ていたのかを検討し、またそれがこれまでに扱ってきた小説作品にどのような影を落としているかについて考えてみることにしたい。

> 陽気の所為で神も気違になる。「人を屠りて餓えたる犬を救え」と雲の裡より叫ぶ声が、逆しまに日本海を撼かして満州の果まで響き渡った時、日人と露人ははっと応えて百里に余る一大屠場を朔北の野に開いた。すると渺々たる平原の尽くる下より、眼にあまる獒狗の群が、腥き風を横に截り縦に裂いて、四つ足の銃丸を一度に打ち出した様に飛んで来た。狂える神

が小躍りして「血を啜れ」と云うを合図に、ぺらぺらと吐く䫌の舌は暗き大地を照らして咽喉を越す血潮の湧き返る音が聞えた。今度は黒雲の端を踏み鳴らして「肉を食え」と神が号ぶと「肉を食え！肉を食え！」と犬共も一度に咆え立てる。やがてめりめりと腕を食い切る、深い口をあけて耳の根まで胴にかぶり付く。一つの脛を啣えて左右から引き合う。漸くの事肉は大半平げたと思うと、又冪々たる雲を貫ぬいて恐しい神の声がした。「肉の後には骨をしゃぶれ」と云う。すわこそ骨だ。犬の歯は肉よりも骨を噛むに適している。狂う神の作った犬には狂った道具が具わっている。今日の振舞を予期して工夫してくれた歯じゃ。鳴らせ鳴らせと牙を鳴らして骨にかかる。ある者は摧いて髄を吸い、ある者は砕いて地に塗る。歯の立たぬ者は横にこいて牙を磨ぐ。（「趣味の遺伝」一）

「趣味の遺伝」という作品は、「余」がこのような「空想」に耽りながら、知人と待ち合わせた新橋駅に向かうところから始まるのだが、この「空想」がたんなる空想ではなく、日露戦争のメタファーであることはだれの目にも明らかである。してみれば、奪い合われる「肉」と「骨」は朝鮮や満州であり、「歯」や「牙」は殺戮のための兵器ということになる。さらには、狂える両神をロシア皇帝と明治天皇に見立てる解釈もある。いずれにせよ、ここに表現されているのは戦争の残虐さそのものにほかならない。しかし、これにつづく話のトーンは大きく変わってくる。

人混みの新橋駅で「余」は乃木大将とおぼしい将軍一行の凱旋パレードに巻きこまれ、そこで去年旅順で戦死した友人「浩さん」によく似た帰還兵とそれを出迎えた母親の光景を目撃することから、浩さんのことを想い出し、翌日浩さんの墓参りに行くと、そこで見知らぬ若い女に遭遇する。小高い所に立った女を下から見上げるこの出会いのシーンにも漱石おなじみの美学が顔を出しているのは面白い。好奇心を煽られた「余」が、浩さんの遺品となった戦中日記のなかにかつて本郷郵便局で見かけた女性を夢見たことが書かれているので、それを手がかりに、この謎めいた女性を探して浩さんの家系を洗っていると、浩さんの祖父とその女性の祖母がかつて相愛でありながら無理矢理に破談させられた仲であったという事実に行き当たる。つまり浩さんと若い女性はわずかに郵便局で見かけただけの間であるにもかかわらず、それぞれの祖父と祖母との「趣味＝恋愛感情」が隔世遺伝して、このような奇遇な関係を生み出したというオチになっている。

小説としては竜頭蛇尾で、およそ出来の良い作品とはいいがたい。恋愛譚としても遺伝のプロットにかなり無理があるし、戦争観も、一方でその残虐さを表現しているかと思うと、他方で凱旋将軍の精悍な顔や戦地で兵士たちのあげる吶喊の声をナイーヴに崇高視したりしていて、一貫していない。遺伝の因果話が短絡的に例の禅の公案「父母未生以前」と結びつけられたりするところなどはお粗末とさえいえる。そういうこともあるのだろう。たとえば、自ら苛酷な戦地を体験したことで知られる作家の大岡昇平は、この作品に見られる漱石の戦争観に次のような批判をくわえている。

結局漱石はいくら国家に対して批判的であり、権力に憤慨的であるにしても、結局どこかで折れ合う点を見付けて来ます。権威としての国家には服するのです。将軍の髯を見て、涼しき涙を流したってそれが何でしょう。暇人の知識人の感傷といってしまえばそれまでです。国家意識に関する限り、「余」は一種の仮死の状態にあるといってもいいのでして、その感傷の延長として、浩さんの戦死に同情し、お母さんと謎の女の対坐像に感激するという構図が描かれただけでした。(『小説家夏目漱石』「漱石と国家意識」)

辛辣だが、まったくそのとおりというほかない批判である。つまり、この時点での漱石には戦争はただ頭のなかの観念や他人の情報を通しての間接的な事件として意識されていただけであって、冒頭の衒学的な記述が示しているように、いまひとつ親身に迫るものではなかったといっていいだろう。そういうことを裏書きするのが、日露戦争の最中に書かれた「従軍行」という戦争詩である。全編を引用することはしないが、これは「戦やまん、吾武揚らん、傲る吾讐、茲に亡びん。東海日出で、高く昇らん、天下明か、春風吹かん。瑞穂の国に、瑞穂の国を、守る神あり、八百万神。」といった空疎な文句の羅列で、戦争というものに対する深刻な反省や批判などは見るべくもない。

そういう意味では、二番目の「満韓ところどころ」は、実際に自分が現地に足を運んだ分、まったく別の印象を与える文章である。これはむろん戦場ではなく、戦争が終わったあとのいわば植民地を探訪した旅行記であるが、ここには「趣味の遺伝」のようなフィクションはまったく入る余地がない。

漱石が当時満鉄総裁となっていた第一高等中学以来の親友中村是公の招待で、満州から朝鮮半島にかけて一ヶ月半ほどの大旅行をおこなったのは『それから』の連載を終えた直後、一九〇九年九月から十月にかけてのことであった。きっかけは二人の次のような会話である。

南満鉄道会社って一体何をするんだいと真面目に聞いたら、満鉄の総裁も少し呆れた顔をして、御前も余っ程馬鹿だなあと云った。是公から馬鹿と言われたって怖くも何ともないから黙っていた。すると是公が笑いながら、何だ今度一所に連れてって遣ろうかと云い出した。是公の連れて行って遣ろうかは久しいもので、二十四五年前、神田の小川亭の前にあった怪しげな天麩羅屋へ連れて行って呉れた以来時々連れてって遣ろうかを余に向って繰返す癖がある。

（「満韓ところどころ」一、現代仮名遣いに変更）

このとぼけた書き出しが象徴しているように、旅行記は『猫』に見られるようなウィットや軽口がところどころに顔を出し、案内された満鉄の関係施設の話や当地で会った旧友たちの回顧談などが面白おかしく書かれたものであり、およそ政治的緊張感にあふれた植民地レポートというようなものではない。現地には中村のほかにも、佐藤友熊や立花政樹といった旧友がおり、それにくわえて同じく予備門時代の学友橋本左五郎が偶然内地から調査旅行に来ていて、橋本とは一緒に満鉄沿線の旅もしている。おまけに大連には、かつて熊本時代に夏目家の書生をしていて、『猫』の多々羅三平のモデルにされた股野義郎までがいるという境遇で、心配事といってはもっぱら持病の胃痛だけといった印象である。

そういう雰囲気が影響してか、はじめて目にする満州の風景や二〇三高地、旅順港のような日露戦争の激戦地の訪問も意外に淡白な筆で書かれている。そういう調子だから、ここにも戦争行為や占領政策に対する批判などは見られない。それどころか、冗談の勢いで筆を滑らせた軽い差別的な表現も見られたり、総じてこの旅行記の評判もあまりよろしくはない。かろうじて私の関心を引いたのは、エリアス・カネッティの『マラケシュの声』を想わせる次のような光景描写ぐらいである。

現に北陵から帰りがけに、宿近く乗付けると、左り側に人が黒山の様にたかっている。其辺は支那の豆腐やら、肉饅頭やら、豆素麺抔(など)を売る汚ない店の隙間なく並んでいる所であったが、黒い頭の塊まった下を覗くと、六十許(ばかり)の爺さんが大地に腰を据えて、両脛(すね)を折ったなり前の方へ出していた。其右の膝と足の甲の間を二寸程、強い力で刳(えぐ)り抜いた様に、脛の肉が骨の上を滑って、下の方迄行って、一所に縮れ上っている。丸で柘榴を潰して叩き付けた風に見えた。斯(こ)う云う光景には慣れているべき筈の案内も、少し寒くなったと見えて、すぐに馬車を留めて、支那語で何か尋ね出した。余も分らない乍(なが)ら耳を立てて、何だ何だと繰返して聞いた。不思議な事に、黒くなって集った支那人はいづれも口を利かずに老人の創(きず)を眺めている。動きもしないから至って静かなものである。猶感じたのは、地面の上に手を後ろへ突いて、創口をみんなの前に曝(さら)している老人の顔に、何等の表情もない事であった。痛みも刻まれていない。苦しみも現れていない。と云って、別に平然ともしていない。気が付いたのは、ただ其眼である。老人は曇(どん)よりと地面の上を見ていた。(「満韓ところどころ」四十五)

もっとも、親友の仲とはいえ、満鉄総裁じきじきの招待による大名旅行とあっては、おいそれと公共新聞を通して政治批判をするわけにもいかなかったという事情もあっただろう。それに、漱石が社員として勤める大阪と東京の『朝日新聞』は日露戦争に際して強硬な主戦論を展開した新聞であることも無視できない（小森陽一『漱石論』第三章3「文学の時代」参照）。しかしまた満鉄の提灯持ちのようなプロパガンダも書いていないところに、かろうじて漱石なりの隠れた意地があったといえるのかもしれない。いずれにせよ、この旅行記は、意地悪くいえば、総裁の親友であると同時にいまや『猫』の作者として高名な作家が旧交を温めながら当たり障りのない現地レポートをしてお茶を濁したというほどの文章である。一言でいえば、政治的には寝惚けている。

しかし、これについてはもう少し背景を確認しておいたほうがいいかもしれない。たしかに旅行記自体はいま述べたように、悠長な筆致で書かれているが、当地の現実はけっしてそうではなかったからである。帰国してこの旅行記の新聞掲載が始まった矢先に、直前まで韓国統監だった伊藤博文がハルピンで安重根に暗殺されるという生々しい事件が起こっている。「満韓ところどころ」にはこれについての記事はないのだが、そのかわりこれと並行して現地紙『満洲日日新聞』に二回にわたって掲載された「韓満所感」（上下）のなかで触れられている。この記事は全集にも入らず、長らく埋もれていたのを最近になって作家の黒川創が偶然発掘し、彼のドキュメンタリー小説ともいうべき作品『暗殺者たち』を通して発表したことで知られる（ついでにいっておけば、この黒川の小説はこの頃の漱石の作品の背景を知るうえでも興味深い作品である）。記事の冒頭を引用しよう。

昨夜久し振りに寸閑を偸んで満洲日日へ何か消息を書こうと思い立って、筆を執りながら二三行認め出すと、伊藤公が哈爾賓で狙撃されたという号外が来た。哈爾賓は余がつい先達て見物に行った所で、公の狙撃されたというプラットフォームは、現に一ヶ月前に余の靴の裏を押し付けた所だから、希有の兇変という事実以外に、場所の連想からくる強い刺激を頭に受けた。ことに驚ろいたのは大連滞在中に世話になったり、冗談を云ったり、すき焼きの御馳走になったりした田中理事が同時に負傷したと云う報知であった。けれども田中理事と川上総領事とは軽傷であると、わざわざ号外に断ってある位だから、大した事ではなかろうと思って寝た。今朝わが朝日所載の詳報を見ると、伊藤公が撃たれた時、中村総裁は倒れんとする公を抱いていたとあるので、総裁もまた同日同刻同所に居合せたのだという事を承知して、また驚ろいた。

（「韓満所感」（上）現代仮名遣いに変更）

見られるように、ここでも漱石は自分の知人のことだけに話題を限定して、伊藤暗殺の政治的意味については、自分にはそれについて報道する資格がないからと、口をつぐんでいる。この意図的な距離の取り方は、翌年に書かれた『門』のなかで触れられる伊藤暗殺についても同じだが、まさにこの沈黙のなかに、政治家伊藤に対する漱石のネガティヴな評価を感じ取ることはまったく不可能というわけではない。そして、よく知られているように、この暗殺事件の翌年には日本政府による韓国併合が強行されたのであった。ちなみに伊藤が暗殺されたのは、半島独立派の人々から、彼が韓国の保護国化と統監府の設置を決定した一九〇五年の第二次日韓協約（乙巳保護条約）を強引に締結させた張本人とみなされていたからである。つまり招待旅行で漱石が直接見聞したのは、まさにそのような日露戦争後の満鉄による事業拡大と朝鮮総督府による半島での植民地政策が始まったころの政治的緊張に満ちた「韓満」だったのである。伊藤に対する沈黙とは対照的に、『満洲日日新聞』の記事で目を引くのは、その植民地に渡った日本人たちについてのポジティヴな印象である。

満韓で逢った人で、もう駄目だから内地へ帰りたいなどと云ったものは一人もない。皆その業務に熱心である。是は内地と違って、諸種の経営が皆新らしいので、若い人の手腕を揮う余地のあるのと、小舅の様なものが、干渉がましい事を云わずに、万事放任主義で全体を当事者に一任してあるから、当事者の意見が着々実行出来るのと、最後にはその実行に対する報酬が内地の倍以上に高価に仕払われるからであろうと思う。（同）

もっとも、「同時に、余は支那人や朝鮮人に生れなくって、まあ善かったと思った。彼等を眼前に置いて勝者の意気込を以て事に当るわが同胞は、真に運命の寵児と云わねばならぬ」（同下）という現地人たちに対する同情の眼もあるにはあるのだが、はたしてこの戦勝国民と敗者の「運命」の認識をどう理解してよいのか。政治意識に関していうなら、たとえば韓国併合に際して「地図の上朝鮮国にくろぐろと墨をぬりつつ秋風を聴く」と詠った啄木などの鋭い批判精神とは比べようもない。

ちなみに、この地域への日本人の進出は、例の征韓論や大陸浪人の台頭などもあって、ほぼ明治維新とともに始まっているが、漱石が執筆を本格化させる日露戦争後には、この地域に出向く民間人が急増していた。『門』の安井や『明暗』の小林のほかにも、『彼岸過迄』のステッキの持主森本がそうだし、それに目立たないながらも、銀行が倒産して満州に活路を求める『草枕』の那美の前夫や、『三四郎』のあの夜汽車の女が身の上話で語る大連に出稼ぎに行って音信不通になっている夫といった人間たちは、こうした歴史的文脈から出てきたものであり、たんなる小説世界で造形されたというよりははるかにリアルな存在だったということができる。旅行記には表立って書かれなかったとはいえ、漱石は確実にそのような人々の存在を知っていた。小森陽一はこう述べている。

漱石は、『それから』や『門』をとおして「お隣の人」と出会う小説、「めいめい孤立」しているように見える個人の「小さな輪」が、実は日本の植民地主義的な対外侵略という「大きな輪」の中で結合していることを構造として示す小説を、「職業」作家として実現しているのである。(『世紀末の予言者・夏目漱石』第二章「職業と「他人本位」の社会」)

そういう意味で興味深いのは『それから』(一九〇九年)と『門』(一九一〇年)の間に見られる落差である。周知のように、この二つの作品は登場人物の名前は異なるものの、内容上は連続している。読者の多くは、代助と宗助、三千代とお米、平岡と安井をそれぞれつなげて(または同一視して)読むはずである。しかし、ここで注目すべきは平岡と安井の間にあるずれである。関西に就職した平岡は部下の使いこみの詰め腹を切らされ、東京にもどって新聞社に再就職をしたのに対して、安井は満蒙を活動の場にしているという設定である。読者には、三千代を奪われた平岡が失望してその後満州に渡ったのが安井という人物になったというように、二人を同一化して想像する余地も残されている。この平岡と安井のずれに関して私が注意を促したいのは、このわずか一年を隔てて書かれた連作の間に、さきに見たような満韓旅行が挟まっているという事実である。つまり、旅行記自体の内容は別にしても、漱石のなかには満韓での見聞が強く印象づけられ、それが平岡から安井への人物像の変化となって現われたのではないかということである。心理的影響という点では、こういう目立たない変化のほうがかえって多くを語っているように思えてならない。『明暗』の小林がこの延長上に置かれた人物であるのはもはやいうまでもないだろう。前節で江藤淳が小林の影に見た「社会的劣敗者であるインテリ」像は、こうした人物たちと重なっている。

それにしても、同じく大陸を旅行し、「将軍」や「桃太郎」のようなシニカルで鋭い批判のこもった作品を書いた弟子の芥川などと比較すると、だれもがこの時期の漱石の政治意識（の無さ）には物足りないものを感じると思われるが、それから数年の間に日本政府の満蒙や朝鮮半島における政策が進展し、くわえて第一次大戦における山東省や青島などへの軍事侵略がおこなわれると、漱石の意識も次第に変わっていかざるをえなかった。それが亡くなる年の一九一六年正月に書かれた「点頭録」という随筆である。冒頭は「また正月が来た」という見出しで、本文は次のように始まる。

また正月が来た。振り返ると過去が丸で夢のように見える。何時の間に斯う年齢を取ったものか不思議な位である。(「点頭録」)

どこかこの年の死を予感しているようにも響くが、この序文ともいえる巻頭の一文で漱石はこう述べる。過去も現在も未来もすべて無に等しく感じられるが、他方で現在の「我」が天地を蔽い尽して厳存しているのも確かな実感である。この有無どちらの立場も否定できないが、いま有のほうの立場に立っていうなら、「自分は出来るだけ余命のあらん限りを最善に利用したい」と述べて、年頭にあたっての信念表明を兼ている。このように始まった随筆の連載だが、これにつづく本文は「軍国主義」と題して四回、「トライチケ」と題して同じく四回が書かれたところで、糖尿病に起因するリウマチ様の腕痛のため中断されてしまったのだった。

本文の論旨はほぼ以下のようになる。第一次大戦が起こったけれども、自分にはこの戦争から何か文明の本流に大きな変化をもたらすようなものが生まれてくるようには思えない。そこに見られるのはドイツ的な「力」を基軸にした軍国主義的な精神が敵国をも含んで世界中に広がったという事実だけである。個人の自由を重んじるイギリスさえもその影響を免れていない。だから今列強の唱えている平和も、結局のところは「腕力の平均」にすぎず、本当の平和とはいえない。

こういう認識に立って、漱石は次にドイツの歴史家トライチケ(トライチュケ)のドイツ統一論を説明した上で、次のような疑問を呈する。

トライチケの鼓吹した軍国主義、国家主義は畢竟独乙統一の為ではないか。其統一は四囲の圧迫を防ぐためではないか。既に統一が成立し、帝国が成立し、侵略の虞（おそれ）なくして独乙が優に存在し得た暁には撤回すべき性質のものではないか。もし永久に此主義で押し通すとならば、論理上此主義其物に価値がなくてはならない。そうして其の価値によって此主義の存在が保証されなければならない。そんな価値が果して何処から出て来るだろうか。（同）

いうまでもなく、漱石はこの急速に勢いを増してきた軍国ドイツに対しては懐疑的である。そこには何の歴史的正当性も見出されない。そう述べるかぎりで、意地悪く読めば、この随筆はドイツを敵に回して戦った連合国側の立場を擁護しているだけの文章として読むこともできる。残されたメモ書きを見ると、漱石はこの後アナトールフランス、フランスの捕虜の話などについても書くつもりだったようだが、随筆全体にどのようなオチをつけるつもりであったのか、既述の部分だけではその真意を正確につかむことはできない。何ら正当な目的をもつことなく、本来手段たる力を自己目的にして、人々の自由を奪ってしまう軍国主義に対する強い反発が漱石のなかにあったことは確実であるが、この文章から何かそれ以上のことを読み取れるのだろうか。

ひとつ目につくのは、メモ書きのなかに見られる「欧州戦争、宗教、社会主義、人道、皆国家主義に勝つ能はず」という一文である。発表された本文中にもほぼこの内容に当たる文章があるのだが、さきのトライチュケに対する疑問を呈する直前でも次のようなことがいわれている。

それにも拘わらず結果から云えば、彼〔トライチケ〕はビスマークの政治上で断行した事を、彼の学説と言論によって一々裏書したと云っても差支ないのである。そうして今日の独乙が、社会主義者其他の反抗に関せず、当時の方針を其儘継続して、其極今度の大乱を引き起したとすれば、思想家としてトライチケの独乙に対する立場も亦自然明瞭になったわけである。(同)

ここに書かれている「社会主義者其他の反抗に関せず、当時の方針を其儘継続して」というのは何を意味しているのだろう。さきのメモ書きに照らし合わせてみると、やや気になる一文である。歴史家のトライチュケが政治批評や大学の講義などを通して反ユダヤ主義、反社会主義、大学からの女性排斥を声高に唱えたことはすでに当時からよく知られていた。漱石がいおうとしたのは、このトライチュケによって唱導されたイデオロギーが無批判に受け継がれ、そのまま第一次大戦に至ってしまったことに対する批判である。漱石自身は知る由もないが、じじつ、このトライチュケの反ユダヤ・反社会主義の思想はその後ナチによって継承された。ある意味で、漱石はその危険性を予知していたといえるかもしれない。

日本ではすでに日露戦争以前にジョン・ロバートソン『Patriotism and Empire』を下敷きにして軍国主義の不毛を批判した『帝国主義』が出ており、しかもその著者の幸徳秋水がまもなくして大逆事件に連座して処刑されているが、あるいはそのようなことも漱石の念頭にあったのかもしれない。とはいえ、むろんそれは漱石が社会主義者だったことを意味しない。そうではなく、前にも述べたように、個人の自由を犯すものはどんなものでも、漱石はこれに敢然と反対したであろうということである。彼の「個人主義」がそういう批判に躊躇することのない個人主義であったことだけは確かである。「豆腐屋が豆腐を売ってあるくのは、決して国家のために売って歩くのではない」と啖呵を切った「滑稽的豆腐屋主義」の意地は最後まで一貫していたのである。漱石の名誉のためにも、それだけはいっておこう。

漱石が苦闘の生涯を閉じるのが一九一六年一二月九日、最後に、その死の三週間ほど前に作った漢詩を挙げて、われわれもこの著作を閉じることにしよう。

無題

真蹤寂寞杳難尋　真蹤（しんしょう）は寂寞として杳（はる）かに尋ね難く
欲抱虚懐歩古今　虚懐を抱いて古今に歩まんと欲す
碧水碧山何有我　碧水碧山　何んぞ我れ有らん
蓋天蓋地是無心　蓋天蓋地　是れ無心
依稀暮色月離草　依稀（いき）たる暮色　月は草を離れ
錯落秋声風在林　錯落たる秋声　風は林に在り
眼耳双忘身亦失　眼耳（がんじ）双つながら忘れて身も亦（ま）た失い
空中独唱白雲吟　空中に独り唱う白雲の吟

（書き下しは吉川幸次郎『漱石詩注』による）

〔参考文献〕

漱石の著作に関しては、青空文庫などのネット情報も含めて、今日ではさまざまな版が入手可能なので、本書ではそのタイトルと章の指摘だけにとどめ、頁数を記すことはしなかった。また版によって仮名遣いなどの表記がさまざまであるが、著者が依拠したのはおもに新潮文庫と岩波文庫であり、文章によっては岩波版『漱石全集』を使った。漱石以外の文献は以下の通りである。

赤木桁平『夏目漱石』講談社学術文庫　二〇一五年
秋山豊『漱石という生き方』トランスビュー　二〇〇六年
安住恭子『『草枕』の那美と辛亥革命』白水社　二〇一二年
荒正人『漱石研究年表』(『漱石文学全集別巻』) 集英社　一九七四年
飯島耕一『漱石の〈明〉、漱石の〈暗〉』みすず書房　二〇〇五年
石原千秋『漱石の記号学』講談社　一九九九年
伊藤氏貴『告白の文学』鳥影社　二〇〇二年
内田魯庵『新編思い出す人々』岩波文庫　一九九四年
江藤淳『決定版夏目漱石』新潮文庫　一九七九年
江藤淳『漱石とアーサー王伝説』講談社学術文庫　一九九一年
江藤淳『漱石とその時代』(1－5) 新潮選書　一九七〇－一九九九年
大岡昇平『小説家夏目漱石』ちくま学芸文庫　一九九二年
小倉脩三『夏目漱石――ウィリアム・ジェームズ受容の周辺』有精堂　一九八九年
小栗風葉『青春』岩波文庫　一九五三年

桶谷秀昭『増補版夏目漱石論』河出書房新社　一九八三年
柄谷行人『日本近代文学の起源』講談社文芸文庫　一九八八年
柄谷行人『畏怖する人間』講談社文芸文庫　一九九〇年
柄谷行人『漱石論集成』第三文明社　一九九二年
木村直恵『〈青年〉の誕生』新曜社　一九九八年
木村敏『時間と自己』中公新書　一九八二年
木村敏『関係としての自己』みすず書房　二〇〇五年
黒川創『暗殺者たち』新潮社　二〇一三年
小泉信三『読書雑記』「夏目漱石」（『小泉信三全集』第一四巻）文藝春秋社　一九六七年
幸徳秋水『帝国主義』岩波文庫　一九五二年
小坂晋『漱石の愛と文学』講談社　一九七四年
小杉天外『魔風恋風』岩波文庫　一九五一年
小林敏明『父と子の思想』ちくま新書　二〇〇九年
小林敏明『西田幾多郎の憂鬱』岩波現代文庫　二〇一一年
小林敏明『風景の無意識』作品社　二〇一四年
小宮豊隆『漱石の芸術』岩波書店　一九四二年
小宮豊隆『夏目漱石』岩波文庫　一九八六－八七年
小宮豊隆「明治四十一年の日記から」（『漱石全集』別巻　漱石言行録）岩波書店　一九九六年
小森陽一『世紀末の予言者・夏目漱石』講談社　一九九九年
小森陽一『漱石論　21世紀を生き抜くために』岩波書店　二〇一〇年

小山慶太『漱石とあたたかな科学』文藝春秋　一九九五年
坂元雪鳥「修善寺日記」（『國學』日本大学国文学会）　一九三八年
佐々木英昭『「新しい女」の到来――平塚らいてうと漱石』名古屋大学出版会　一九九四年
島崎藤村『破戒』新潮文庫　一九五四年
島崎藤村『新生』新潮文庫　一九五五年
島田雅彦『漱石を書く』岩波新書　一九九三年
清水美知子『〈女中〉イメージの家庭文化史』世界思想社　二〇〇四年
関荘一郎「『道草』のモデルと語る記」（『漱石全集』別巻　漱石言行録）岩波書店　一九九六年
千谷七郎『漱石の病跡』勁草書房　一九六三年
高浜虚子「京都で会った漱石氏」（『漱石全集』別巻　漱石言行録）岩波書店　一九九六年
津田青楓・夏目純一監修『夏目漱石遺墨集』第三、四巻　求龍堂　一九七九年、一九八〇年
徳富蘇峰「青年の風気」（『蘇峰文選』、国立国会図書館デジタルコレクションで閲覧可能）民友社
　一九一五年
徳富蘇峰『大正の青年と帝国の前途』民友社　一九一六年（神島二郎編集・解説『近代日本思想体系8
　徳富蘇峰集』筑摩書房、一九七八年に収録。国立国会図書館デジタルコレクションでも閲覧可能）
中川久定『自伝の文学』岩波新書　一九七九年
長島裕子「漱石の修善寺の大患と坂元雪鳥「修善寺日記」」（『日本近代文学館年誌』）二〇一二年
夏目鏡子『漱石の思い出』文春文庫　一九九四年
夏目伸六『父・夏目漱石』文春文庫　一九九一年
西田幾多郎『思索と体験』岩波文庫　一九八〇年

西田幾多郎『続思索と体験』岩波文庫　一九八〇年
西田幾多郎『西田幾多郎全集』第二十三巻　岩波書店　二〇〇七年
蓮實重彦『夏目漱石論』福武文庫　一九九〇年
半藤一利『漱石先生ぞな、もし』文春文庫　一九九六年
平石典子『煩悶青年と女学生の文学誌』新曜社　二〇一二年
平塚らいてう『平塚らいてう評論集』岩波文庫　一九八七年
藤井省三『ロシアの影』平凡社選書　一九八五年
藤井省三『魯迅と日本文学』東京大学出版会　二〇一五年
正宗白鳥「夏目漱石論」(『新編作家論』) 岩波文庫　二〇〇二年
町田祐一『近代日本と「高等遊民」』吉川弘文館　二〇一〇年
松岡譲「『明暗』の頃」(『漱石全集』別巻　漱石言行録) 岩波書店　一九九六年
松本健次郎『漱石の精神界』金剛出版　一九八一年
三浦雅士『漱石　母に愛されなかった子』岩波新書　二〇〇八年
水川隆夫『夏目漱石と戦争』平凡社新書　二〇一〇年
水村美苗『続明暗』ちくま文庫　二〇〇九年
水村美苗『日本語で書くということ』筑摩書房　二〇〇九年
森鷗外「興津弥五右衛門の遺書」(『山椒大夫・高瀬舟』) 新潮文庫　一九六八年
森田草平『煤煙』岩波文庫　一九三二年
森田草平『夏目漱石』(『漱石先生と私』所収) 講談社学術文庫　一九八〇年
柳父章『翻訳語成立事情』岩波新書　一九八二年

吉川幸次郎『漱石詩註』岩波文庫　二〇〇二年
吉田敦彦『漱石の夢の女』青土社　一九九四年
吉田六郎『作家以前の漱石』勁草書房　一九六六年
魯迅『阿Q正伝・狂人日記』（竹内好訳）岩波文庫　一九五五年
和辻哲郎「漱石の人物」（『和辻哲郎随筆集』）岩波文庫　一九九五年
『増補版精神医学事典』弘文堂　一九八五年
『碧巌録』（中）（入矢義高他訳注）岩波文庫　一九九四年
アウグスティヌス『告白』（山田晶訳）中央公論社　一九六八年
キェルケゴール・S『死に至る病』（斎藤信治訳）岩波文庫　一九五七年
ゲープザッテル・V「メランコリーにおける時間に関する強迫思考」（引用部拙訳 Zeitbezogenes Zwangsdenken in der Melancholie, in: Der Nervenarzt I, 1928）
ジェイムズ・W『心理学原理』（引用部拙訳 The Principles of Psychology, Dover Publications, Inc. 1950, orig. 1890）
ジェイムズ・W『純粋経験の哲学』（伊藤邦武編訳）岩波文庫　二〇〇四年
ショウペンハウエル・A『自殺について』（斎藤信治訳）岩波文庫　一九七九年
ジンメル・G『貨幣の哲学』（居安正訳）白水社　一九九九年
テレンバッハ・H『メランコリー』（木村敏訳）みすず書房　一九七八年
ドストエーフスキイ・F『白痴』（米川正夫訳）岩波文庫　一九七〇年
ニーチェ・F『道徳の系譜』（木場深定訳）岩波文庫　一九六四年
パスカル・B『パンセ』（前田陽一・由木康訳）中公文庫　一九七三年

ブランケンブルク・W『自明性の喪失』みすず書房　一九七八年
フロイト・S「性格と肛門愛」（引用部拙訳 Charakter und Analerotik, in: Sigmund Freud Studienausgabe Bd. VII, Fischer 1982）
フロイト・S「想起、反復、徹底操作」（小此木啓吾訳）（『フロイト著作集』6）人文書院　一九七〇年
ポアンカレー・H「偶然」（寺田寅彦訳『寺田寅彦全集』第九巻）岩波書店　一九八六年
ルソー・J・J『告白』（桑原武夫訳）岩波文庫　一九六五年
レヴィナス・I『実存から実存者へ』（西谷修訳）講談社学術文庫　一九九六年
ワーズワース・W『ワーズワース詩集』（田部重治訳）岩波文庫　一九六六年

あとがき

私には自分の人生の岐路でそのつど影響を受けた「恩師」というべき人たちがいる。そのなかのひとり廣松渉氏に関しては、これまでにもたびたび自分が彼の弟子であることを公言してきたが、そのほかにも何人か「学恩」を受けた人たちがいる。私の本を読んでいただいた方にはすぐわかると思うが、じつは自分の書いてきたもののなかでもっとも多く引用し言及してきたのは、本書でもそうであるように、廣松氏ではなく、精神病理学者の木村敏氏である。私は日本では正式に医学を勉強したことがないので、幸か不幸か彼とは制度上の師弟関係を結ぶことはできなかったが、個人的にはもう四十年近く私淑して、アドヴァイスを受けたりしてきた。私がドイツに移り住むときにも、仲介などいろいろ助力していただいた。

ドイツに移ってからも先生には恵まれた。木村氏の紹介があったとはいえ、医者でもない私を厚くもてなし、研究指導もしてくれたハイデルベルク大学のアルフレード・クラウス、マールブルク大学のヴォルフガング・ブランケンブルクという二人の尊敬する精神病理学者の公私にわたるアシストがなかったら、メランコリーに関する私の研究は不可能であった。さらにその研究成果をもとに博士試験を通過できたのは、ひとえにベルリン自由大学の宗教学研究所クラウス・ハインリッヒ教授のお蔭である。どのひとりが欠けても今日の私は存在しない、そう断言できる「恩師」たちばかりである。

　しかし、この漱石を扱った本書のあとがきで、どうしても書き留めておきたいのは、このような高名な学者たちのことではない。私がこのような学問研究の道へ入りこんだのは、そもそも大学というところに行ったからだが、私の場合、このことは必ずしも自明な事柄ではなかった。田舎の中学校にいて、バレーボールと鉱物採集に明け暮れ、農繁期には田植えも稲刈りも手伝わねばならず、大学など自分にはおよそ無縁な存在としか感じられなかった私に、地元工業高校への進学をやめて普通科高校に進んで大学を目指すよう指導された中学校の担任白木一男先生の先見の明がなかったら、私のその後の人生は大きく変わっていたことだろう。とはいえ、先生もまさかその少年が後になって西田幾多郎や夏目漱石についての本を書いて出版することになるなどということは夢にだに想われなかったことであろう。縁とはまったく不思議なものである。

　高校に上がってからも私は先生に恵まれた。この漱石論を公刊するにあたって、どうしても書き留めておきたいと思ったのは、その先生のことである。名前を青山フユ先生という。まず、以下に彼女の略歴を記す。

一九〇八年　岐阜県恵那郡鶴岡村に学校教員加藤龍三と妻かくの長女として生まれる。父親の転勤で以後この地域を転々とする。

一九二一年　小学校卒業、岐阜県中津高等女学校に入学。在学中は自宅があった福岡村から三里の山道を徒歩で通学する。
一九二五年　高女卒業、東京女子高等師範学校（現お茶の水女子大学）文科入学。専攻は国文学。
一九二九年　師範卒業、愛媛女子師範学校（現愛媛大学）に教師として赴任。
一九三五年　師範学校を退職して青山泉と結婚、夫の仕事で浜松、名古屋に在住。
一九三八年　愛知淑徳高等女学校に勤務。
一九四二年　夫が召集を受けフィリピンへ派遣されると淑徳を退職して、母校の岐阜県中津高等女学校に転職。夫の実家がある恵那郡苗木村（戦後中津川市に編入）に移住。
一九四五年　夫戦死の報。戦後も中津高女（中津高校）で国語科教師として教鞭を執る。
一九六七年　中津高校退職。以後は地元で一般市民を対象に古典文学の購読会を開く。
一九九九年　逝去。享年九〇歳。

ちなみに、先生が生を受けられたのは、漱石でいうと、ちょうど本書が最初に取り上げた『三四郎』が出た年である。そしてその十七年後我が「女三四郎」も東京行きの列車に乗ったのであった。私の高校卒業はずっと後の一九六七年三月で、私の学年が先生の教師生活最後の年になる。以下、この先生の想い出を記す。

まず、漱石ファンならだれでも気づいたであろう履歴上の類似から始める。先生は東京女子高等師範学校を卒業すると同時に愛媛女子師範に赴任されている。漱石ひいては『坊ちゃん』と同じである。だから、先生は自分のことをよく「坊ちゃん」ならぬ「嬢ちゃん」だと言って笑っておられた。愛媛は彼女が望んで行ったところではない。当時は高等師範卒業と同時に半ば義務のようにして全国に派遣されたということである。

ただし「坊ちゃん」とちがって「嬢ちゃん」のほうは地元愛媛の女生徒たちに大変愛されたようで、亡くなるまでの七十年間このときの教え子たちと長い交流が保たれている。これは彼女の深い学識にもよるが、基本的には、教室においてはつねに毅然と教鞭を振るいながらも、気に入った生徒や気の毒な境遇にある生徒たちを徹底的に世話するという彼女の生来の面倒見の良さによる。戦死された夫泉氏への想いもあって、戦後を独身で貫かれたこともあるのだろう。お気に入りの生徒は先生にとって「子供」であった。しかも、その数たるや普通ではない。常時少なくとも数十人が先生とコンタクトを取っていたのだから。さしずめそれは精神的に行き場を失っていた子供たちのための「孤児院」であり「相談所」であった。

かくいう私自身も、先生にとっての「末っ子」の学年に当たるせいか、しばしば我が子のように扱ってもらった。私が高校を卒業したのは一九六七年であり、この年から大学はいわゆる学園紛争の季節に入っていく。私は帰郷するたびに先生を訪れ、先生にいろいろ聞いてもらった。大学や運動のことだけでなく、ガールフレンドのことまで、先生とは何でも話すことができた。帰郷しても実家にいるより先生宅に泊まりこむことのほうが多いので、母親が嫉妬するほどであった。

そして夏休みにでもなれば、私以外にも多くの「迷える羊（ストレイシープ）」たちが先生宅を目指してやってきては泊まっていくので、さしずめそれは「青山山房」の様相を呈していた。上は五、六十歳から下は十八、九まで年齢はさまざまで、多いときは二十人近くが泊まりこんでいた。後に自分の生徒を十人ほど連れて泊めていただいたことまである。先生は訪問者ひとりひとりと彼ら彼女らの抱える問題について真剣に話し合ったり、議論したり、説得したりしておられた。居候のだれかが居間のおんぼろピアノを弾きだすかと思うと、奥座敷では麻雀が始まり、台所では夕食の支度を手伝っている。書斎の前では学生運動の活動家と現役の公安警察官が論争をしているという状況である。先生が「審判」の役を買って出られることも稀ではなかった。最初に結婚して子供ができたときにも、すぐ先生に報告に行った。赤ん坊を自分の孫のように抱いて喜んでいただいた先生の顔が今でも想い出される。

私は漱石を慕って集まってきた、いわゆる「漱石山房」のことを考えると、この私自身の体験である「青山山房」のことを考えずにはいられない。むろん、はるか昔のこと、私に漱石の学生たちの気持ちがわかるはずもない。しかし、どこかで共通するものがあったのだろうと、今でも思う。

本文のなかにも書いたが、漱石は自分のことをたびたび「淋しい人間」だと評していた。そこに集まってくる人間たちも「淋しい人間」たちだった。この「淋しさ」はどこか「人恋しさ」に近い心理だと思う。じじつ私がかつて青山先生を頻繁に訪れたのは、何とも言えない「淋しさ」であった。いま振り返ってみると、そこへ行けば、先生と話ができる。いや、先生の傍にいるだけで安心が得られる。また、そこでは似たような仲間に出会える。そんな気持ちであったように思う。私の場合、その後に唯一こういう気分になれたのが、廣松渉という不世出の哲学者に出会い、彼の家や研究室を出入りしたり、また研究会に出席したりしたときであった。

さて、その青山先生がたびたび漱石のことを口にしていた。彼女の専門は国文学である。多くの人がしばしば耳にしたことだと思うが、漱石は読むたびに印象が変わり、それが自分自身を振り返ることにもつながる、だから何度も漱石を読みなさいと、最初に言われたのは先生だった。じじつ私は、その後も大学へ行って漱石を読み、予備校に勤めるようになって授業で漱石を読み、ドイツに渡っても大学のゼミで漱石を取り上げ、と真面目に漱石を読んできた。そして、たしかに言われたとおり、漱石はそのつど異なった表情をもって現われてきた、まるでそのつど私の人生を映し出すかのように。

私は一九九二年にドイツに渡り、もはや頻繁に青山亭を訪ねることはできなくなっていたが、それでも帰国をすれば、必ず彼女のところに顔を出し、自分が今どんな生活をしているか、どんな本を書いているかを先生に報告するのが常だった。先生を訪れる人間が少しずつ減っていき、晩年の先生は田んぼと森に囲まれた大きな田舎家で、横を流れる小川のせせらぎを聴きながら淡々と一人暮らしを続けられ、一九九九年一月九十才の天命を全うして逝かれた。遅ればせながら、この本を先生の霊に捧げる所以である。

欲張りな話だが、この本にかぎっては、もうひとり本書を捧げたい人物がいる。それはほかならぬ、当初からこの本の編集者として伴走してくれた、せりか書房の武秀樹氏である。武氏はせりか書房というより、むしろ『週刊読書人』の編集者として名を馳せた人だが、その彼が今年をもって四十年にわたる長い編集者生活に終止符を打たれようとしている。私がまがりなりにもこうして本を書いて出版できる身になれたのは、ひとえに彼の援助によると言ってまちがいない。とりわけドイツに移住して以来、年々日本との関係が希薄になっていく私をたえず励まし、出版社との関係をとりもったり、自分で編集の任にあたられたりと、私にとってはやはり代えがたい「恩人」のひとりである。今度の著作を二人共同の最後の仕事にしようという約束のもと、執筆を開始したのだが、その間一章分ができると、彼に送って意見を聞いては次の章に取り掛かるというやり方を続けてきた。こちらにいてままならない文献に関しては、どれだけ彼のお世話になったかわからない。まさに二人三脚の仕事であった。この出版がわれわれの長年の友情を記念すべきものとなるよう、切に祈念する。

最後に、前著『フロイト講義〈死の欲動〉を読む』につづいて、こうしたもろもろの個人的想いのこもった今度の出版を初めから快く引き受けて下さった、せりか書房社長の船橋純一郎氏に心より感謝の意を表する。本書が同社の移転祝いに少しなりとも貢献できれば幸いである。

二〇一六年　初夏

かつての盟友牧野剛氏の訃報を耳にしながら

ライプツィヒにて　　著者

著者紹介

小林敏明（こばやし　としあき）

一九四八年、岐阜県生まれ。一九九六年、ベルリン自由大学学位取得。ライプツィヒ大学教授資格取得を経て、二〇一五年までライプツィヒ大学東アジア研究所教授。専攻は、哲学、精神病理学。
著書に『〈ことなり〉の現象学——役割行為のオントプラクソロギー』（弘文堂）、『アレーテイアの陥穽』（ユニテ）、『精神病理からみる現代思想』（講談社現代新書）、『西田幾多郎——他性の文体』（太田出版）、『西田幾多郎の憂鬱』『西田哲学を開く』（ともに岩波現代文庫）、『廣松渉——近代の超克』（講談社）、『憂鬱な国／憂鬱な暴力——精神分析的日本イデオロギー論』（以文社）、『父と子の思想——日本の近代を読み解く』（ちくま新書）、『〈主体〉のゆくえ——日本近代思想史への一視角』（講談社選書メチエ）、『フロイト講義〈死の欲動〉を読む』（せりか書房）、『風景の無意識——C・D・フリードリッヒ論』（作品社）、『柄谷行人論——〈他者〉のゆくえ』（筑摩選書）など。

憂鬱なる漱石

2016年10月21日　第1刷発行

著　者　小林 敏明
発行者　船橋 純一郎
発行所　株式会社　せりか書房
　〒112-0011　東京都文京区千石1-29-12　深沢ビル2F
　電話 03-5940-4700　振替 00150-6-143601
　http://www.serica.co.jp
印　刷　中央精版印刷株式会社
装　幀　木下 弥

ISBN978-4-7967-0359-8